张 抗 抗 文 集

长篇小说

情 爱 画 廊

张抗抗 著

GUANGXI NORMAL UNIVERSITY PRESS
广西师范大学出版社
·桂林·

图书在版编目（CIP）数据

情爱画廊 / 张抗抗著. --桂林：广西师范大学出
版社，2022.12
（张抗抗文集）
ISBN 978-7-5598-5474-2

Ⅰ．①情… Ⅱ．①张… Ⅲ．①长篇小说－中国－
当代 Ⅳ．①I247.5

中国版本图书馆 CIP 数据核字（2022）第 194782 号

广西师范大学出版社出版发行

广西桂林市五里店路 9 号　邮政编码：541004
　网址：http://www.bbtpress.com
出版人：黄轩庄
全国新华书店经销
珠海市豪迈实业有限公司印刷
　珠海市香洲区洲山路 63 号豪迈大厦　邮政编码：519000
开本：880 mm × 1 230 mm　1/32
印张：15.375　　字数：310 千
2022 年 12 月第 1 版　　2022 年 12 月第 1 次印刷
印数：0 001~6 000 册　　定价：72.00 元

如发现印装质量问题，影响阅读，请与出版社发行部门联系调换。

自序

　　很久以前，在炎热的夏夜，我常常看见小小的萤火虫，闪着幽绿的微光，从眼前一闪而过。它掠过潮湿的空气，穿透浓稠的夜色，燃起尾灯，在黑暗中起起伏伏，或是匍匐于低矮的草丛里忽明忽闪。

　　它似乎并不打算照亮周围的黑暗，它只点亮自己。

　　从我少年时阅读文学作品开始，心里总有晶莹的光斑在跳跃。

　　那星星般、火焰般的亮光，闪烁着移向远方，引领我一步步走上文学之路。五十年中，我写下了八百多万字的作品，精选成这部三百万字的十卷文集。

　　文集是一部生命的史诗，文集是一次对自己严格的拷问与检验。

　　偶然间，从百十部旧作里，我发现了一个秘密：

　　1972 年幼稚的小小说《灯》、1981 年的中篇小说《北极光》，一直到 2016 年的中篇小说《把灯光调亮》——我对"光"似乎特别敏感。回望我的文学路，大半生的写作，始终被微弱或是宏阔的光亮吸引着。

阳光炽烈、圆月皓洁、星空邈远。我是一个心里有光的人！

为了寻光，我用文字把雾霾拨散；为了迎光，我用语言把黑暗撕开。

人类的进化和变异，从骨骼开始。骨骼支撑着生命，使人能够站立起来。当生命的血肉之躯不复存在，最后留下了坚硬的骨骼。作品的内涵与思想，正如骨骼一样。骨骼是一支烛台、一只灯架、一座灯塔，让光束高高、灼灼地挥洒和传播，成为江河湖海的森森烟波中鲜明的标识。

当然，还有灵魂。灵魂飘飞出窍，升天入地，灵魂就是永恒的光。

编选这部文集的过程中，审视五十年来的旧作，我常常纠缠在截然相反的复杂心情中。有时我会惊叹：那时我写得多么好啊，那些流畅有趣的句子、独特的人物，新文体的尝试；那时的我，文思喷涌，认知超前……有时我也会沮丧懊恼：早期的文字太粗浅简陋了，细节不够讲究……更多的时候，我会深深感慨：我应该写得更好些，我完全可以写得更好。

可惜，年过七旬，一切都不可能从头来过了。

已落笔的每一字每一句每一篇每一部，都是生命留下的真实印记。是用书页压缩、凝聚而成的人生和历史。

写作的人在写作中享受寂寞。书籍和文学都是寂寞的产物。

寂寞中，我听见自己内心的声音，自由自在无拘无束地飞扬。

在我大半生的写作中，"写什么"和"怎么写"同样重要——"写什么"体现自己的价值观，"怎么写"是价值观实现的方式，用文学表达对自身、人性及对世界的认识。其实，最为重要的是"为什么写作"。整理文集的过程中，我无数次叩问自己，杂糅的思绪渐渐清晰：少年时，文学是对美好理想的向往；青年时，写作是为了排遣苦闷；中年时，写作是为了精神的坚韧与丰厚；进入晚年，写作是为了抗拒人生巨大的虚无感。一生写作，其实都是为了解决自己的种种疑惑、困惑，可惜始终未能达至不惑。

我已与文学相伴半个世纪。于我而言，身前的赞誉非我所欲，身后的文名亦非我所求，写作不是我的全部生命，而是人生的组成部分。我在写作中不断成长——成熟，在文学中日臻完美，从而成为一个合格的公民、一个有尊严的写作者、一个善于思考的人。

近年来，我留意到萤火虫已越来越少，它们被污染的环境和滥用的农药灭杀了。我心黯淡进而悲凉。我梦想着变成一只萤火虫，让我书中的每一个字，能在暗夜里发光，孤光自照。

是为序。

张抗抗

2022 年 3 月 2 日

1

周由背着画夹，漫无目的地在苏州城里闲逛。

他浑身懒洋洋，面目沮丧，情绪坏到了极点。宽大的长风衣连扣也不系，在肩上随意晃荡着，贴着腿扇乎。

自从去年秋天，他卖掉了那幅人体得意之作后，就始终懊悔不迭。七千美金的报酬，也无法填补他心中的空落。那幅女性人体绘画，在美国洛杉矶那家著名的画廊中，可以说是整个秋季最吸引人、简直令那些老美着了迷的参展作品。画中的女模特沈小姐，曾是周由众多的女友中，与他配合最默契，同时也是最出色的一位。如今她已经嫁给了那位后来越洋追踪、按图索骥而来的年轻华裔富商。

周由一直恼恨自己，真不该在北京介绍沈小姐同那商人见面。他好像不仅出售了自己的作品和情感，也出售了自己的女友。由于北京画坛上从此又少了一个可爱的女模特，画友们把周由臭骂了一个冬天。

当春风刮起来时，周由在北京已无论如何待不下去了。

他觉得自己几乎像是惶惶然逃离了北京城。

沈小姐如今真是一位骄傲的公主了。周由从她寄来的在海边一幢花园别墅前全家族的合影中，确实感到了她由衷的幸福和众星捧月的地位。她在信中说，她的蜜月是在三个美丽的国家中度过的，仅仅婚礼就花去了二十万美金。全家族的人都感谢周由这位画媒。她的那幅人体画，已成为家族第三代藏画中的第一号珍贵藏品。沈小姐因而觉得周由这幅画卖得太便宜了，她打算再给他寄三千美元的汇票作为补偿。周由哭笑不得。他想这大概就是沈小姐付给他的婚姻介绍费了。女人体绘画居然还具有婚媒的功能，这是他从来没有想到过的。他发现自己在中国国有美资源外流潮中，无意中起到了推波助澜的作用，气得他对着画镜里面那个貌似英俊的年轻画家，恨恨扇了一记耳光。

使他更感失落的是，几乎同时，他的另一位漂亮女友舒丽小姐，也远离他而去，到深圳、海南那种地方去谋求发展了。她走得很坚决，他也许早该料到会有这么一天。像舒丽那种女人，没有一个男人能将她驯服地囚禁在画室里，她本不属于画室而属于所有的繁华都市。应该承认，舒丽是周由的第一个情人，也是周由多年来周围那些时断时续的情人们中，相处最持久的一个。她聪明俏丽，相当性感，周由至今难忘与舒丽初恋时的那种迷乱亢奋，以及那些可以打成捆的艺术感觉和人体印象。她临走前，周由曾提出再给她好好画一幅人体画作为纪念，但舒丽拒绝了。她舍不得待在画室里老老实实为他做模特的几个星期时间。时间对于她来说，意味着好大一笔钱，她似乎连一天也不能再等。她匆匆忙忙、敷衍了事地对周由声明说，她依然爱他，等她挣足了钱，就回来置房置车置一间大画室同他结婚，那时候，他想画她多久就画多久，想画多少就画多少，总有一天，她会乖乖地给他当个好老婆。

周由不愿再相信舒丽了。那天他恶声恶气地对她说了一声滚蛋。

舒丽走后，果然忙得连信都没有一封。像舒丽那样的女人，自然十分懂得扬长避短。周由见过舒丽写字，对比之下，她的字体于她的人体实在是一种莫大的讽刺，不写也罢。起初几个星期，舒丽偶尔还有电话给他，说些南边疯狂而有趣的故事，同周由身处画室的感觉整个满拧。再以后，电话渐渐沉默，舒丽消失在潮里、海里、浪里，变得无影无踪。一次他偶然从朋友那儿听说，舒丽财运顺通，眼下已挣了不少钱，身边还围了好几圈各路大款，个个对她跃跃欲试，舒丽在那儿如鱼得水，活得好滋润。

既然舒丽已是乐不思蜀，她想必是不会回来了。周由必须设法把舒丽彻底忘掉，这也许是周由出走京都的重要原因。

那个阴冷的 4 月天气里，周由走在他十分陌生的江南小城街头，想起那一大堆关于女人的乱七八糟的事情，连自己也觉得莫名其妙，他怎么就竟然鬼使神差地买了一张来苏州的火车票。

苏州给他的感觉似乎比北京更糟。

周由挎着尼康 FM2 相机，在苏州街上逛了两天，像一个无所事事的观光客，游览了狮子林、拙政园、留园、怡园、虎丘山、天平山，还搭乘一辆"摩的"，去观赏姑苏城外枫桥镇的寒山寺。正是春季旅游高峰时节，喧声闹语，游人如织。对于处处精细雅致的园林风景，周由一目了然、麻木不仁。他焦灼而贪婪的目光越过园中半月形的拱门和幽深的曲径，寻找着人群中或许可以入画的女子。

浓艳而娇饰的女人们，如同鱼缸中绚丽多彩的金鱼一般，在周由面前飘然而至，鱼群游过来，又游过去。

但周由始终木木地微眯着眼。两天来，他连油画箱都懒得打开一回。

近几年来，周由发现在北京的艺术沙龙里，已经几乎看不到让他眼睛发亮的女孩了。他甚至只好到大街上去搜寻，但大街更是空无一物，徒然耸立着拥挤而冰冷的高楼，还有那些令他熟视无睹的男人女人。这到底是怎么了呢？那些美丽的女人难道都已成为昼伏夜出的应召女郎，或是一头钻入金丝笼里，从此不再在树枝上露面了吗？

想到那些曾经为他留下优美人体画的女友们，在大款的轿车上向他依依挥手，做出生死诀别的样子，周由心里被一种墨汁般的黑色嘲讽覆盖，他想那大概才是当今社会真实的生命礼赞。

离开北京之前，一种悲哀和痛楚的感觉，时时袭击着他，湮没了他。

周由在中央美术学院研究生毕业以后的几年里，一直尝试各种流派和风格的人体绘画。初出茅庐时，他十分在意美术界专家们对他的评价，他知道美术学院的大部分教授，都认为他是中国最有前途的青年画家之一。他的人体油画早已摆脱了学院派那种僵死呆滞的通病，几乎从他在画坛出现的一开始，周由的人体绘画作品已经具有了运动美的旋律，有几幅作品很有东方现代女性的神韵。更让一些画家和教授赞赏的是，周由是把人体美作为万物灵中之灵来膜拜的，人体动态鲜活自由，人体曲线流畅舒展，色彩则更是倾注了他对血肉肌体、人性和青春的理解和赞叹。他的绘画语言和技巧，都火辣辣地表现了人的生命价值，以及摆脱了文明世界服装的牢狱之后，人类重获的内在精神自由。

但是一些新潮美术评论家对这种评价不以为然。他们认为人文主义绝对概括不了周由的艺术内涵。在他的画中还有许多复杂、怪诞的意向，是画家的观念与感觉、视觉与梦幻、抽象与具象的复合。他的绘画风格引起了画坛众多的议论，人们很难把他归入哪个流派，没有人知道周由究竟在追求什么。到后来，有的评论家断言，周由追求的可能就是变化与创造。用周由自己的话说，他根本不追求风格，而是追求"格风"——一种耗散状不断变化而飘散的无形思绪。这位二十九岁的青年画家，除了他的艺术才华和个性被画界认同外，他在画布上用色彩营造的奇特效果，一直让画坛捉摸不定。

　　周由的突然南下，定给京中的画友留下了危言耸听的话题。

　　其实周由对画派画风早已没有太大的兴趣了。过去许多年中，他曾虔诚地研究揣摩现代、后现代各种流派的主旨和要义，但他的热情很快冷却降温。在世界范围内，发展了一百年的抽象画派，像是已经度过了旺盛的少年时代，由青春而老化，由蓬勃而衰退；如今就连商标、会标、广告招贴、服装面料，也不分青红皂白地抽象起来。抽象由于缺乏更新而语言贫竭、流俗平庸，说得刻薄些，摆上地摊减价叫卖，也仍然积压滞销。周由对这位早年曾富于革命的颠覆作用，为艺术打开过一方生存发展新空间的"老帅"，怀有由衷的敬意，但对它如今即将"离休"的凄凉晚景却又爱莫能助。

　　在这个商品和包装的时代，究竟将由什么来主宰艺术呢？

　　昔日纤巧玲珑的苏州城，如今在中央大街已耸立起一座座瓷砖马赛克或是玻璃幕墙贴面的现代化大厦，五光十色的广告，如同园林中的假山怪石，错落有序；旧城的小桥与老屋正在拆除，灰黑色的尘土飞扬，如同拙劣的泼墨，失控地涸散开去。苏州城漠然摆出一副与己无关的样子，不想理会周由的发问。

阳光吝啬，阴沉沉的天空，仍有几分寒意。周由的眼皮下，晃过几个衣衫穿得极其单薄的女郎，裙奇短而衣奇长，透出肉色的裙袜里几近裸露的大腿和敞开的领口下若隐若现的文胸花边。就像周由在京城的那些女友，浑身都散发着性诱惑的气息，疯劲十足。但可惜她们美丽的躯体，仍然通不过周由被提香、安格尔、雷诺阿、莫迪利亚尼等人体艺术大师"熏"出来的审美眼光。周由失望地摇了摇头，他真想把那只百无一用的画箱，从肩上拽下来，索性抛入城边那些即将同美人一起绝迹的小河里去。

那天晚上，周由走进了一家歌舞厅和 KTV 酒吧，可惜，昔日琵琶声声、评弹袅袅的吴越之都，如今丝弦已绝，软语无踪。踏入歌厅，流行歌曲震耳欲聋。灯光暗淡，装潢格调程式几乎一模一样，"全国山河一片红"？周由有些糊涂了，搞不清自己此刻究竟是在哪个城市。

服务小姐们乍一眼看上去，都挺漂亮。说话嗲声嗲气的，像街上早点铺的糯米年糕。若是再走近些，却看不出她们原装的本色美，个个被全国通用的美容化妆标准，涂抹得千人一面。周由咧了咧嘴，他想如果用这种妞当模特，似乎得把油画颜料改成唇膏和指甲油，画笔也是多余，只要用眉笔和唇线笔就足够了。

周由站了一会儿，扭头就走。偶尔有小姐向他瞟来一眼，那目光的内容也复杂得模棱两可。其实周由很熟悉那类目光，许多漂亮姐都用这种眼神打量周由，周由曾经差点被溺死在姐们甜蜜蜜却空洞洞的目光中。

周由知道自己高大的个头、轮廓分明的面孔和天生的艺术家浪漫气质，一向很吸引女孩。他若是想要招惹哪个姑娘，一般情况下总是起码命中九环以上。对此他有绝对的自信。其实他并不缺女友，上床的和不上床的，都同钱不钱的那些俗事没有任何瓜葛。他缺的只是人体模特，真正优秀的人体模特，面部与身体都栩栩如生、蕴含着无限丰富而生动的人体语言的模特。她们或躺或卧，或坐或立，那姿势总是极富内涵，意犹未尽。当前几年周由的人体画渐入佳境时，也许他一半的成功要归于那几位日日面对他的画架、始终安静耐心地端坐于室内光线下的人体模特。

然而，近半年来，周由已经没有什么惊世骇俗的好作品可以对画友们炫技了。他失去了沈小姐那样的好模特，也同时失去了画人体的热情。那场在上海遭到冷遇的全国人体艺术绘画大展，已预示了中国人体画艺术潜在的危机。就连周由那样如新星升空的年轻画家，都找不到美的载体，看来画家们只好去画那些廉价、体丑、平淡乏味的模特了。但周由宁可让画布一片空白，也不愿浪费他的油彩。

其实周由在沈小姐走后，也曾在北京的星级宾馆和酒店里，见过颇合他口味的一两位可人儿。身材窈窕，气质高雅。可惜，小姐的身边，已有衣冠楚楚的男士陪伴，一眼便可知是个什么大款，将小姐严严实实地"包"下，包得连一丝缝隙都没有。周由只能停下脚步，远远地感觉着她们的缥缈之美。不要说当人体模特，就是想请她们到他的画室去当几小时肖像模特，连说都说不出口的。人家会当他是个流氓或是疯子。她们也许缺少文化修养，缺少艺术感觉，但总之是不缺当模特挣的那份微乎其微的薪水。人体模特虽然是一种高尚的职业，但每小时的出场费只有十五到二十元不等，与大饭店里的"鸡"们的服务费，相差十几倍甚至几十倍。画友们调侃说，自然是"鸡往高处飞，画往低处流"了。90年代的模特难寻，不是开放不开放的问题，而是效益不效益的问题。市场经济早已冲垮了五千年的封建传统，如今是轮到画家们尴尬的时候了。

周由也曾连骗带蒙地说服过一位尚留有几分清纯的应召女郎，去他的画室。一路上她搔首弄姿的很是快活，但一走进他的画室，她却顿时变得惶惶不安，面对他的画架，眼神游离疑惑，连焦距都对不拢。她坚持要按自己通常的服务内容付费，不屈不挠地同他讨价还价，气得周由只好怏怏地把她打发走了。她走后周由十分恼火，把一管颜料怒气冲冲地挤在了画布上，第二天费好大劲才刮下来。这满街用统一调料配制出来的烤鸡、炸鸡、肯德基，同他梦幻中的东方女性神韵能沾得上边吗？还不如就用那些红红黄黄的调料，画一幅"停机（鸡）坪"或是"养鸡场"风光算了。

周由愤愤地感觉着作为90年代画家的无奈。也许他并不算无产者，他有卖画所得的一些钱，但这点儿钱在美丽的女人面前，完全失去了同大款们竞争的可能。有时他平心静气想想，觉得女人也许与他同样无奈。女人的青春期太短，她们无法永远留住的美丽，当然使女人的目光和行为无法不短浅。如今，中国的漂亮妞们像他少年时代的人们排队洗澡一样，排着队为权贵富豪脱衣服，却不肯为艺术家展示人体美。也许等画家中出现一批真正的百万千万富翁时，优秀的人体模特才会送货上门，不邀自来？

周由在苏州又一次受挫，其实也在他的意料之中。但他还是不想虚行江南，他找到了当地的几位画友，看了他们介绍的几位女模特，觉得比北京妞还是差得不少。苏州姑娘虽然皮肤细腻，体态柔软，可惜大多腿部不够修长；眉目清秀但眼里缺少神思，风韵过而力不足，总使人觉得有一股小家碧玉之气。他记得曾有人对他说过，以前芭蕾舞团和舞蹈学校招生，男孩主要从长春、大连挑选，女孩的来源则主要在太湖一带。历史上，苏州是中国美女的主要产地，名声在外，所以80年代初期刚一开放，港商、澳商、台商、外商，再加外籍华裔，还有国内的暴发户们，纷至沓来选美淘金，细网捕捞、掘地三尺，只要有一位美人隆重外嫁，就会招来一群美人鱼主动咬钩钻网。即便是一座千年富矿，如此十几年连续集中狂轰滥采下来，怕早就弹坑累累、徒有虚名了。如今六克拉以上的彩钻早已绝迹，就连小克拉的彩钻也难寻觅。由此推断，江南几座名城的命运大概相差无几——于是周由打消了坐船去杭州的计划，准备第二天就去买火车票打道回京。

正是春游高峰期间，买卧铺车票的人，半夜就在售票处搬着小板凳排队。周由只好托给朋友去想办法。在搁浅苏州的最后几天里，看来他只能在苏州老城的水巷里做风景写生了。

那是周由逗留苏州的第四天上午。从清晨开始，天空雾气蒙蒙，像是要下雨的样子。他踏着被江南春日湿雾浸润的小巷信步走去，迈过几座缠绕着常春藤和青苔的石桥，最后在一条小河边上的茶楼前停下了脚步。

狭长而清幽的小河，不动声色地缓缓流淌着，像一条古色古香的苏州绸缎。河水被织成凝固的银丝玉帛，在桥下微微颤动。袅袅烟雨在河面上轻轻浮漾着，又悄然弥漫开去，如同女人临窗的叹息，在雾气中久久不散……

渐渐地，就有苏小小、李香君、董小宛、柳如是那遥远而动人的身体，从烟雾迷蒙的河面上，模模糊糊地显现出来。她们飘飘而来，又翩翩而去，在周由的白日梦中，一次次与他幽会。她们一会儿是美神，一会儿又是荡妇；她们抚琴吟诗、弄墨作画，丝竹管弦无不精通。她们如果爱你，就把情、艺和性一同给你；如果不爱，就把情爱留下，只将歌舞奉献。这大概是中国历史上最自由最开放也最美丽的女性了。周由被自己的幻觉和想象折磨着，他觉得当年的江南艺伎，真是比现代女性更令人尊敬。如今那些自命开放的女性，贪婪却又贫穷：女性解放如果仅仅意味着用身体去交换物质，实在远不如当年画舫青楼的艺伎们的生活方式更现代更潇洒。美人若是没有才情，入画不仅没有画魂，连画皮都起皱。

可惜周由是无法为当年那些美丽、侠义、刚烈的江南名妓作画了。她们的人体美已香消玉殒，无从再现。两千多年前的希腊，为后人塑造了美得无与伦比的米洛斯维纳斯雕像；几百年来，欧洲的画家和雕塑家创造了可以覆盖无数个艺术博物馆的人体杰作。而古代的中国，除了仕女像和春宫图，连一幅真正具有艺术美的人体画影子都没有留下。这究竟是文明呢还是愚昧？究竟是出于高尚还是缘于低俗？周由只能坚持认为，被儒学净化和压抑太久的人性，由于缺少来自生命本源的美文化和美文明的遗传基因，一旦解禁后见到人体艺术，首先被激活的却是性本能基因。性泛滥转而强暴了现代文明。这种从未经受人体艺术洗礼与熏陶的文明，实质是虚弱和伪善的文明。假如几千年来华夏民族也有自己灿烂的人体艺术，那么中国在接受西方现代文明传播和渗透的过程中，便不至于如此虚弱和不堪一击。周由真想与更多的画友们去填补这几千年人体艺术的缺憾。当中国人能坦然而纯真地欣赏自家客厅墙上悬挂的人体油画艺术作品时，这个民族大概才能真正面对精神的解放和自由。

周由在桥下找到了一个石礅，放下他宽大厚重的油画箱，然后在石驳岸的小河边坐了下来。

2

空气中蕴含着浓浓的水汽，薄淡的阳光被云雾所遮，眼前水巷两岸的景色依然像是浸漫在水中。湿漉漉的玄青翘角屋顶、湿沼沼的白色粉墙、湿淋淋的青灰石桥石埠……视线里的景物都已吸足了水分，唯有四周的雾气仍在流来淌去，寻找着依身的缝隙和归宿。酥醉的水汽不停地飘晃着，周由眼前的水巷也在晃动。每个色块仿佛都已被水雾融化——黑瓦要流到白墙上去了，白墙要流到灰街上去了，青桥要流到桥桩里去了，褐色木船要流到绿河里去了，打着蓝伞的行人，好像要化作一汪蓝水，流到水中蓝色的倒影中去了。

周由眼里不断飘入一缕缕、一条条、一丝丝黑白青蓝的清凉水雾。他渐渐感到了江南水巷一种难以言说的魅力和柔功。轻轻的水汽、柔柔的雨雾，可以渗入石头瓦片、墙砖墙缝、雕花木窗，甚至男人的骨骼里。它缓缓细细地揉搓、抚摩并侵蚀所有坚硬结实的物体，然后星星点点、丝丝缕缕地把它们汇揽到江河湖海巨大的怀抱里。周由眼前已看不到任何棱角分明的东西，一切都是柔软的，无脊无骨，像太湖泥一般，用千年万年的水流磨成。江南的景致也是水做的吗？他想。他好像觉得自己捕捉到了早已逝去的江南名女美丽忧伤的气韵和气场。

周由用饱含调色油的冷色稀颜料，任由自己的感觉，在画布上淋漓尽致地涂抹。水巷景物在他的笔下，有点站不稳、立不住，似化未化、似塌未塌的样子。近景的房檐、远景的桥栏，滴水滴痕，似酒似泪，酒泪交融，无声无息地流入东去的小河，如同一个个身穿纱裙的江南女子，如云如雾，飘飘欲飞，整个画面像是被水汽洇湿了一般，笼罩在一片若隐若现、伤心神秘的氛围之中。

雨雾忽而更浓，周由感到了一阵阵持久袭来的潮湿和阴冷。水雾像是有一种灵性和感应，从他的袖口和衣领处亲切地浸润进来，将他轻轻围拢，在他的衣服和身体之间铺开一层凉湿的气膜，粘贴在他全身的肌肤上。周由打了一个寒噤，浑身微微有些发抖，那一刻他似乎产生了一种幻觉，像是听见了来自冥冥之中一声声女人的哭泣。中华文明曾诞生了无数伟大的画家，但华夏女人的冰肌雪肤，却早已被黄土地深深掩埋。古典美已消失，现代美又在何处？周由又一次领受了寻美寻根一无所获的沉重失落，深深陷于来自历史与当代的双重空虚之中。他从来没有像此刻这样强烈地渴慕爱与美，他真的开始怀疑自己，也怀疑中国的人体艺术家，会不会成为无源无本无母无父的弃儿……

时近中午，天色越来越暗，似有纤细的雨丝，从他额头若有若无地掠过。周由准备在画面上再补缀最后的几笔就收摊，他可不想让画被雨淋湿。

"画家叔叔，你画好了吗？"身后忽而有清亮的童声传来。

周由猛地抬头，发现头顶上有一把粉红色的小雨伞，被一只白净的小手高高举着。旁边还有几个更小些的女孩，好像是刚刚放学回家，跑来看他画画。他再一回头，眼睛顿时倏地一亮。

这是周由一年多来第一次眼睛发亮。

一个十四五岁、异常美丽的小姑娘，正站在他身后为画架撑着雨伞。打伞的女孩，穿着一套粉红色紧身的薄毛衣毛裤，一双深红色的雨靴，白里微微透红的面颊，像雨中的一朵粉红色的蔷薇花。周由眼中涌入了一团柔和温馨的暖色，身上的凉意散去了一大半。眼前冷暖色调的突然转换，使周由感到这团暖色显得尤为爽心悦目。

"小妹妹，你叫什么名字啊？"周由一边微笑着问，一边用废纸轻轻搓捻着画笔的笔头。他觉得自己的心忽然无端地怦怦跳动起来，难道这水巷真有感应，把一个那么与众不同的女孩，也许就是江南美人的后代，送到了他面前？

"吴云霓，大家都叫我阿霓的，你也叫我阿霓好了。"她说一口苏州普通话，是那种吴侬软语柔美的声调。

"哪个妮字呢？"周由的声音也不由得变软了。

"霓虹的霓呀……"

"霓虹灯的霓？"周由逗趣着说。以往他外出写生时，遇到围观的游人，问些太业余的问题，他从不愿多与人搭话。但这会儿他却生怕小姑娘离开，他很快决定自己得设法和她交个朋友。

"云霓的霓嘛，就是大海上的霓虹啊，还有雨后的霓虹呢！"小姑娘忽闪忽闪地眨着眼，手中的雨伞像一朵云似的旋转起来。

"好美的名字。"周由笑着说。他收拾完画笔，刮净调色板上残余的颜料，却没有合上油画箱，好让小姑娘们继续欣赏他的画。

"你是从北京来的？专门到这里来画画？"阿霓问。

"是的，你见过其他的北京画家吗？"

"见过。去年有一个郑教授，带了几个大学生，就在这个地方画画，画了好几天呢，我天天都跑来看的。"

"你也喜欢画画？"

"喜欢！我学了好几年画了，我……我还是少年宫美术组的哩！"

周由不禁喜出望外。他觉得自己已经捉住了这只美丽活泼的小鸟，一只衔着画笔的小鸟。看她那样专注看画的神情，真像是他的一个小同行了。

"你喜欢这幅画吗？"周由问。

阿霓点了点头，说："喜欢的，房子像盅里的醉虾，醉得不会动，身子还是活的……雾好像在动，房子像浸在水里面一样的，不过，嗯，你画得好冷噢，好像还没有到春天。"

"那对不对呢？"

"对。老师说，你觉得怎样就可以画成怎样的……"

周由仔细倾听着阿霓看画的感觉，他觉得阿霓的艺术感受还真不错。看来他今天是遇到天生应当画画的一块料了。他真想把这幅画送给阿霓，但他舍不得。这幅画是他在一年来少有的感觉和情绪中完成的，凡是这类倾注他内心苦闷的作品，他总是像个吝啬鬼似的将它们死死守护和留给自己。

阿霓又说："叔叔，你画得真好，你能不能教教我呢？看看我的画？上次我就拿了画簿给郑教授看，他真好，用了一个小时教我哩。"

周由赶紧说："那没问题。画画的人，都是画友嘛。"然后他很快又补了一句，"不过，你得答应我一个条件啊。"

从他见到阿霓最初的那个瞬间，周由已经产生了一种想把阿霓画下来的愿望。这个愿望是如此强烈，周由觉得浑身都燥热起来。在阿霓出现的那一刻，眼前的河水似已向相反的方向流动，从浩渺无垠的太湖，倒着流入水巷，阿霓自水上款款漂流而来，像是太湖女神赐给周由的一件礼物。

"我知道你的条件。"阿霓调皮地歪了歪脑袋，"你是不是想画我呀？上次我就给一个画家当过模特，就在这河边上画的。"

雨丝似乎密集起来，周由捋了捋头发上的水珠，合上画箱站起来。他倒有些发愁，若是雨不停，他可上哪儿去给阿霓画画呢？

阿霓指着水巷边上不远处一幢素洁的二层小楼说："那就是我家，你这幅画里，已经把它画进去了，所以我想邀请你去我家。我爸爸妈妈都喜欢画家，反正我今天下午没课，去我家，你还能给我看画，教我画画呢，快点，雨都下大啦。"阿霓说着，已经牵起周由的手，一蹦一跳地往桥下走去了。

周由轻轻握着阿霓的小手，光滑而柔软的小手，软得像是里面没有一根骨头。他习惯性地托起了那只小手，低下头仔细去看。当他微微捏了一下那白润柔嫩、略略有些透明的拇肚时，忽然觉得那分明像是一粒饱含果汁的新疆无核葡萄。再看看阿霓红润白皙似也有些半透明的脸蛋，他确信自己已经捉住了阿霓给他的感觉。他在心里反复念叨着这一感觉，不禁有些激动起来。

"叔叔，我还没有问你的名字呢。"

"周由，周围的周，自由的由。"

"啊？你就是周由？真的？"阿霓欣喜地攥紧了他的手，"上次美术欣赏课，陆老师给我们讲过你的得奖作品呢，后来在美术杂志上看到，妈妈还把它剪了下来，镶在一只小镜框里了。"

周由朗声大笑说："那我们早就认识了，是老朋友了对不对？"

"你个头长得唻，噢，不是长，是高得唻，你是个好看的叔叔。"

周由便问阿霓多大年龄，上几年级。阿霓回答说十三岁半也就是快十四岁了，上初中二年级。周由问她是不是比同班的女孩都高些，阿霓说："从小学开始，我一向都坐最后一排。"

周由又仔细看了看阿霓的身材，她的体形修长，发育也早，如果说她是十五岁，他也会相信的。阿霓正处于十四岁花季的开始，这样美丽的女孩，再过几年就会被舞蹈、表演、影视团体挑走了。若是错过了今天河边的相遇，他过几年来苏州，可能就再也见不到她了。周由真想以后每年都来苏州画她，他觉得自己很久以来期待在画中创造的那种女孩形象，就是眼前的这个阿霓。

路过巷里一家小餐馆时，阿霓停住了脚步说："我饿了。我忘了还没吃中饭呢。"

让阿霓一提醒，周由的肚子也忽地咕噜噜响起来。

阿霓又说："爸爸妈妈都上班去了，家里没饭吃，妈妈在大学当老师，一星期到学校去两次，中午赶不回来，就让我在李伯伯的餐馆吃饭。每个月底，我爸爸会来付钱结账的。爸爸是个外科医生，很有名的医生。"

周由说："那我请客。怎么样？"

一位秀气的小姐从饭馆里迎出来，让他们到里面去坐。

阿霓对她说："阿秀姐姐，咯（这）是我的叔叔，北京的画家，他叫周由。"

"我哪哈勿晓得倷（你）还有个画家叔叔呀？"阿秀笑盈盈地望着周由。

周由点点头，痛快应了自己叔叔的身份。他打量着眼前这家僻静小巷餐馆的服务小姐，发现这个叫阿秀的姑娘，是他到苏州几天来见到的少数几个漂亮小姐之一。看来苏州的美，都躲到深藏不露的小巷里去了。不过，周由觉得阿秀还是过于浓妆了，服饰也略有些俗艳，尤其是耳垂上两个触目的金耳环。

最后还是阿霓点菜，周由请客。他身上的寒意全消，胸口涌动着一阵阵热流，像是喝了温烫的黄酒，有一种微微烧灼的眩晕。阿霓举着橙汁要同他干杯，他一口气灌下去满满一大杯啤酒，看得阿霓眼睛都圆了。他用手背抹着嘴角的酒沫儿，放下空杯子说："看，北方人就这么喝酒！"

"阿要再来一杯？"阿秀走过来问。周由摇了摇头。如果不是因为下午还得给阿霓画画，周由真想喝他个痛快。他的酒量在京城搞油画的朋友圈子里大有名气，每次画成一幅好画，周由定会邀上几位好友，连喝带侃地让自己彻底放松。有人说他一向用酒洗笔，再用酒来调出下一幅画的颜料。但连周由自己都奇怪，他在任何场合都从来没有喝醉过。

他忽然发现阿霓正在出神地看着自己。

阿霓的两只手捧着杯子，像是一口也没喝过。杯中金黄色的橙汁正齐着她的鼻翼，露出杯沿上两只晶莹的眼睛，扑闪扑闪的，烁动着萤火虫般的光泽。两道眉梢略略上挑的弯弯黛眉，缀在她光滑的前额上，丝绒似的精巧又细密；周由好像还从来没有见过这么好看的眉毛，他真想伸出手去轻轻触摸一下。

周由仔细琢磨着阿霓，觉得她已经有了一种动人的妩媚，被掩藏在少女活泼明朗的外表之下，只有当她不笑的时候，才偶尔泄露出来。阿霓长大后一定是个绝色江南美人，但那时她是否也会步美人们的后尘，或是外流外嫁，或是被权贵富豪"承包"？周由忽地有一种唯恐美被亵渎的针刺般心痛之感。他似乎宁愿留在苏州，守着她长大，天天教她画画……

杯沿上那双乌金般的眼睛眨了一眨。

那双美丽的眼睛一会儿眯起来，一会儿又忽然睁得大大的。她俨然在用一个画家的眼光观察着周由，目光里明显地对周由表现出了异乎寻常的兴趣。她似乎一点也不掩饰自己对周由的喜欢。她甚至把他当作了一件肖像艺术作品来欣赏。周由暗自好笑。阿霓这会儿好像已成为一位游刃自如的女画家，而他，却成了这位女画家的模特。想不到他在北京女友中经常感到的那种阴盛阳衰，在江南少女身上也已初露锋芒。他与阿霓对视时，阿霓便冲着他嫣然一笑，周由浑身一震，他在那笑容中接收到了阿霓早熟的气息。

餐桌上的阿霓越来越活泼主动了，她给他夹菜，说话的频率又快又急。她问他在哪个单位工作，是从哪个美术学院毕业的，获过几次奖，有没有去过卢浮宫，为什么不出国等。周由渐渐觉得自己好像不是在同一个少女对话，而是一个同年龄的女友，这种感觉既新鲜又别扭。

"叔叔，你北京家里有电话吗？"

"有啊。不过，那是我父母家，有急事，可以让他们转告我。我自己那儿没电话，我住在一个大仓库的画室里，就像一只大老鼠。"

阿霓朗声笑起来，转而又皱起眉头问："那我以后怎么给你打电话，让你在电话里教我画画呢？"

"我可以给你打呀，不就是打电话嘛，一定！"

这顿饭，两个人吃得挺开心。走出餐馆时，年龄相差十五六岁的周由和阿霓，好像已成了老熟人。阿霓这时快活得又好像小了几岁，像个天真的女童。

——但她毕竟还不到十四岁啊。周由猛地停住了脚步。他忽然记起了法国后印象派大师、被画坛称为"原始性的狂人"的保罗·高更。他的那幅名作《幽灵在监视》的画面上，伏在床上的土著裸体少女特芙拉，就是十三岁。高更到塔希提岛上游历作画时，特芙拉的母亲把特芙拉送给高更做妻子。质朴、粗犷而带有原始野性美的十三岁少女，激发了高更的生命热情和艺术才能，他后来在岛上创作了许多情调风格诡异奇特的作品，对现代派绘画产生了重大的影响。那幅《幽灵在监视》中女孩的眼睛，就带有一种"磷光射出"的眼神……

一时周由的脑子里，出现了许多画家和少女的故事。一些评论家和传记作家都曾说过，那些激情澎湃的艺术家，心中往往有一根会与少女情感共振的童心弦。周由明白自己已是越来越喜欢阿霓了。但这个阿霓却来得太晚——为什么在自己的少年时代，从来没有遇见过阿霓这样的可爱女孩呢？他少年时代的全部时间，除了功课，就是发疯一般地练习画画，情感都让美术这个魔怪吞噬了。周由觉得自己少男时期的感情生活简直一片空白，真的算是白过了。

3

小雨好像停了。阿霓牵着周由，踏着灰黄而光滑的花岗石路面，穿过湿漉漉的小巷，在一幢小楼前站住了。大门外面是一扇特制的铁栏防盗门，打开防盗门，里面又是一扇包裹着厚铁皮、钉满铁钉的木门。阿霓用双手费力地推开了大门，然后转过身小心地重又将大门关好。周由感到不是到人家去做客，而是到一座监狱去探监。他忍不住问：

"阿霓，你们家干吗防守这么严啊？"

阿霓吐着舌头说："现在小偷多得味，还有强盗呢，旁边那几家邻居都被人偷过。我爸爸妈妈都怕小偷。"

周由抬头，只见院墙老高，墙顶上围着一排书脊状密密竖立的瓦片，墙下是一个幽静的小院。窗下种着一棵粗壮的桂花树，树干底部覆盖着一层绿绒般的青苔，树下有一方青灰色的石桌和三个石凳。鹅卵石铺成的曲径两边，种满了一丛丛墨绿色的苏丹草。小院子散发着阴湿的苔藓和泥土的气味。周由立即就喜欢上了这个袖珍苏州园林。他想，若是在秋天的月夜，和阿霓一家人坐在桂花树下品茶论画，定有一种他尚未体验过的苏式情趣和享受。

阿霓又用力地打开了小楼一层的两道门，周由跟着她走进了楼下的客厅。客厅十分宽敞，显然已被精心装修改造过，接近木料本色的护墙板，浅黄中隐隐现出褐色的木纹，倒像是一个巨大的画框，衬托着墙上几幅颜色暗淡的国画山水和书法条幅作品，传递出年代久远的气息。地板也是本色的，只在沙发前面，铺了一小块色彩绚丽的地毯，图案是地道的波斯风格。窗下有一只红木花架，一盆墨绿的兰花，花盆是白色的细瓷，那盆兰花修长的叶片悠悠地垂坠下来，含蓄不语悄然壁立。整个客厅的格局，中西合璧，老宅新饰，清洁中透着素雅，一看便是个家学渊源、殷实富裕的江南知识分子家庭。客厅北墙有一扇雕花窗格，窗下可望见那条静静的小河，河对岸则是水巷那边的民居，斑驳的墙皮和翘角屋檐，在雨后的水汽中飘忽不定，既远又近。

周由恍然觉得自己像是走进了刚才在河边画的那幅风景之中，看来他今天上午的感觉并非空穴来风，一种更为奇妙的想象开始袭击他了。

　　周由踏入阿霓的家门还只有几分钟时间，阿霓已经领着他参观了整栋小楼。客厅旁边是书房和小餐厅，后侧走廊有厨房和洗手间，窄窄的栗色楼梯上面，是阿霓和她父母的两间卧室，中间是小客厅。周由在卧室门口探头看了一眼，出于礼貌没有进去，只看见墙上挂着几只花梨木的画框，镶着几幅油画作品。灯饰和家具以乳白色调为主，他发现楼上房间的布置风格，完全是欧式的。就在小客厅挨着阿霓房间的墙上，周由看见自己那幅从画报上剪下来的得奖作品，被挂在一个不起眼的角落。这多少使周由有些兴奋。

　　阿霓已兴冲冲抱着一大摞画簿和画稿来给周由。周由看了看表和室内的光线，对阿霓说，还不如趁着这光线先画肖像，等会儿再教画。阿霓便将椅子搬到窗前，用一种很舒服又自然的姿势坐了下来。显然已经不止一个画家画过她了。

　　周由打开画箱，先把上午画的风景写生连同画板一起抽出，斜靠在窗台上。然后开始铺上新的油画纸，给阿霓画头像。周由离阿霓很近，他要把她的美妙之处一笔笔细细地画出来。

　　"嗳，叔叔你请等一下。"阿霓忽然从椅子上跳下来跑出去。一会儿，拿了一只玻璃盒子过来，凑在周由面前说："叔叔你吃不吃粽子糖啊？我顶喜欢吃苏州粽子糖了，里面有松子，你看，一粒粒透明得像琥珀一样的……"

　　周由留意地看了一眼。确实如阿霓所说，那三角形的糖粒，嵌着透明的松仁，扑来一阵清凉又清爽的香味。他对阿霓说，其实画画的人，面对一件好东西，常常是用眼看比用舌尝更有滋味。

"那我就不用嘴巴吃了，用眼睛吃，阿好？"

"我一边画，你一边可以听音乐的。"

"不，我要和你谈天。"

周由在找形方面的功底，还在他十七岁的时候就已基本过关。他很快找准了阿霓面部几处关键的形，就立即着手铺色了。最令他吃惊的，是阿霓肤色的半透明感，凡是着光处，透明度就加大，而逆光的耳垂和鼻翼，透明得连里面细小的血管都清晰可辨；整个面孔以鼻梁为中心，透明度依次往外扩散，慢慢晕润到轮廓线为止。真像是一粒饱含果汁的新鲜奶葡萄。

周由刚从干燥的北方来到湿润的江南，看惯了北方姐粗糙干涩的皮肤。然而这会儿在阿霓面前，他的眼睛忽然清亮起来，他觉得不仅是眼睛清亮了，连全身的感觉都清亮了。这几年来，在周围日渐污浊、唯利是图的环境中，他常常觉得自己的眼、心、肺、血，甚至画架和画布都渐渐污浊起来，他头脑中那块原本洁净的精神绿洲，已被来自各方的污染源暗中蚕食。而面前幽静的小院和纯净透明的阿霓，恰是他渴望的清亮境界。他觉得自己的画风从此将进入一个色彩清亮明丽的时期。毕加索曾有"蓝色时期"和"粉红色时期"，他也许将会有一个色彩透明期？周由激动得手笔微微发抖。他不仅寻到了美的感觉，还走近了一种新的画风。

一年多没有在这样的心境中画画了，周由的画兴极浓。阿霓美丽的头像渐渐出现在画面上。他用2号小笔，像微雕一样，屏息敛气，进入最后的细部描绘，画着那两粒野山葡萄似的眼睛，以及那两道漆黑的秀眉。他画了几遍，终于停下笔来，退后几步眯眼看着画面的色调关系，又睁大眼看着局部笔触的衔接变化。他深感满意，总算是把自己的感觉表现在画面上了，就差衣饰和头发了。他看看表，让阿霓站起来休息，阿霓跑过来看画，竟高兴得叫了起来：

"这么漂亮啊。叔叔你的画真干净，颜色用得这么薄，像是半透明的。"

"你喜欢吗？"

"太喜欢啦，我有好多幅头像呢，没有一幅比这幅好。陆老师给我画的，一点也不像我，颜色用得很厚很脏，一点也不好看，我都不愿意挂在墙上。叔叔你怎么画得这么好？你教教我吧，看了你的画，我都不敢画画了……"

"慢慢来，你还小，先得把基本功素描画好，画画其实不是用手，而是用心、用脑……"

门铃响了，阿霓跑到门口的猫眼去张望，一会儿把阿秀带了进来。阿秀解释说，她是来看阿霓的，因为阿霓还从来没有把一个"男的"带回家里来过，她有点不放心，还给阿霓的父母打了电话。阿秀看了画，也连声说好，她说这幅画比阿霓还好看。

阿霓又回到椅子上，她知道再有半小时就可以结束，现在可以乱动了。她是个有经验的小模特，周由为她作画觉得很轻松。

到傍晚，外面的铁门响了。阿霓叫道："爸爸妈妈回来了！"阿秀迎出去开门，周由已在收笔。他想阿霓的父母也一定会喜欢这幅画的，有了这幅画，他大概不会受到冷遇。出于职业习惯，他很想见见生下这样美丽女儿的夫妇。

门口进来一位中等身材、健壮结实、彬彬有礼的中年男子，满面笑容，一副学者风范。身后是一位中年妇女，戴着一副大宽边眼镜，低低地架在鼻头上，使得整个脸形看上去有些别扭。她头上扎着一条暗灰色的旧纱巾，系得很低，遮住了大半个前额，连眉头也被遮住了。脸的轮廓有些像阿霓，但眼里像是揉进了沙子，半眯着，样子很老气。她身穿一件宽大的旧风衣，身材差不多和她丈夫一般高，但看不清体形。周由深感失望："这难道就是阿霓的妈妈？母女两人真是天壤之别啊。"他觉得这一天的感应处处灵验，但到此大概就要结束了。

阿霓像小主人似的，为周由和爸爸妈妈相互做了介绍。阿霓的父亲吴奂雄大夫紧紧握着周由的手说："幸会幸会，欢迎你啊，北京的画家。噢，这位是我的夫人秦水虹。"他的话有浓重的苏州口音。秦水虹礼貌地微笑着向他点点头说："谢谢你能为阿霓画像。"周由觉得女主人的嗓音非常甜美，带有一点吴语尾音的普通话里，有一种江南女人特有的柔情。当他握着秦水虹的手时，他感觉比阿霓的手更温软柔润。他刚想低头去看，那手却已缩回去了。

时近傍晚，室内光线暗了下来，阿秀想要开灯让他俩看画，阿霓连连摆手说："让爸爸妈妈到窗户这边来，灯光下看不出颜色的大效果啊。"

老吴和水虹站在女儿肖像前仔细地看着。老吴的眼睛像是有点湿润了。他不停地说："太好了，太好了，这就是我的宝贝阿霓，爸爸想你的时候，你在爸爸心里就是这个样子咯。"

"爸爸，叔叔说，这幅画的名字就叫小葡萄，新疆无核葡萄。"

"太对了，就是无核葡萄，阿霓是甜甜的葡萄姑娘，阿霓的肉是葡萄肉做的,我亲一口阿霓,就像喝了一口葡萄酒。周由你真厉害,一下子就抓住了她的特征。她要是不学绘画,我们一定会让她去学舞蹈的。"老吴又凑近画面,看了又看,爱不释手的样子。"周由,谢谢你了。"老吴由衷地说,"这幅画,阿好送给阿霓?噢不,对不起,是不是可以卖给我?我、我和她妈妈实在太喜欢这幅画了。"

周由为难地说:"吴大夫,我理解你的心情,可是,我也喜欢这幅画,我有好久没画出自己满意的作品了,我并不是每幅画都能画好的。"

老吴摇摇头,目光转而盯着窗台上那幅水巷风景画,看了一会儿,又说:"你看,这幅风景画也蛮好咯,我从小就住在河边,天天在河边走,走了几十年,应该说顶有资格评论你画上的小河了,依我看,你把我们苏州水城的魂灵,都勾在画上头了。你将来会是一个了不得的画家,一定会画更多好画出来……所以,还是请你把这幅画,让给我,一定让给我……"

阿霓也很想得到自己的肖像。她使劲摇着周由的胳膊说:"叔叔你就把画送给我爸爸算了,爸爸是全城有名的外科医生,他从来不求人的嘛。对了,要么我再坐半天,你重新画一张好了。"

周由不便再坚持了。他只好答应照着这幅临摹一张,然后让阿霓自己挑选。阿霓一听,快活得跳脚,说如是临摹,她还可以从头到尾看着叔叔怎么画呢。

秦水虹一直在一旁静静地欣赏着画,她看得很入神,微眯的眼睛眯得更细了。这会儿她回过头对周由说:"天不早了,能不能就留下和我们一起吃晚饭呢?"

阿霓马上叫道："对，和我们一起吃晚饭！不对，妈妈，就让周叔叔住在我们家吧，那间书房里不是有张给客人住的小床吗？可从来都没有客人住过。让叔叔在这儿住几天，除了临摹，还能教我画画呢！"

秦水虹似乎犹豫了一下，轻声问周由："行吗？"

周由一阵心跳，这个建议正中下怀，他赶紧连连点头。他觉得老吴夫妇倒挺好客，一点不像人们常常谈论的那种南方人，精明又小气。

秦水虹又说："假如你有空，我也蛮想请你给我画一幅肖像的。明后两天我正好不上班，你可以画得从容一些。"

周由在渐渐暗下来的光线中，看不清秦水虹的容貌。他心里并不太想画这位中年女人。但他又觉得女主人身上，有一种令他感到神秘的内容，那种驾驭这个温馨之家的亲和力。他刚走进这个家庭时，就被这种亲和感萦绕得十分熨帖。他想了想，回答说："好的，如果有两天时间，就能画得大些。我也会好好教阿霓的，我很喜欢你的女儿。"

秦水虹笑笑说："那现在你就是阿霓的叔叔兼老师了。以后你再到苏州来，就当这里是自己家一样。苏州小城这些年经济上变化蛮大，但观念上还是闭塞。我在学院里是教艺术理论的，蛮希望同你谈谈现代艺术方面的话题……"

"那就赶紧让周由搬过来。"老吴打断他们的话说，"现在就去，快去快回。回来正好吃晚饭。阿霓，去给你老师带带路。"

阿秀去外面叫了一辆三轮车来，好让周由去旅馆退房，并把随身的衣物和用具搬来。

一路上阿霓像个热情的小导游，不停地同周由说这说那。她一直握着周由的手，整个身子紧紧靠在了周由身上。周由感到了阿霓的体温，还有她头发里一阵阵散溢出来的香味，竟是一种完全不同于北方女孩的感觉。他的头有些发晕。他不懂得这个年龄的女孩，究竟是在撒娇呢，还是朦朦胧胧地向他表示着什么。他想应该让她明白，他是她的老师和叔叔，不能这样亲昵地黏在他身上的。他委婉地说：

“阿霓，你快长成大姑娘了，不能，哦，不能像这样总靠在别人身上的。”

阿霓噘起嘴回答：“我爸爸顶喜欢我黏着他了。我要是喜欢谁，才会这样呢。要是不喜欢，我连看都不看他一眼。妈妈也是这样的。”

周由无话可说。他想阿霓将来长大了，一定是个多情女子。不过她的将来，离现在还很遥远，这不属于他操心的范围。

周由被自己在短短一天里这一连串的奇遇，弄得心神不定。

回到吴家小楼，客厅旁边的小餐厅里，飘来了饭菜的香味。

周由安放好行李画具，洗完手，走进了小餐厅。他刚一进门，感到自己像是被闪光灯闪击了一下，又像是被留在了感光胶卷的底版上，一动也不会动了：在阿霓身旁坐着一位像是阿霓的大姐姐似的年轻女子，年龄在二十六七岁。如果不是阿霓坐在她旁边，周由一定会以为阿霓在一瞬间长大成人，变成了一个美丽的成熟女人。

明亮的灯光下，她灼目的光彩扑面逼来，将周由拦阻在门口，迈不动脚步。

"妈妈，侬看小周叔叔哪哈啦？"

阿霓的童音像又一次闪击，击得他如同过度曝光一般眩晕，脑中的思维一片空白。"什么？妈妈？难道眼前这位绝色女子，就是刚才曾见过的秦水虹？"周由狠狠定了定神，走到餐桌前，坐在她对面。脸上刷白的表情，像是暗房里相片显影尚未到位。

"来，先喝点茶。"水虹笑着招呼他，"这是我们苏州的碧螺春，4月新茶，刚刚上市，我想你会喜欢的。"

"你真是阿霓的妈妈秦水虹？"周由直愣愣地追问。他这位靠视觉吃饭的人，第一次对自己的眼睛发生了极度怀疑。

"大家找一找，看看阿霓是不是还有一个妈妈呀？"水虹调侃着说。

"我妈妈给你变了一个小魔术。"阿霓忍不住插嘴，"她摘下了眼镜和头巾，脱掉大袍子，洗个脸，把脸上化的妆去掉，再换上羊毛衫，哇，焕然一新，妈妈一回到家，就变成另一个人了。"

"就像老戏里那个田螺姑娘、河蚌姑娘，终于现了原形。"老吴接着说。

大家都笑起来。周由神魂未定，端起玻璃杯喝了一口茶。

他听说过碧螺春这种太湖名茶，但此刻，清淡的茶水在他嘴里无滋无味。

老吴招呼大家动筷，盘中色彩鲜艳的菜式，在周由眼里无色无形。

周由举着筷子，怔怔地望着水虹。桌旁的阿霓和老吴两个人影慢慢虚淡，水虹如一幅画，从墙上飘然而至，又在他的瞳孔里渐渐被一寸寸放大。

他按照自己绘画的习惯，先看水虹脸部的结构关系。他觉得水虹乍一眼看上去，很难立即发现她那种耐人寻味的美感真正的微妙之处。几年来，周由还是第一次看到这种毫无化妆痕迹的天然之美。一种由里往外放射，又从外往里渗透的美。那张近于完美的蛋形脸庞，轮廓线柔顺流畅，肤色润白微红，极其细腻光滑，几乎呈半透明状，如丝帛如玛瑙，不，不，更像春天的湖泽深处被逆光隐隐穿透了的一枚白天鹅蛋。她一头乌黑柔软的秀发高高绾起，发髻像一只曲颈小黑天鹅。这一白一黑亮丽颜色的强烈反差，使得水虹具有高贵和自然之美，高贵如踏上通往王位的天鹅绒地毯的女王，自然如草原清晨人迹罕至的天鹅湖。周由狠狠记下了这第一印象，转而又去寻找水虹的眉眼。

水虹那两道微微弯曲、眉梢略略上翘的秀眉，使周由深感惊异。他发现这对美丽的眉毛几乎不像人体通常的毛发，而像是一件精工制作的绣品。前天他刚刚参观过苏州的丝绸博物馆，苏绣艺术所追求的那"平、光、齐、匀、和、顺、细、密"八个字，除了"平"以外，全都能在水虹这两道眉毛上得到体现。她的眉毛不是平描出来的，而是用精巧的绣花针和细若游丝的丝线，一针一针绣出来的。如果不是水虹在说话时那两道眉毛随着她的表情轻轻动了一下，他真觉得自己面对的定是出于嫘祖之手的丝织艺术品。那眉梢微微一挑，周由的心便像被什么重重地撩拨了一下，他真想凑近了再看一看，假如能吻一吻它们，那会有什么样神奇和美妙的感觉呢？

周由终于壮了壮胆，去碰击水虹的目光。两道目光刚一遭遇，周由又像被电闪击了一下。那双橄榄形乌亮的眼睛，如一潭湛蓝而深邃的碧波，让周由感觉着美得深不可测。周由的目光几次都被水虹梦幻一般宁静迷蒙的眼神击散，他觉得自己的眼睛已无法聚焦、无法挑战，甚至无法重新组织起来，去迎接她眼中的盈盈笑意。水虹的眼睛是她的惊人之美中最具个性的部分，他望着她，只觉得自己几乎已找不到感觉了。不仅他的目光被击散被击穿，连他的心，也像是挨了重重的一击，忽然有一种热辣辣麻酥酥的感觉，从他胸口蓬蓬勃勃地蹿腾出来。

周由几乎把筷子都拿倒了，他胡乱地吃着饭，只能靠说话来迂回她目光的闪击。他自言自语地说：

"……一般女人化妆，都是为了使自己变得漂亮，没想到水虹化妆，却是为了掩盖她的美，否则，像现在这个样子走在街上，麻烦就大了……"

老吴点点头说："小周，当水虹的丈夫，真咯勿容易呢，十几年来，我没有一天不担心的。你看，我家的房子不小，但是连保姆都不敢请，以前请过一个，没过多少日子她就被坏人买通了，水虹的行踪让人摸得一清二楚。有一次她出去看朋友，半路被三个坏人拦住，旁边还停着汽车，要不是两个交通警路过，她恐怕就被人绑架了。出门这件事只有我和保姆晓得，我只好当夜就把她回脱了。"

水虹截住老吴的话头说："哎呀，勿要说这些吓人的事情了，小周，快点尝尝我烧的苏州菜。"

阿霓把一勺油爆虾舀在周由的小碟里，笑嘻嘻说："小周叔叔，你不是问我们家为啥全是铁窗铁门吗，爸爸说，家里有好多好东西，但最好的东西，就是我妈妈和我呀。"

　　"不仅是好东西，应该说，是真正的无价之宝呢。"周由也笑起来。

　　"嗳，小周啊，你结婚了吗？"老吴像是无意地问道。

　　"还没呢，女朋友倒是有过的……"周由不知为什么吞吐起来，"其中一个嫁到美国去了，另一个，不知跑到哪里去了……"

　　"那以后就常到苏州来嘛。"老吴朝周由眨眨眼，像是话里有话。

　　"小周叔叔，"阿霓突然插进来说，"等我长大了，你要不要我？"

　　"别瞎讲！"水虹连忙打断了阿霓，"这又不是演电影过家家。"

　　"我就问问嘛，我又没有说现在，我是说以后。"阿霓嬉笑着。

　　"那也不能这样问。小周叔叔是大人，你还是个小孩子，他比你大十几岁呢！"

　　"那爸爸还比你大十几岁呢。"

　　"好了好了，小周你别介意啊。"老吴打着圆场，"现在的小孩，说出话来，都惊天动地得吓死人，半懂勿懂的，叫人哭笑不得。来来来，大家都到客厅里坐，喝点茶，谈谈天，再上楼休息。"

　　晚饭以后，水虹提醒阿霓应该到自己的房间去做功课，阿霓本是一副不情愿的样子，但想到周由还会在这里住几天，对他道了晚安，就一蹦一跳上楼去了。周由和老吴夫妇便在客厅里闲聊。周由虽是魂不守舍、心不在焉，但断断续续的，还是多少听进去一些，对吴家有了一个大致了解。关于水虹的部分，他听得一字不漏，知道了水虹的娘家就在这条小巷里，父母都是知识分子，如今不幸都已过世。水虹今年还不到三十三岁。她十八岁高中毕业那年，社会上还很乱，许多男人纠缠她，她受不了这种追逐，就嫁给了吴奂雄大夫。老吴比水虹大十一岁，那时已快三十岁了。吴家的社会关系广泛，吴大夫的父亲是苏州民主党派的知名人士，也是一位著名的外科医生。吴奂雄大夫医学院毕业后，子承父业，几年后也成为全市有名的"一把刀"。现在他们住的房子，是"文革"结束后退回的吴家私产，吴老先生至今健在，在温家岸那边另有一所花园宅邸。水虹十九岁生了阿霓以后，正赶上恢复高考制度的第二年，老吴让父母请了保姆照顾孩子，支持她考到上海的一所大学读艺术史专业。毕业后分配到苏州一所学院任教，前几年就评上了讲师。

周由听着，机械木讷地应着。手心一直在出汗，额头越来越烫。他觉得自己渴极了，从来没有像今天这样干渴。他不停地大口大口喝茶，杯子很快浅下去，水虹便走过来，用那双白皙细嫩的手，轻轻按着压力水壶的顶盖，为他添水。

清水注入杯子时，那水流的姿势，湍急迫切如浪花飞溅。

杯子整个看上去都是翠绿色的，杯沿上漾着一层细细的白绒毛，碧玉似的叶片在水中轻轻沉浮。茶水有一种沁心透肺的香醇，略略有些苦味滑过喉咙，舌尖上却慢慢品出了甘甜的滋味。

有一种苦涩而鲜美的滋味从周由心里慢慢升上来，又缓缓沉下去。

这天夜里，周由失眠了。

他在自己二十九岁的画家生涯中，曾无数次在高原海边山寨竹楼，大碗大碗地喝过红茶砖茶乌龙茶，即便是临睡前喝再浓再醇的茶，他也能安然酣睡。然而，这看似清淡、柔和的太湖碧螺春，如何竟然就不知不觉、点点滴滴地扰乱了他的心思，一杯清茶，便征服了他这个北方汉子？

周由明白，自己已经爱上了水虹。

这种爱似乎与以往的每一次都不相同，如此猛烈而又急切。像是有一个火球在他胸膛里燃烧着，即将爆炸成一团烈焰，先将他自己焚毁，然后再把墙外小河的水烧干。那么水虹呢，是同他一起在火光中冉冉升空，还是变成灰烬，随着太湖轻扬的风，飘向寒冷的北方？

周由失神地睁大了眼，盯着头顶上厚厚的楼板。水虹此刻就在他的楼上，像悬在空中飘浮的美神，可望而不可即。仅仅一楼之隔，却远似九重天外。如今他已见到了向往已久的梦中情人，然而爱神却不知云游何方。他憎恨这座温馨的小院，那高高的院墙和厚重的楼板，如同一座坚固而设防的城池，将一尊绝世珍稀的美神囚禁于此。他将如何攻克这座水巷中温柔的城堡呢？

4

周由被一种什么声音惊醒了。他猛然坐起，眼前空无一人。厚重的窗帘仍严严实实地垂坠着，只从缝隙里，透出一丝熹微的天光。他抬手看表，发现已是清晨7点。窗外临水枕河的小院悄无声息，就连自己置身其中的小楼，也没有一丁点儿响动，唯有自己的呼吸在空气里震荡着，像一条远离地球的宇宙飞船，与世隔绝，船舱里静寂如梦。但刚才他分明听见了轻轻的脚步从他床前移过，微风中飘着幽兰淡淡的香气。整整一夜，他都听见这脚步声在他的头顶徘徊，忽而从楼上慢慢走下来，忽而又一级一级楼梯地移上去……

他恍惚想起昨夜的情景，他无法分清那脚步声究竟是真还是自己的幻觉。

他拉开了窗帘，早晨新鲜的阳光如水一般流泻进来，空气中飘来了油炸粽子和卤香豆腐干的香味。他懒懒地躺着，觉得嘴里似乎依然残留着碧螺春茶的清甜。整整一夜的回味与咀嚼，使他的心里滋生出对水巷无限的眷恋。他这个放荡不羁的浪漫派艺术家，第一次感到自己长期漂泊的灵魂，也许真的是该有个归宿了。他该有个家，一个像老吴这样温馨的家，有一个美丽高雅的妻子和清纯可爱的女儿，一幢幽静的小楼和一个宽大的画室。周由这个一向独来独往、我行我素的北方汉子，仅仅两天就已被江南的水雾和柔情融解，他觉得自己也许就要化作一摊水了。

现在他确实听见了院子大门沉重开启的铿锵声，他从窗口望见，老吴身着短裤和T恤衫，满头大汗从门外进来，看样子是刚晨练跑步回来，还拎着一兜早点。接着是阿霓在她爸爸脸颊上响亮地亲了一口的欢叫声。

周由很快从床上跳起来。长夜终于熬尽，今天又将会是一个什么样奇妙的日子？如果昨天水虹那个邀请不是戏言，也许上午他就将为水虹作画。

早饭后，阿霓对周由说，下午她一定会尽早回家，让他教她画画的。小周叔叔和妈妈两个人要乖乖待在家里，妈妈假如让周由画像，可以就坐在她昨天的那个位置上。那个位置的光线角度最理想。

时隔一夜，周由觉得阿霓说话的口气，变得有点像个大人。

阿霓和她爸爸临出门前，走到周由面前，一边同他说拜拜，一边也在他脸上亲了一口。

那唇印柔软而湿润，像沾满露珠晨雾、娇嫩新鲜的花骨朵。

后来周由总算听到了大门沉闷的碰撞声，接着是楼门轻微的关合声。

周由知道，从现在开始，这栋幽静的小院里，只剩下他和水虹两个人了。

他在客厅里打开画箱，铺好油画纸，挤上颜料。他觉得自己的手微微有些发颤，动作显得笨拙而滞重。在他作画的历史上，他发现自己好像还从来没有这么紧张过。以前在画室里独自一人面对漂亮的裸体女模特，也从未如此不自在。他明白这种情绪特别影响作画，但这幅画的成功与否，与他今后的命运恐怕生死攸关。他已从刚才老吴离开小院时，多少有些迷惑的神态中，接收到了老吴的排斥场。如果今天水虹的肖像画砸了，这几天里他将如何与他们相处呢？

艺术与情爱似乎从它们诞生的一开始，就相辅相成，又相生相克。生死纠缠，天地同心。周由对于美神与爱神向来以孪生姐妹相待，缺一而不可，甚至不惜冒亵渎神灵的风险，在心里祈祷二位女神能产下他梦想中的爱子。

但今日，周由知道，恰恰唯有画中的美神，才能为他心中的爱神引路。

水虹收拾好餐桌，为周由和自己各泡了一杯茶。她把茶杯放在沙发前的茶几上时，目光又被昨晚搁在窗台上的那两幅画吸引过去。她抬起头，用手托着腮，两眼久久凝神看着画面上萦绕的水雾。她一直没有说话，好像已经忘了周由的存在。过了好一会儿，她轻声低语说：

"小周，我觉得你的艺术兴趣，似乎已经从以前的注重形式，折返到内心涌动的情感表现中去了。不知我这样的理解对不对？"

周由大声应道："你说什么？折返？太对了！就是折返，我一直找不准这个感觉，你一下子就替我说出来了。水虹你怎么就想到这个词儿了呢？"

水虹笑笑说："我一直在想，形式如果走到极端，就像失重一样，离开了脚下的土地。那些内容空泛的标新立异，形成了当今艺术的失语状态。如果地球生命中绚丽的色彩，被抽象或是蒸馏得只剩下了几条线、几个点、几个易拉罐和玻璃瓶，在这种模仿和制作的过程中，还怎么产生艺术家的个性呢？"

"可是极端的声音最响啊。"周由兴奋地在屋子里走动起来，"它所带来的商业效益最诱人。90年代画家的困惑，在于他们无法拒绝用工业制作的方式绘画。艺术被画商和市场这两只手一块儿摆布、一起玩弄、一同猥亵，就像是捉弄猫狗、强暴妇女，你明明能看见那两只手，却无法推开它，因为艺术已快沦为毫无羞耻感的娼妓，只是关心着那双手最后付钱的价码……"

周由戛然打住了话头。他意识到自己的话有些过于粗鲁了。

水虹似乎并不介意。她点点头说:"其实,那些号称旗手的极端主义者,只是艺术的假疯子,一旦得到厚利,马上就不再疯狂,就会按照正常人的胃口,来享受自己的疯果……"

周由激动地打断她,嚷嚷说:"而那些真疯子,就算偶然一次获利,他们的家人恐怕就得用这笔收入,来替他支付疯人院的医疗费用了。"

水虹平静地说:"我不担心你会堕落成一个假疯子,倒是害怕你在极端的惯性下,把自己画成一个真疯子,有一天我还得带着阿霓上疯人院去看望你。"

周由怔了怔,睁大眼看着水虹,一时竟无话可说。他和水虹昨天才刚刚认识,水虹怎么就能一眼将他看透?他觉得眼前的女人像是一个谜,一个难以破译的谜,谜底却在她自己手心。近几年来,周由在癫狂的商潮和各种短命的艺术流派中苦苦挣扎,艺术的空间越来越拥挤,越来越憋闷,别说是新大陆,就连海中一个小小的荒岛,也难以寻觅了。他真想按照自己的意志去活,按照自己的想法去画,不管高价廉价,他相信真正的艺术品自有它无法以金钱估量的价值。他在难以遏制的冲动中,曾无数次想象着自己去开山填海,造一个艺术人工岛,像鲁滨孙一样生活。但这个岛上不需要"星期五",只需要一个女主人。一个能抚慰他的心灵、不断激发起他的创作热情的美丽女子。她不是像舒丽那样的性伙伴,而是一个爱的伙伴。二十九岁的周由曾被许多漂亮女孩钦慕纠缠,有时他都觉得自己被她们"爱"得快要溺死了。然而，那却不是他真正想要的"爱"。周由在同那些风流倜傥的画友们的争论中，一向固执地坚持认为，爱是一种互相的创造。

周由已不知如何继续这个话题。如果他将自己狂热的想象和盘托出，谁知道会不会吓着水虹呢？他发现自己手里的一管白颜料，什么时候已被汗涔涔的手指掐破，从铅皮缝隙中流出了黏稠的白色油彩，流满了手掌。

水虹站起身，拿来一沓纸巾给他擦手。说自己要上楼去换换衣服，请他稍等。

楼梯上响起了轻轻的脚步声，水虹款款下楼。周由的心又狂跳起来。

水虹穿了一条黑色的 V 字领紧身羊绒裙，颈项上随意搭着一条长长的白色纱巾，笑吟吟站在周由面前。周由第一次能够完整地看清她光滑的脖颈，和裙沿下修长发亮的小腿。她悄然无声地飘逸过来，坐在了窗口阿霓昨天的位置上。微风和煦，掀动着轻柔的纱帘，窗外桂花树的叶片上，铺满了春天膨胀着的橙色阳光，空气中弥漫着潮湿泥土的芳醇。一个年轻美丽的生命，和另一个年轻壮硕的生命，面对面地坐下了。周由觉得自己心中的爱也在膨胀，撞击着他焦渴的胸膛。他真想冲过去把水虹紧紧抱住，他感到手中的画笔都快要折断了。

水虹的身子往后靠了靠，像是在寻找一个舒服的姿势，然后微微扬起了下颌，将自己的胸部曲线坦然呈现在周由面前。周由深吸一口气，定了定神，强迫自己静下心来。他觉得自己作画多年，好像还从来没有见到过如此优美的胸腰造型。她的乳房在薄而柔顺的羊绒裙下高高耸立，高度突出得恰到好处。如果再低一些，就是漂亮而不是美了；如果再高一些，就太性感而破坏了优雅。人体画最难的艺术技巧，就在于掌握这个度。有时笔下失之毫厘，美就可能变成俗艳。人体大师提香的伟大之处，表现在他能竭尽所能地画出美到极限的美。他能把这极限之外的媚俗媚艳媚欲的成分轻轻吸干，只把美留在美的界限里。但不是空荡荡地留下，而是填满界限中所有的空隙，没有一个侥幸所得的擦边球。

周由真正领教了什么叫作和谐、完美和高雅。他被水虹之美震撼得无从下笔。他一向最厌恶对景对物实录，但此刻他已不能再凭借自己的想象，对水虹再添点什么或减点什么了。他简直就想为水虹做一只巨大的画框，将她框在其中，也许是世上最动人最美丽的作品。

周由紧紧咬住了嘴唇，在怦怦心跳中，继续欣赏着水虹。她的胸部曲线并非异峰突起，而是被腰间珍瓷瓶颈般的两条微妙弧线所托起，又被颈肩部两道柔美向下的曲线所呼应。周由受过立体派影响的审美观察力，使他又能从正面透视水虹颈部到乳峰、乳峰到小腹的两条起伏滑行般的线条。这样，水虹这对美丽的乳房，就居于女王的王位上了。周由看得透不过气，他真想哀求她，让她扯下颈上的纱巾，褪去那条裙衫，将她美丽的胴体全部显现在他的面前，让他真正领教一次人体美的彻底洗礼。如果她愿意为他做人体模特，哪怕让周由为她服一辈子苦役，他也会立即签下合同。

但周由的苦役已经提前到来。他面对画架开始作画，感到全身像是套满了沉重的枷锁和链条；他手中的画笔战栗着触摸画纸，每一笔都像是一鞭一鞭地忍受着美的抽笞。周由已成为没有契约的奴隶。

水虹被深深地打动了。

在周由为她作画的时候，她一直也在细细观察着周由，品味着周由对她的反应。周由脸上躁动不安的神态，和他眼里那种毫不掩饰的仰慕，不仅未令水虹不安，反而使她欣喜地感觉到，他果然是一位虔诚而真挚的艺术家。

她已坦然接受了刚才下楼时，周由对她大胆的欲望挑衅。她非常熟悉这种目光，她一直都生活在周围男人的这类目光中，却能安之若素。然而周由潜意识中能量的释放，也只能侵略到这种程度了。它很快就被他追求艺术和追求美的更为强烈的欲望所取代了。她在周由渐次变幻的眼神中，走过了他内心对美从惊叹到感慨，由崇拜而赞美，然后是追索是记忆是体察是思辨的全部心路历程。最后他甚至已忘了她的存在，他面对的似乎只是一个美的幻影和美的精灵……

水虹知道，这些年来，伪艺术家充斥画坛艺苑，艺术不是朝拜的圣地，而快要成为猎名猎财猎艳的泥潭了。她尽管远离着画坛，却在内心保留着高度的警惕。她也受过艺术或是搞艺术的男人引诱，她绝不是对强大诱惑无动于衷的女人。水虹认为被诱也是一种生活的快乐体验，至少被诱的女人，心底还有激情和波澜，总比一潭死水的日子更能感受生命的活力。然而，水虹却是那种生性矜持的女人，她的自我保护的顽固天性，总使她能在陷阱的边缘停下脚步，窥探到脚下的无底深渊便扭头就走。她也像一条聪明的美人鱼，能把鱼钩周围的饵食吃光，却绝不让鱼钩咬住她。

水虹在第一眼见到这位她一直想见的年轻画家时，没有想到，能画出那么令人震撼的作品的知名画家，本人竟也这般潇洒俊美，就像是一匹北方草原自由浪漫的野马。看来周由不是一位普通的艺术家，他身上散发着一个很有毒性的情诱场，一般的女人遇见他，都会中毒眩晕的。他的身边肯定不会缺少女人，但他也许恰恰缺少能给他自己解毒的女人。他大概已吞下了过多中毒的鱼，所以自己也中毒匪浅。水虹觉得自己已经游入了毒饵区，她感觉着毒饵的威胁，却仍然悠悠地徜徉其中，观赏那精美的饵料不忍离开；她不会贸然吞食毒饵，但她口中的唾腺，却分明已烧灼肿胀。

水虹不知道自己这一次究竟是怎么了。也许从昨天傍晚她见到周由那两幅画后，她就已感到自己不能轻易地放过周由了。她当即邀请周由留下来，这是水虹和老吴结婚十几年，除亲戚之外第一次挽留一位男子住在家里。她心里很感激老吴为了女儿画画所表现的大度。

水虹刚才又一次欣赏了周由的那两幅画以后，在心里觉得它们实际上是两幅姊妹作。水巷那幅，传递出周由对神秘美和爱的迷惘和饥渴；阿霓那幅肖像，却直接表现了清亮透明、一览无余的童真之美。在一个如此浮躁的年代，从周由的画里见不到丝毫的浮尘躁土，只能感觉到画家内心的孤独与寂寞。折磨着他的痛苦，不是钱与欲，而是爱与美。他被阿霓带领着，偶然闯入了水巷边的一扇铁门，他会不会不顾一切地长驱直入呢？但这栋小楼的门委实太多了，门上的锁也太多——家庭、丈夫、女儿、房子、财产、安全、年龄、职业、气候……一把把锁扭成了结，连成了链，何况，其中许多把锁的钥匙，并不在水虹手中，也不在周由手里。而周由的北方，更是另一串未安保险的锁，面对他那种艺术家的浪漫性格、他的前途地位甚至他的那些情人们，水虹也没有开启的钥匙。然而，如果她最终飞不出这栋小楼，她将永远成为被爱肢解的囚徒。

她在刚才作画前和周由的闲谈中，有一句话，没来得及对周由直言。她想对他说：那两幅画上的"清水"，恐怕是解不了他心底对爱与美的中毒性饥渴的。

水虹理不清自己纷繁的思绪，她收敛了那些无边漫游的胡乱遐想，将自己散淡的目光，重新回到周由身上来。

此刻的水虹，以"着装模特"的特殊身份，可以无所顾忌地长时间欣赏一个高大帅气的男子。这是水虹自懂事以来，第一次这样久久盯着一个除丈夫以外的男人。她望着他的时候，忽然觉得有一股温泉般的热流，从她心底的泉眼里喷涌出来。

十几年来，水虹几乎已经被剥夺了近距离单独欣赏男性的权利。她的生活中只有一个丈夫，被她淋漓尽致地重复观察。观察日日重复着，再没有新的内容，观察便平淡无奇或是麻木不仁，难以为继。水虹从不正视别的男子，这倒并非老吴对她有什么约束，在一些不得不去应酬的社交场合，水虹从不敢让自己的目光注视陌生的男子，哪怕多一秒钟，也许会惹出不必要的麻烦。这种长期幽禁、近似于隐居的生活，使她积蓄了渴盼得到更强烈更狂热的心爱的巨大能量。她与老吴已经相爱了多年，从最初的互相吸引，慢慢走向了安居的平稳和平淡。而她内心渴望情爱的火箭头，却还在幻想中继续飞升。但老吴这第一节助推器，却显得越来越乏力，好像已无法将她送入遥远的太空轨道。一种女人的直觉告诉她，若是火箭在助推器的燃料耗尽之前尚未到达目的地，飞行将以坠毁的方式结束，连返回地面软着陆的可能都不存在。可她还年轻，她想飞，飞到她一直向往的那个高度。那么，谁将是那助推的第二节或是永远的动力呢？

她细细扫描周由的面部图像，觉得周由真是一个和老吴完全不同的男人。他既不是影视中那种漂亮的奶油小生，也不是英武而粗鲁的角斗士；他是一件棱角分明，又经细心打磨抛光的雕塑作品。阳刚中带有温柔，雄健中又有多情。他宽阔发亮的额头，浓密锋利的剑眉，热烈明亮的眼睛，笔直简捷的鼻梁，还有宽肩、厚胸、长腿和大手，无不是按黄金分割比例，配置成一个充满魅力的热血男儿。水虹越来越对周由入迷了。她甚至觉得他身上那套宽大的牛仔服真讨厌。她真想进而欣赏他的全裸雕塑，就是用自己的"全裸绘画"做交换她也愿意。但那样一来，她面前几十道锈锁就会突然被扭断，她和他都将被迅速坍塌的铁门铁栏砸得遍体鳞伤，或许还会不小心砸着老吴和阿霓啊。

她发现周由画得很专心。在周围还在悄悄上涨漫延的情感洪水到来之前，他似乎已夯实了地基，加固了堤坝，而把他的情思全部集中到画纸上去了。他心中的洪峰似已平安通过了警戒线，在到达更为险峻的下游之前，往另一侧河道分流而去了。

水虹还从来没有遇到过能在她的目光扫射下，最终保持平静的男人。她微微有些不悦，又觉得周由也许真是有韧性和意志的男人，这种克制力反而勾起了水虹更迷乱的想象。她从未体验过双方一见钟情的那种感觉，历史上许多凄美壮丽的爱，都来自一见钟情。它也许是瞬息即逝的露珠，也许是千万年水磨沙砾的珍珠，无论露珠还是珍珠，那炫目的光彩都令她沉迷着魔。

　　水虹感到了一阵燥热。她无意地扶了一下颈项上的纱巾，那条纱巾却从她脖子上轻轻滑落下来，像一片白云，无声无息地飘坠在她的脚下。

　　那是一条领口开得极低的羊绒连衣裙，水虹有些慌乱。她发现自己白皙的前胸，几乎一直延伸到乳房的上部以及乳沟位置的精美曲线，已经袒露在周由面前。

　　水虹知道，从这天开始，她将面对自己一生中最困难的日子。

　　本来就被水虹洁白细嫩秀美的颈部，惊撩得一阵阵心动过速的周由，忽然又瞥见了水虹胸前裸露出来的更为晶莹透明的肌肤，而且顺着敞开向下的 V 字箭头，直指她微微起伏着令人浮想联翩的胸乳，周由好不容易夯实的堤坝又决口了。他觉得自己的呼吸都停止了，只是直愣愣盯住水虹的眼睛，希望从那儿得到更进一步的许可与鼓励。对于周由来说，越过这道界限并不太困难，他可以不顾一切地冲过去拥抱她亲吻她，将爱的油彩涂满她的全身。但周由却迟疑不决。这个休止符完全违反周由以往的性情，当几个月以后，周由终于亲吻水虹的那个时刻，他的泪水沾满了水虹的脸颊。他说她的美太圣洁了，以至于那天为她作画，而无法确认她究竟是否爱他时，他觉得无论何种表达方式，都可能会亵渎了她的美丽。

于是当那条纱巾飘然而去，云开雾散的时刻，周由擎着画笔的手久久停在空中，他在等待着水虹眸语的召唤。很久以后当他回忆起这个时刻，他依然确信，在水虹咄咄逼人、热烈回应的目光中，他曾看见了爱字的闪烁。她那滑落的纱巾和明白无误的眼神，是爱字的同义反复，是手语和眸语的互补。

但那道爱的闪电实在是太短促了，它匆匆掠过她湿润的眼睑，犹如被狂风席卷而去，只一个瞬间，便不复再现，连闪电的痕迹都没有留下，只剩下晴朗的天空，布满了友谊、友情、友好的云彩。

周由糊涂了。他不知道纱巾的含意究竟是热还是爱。他敏锐的目光已看不清水虹的真意。一个成熟女人的手语和眸语，是无法翻译的。看来水虹真是一个半透明的精灵，她让你在水晶般的玻璃门前望而却步。她将他清亮透明的画风，再罩上一层神秘而含蓄的东方情调。

周由的头脑迅速地冷却下来。他决定还是先把眼前的这幅画画好。他在苏州的时间不会太多，如果这第三幅画不能表现出水虹的气质，那么水虹那闪电般的眸语，也许就将永远消失在太湖的烟波中。

他又抬起头看了一眼水虹，他突然发现，在水虹脸颊上半透明的肤色中，忽而出现了一片淡淡的红晕，像雨后的霞朵缓缓移过天庭。他觉得自己仿佛喝了一口芳香的红色佳酿，一种酣畅的醉意袭过全身，他确信自己已得到刚才那眸语中爱的旁证。水虹已有体贴的丈夫和可爱的女儿，他是否能攻下这美丽的城堡还遥遥无期，就像一团乱丝是不可能在一天之内刺成一幅苏绣极品的，但他能得到这爱的信息，就已令他心满意足。他不会忘记那片淡红色的云彩，在他日后的梦中，他将乘坐这祥云飞鸿的舟槎，去遨游太空。

他看见水虹弯下身子，用一个十分优美的姿势，把那条纱巾捡了起来。那曾经令周由心乱神迷的雪原冰峰，重又回归水色潋滟的太湖。

时近中午，周由听见了铁门开启的声音，老吴已提前回家，说医院里如有要紧事，护士会给他打电话，下午就不用去了。放下提包，他先去看了周由作画的进度，周由告诉他说，画已完成了一半，如果明天上午的光线好，再有半天就可收笔。老吴很满意地点了点头，说周由的工作量远远超过了他的估计。正说着，阿霓也回来了，她说下午要让叔叔教她画画，她已经向老师请了病假了。老吴批评她说这样不好，她申辩说那些课就是不上，她的考试成绩也照样会全班第一。老吴便给阿秀打了电话，让她送四个人的午餐来，反正吴家喜欢的菜式，阿秀都知道的。

阿霓看着周由为水虹画的未完成的肖像，有点嫉妒地说："你给妈妈画这么大的一幅，比我的那幅大一倍还多，我也要一幅大的嘛。"

周由只好笑着安慰她说："等下午我临摹昨天给你的那幅画时，就把小阿霓放大成一个大阿霓，行不行？"

阿霓说："最好是一个真的大阿霓。真的……你懂不懂我的意思？"

水虹在一边说:"叔叔是画家,又不是魔术师嘛。"

阿秀拎着红漆食盒送来了午饭,全家人和周由走进了小餐厅。周由发现阿秀有一种伶俐乖巧的可爱,像苏式甜点中的那种细沙猪油团子,又软又糯。她在抬头看老吴的时候,那眼神也又软又糯……

5

餐桌旁,阿霓把自己的椅子往周由身边挪了又挪,直到紧挨着周由,才拿起筷子。她吃了一口菜就停下了,忽然对周由没头没脑地说:"小周叔叔,我们家有这么多房间,三个人住太浪费了,你什么时候搬到我们家里来住算了。独生子女顶没意思了,我原来一直想要个小弟弟,我好当姐姐。现在我不想要小弟弟了,我想要个大哥哥。小周叔叔,你肯当我的大哥哥吗?那天在河边,你第一次同我见面的时候,就叫我小妹妹的呀。"

"那……当然可以了。我只有大哥大姐,就是没有妹妹。"周由不想让阿霓失望。他想这个女孩真有心,连他第一次用的称呼都被她顺理成章地用上了。

"太好了,那我以后就叫你大哥哥啦,我不跟爸爸妈妈玩了,就跟大哥哥玩,我们一块儿画画,美术组的同学一定要羡慕死我了……"

周由望着阿霓,他真喜欢阿霓清纯清亮的少女美。阿霓长得太像水虹了，阿霓是水虹的少女时代，水虹又是阿霓的未来世界。他产生了一种错觉，好似在同水虹说话。假如水虹也像阿霓，将她的眸语中的爱字，用语意明晰的有声话语直接说出来，他就是天下最幸福的人了。

老吴见周由默不作声，就说："小周，阿霓的意见你真可以考虑一下喔，苏州的经济正在起飞，画家肯定大有用武之地，如果你调到苏州来，这里一切都是现成的。我们快要搬回父母的大房子去了，这幢小楼还真勿晓得怎样利用哩。你若是住在苏州，就可以好好教阿霓画画了。阿霓需要你的指导，你若是当了她的老师，她长大一定可以成为一个有出息的女画家的。我们做父母的，顶挂心的就是女儿的前途，水虹，你说是不是啊？"

"是的，那还用说……"水虹答应着，忙把脸向着阿霓转了过去。

"大哥哥，那你就别走了啊！"阿霓又把脸转向了周由。

周由笑着说："这次怕不行，回北京还有好多事情要做。让我回去再想想……不过，苏州的美术力量太弱，交流的机会少，我想，阿霓现在上初二，再过一两年，阿霓就可以考北京的美术学院附中了。阿霓，你如果能争取考上附中，到了北京我就可以负责教你，将来再考美术学院就有把握了……"

"这个主意不错。"老吴高兴地问阿霓，"你想去北京啊？"

"想！"阿霓兴奋得跳了起来，"其实，老早我是想考浙江美院附中的，现在我改变主意了，我要去北京。苏州城那么一点大，连个好画廊都没有，我假如去了北京，就可以天天同大哥哥在一起画画啦!"

水虹轻声说:"那你真要下苦功夫了,中央美院附中可不是那么容易考的。"

"我有大哥哥,我一定能考上!"阿霓用力地晃着自己一头柔顺乌亮的黑发。

午饭后,阿霓抱来了她所有的画稿让周由看。其中有素描、水彩,还有几幅自由创作。周由对阿霓说,她的素描路子走歪了,但她的色彩感觉很好,想象力很丰富,与众不同。周由最看重的就是绘画的灵气和个性。阿霓画得很多,真像是个小画迷。但可惜她的指导老师水平不高,如果再让他指导下去,阿霓恐怕很难考入北京的学校。

周由把阿霓的画分作三类。第一类,他建议她全部烧掉,那都是些照抄照临的仿制品,而且临摹的也不是专业画家的作品,而是三流画家的大路货。第二类,是素描习作,他给她一幅幅挑毛病讲方法,告诉她将来无论选择绘画专业还是工艺美术专业,素描都是画家的基本功。即使现代派大师毕加索,他的早期素描造型能力也不亚于现在学院派中的那些写实主义画家。练基本功很枯燥,进步也慢,但这是进入绘画艺术的必经之路,必须从中学会整体观察事物的方法。就像学钢琴的孩子,一定要反复地弹练习曲,有的曲子甚至要弹上几百遍几千遍。周由告诉阿霓,优秀的艺术家几乎都没有快乐的童年和少年时代,他自己像阿霓那么大的时候,老师让他每天对着石膏像画素描,画不好还得重画,有一次他恨不得把那石膏像砸了。第三类,是阿霓的自由创作画,这是提高绘画兴趣、培养艺术感觉和创造能力的主要途径。一定要把自己看到、感到、想到、梦到、半梦半想到的特殊感觉，用绘画的形式保留下来，去画别人没有发现、没有感觉到的东西。

"阿霓，千万不要丢掉自己的感觉和想象。"周由再次叮嘱她说，"学会画画并不难，但是当一个优秀的画家不容易，往往感觉好的人，缺乏基本功，而技巧不错的，却又缺乏想象力。阿霓，你能吃得了这份苦吗？"

"能！"阿霓毫不含糊地回答。

"那好，现在你就来练习素描。"周由说着，随手从柜子上拿起一尊唐三彩大马，放在阿霓面前，"你就先画这个，我一边看着你画，一边教你。"

阿霓端起画板，开始按周由讲的观察方法和程序画素描。周由就在阿霓身边临摹昨天给阿霓画的肖像，边临边看，有时停下笔给她讲几句，改几笔。在阿霓开始涂明暗时，周由挪到她身后，给她讲怎样利用明暗、虚实、黑白灰来造型。他纠正她原来的观察习惯，让她把视焦对准大马的最近点马头，再用眼角的余光，去琢磨大马的中部、远点和边缘。告诉她用这种方法，才能画出静物的虚实、明暗关系，把大马画得凹凸起来。聪明的阿霓按这个办法观察了一会儿，马上明白了其中的奥妙，她高兴地叫了起来："我晓得自己的毛病了，我原来把各个局部都画得一样实、一样清楚了，后面的东西就跳到前头来了，所以没有立体感。大哥哥，你真是个好老师。我学了三年的画，还没有这一下午懂得多呢。"说着，就在周由的脸颊上亲了一口，被铅笔染黑的小手在周由脖子上抹了好几道黑印。

老吴坐在长沙发上，望着这对亲密的兄妹和师生，心里觉得非常满意。他希望周由和阿霓的友情能长期保持和发展下去。阿霓居然自己从外面找来一个免费的老师，看来她真是个幸运的女孩。她刚刚一岁多一点的时候，水虹到上海去上大学，整整四年，是他亲手把她抚养大的，他真想用自己后半生的心血来浇灌这棵小苗，直到把她培育成一棵果实累累的大树。

是不是该留周由多住几天呢？老吴有些拿不定主意。他想问问水虹，她的那幅肖像什么时候能画好，他得提前托人去为周由买回京的火车票。这事当然得让水虹来决定。但他回过头，发现水虹并不在客厅，他看了看餐厅和书房都没有，想起水虹刚才吃午饭的时候，就有点心神不定的样子，说不定是身体不舒服，到楼上去休息了。老吴没有睡午觉的习惯，便走到周由面前去看他画画。阿霓那幅放大的临摹像在周由笔下已初步成形，周由掩饰不住兴奋地对老吴说，这两天来，他觉得自己简直是超水平发挥。阿霓在一边插嘴说，她让大哥哥把这幅大的画留下，把那幅小的带走，好挂在他的房间里，让他天天看她。老吴问周由阿霓画得怎么样，周由说一下午大有长进，路子对头了就好办。

临近傍晚时，水虹才下楼。她说有点头痛，睡一会儿才觉得好多了。老吴说他该上街去买点菜，晚上好请周由吃饭。水虹说她不想做饭，让老吴打电话告诉阿秀，做两道苏州名菜——松鼠鳜鱼和黄焖鳗，再烧一盘荠菜肉丝豆腐、一盘清炒蚕豆，送来给周由尝尝。晚饭时老吴陪周由喝黄酒，一种叫"封缸酒"的江苏名酒，度数不高，老吴亲自去烫热了，酒味更是醇厚香浓。阿霓嚷着要喝，喝了几口便满脸通红。水虹却说自己身体不适，滴酒未沾。周由心想，你不喝我喝吧，我喝个烂醉，倒头就睡，省得失眠自寻烦恼。若是酒后失言，也只好对不起了。他不看水虹，径自一大杯一大杯地往下灌，看得老吴目瞪口呆，连声说到底是北方人豪爽，酒量过人，我侭同周由的豪饮一比，苏州男人喝酒就好比广东人喝工夫茶了，惭愧惭愧。周由一口气喝下去一瓶，仍是面不改色，阿霓拍着手说再来一瓶再来一瓶，让爸爸和大哥哥赛出个吉尼斯纪录，却被水虹一把按住酒瓶，轻声细语说，周由是实在人，只怕主人扫兴，不用人劝酒。我倒是担心他喝多了，明天把我画成个丑人儿，我找谁算账？老吴笑笑说也是，还是让小周早点休息。我就算舍命陪君子，其实也已经吃不消了。大家吃菜，夸着阿秀父亲李老板的手艺不错，又闲谈一会儿才散。

周由那酒毕竟喝得太猛，前一夜又没睡好，倒在床上，不一会儿便昏昏入睡。一夜竟无梦。他原想借着酒力，也许能发发"酒疯"有所作为，却被水虹一眼识破，将他那满腹心事，留到他的梦话里去说了。

第二天早上，老吴准时出门上班，阿霓也高高兴兴上学去了。

当铁门的撞击声，重又把周由和水虹关在这幢幽静的小楼里时，周由心中的热火复燃。他在画板前目不转睛地看着水虹，盼着水虹能对他说些什么，或者，她脖子上的白纱巾，再像前一天那样滑脱下来，袒露出她颈下柔和细腻的肌肤，以及延伸至前胸的那道神秘而幽深的乳沟。

但水虹端坐窗前，却默默无语。她的目光既不冷又不热，温柔而友好，还略略含有些长辈般的慈爱。那眼睛静如止水，波平似镜，好像一切都已结束，不需要解释也不期待询问。眼里偶有亮光闪过，如同漆黑的海面划过流星，述说着一个黑色幽默般的谜语。周由开始怀疑自己昨天的感觉，难道眸语的误差竟然如此之大？难道北方男子真看不懂江南女子的眸语？世界上也许还没有一部通用的眸语辞典，更谈不上为那些痴男怨女们扫盲了。周由心里一片怅然，他知道水虹已牢牢关上了她心中的铁门。大半个上午，周由再没有见到昨天那两朵让他心动过速的红晕。他埋头作画，觉得自己像是在近于失恋的痛苦状态中完成这幅画的。他笔下的色彩和画面的情感，无不泄露出他心底的秘密。这幅画是他近几天来画得时间最长也最艰难的一幅，油彩被一层层加浓加厚，浸透了他心中浓烈而醇厚的爱意。如果悬挂在水虹的卧室，每一种色彩都会向她传递他深深的渴望。在水虹的一生中，它们都将永不褪色。当画渐渐接近尾声时，他觉得自己实在不想把它送给水虹了，他要把它带走，让她天天陪伴他，也许总有一天，她会真的从画上走下来。

时近中午，周由收了笔。退后几步，远远欣赏着画上的水虹。

水虹长长地松了口气，站起来提心吊胆地走近画面。她觉得自己像是熬过了漫长的一个世纪，就要在这幅画面上获得新生了——

她像是被什么东西重重地击了一下，更像是一个滚烫的吻，令她的心战栗、眼模糊。那个画中人真是她吗？为什么脸上有一片淡淡的红晕？为什么眼睛里饱含着脉脉的爱意？那微微张开的嘴唇，好像在诉说着什么；眉毛轻轻扬起，好像已允诺了什么。画面上无声的语汇，像一幅签满了爱字的备忘录，使她无从翻供无处逃脱。那支神奇的画笔已把她的灵魂引领出窍，用色彩和线条将她捆绑，然后留在了他的手掌中。周由真是一个艺术魔怪，他只用色彩捕捉她，她却是云里雾里海里浪里无处隐遁。水虹此刻真不知道自己是站在天堂的入口，还是面临深渊的边界，她真想闭上眼睛，伏在周由宽阔的胸膛上，任由他把她带到天之涯海之角哪怕是地球的尽头……

但她不能。水虹浑身激灵了一下，睁开了湿润的眼睛。她觉得自己身上那一串串铁锁和身外之物，实在是太沉重了。她还是不能像那些婚姻已经死亡的女人那样，不顾一切地豁出去。昨天晚上，她已经把前两天积蓄的洪峰放出泄洪闸了。而这一上午重新暴发的洪水还刚刚下山。她还有理智的堤坝来拦截它，她不会决堤的，因为她没有理由决堤。即使她会因此而失去周由，即便她将因此而懊悔，她也只能如此。

"你画得真好……"水虹淡淡一笑说，"比我本人……更有神采，内涵也更丰富。真的，我都不知道该怎么说好了，好像那不是我，而是你理想中的一个女人，男人常常会把女人理想化的。不过说实话，我还是很喜欢。真的谢谢你。只是，你忘了在画上签上你的名字了，这对于我可是最要紧的啊……"

水虹说着，把一支画笔小心地递给他，轻轻说了声"我该去弄中午饭了"，便转身进了厨房，厨房的门被用力地关上了。

周由呆呆立在画前，脑子里一片空白。

他觉得自己从第一天见到小河，眼前的景物就一直浸在凄美的色调里。虽然他后来终于与美不期而遇，但他仍未能得到自己想要的爱。这也许比世界上没有见过美的人更加凄苦。他明白自己带不走人也带不走这幅画，画的所有权就像她本人，在它被创造出来的同时，它和她的生命就已属于自己而不是任何别人。周由只能把他自己带走。他已画得太累也爱得太累，他在这幢小楼里实在难以消化这几天来太多的印象和感受。他必须尽快回北京，他若是再不赶紧离开这儿，早晚得惹出麻烦来。他感到自己已是身不由己。周由周由，看来只能听天由命了，再也不能自由自在、信马由缰地由着性子去生活和画画了。

周由一脸戚戚地找出了照相机，对着水虹的画像，整体局部近距离远距离拍了若干张图片。正拍着，老吴回来了，告诉他已买到了一张第二天去北京的卧铺票。老吴有些抱歉地解释说，车票实在不好弄，这是他以前救治过的患者，设法替他从别人手里换过来的，所以只好弄到哪天算哪天。但他和水虹阿霓其实都很想留他多住几天的。

周由从老吴歉疚的神情中，悟出老吴似乎已察觉了什么。周由能理解老吴的忧虑和无奈——这个周由本来就是一件被阿霓当作大玩具，拉回城堡的特洛伊木马。如果再不果断地将他请出城门，老吴美丽的海伦——水虹就可能被木马中躲藏的"盗贼"给抢走了。周由接过车票，连声道谢，说他本来也该抓紧时间回去了，反正事情已做得差不多了，明天走对他正合适。

下午阿霓从美术组回来，一进门就说："我把昨天画的素描给陆老师看了，他还不相信是我画的。后来我告诉他是周由大哥哥教我画的，他说很想请大哥哥到我们美术组去讲课呢。"

阿霓一回来，全家人的情绪都开朗起来。阿霓跑到周由画的水虹肖像前仔细欣赏，然后贴着水虹的耳朵说："妈妈你真好看，像个新娘子，脸红红的……"

"别瞎说，"水虹低声制止阿霓，"这是妈妈化了淡妆，画像上，需要有一点颜色的，否则脸色就显得太苍白了，是不是？"

"嗯……是的……"

老吴已经在这幅画像前沉思良久。连阿霓都一眼就发现了她妈妈与平日不同的神态，他又怎么会看不出来呢？这幅画画得真美，比十几年来他给水虹照过的所有相片都美。他非常喜欢这幅画，周由不会放过绘画对象最传神也许是最隐秘的魂韵。两天来，他已隐隐感觉到，周由好像对水虹有一种难以言说的仰慕和恋眷。老吴对此一点都不奇怪。他周围的朋友们中，始终暗恋着水虹的大有人在；他早已习惯了朋友向自己的爱妻公开表示好感。但水虹对这些恭维和追求向来无动于衷。这幅画面上水虹的表情，是老吴熟悉的，在他们初恋和热恋时，他常常见到。然而近几年来，在他们平静而稳定的夫妻生活中，他已经很少能见到水虹这种像是羞涩又像是欢欣的神态了。老吴十几年建立起来的自信第一次发生了动摇，他心里很乱，难道现在社会上几乎每个家庭都会遇到的情感危机，也终于将落到他的头上了？难道画上的水虹那游移的心正在远离他而去？……幸亏他已替周由买到了车票，他希望周由回到北京后重新泡到往日的妞群里去。至于水虹……他相信自己懂得亡羊补牢，堡垒容易从内部攻破，只要他能追回以往的夫妻感情，只要水虹按兵不动，任他周由再有魅力，他也打不开吴家小院的大门。

老吴决定自己定要友好礼貌地相待周由，直到周由离开苏州。

此刻阿霓正在为自己成功地向美术组的老师同学炫耀了周由大哥哥，而十分得意。她又缠住了周由，同他说个没完。

"大哥哥，昨天晚上我做的梦，全是五颜六色的，我还画了一幅好看得不得了的画，里面有你和我，我还把它送到北京去参加画展了呢！"

周由吃惊地问："阿霓你在梦里，梦到颜色了？"

"就是梦到颜色啦，红的、绿的、蓝的、黄的，好多好多种颜色呢，都是闪闪发亮的，漂亮得不得了……"

"真不简单，阿霓你将来会成为好画家的！"

"为什么？"

周由兴奋地告诉阿霓："一般普通人的梦，往往是没有颜色的。能梦见用颜色作画的人就更少了。我当年学画的时候，色彩老是不开窍，感觉糟糕透了。老师说，你什么时候能在梦中见到颜色，就有希望了。后来我拼命地画色彩，到春天的花坛、夏天的森林、秋天的香山这些色彩最浓烈的地方去写生，强化自己的色彩感觉；每天看大量有颜色的东西，刺激自己的色彩反应。这样过了大半年，有一次我终于梦见了色彩，漂亮极了，像一团团五颜六色的羽毛，我变成了一只闪闪发光的大公鸡。从那以后，我常常梦见用色彩画画，也明白了颜色它是来自人的情感。老师说我的画像是换了个人似的。"

老吴说："像我，别看每天在手术台上，见的都是鲜血淋漓，我就从来也没有梦见过颜色。"

水虹想了想说："我做梦，好像有时候看彩色电影，有时候看黑白片。"

周由又说："阿霓，你以后如果梦到什么颜色，醒来后尽量根据记忆，把它画下来寄给我看，好吗？"

"好的。"

阿霓又骑到了周由的双膝上，还勾住了他的脖子晃着。周由感到了一阵阵少女气息扑面而来。他的双膝感到了阿霓的体温，她的黑葡萄般的眼睛里，闪过太多的热情。也许等他下一次来苏州，她已是个成熟而妩媚的女人了。他多么希望此刻依偎在他身上的是水虹啊。他这样想象着，便任由阿霓纠缠亲昵。

老吴说："阿霓是块口香糖，黏上你，你甩也甩不掉，过去，她天天黏着我，现在又黏到她大哥哥身上了……"

阿霓快活地说："等大哥哥走了，我再要爸爸嘛。"

水虹在一边说："小周，你明天就要走了，你走以后，我们怎样辅导阿霓画画呢？"

"除了多画以外，还得让她多看好的画。最好在她的房间里，挂一些好画和名画，我会给她寄一些来的，我也会送一些我的画给她。时间长了，审美的眼光和品位就熏出来了。以后把她的小房间布置成一个'画炉'，四面全是画，把阿霓好好熏烤熏烤，烤成一只小画鸭。"

"这太好了。"阿霓很高兴。但一想到周由就要走了，她的眼圈马上就红了，眼泪说淌就扑簌簌地淌了下来。

周由摸着她的头发说："阿霓别哭，我的小妹妹，以后大哥哥会经常来看你的。每年都来，好不好？以后我每见你一次，你就长大一岁，要不了几年，你就长成一个大女孩了。阿霓我真感谢你，没有你，我就白来苏州了，可能还在到处瞎跑。你让我有了一个美丽的小妹妹，还和你爸爸妈妈交了朋友，这对于我今后画画都是很重要的啊……"

水虹起身走进了厨房。

阿霓越哭越伤心。她呜呜咽咽地说："我要跟你到北京去，你带我到北京去好不好？"

老吴没想到才三天时间、四幅画，阿霓已经对周由产生了这么深的感情。他把阿霓从周由腿上抱下来，说：

"阿霓，现在时间还早，离吃饭还有一会儿，你刚才不是说梦见了颜色，还梦到了一幅好画吗？你到楼上去，把它画出来怎样？你大哥哥送给你那么好的画，你也应该送给大哥哥一幅画才对。去吧，去画出来。"

阿霓一听，抹着眼泪点点头，立即从沙发上跳下，风似的跑上楼去了。

老吴对周由说，今天下班时他买了许多活鱼活虾，想要为周由设宴饯行，现在他要到厨房里去，和水虹一起准备晚饭了，水虹一个人忙不过来的。

周由开始收拾行装。行李中除了穿脏的衣服外，就是画箱和照相机一类的绘画用品。行囊尽管简单，他却是越整理越混乱，自己像一团乱麻的心绪，什么感觉都找不到了。他呆呆望着那幅水巷写生，看了一会儿，最后还是决定把它送给水虹。他在画的右下角郑重地写上了自己的名字，那一刻，他觉得好像把自己的灵魂也留给水虹了。他又凝望着水虹和阿霓的两幅肖像，带不走的是水虹，带走的是阿霓。那就当作水虹已割裂成两半，他带走了半个水虹，将那另一半，暂时寄存在这座城堡里，总有一天，他会把两个水虹完整地合二为一的。

晚饭时，阿霓对满桌的好菜一点兴趣也没有。她说她已快要画好了。匆匆吃了几口饭，和周由碰了半杯饮料，又跑上楼去画了。

老吴热心地为周由一一介绍着桌上的菜式。他说苏菜的风格清淡简朴，但制作的工艺却十分讲究，老百姓平时吃饭，即便是素菜也做得非常精致，比如说麻酱油香干丝拌马兰头、清炖菜花甲鱼……他一口气说了十几种菜名，不厌其烦地解说烹调的过程。周由心不在焉地答应着，听得越发糊涂。他借口明天要上车，酒也只是象征性地喝了几口。明知桌上的美味佳肴都是水虹的手艺，嘴里却无滋无味，究竟吃了些什么一概不知。

水虹最后端上来的是一道莼菜羹，分别盛在四只蓝花小汤碗里。老吴讲解说，这莼菜产于太湖，配以笋丁蘑菇鸡丁火腿，其味清爽滑嫩，鲜美无比。周由盯着面前那只细瓷汤碗发愣，举着汤匙，只是不忍动手。那像是一潭碧绿的池水，浮着朵朵睡莲，水下有鱼啜动莲叶，吐出珍珠般的气泡，亦如一幅秀丽的江南图景。即便是一道汤，依然色彩清亮。他终于舀起一勺碧波送到嘴边，只见那片片碧玉般的莼菜微微卷拢着，犹如初夏时才露尖角的微型荷叶，把河里湖里天上地下的精气，都含而不露地包藏在了叶心里。

周由端起汤碗，一口气把那莼菜羹统统倒进了肚子。他不想把它们嚼碎，唯恐破坏太湖女神的艺术品。莼菜羹滑过喉咙时，他有如抚摩着一件丝绸织物，缠绕于身于心，并从此将它占为己有。

周由不知自己该对老吴和水虹说些什么，他的嗓子哽噎，吐不出一个谢字。

过了大约一个小时，阿霓走下了楼梯。她不是飞跑下来的，而是把手放在身后，迟迟疑疑地站在楼梯口，向周由悄悄招手。周由朝她走过去，她把背后的画递在周由手上，转身就往楼上跑去了。

没等周由坐下，老吴和水虹已把头凑过来。周由慌忙打开画。那是一幅对折的像请帖似的硬纸卡片，画面上一片绚丽的色彩迎面扑来，晃得人眼睛都睁不开了。那构图却很别致，好像分成一左一右两幅——左边的一幅，画面上是一个穿粉红色衣裤的女孩，站在一座小桥上大喊大叫。两大块平涂的粉红和翠绿，后面是蓝黑色背景的小河。两种不协调的颜色搭配，很有现代艺术的强烈效果。人物画得稚拙简练，线条清晰肯定，只是，那女孩的表情像是很不快活。

右边一幅，变成了一男一女。男的英俊高大，身着蓝色风衣，他的身边是一个身穿大红色纱裙的姑娘，一只手勾着他的脖子，男人的一只手托抱在她的腰际。背景是一片平涂的金黄色阳光，周围鲜花盛开，所有的颜色都在激烈地跳跃。那两个人物的表情欢乐而幸福，那女子头上的花环异常艳丽夺目。

三个人一时都没说话。

过了一会儿，老吴皱着眉说："……难道……难道，这是一封用画写的情书啊？阿霓这孩子……这孩子，也太早熟了……"

水虹若有所思地说："你不要忘记，她过十三岁生日的时候，就有人给她送鲜花了。还有男同学给她写过诗呢……"

"那……那她也不应该……不应该这样直截了当地对周由表示出来呀。她也太性急了点……"老吴看了一眼周由，显得很激动，"她喜欢小周倒不奇怪，说到底，也许是一件好事情，不过……不过还是太早了点呀……"

周由听着，觉得有些别扭，忙打断老吴说："其实单从画面上来看，这幅画是很不错的。你们看，她的绘画语言很有表现力——她给小阿霓画的衣服是粉红色的，而大阿霓穿的却是大红色的纱裙。她选择了大红色，说明她的感情很浓烈。一般来说，能梦见色彩的女孩，大多比较早熟和多情。你们再看，这幅画的构思也很有特点，实际上是幅系列组画，时间跨度差不多相隔六七年。但只要从左到右，时间就自然跳过去了。她懂得用这种方法来表达自己的愿望，说明阿霓很有艺术气质和想象力。还有，阿霓虽然还没接触许多现代绘画流派，但对于现代绘画语言却是无师自通，她的画有点像现代派大师、犹太画家夏加尔的风格，画面充满童趣、幻想和抒情。夏加尔是我最喜欢的现代派画家之一，哪个派别都不是，但吸取各派所长……"

老吴耐着心思听他把画讲完，然后问周由："那你看，现在怎么办呢？"

周由干脆地回答说："让她继续保持这种风格，不断画下去。"

"我、我不是说画画，我是说……她画上表达的那种感情……"老吴补充。

周由一时语塞。他习惯地转过脸去寻找水虹，水虹却把目光迅速移开了。他发现水虹的脸色变得苍白，呼吸也有些急促。眼睛里像有幽幽的磷火掠过，瞬间便熄灭了。她在沙发上坐下来，拿起一杯茶来喝，刚喝一口，却不知为何呛住了，大声地咳嗽。老吴走过去给她捶背，她把老吴的手拂开了。这样默默坐了好一会儿，才轻声说："我想……阿霓的这种感情其实很纯洁，也蛮娇嫩蛮脆弱，小周，你可要小心爱护她，别让她一下子太失望，她会受不了的……"

周由将身子斜靠在窗台上，两只手死死撑住后背，浑身一阵冰凉。

又过了一会儿，阿霓终于从楼上下来，走到周由面前，怯怯地问：

"大……哥哥，你喜欢我送给你的画吗？"

"喜……喜欢。"

"你会带回北京去吗？"

"会的。"

"就挂在你的房间里，天天看着我吗？"

"当然。"

"那……那你愿意等我长大吗？"

"你会长大的，长成一个像你妈妈那么美丽的大阿霓。"周由点点头。

阿霓一下子抱住了周由，在他脸上亲着。鲜嫩的小嘴唇像吸盘一样，牢牢吸在周由脸上。她晶莹的眼睛流出了欢乐的泪水，露珠般滴落在周由手心里。她一边哭着一边又笑，好像完全忘了旁边还有爸爸妈妈。

周由轻轻解开了阿霓的胳膊，把她抱到沙发上，抚摩着她的头发说："阿霓，你还太小，等你再大一点，你就会明白许多事情的。来，别哭了，大哥哥明天就要走了，还是让大哥哥给你唱个歌吧！"

周由迷茫地望着水虹，用低沉的男中音唱道：

我是一匹来自北方的狼，
走在无垠的旷野中。
凄厉的北风吹过，
漫漫的黄沙掠过。
我只有咬着冷冷的牙，
报以两声长啸。
不为别的，
只为传说中美丽的草原……

歌声苍凉、悲戚，像北方寒冷雪原上一头孤狼的呜咽，飘过遥远的长江，回荡在月色迷惘的茫茫太湖之上。水虹已来不及躲开，她的泪水终于夺眶而出，当着周由和丈夫还有阿霓的面，扑簌簌地流了下来。

第二天早晨，周由提着自己的旅行包，背着画箱出了门。他谢绝了老吴一家人送他去车站，甚至也不让老吴去给他叫车。在大门口，周由同老吴和水虹依次握手告别，又费力地解开了阿霓箍在自己胳膊上的小手，给她擦干泪水，然后一个人走到路口去等车。

天空像他来时一样阴沉，水巷依然烟雾迷蒙。沉默的老屋和石驳河岸上凌空而架的梯形条石埠头，在河水的光影里微微颤动。周由不知道自己还会不会再来。

6

周由从江南回到北京以后，他的画风陡变。有时画得气贯长虹、石破天惊、光彩夺目、色彩清亮；有时又画得灰暗枯槁、形走神衰、阴沉晦涩，像是劣童的涂鸦一般。

他仿佛处于情感和创作的癫狂状态。大半年下来，他一直闭门谢客，在艺术公司借给他的一个由旧仓库改装的大画室里，昏天黑地、如痴如醉地画着。没人能找到他、接近他，有几位主动寻上门来的以前的小姐小蜜，也被他不近人情地拒之门外。朋友们都说他不知中了什么邪，快要画疯了。到这年秋季，公司为几位中青年画家租了展馆，展出他们的新作。周由的作品，又一次引起了画界广泛的注意。

在一幅题为《江南霓虹》的巨画前，总是站满了人。这幅画大如一个超大型集装箱的外侧一壁，画面色彩之艳丽、气势之恢宏、内容之怪诞，让所有参展的观众、艺评家和同行们望而止步：

——浩瀚无垠的太湖水面上，有两道巨大的霓和虹，从画面的左中部一直弯到画面的右中部。成千上万块绚丽的色斑，组成了红橙黄绿青蓝紫和紫蓝青绿黄橙红两道平行的霓虹。光斑色块跳跃、闪忽不定：红中有绿，绿中有红；橙中有蓝，蓝中有橙；黄中有紫，紫中有黄。赤青交并、橙蓝组合，千色相陈，乱中有序。这种对比极强的补色运用，使画面色彩异常躁动不安。两道彩带，十四条彩链的光芒，又向天空炸散出数不清的细小彩点，像几十万支金镖银梭铜镞钢花，形成了惊天动地的色浪冲击波。色在扩张，光在膨胀，呈弧形辐射状散溢，整个天空都在燃烧震颤。

画面下半部那片广阔的水面，完全倒映了画面上半部的霓虹。彩链，彩点，光色的扩张浪、膨胀潮、冲击波以及燃烧震颤的天空，没入水面。奇光异彩，翻滚沸腾，掀起了湖中的巨浪和大潮，如海啸般汹涌澎湃。

从整体上看，画面上下的四道霓虹、二十八条彩链又构成了两轮巨大的圆环。奇光四射，异彩纷呈，像两只滚动的风火轮。动感极强的太极鱼形的色块组合，使人感到那巨大的风火轮在跃动、在旋转，冲进水里又冲上天空。光环似乎越转越快，越转越大，无数个彩圈向整个画面放射扩散开去，像宇宙大爆炸一般，把强光、巨火、洪水炸向三维空间和四面八方。

作者似乎估计到画面形成的爆炸力，又别出心裁、故弄玄虚地在画框上画了七七四十九道金箍、九九八十一条咒语，画框为牢，力挽狂澜。这一骗术使观众受到的刺激和威胁，大大增强了画面上霓虹之光膨胀爆炸的大效果。

当所有眼花缭乱的观众想要追寻爆炸之源时，都会把目光集中到光环的圆心，那圆内和圆外形成了强烈的反差——这里是一片柔情弥漫、悠然宁静的江南烟雨。在一座若隐若现的拱桥上，伫立着一个女人，身形飘逸，似水似雾。只有她的面容比较清晰，那是一张美得怪异的脸，如果细细辨别，好像是一大一小两张面孔，是二维立体图像的叠加和重影。造成了一种美丽少妇和少女的混合意象。看上去，观众的眼睛会产生散光的感觉，很难将视焦落定在具体的层面上。那画中美人的眼睛更奇特，也仿佛是眼中有眼、瞳中有瞳、眸中有眸。那眸语也是复合叠加、模糊不清的，含有令人迷惑不解的种种歧义。然而，当人们的视线重新胶定在大面庞的轮廓线上，就可以感觉到她的眼睛隐含着神秘忧郁的爱；如果把视线挪至小面庞的层面，便看见了她眼里的纯真和炽热。当人们眯起眼慢慢品味时，会被一种梦幻般的感觉萦绕，似乎在诉说自己内心的渴望……

画面的气势和构图的奇特意境，都给评家和观众留下了烫烙一般的印象。许多朋友和观众向周由询问这画中的深意和谜底，周由一概回答说，那只是他的一个梦境和幻觉。艺评家们弄不清作者的真实意图和内涵，但都被他的创意构思和激情、画面光幻色炫的效果所触动，而给予了高度评价，普通观众则说这幅画好看、漂亮。那几天中，有好几家星级饭店、宾馆酒店的老板，纷纷派人找周由购买此画。既然这幅画吸引了那么多的观众，如果挂在宾馆大堂里，也准能引来宾客，为酒店增色。有一家东方霓虹集团公司，购意最切。周由听说他们原先曾打算开价二十万元，请画家制作一幅与霓虹有关的大型壁画，没想到这里已有现成并引起轰动的作品。他们派人来洽谈说，公司准备出资三十万元，把《江南霓虹》一画买回去，挂在公司总部大厅，作为集团的企业形象，并将其印制在公司的宣传画册、挂历台历、广告彩页上。

但周由对所有前来求购这幅画的人，一概不由分说地拒绝了。

这幅画本是为水虹而作。水虹还没有亲眼看过，他怎么会舍得出售。这也许是世界上目前为止最大的一封情书，一幅充满痴情炙爱、刚刚开头的情书。周由就是这样表达和描绘了自己的情感和心境。这幅画大概只有他自己能懂。除了他以外，这封公开的情书如果还有第二个人能解其意，那么就是远在太湖边上的水虹。

画展开幕的一个星期前，他就给水虹打了电话。他希望水虹能来北京参观这次画展。他几乎没说别的，只是急切地邀请她来看画展。他相信只要她看了画，他就什么话都不需要再说了。

但水虹却总是不置可否。先是说抽不出时间，后又说阿霓快期中考试了，再以后说让她想想。周由每次打电话催问，总也得不到确切的回答。

画展开幕的前一天夜里，周由最后一次打电话给水虹。水虹轻轻说了一声祝你画展成功。周由的耳边响起一声闷雷，电话挂断了，雷声的轰鸣持续许久。

整个画展期间周由情绪低落。如果水虹真的不来北京，那还有什么办法能把这幅画送给水虹呢？这封情书实在太大，无法邮寄；而彩色图片无论放大多少倍，也放不出画面的效果。再说，在图片上他无法告诉水虹，让她看到凝在巨画中他真正的"血汗"了。这半年多，他是在铁皮顶的大仓库画室里度过的。炎热的夏季，他整天待在那间闷热潮湿、室温高达三十九摄氏度的画室里，挥汗，挥笔，又挥蚊。那份辛苦连他自己都不知道是怎么熬过来的。他好像经历了整整一个夏季的爱的炼狱。最受不了的是西郊的蚊子。就在他向水虹发动猛烈的夏季攻势时，他同时也在遭受花脚蚊群的轰炸和俯冲。他已不知被多少只蚊子吸过血，又不知把多少只吸饱了他血后懒懒停在画上的蚊子，用画笔按进黏糊糊的画面上去了。人们常说心血之作，其实多半是夸张之词；但如果说此画是他的心血之作，倒是千真万确。他估计起码有百十只血蚊被他融入了画中。假如仔细看画，如今画面一部分油彩的笔触上，还残留着蚊子的花脚和残体。

画展期间，周由真希望会有一家艺术公司愿意出资，把他的巨画拆开装运到苏州展出，这样他就可以将画送给水虹了。但水虹那幢小楼又怎么能装得下这幅画呢？如果水虹是一位女王就好了，那么他会不惜一切代价把这封情书，亲自护送到她的宫殿去的。如果她嫌此爱此情不够重的话，他还可以画更多更重的，就像米开朗琪罗那样，把她整个宫殿的墙壁穹顶全部画满。画上一生一世，直到来生来世也不会画完。离开苏州以后，他曾一度希望自己能把水虹忘记，但水虹却像一株与日俱生的魔树，在他心里失控般疯长。他的爱恋，爱的梦幻和冲动，因着分离而加倍膨胀，水虹更像一个美丽而陌生的女妖，令他深深入迷，迷得刻骨铭心，深入灵魂骨髓。无论水虹开门还是不开门，他都会一直画下去的。

但是找他购画的老板，却没有一个来自苏州，就连无锡、常州的都没有。周由苦不堪言，失望至极。他真想立即飞往苏州，把水虹"绑架"到北京来读他的情书。他望着那些在画前流连忘返不愿离去的观众，真想大喊一声："你们走吧，你们看了有什么用！"展期已过大半，他每天都盼望着奇迹的发生——水虹会突然出现在他的面前，但展厅人头攒动，却空空如也。

这大半年来，周由在苦恋和疯恋之中，度过了无数个痛苦难眠之夜。他耗瘦了脸颊和身体，花去了几万元作画的材料费和长途电话费，水虹却像一个飘游的幻影与他若即若离，迟迟不肯降落。周由在爱的歧途上已没有退路，他身后是深渊是地狱，他每往前走一步，后面的深渊和地狱也会随之跟上一步，总是尾随其后。他走得慢，它们就跟得慢；他走得快，它们就跟得快。他始终生活在绝壁的边缘和地狱的入口，焦虑和惊恐时时打碎他的睡梦。如果有一天水虹连他的电话都不接了，如果水虹最后对他说"不"，他马上会决断地往身后退一步，去清醒地领受高空绝壁坠落的感觉，领受那种高峰体验的反方向实践。那一定是一幅充满爱和绝望的行为艺术杰作。他绝不会没有勇气完成这个作品。构图早已在梦幻中形成——他将裹着一张巨大的亚麻画布，坠落到万丈深渊的底部，闷声撞碎在冰冷坚硬的岩石上。那时他白色的脑浆和红色的血浆，就会在画布上溅画出他的绝笔和绝唱。亚麻画布上将会出现一个大大的用鲜血写成的爱字，他的爱都浓缩在紫黑色的血浆里了，那将是他给她的最后一封情书。

有时周由爱得几乎不能自控，脸色苍白，全身抽搐。过不了多久却又大汗淋漓，面色潮红，浑身瘫软地倒在床上。他从电话里水虹温柔的话音中，听出她的犹豫和动摇，听出她心底难以割断的柔情。他重新有了信心，他想水虹的心即便是那个幽闭的夸克粒子，他也要用自己艺术生命的中子炮将它轰开。轰出一个比一千个太阳更灿烂更辉煌的爱的蘑菇云。

画展已进入了最后几天，周由在他频频出现的爱的痉挛发作之后，又慢慢平静下来。他仍然在琢磨着如何才能使水虹看到他的这些情书系列。他站在自己另一幅画前，觉得把这幅画寄给水虹也许更合适些。这幅画的尺寸是 2 m×1.5 m，比《江南霓虹》小得多了。这幅无标题的现代画前围了许多观众，看样子他们既好奇又迷惑。

——画面的背景是一个古色古香的巨大陶瓶，镶嵌在黛瓦粉墙的江南民居的门檐上，又像墙壁上开了一个酒瓶形状的门，背景虚拟，色彩古朴。在深灰色的图案底色上，飘荡、悬浮着七个嘴唇。左边一行，三个依次往下排列的嘴唇微微张开，显然是男人的嘴唇，显得厚实而阔大，色彩是棕红色的，连嘴唇上细细的皱褶也画得清清楚楚；右边一行是女人的四个嘴唇，用唇线勾出半张半合的轮廓，唇膏鲜红欲滴，传来女人温热的气息，含情动人。

所有经过此画的观众，都会驻足欣赏一番。三个男人和四个女人的嘴唇，在江南民居的雾气中，跳跃醒目。就像一户人家门前挂着的两串红灯笼，一串三个棕赭色，另一串四个鲜红色。那究竟是什么意思呢？女观众盯住了那三个男人的嘴唇细细观看——那个很帅的男人渴望着，充满了爱的颤抖；男观众盯住了四个女人的红唇——这鲜嫩的嘴唇太诱人了，简直叫人想入非非。但是作者想表达什么呢？周由听见几个观众议论说，大概是男人喝了三口酒，女人喝了四口酒……有人纠正说，不对，那后面有一个大酒瓶，所以是一男一女喝了酒以后，男的亲了女的三口，女的亲了男的四口……

周由听了，几乎乐出声来，观众怎么能明白画家的心思呢。不过他觉得这样理解也不错，看来这画面能让人联想到爱。周由当然不会把这幅画的秘密透露给任何人。许多画友询问他的时候，他回答说，谁想是什么就是什么呗。

周由决定等画展结束后，就把这幅画拆下来寄给水虹。他要让水虹来说出这画里的意思，让水虹来破题解谜，并为它命名。老吴肯定是看不懂这画的。唯有画家的情书可以公开展示给情人的丈夫。当她收到这封情书后，周由会立即打电话问她，是不是？是不是？水虹脸上一定会第二次出现那团红晕，最后一定会回答说是的。只要她回答了这个字，周由就会豁出一切去拥抱她吻她，把她从老吴手中夺过来，结结实实地搂到自己怀里。虽然水虹和老吴曾有过真挚的爱，然而十几年来，他们之间情感的追求已拉开距离。周由不能忍受水虹得过且过地敷衍着日益平淡乏味的家庭生活，更不能接受水虹靠着爱的惯性输液来维持已经脑死亡的婚姻。他在苏州的几日里，凭着自己的直觉认定了水虹的幸福是一种虚伪的表象。他要让水虹自己拔掉针头，重新焕发出生命的活力。他顿时觉得自己心中体内还储存着巨大的能量，这次画展他所展出的每一幅画都是情书，他的情书还刚刚写了第一页，他将是水虹后半生翻不完的一本情书大全。

这次秋季画展，周由又获得了不小的成功。佳评如潮，趋者如鹜。他内心梦幻般的天地，他对爱对美对艺术的狂热追求，他清亮斑斓流动旋转的色彩，给画坛吹来了一股赤道的海风，饱含着负氧离子，使得那些匠气十足的商品画黯然失色。周由自己认为，尽管金钱的驱动力貌似强大，但是与爱的火箭式推动相比，只是烟花爆竹而已。然而周由的判断却过于天真，如今像周由这样的艺术家毕竟太少了，他虽然傲然升空，但是商业绘画像节日狂欢般的焰火，很快就把他的光彩淹没了。他的几位报社的好友气得大骂他有病，简直是鬼迷心窍。本来他们指望周由趁势做局，把自己炒得烫手，再以惊人的高价卖出去几幅画，特别是那幅许多家争购的《江南霓虹》，报纸也可作为头版新闻报道，为周由制造一个商业性的轰动效应，从此可在高价的档次上定位。他们一遍遍劝告开导周由，说中国遍地是画盲，那些有钱购画的大款、商家、机构，那些起哄炒作的画商，往往是按画价的高低来决定对画家的崇拜和蔑视。而周由这个家伙，竟然在他的全部作品上，都标上了"非卖品"的字样，岂不是自毁知名度，自贬身价，自绝丰厚的利润吗？他们不知道周由到底想干什么，他那些宝贵的"非卖品"，真让画坛的朋友百思不得其解。

虽然在观众和周由本人的一再请求下，周由甚至拿出了一笔租展费，使画展又延长了两天，但是奇迹却仍然没有出现，空荡荡的展厅中，水虹高贵而美丽的身影只是他一次次虚幻的错觉。其他的几位画家都沾了周由的光，他自己不卖画，却为他们招徕了买主。于是这几位画家收益颇丰。当画展终于不得不结束时，周由的画被拆卸下来，原封不动地拉回仓库，此次画展最大的成功者，却成了画展最大的失败者。周由的失败完全在于水虹的缺席。到画展结束的最后一分钟，她终究还是没有来北京，那么周由几乎用血和命画给她一个人的画，还有什么用处呢？周由坐在载画的大卡车上，真想闭着眼睛往后栽下去，让后面的车轮子把他碾成一幅最后的作品。

西郊干燥的风沙，吹疼了他的眼睛。他思念江南的水巷小桥，思念轻柔湿润的雨雾，思念河边那幢幽静的小楼，思念美丽的水虹和可爱的小阿霓。北方也许真的是太寒冷了，冷得简直像是进入了小冰河期。这么寒冷的地方大概是不适宜安置水虹的。周由徒劳地忙碌了大半年，这春、夏、秋三季攻势，不仅未得寸土寸心，反而割地赔款，损兵折将。沉重的挫败感和失落感，再一次死死地压在周由的心上。他站在车上迎风呼喊："水虹，你为什么不敢爱？不敢爱的人，活着还有什么劲？可我知道，你是爱我的，你会爱我的啊……"他两个多月未理的长发在大风中狂舞。周由像一头在决斗中惨败的非洲狮，带着满身的伤口，瞪着杀红了的眼睛，决心再一次冲进决斗场去。

画展结束以后不久，周由很快就被画坛和商界忽视冷落。只有一些精明而有眼力的收藏家、一些教授和评家，仍在关心注视着周由的艺术发展。一位教授对周由说，还是按自己想走的路子走下去吧，艺术自有不能用市场衡量的价值。但周由对这样的安慰也置若罔闻。他好像已同社会绝缘，甚至连以前关心他爱护他的人，他也觉得与人无话可说。他越来越孤独，越来越离群索居，而社会也把他当成一个不可思议的先锋怪兽，只能敬而远之。

自从周由两位漂亮的女友离他而去，他对自己的个人魅力和艺术魅力，实际上已不再那么自信了。他心痛地感到了那种比爱更强的金磁力，在吸引着越来越实际的女人。难道水虹又是一个拔不出金磁场的美人吗？周由想起了那个叫舒丽的女人，他曾经爱过她，爱了整整五年，舒丽原本是那么侠肝义胆，她明明爱着周由，但她最后还是远走高飞了。水虹迟迟不能挣脱她的小家，是不是仍因为无法舍弃她拥有财产的丈夫呢？周由深深地感到绝望，他问自己，他是否真得像许多所谓先锋的艺术假疯子们那样，别再一根筋似的搞艺术了，得硬着头皮去找那些画商，先小人后君子，挣出一笔能让他心爱的女人安居乐业的家产，挣出一套不亚于苏州那幢小楼的公寓，挣出所有她想要的东西，筑一个舒适的爱巢，然后再来考虑艺术？再去迎接自己的第二个艺术高峰期？

　　周由在极度的彷徨中，第一次对所谓的艺术价值产生了怀疑。他想起舒丽临走前对他说过的话。舒丽说世界上不存在绝对纯粹的爱情，爱都是有条件的。当时他固执地拒绝了舒丽想要塑造他改造他的那些"条件"，宁可让她飞走，也不愿放弃艺术去挣钱。但这一次，也许他不能也不该再固执了。他觉得自己为了水虹，什么都可以牺牲。一个能让你舍弃一切去追求的女人，必是人一生难求的真爱了。真爱应是在艺术之上的，艺术怎么能同爱相比呢？他宁可拿出几年时间，去画商品画，去画那些画商的命题作文，像如今许多学者一样被"逼良为娼"，沦落几年艺术风尘。那么这同舒丽的曲线救爱有什么区别呢？他惘然地摇了摇头，渐渐感到自己有点理解舒丽的行为了。

　　然而周由在内心深处，仍然不愿相信水虹是舒丽那样的女人。

否则他又怎么会爱上水虹呢？水虹如果是贪恋金钱地位和物质享受的女人，她完全有"资本"扔了老吴，去嫁一个比老吴更有钱的千万富翁了。水虹就是水虹自己，水虹与他的心灵彼此间似有一条暗河相通。第一次见她的时候，她眼中那如水克火、以柔克刚的宁静，便已永远地征服了他。

当遒劲的西北风开始呼啸之时，周由决定对水虹发动冬季攻势。他怀着野鹅敢死队一般的悲壮心绪，准备同那个温和的太湖情敌决一死战。

7

在这大半年里，江南小城水巷边这座美丽坚固的堡垒，也被来自遥远北方的密集型地毯式轰炸，震得摇摇欲坠。自周由回到北京后，水虹隔几天便被周由的电话铃声惊扰，被周由寄来的各种画片画册搅得不得安宁。在秋季画展开幕前夕，周由几乎每天一次电话，热度直线蹿到沸点。他告诉水虹，他为了她临时向朋友借了一台手机，可以在任何时间、任何地点给她打电话。水虹觉得自己都快要被他滚烫的胡话烧熟灼伤了。

开始时，水虹还能平静地面对周由的进攻。她把周由种种狂热的行为，归为艺术家的游戏，孩子气的可爱又可笑。水虹放下电话，常常安抚老吴说："没事，没事，我晓得，不要紧，过些日子，他自己会慢慢冷下来的。难得他这样真诚，我们总不要伤着他呀……"

水虹小心地坚守着自己的心理防线。在这道防线后面，是她十几年辛辛苦苦维持下来的家庭，一幢让整条小巷都景仰的安全富足的小楼。在这个小家后面，还有拥有更大房产、更多玉器古董，家财充盈的公婆一家。而长子吴奂雄是吴家的主要继承人，他的弟弟拥有一家实力雄厚的私营公司，在商界口碑甚好。水虹嫁到吴家多年，一向很得两位老人的宠爱，不久她和老吴就打算搬到更为舒适的吴家大宅去了。她还有让整条巷子的女人都羡慕、被许多女人暗恋着的丈夫，以及可爱的女儿阿霓。当周由离开苏州时，她已经调运了自己情感经验中的水泥、沙袋和凝固剂，把刚刚开始喷发的情感井口封堵死了。在周由的第一次春季攻势中，她几乎轻而易举地抵御了他的情诱场。她希望时间和空间的距离，能将他拦截在大运河的终点那儿，无渡无舟，慢慢冷却并熄灭他心中的爱火。

但随着气温的上升，入夏后，在江南闷湿的梅雨天气中，水虹感到了不安。周由非但不像她安慰老吴说的那样没长劲，反而变本加厉，发起了猛烈的夏季攻势。她觉得已被自己封死的井口，又被周由重新炸开了缺口。

老吴上班的时候，水虹在书房伏案备课，经常被周由急促的铃声惊得思路全无。他不知道哪儿来那么多的感受和那么充沛的精力，有时一边画画，一边给她打电话，告诉她正在画什么，用什么颜色。他讲得最多的就是自己正在准备的画展，告诉她有一幅可破吉尼斯纪录的世界上最大最重的情书即将完成，而且画技基本上达到心到、笔到、形到、色到、效果到的程度。其他几幅画的构思极快，有时一天就可画出五六幅小稿，常常一气呵成，画一幅成一幅。他说自己不是在画画，而是在喷画，像井喷一样出画，最多五六天就可画出相当满意的作品，一画就收不住。

又过了些日子，周由不再常打电话，他突然抛弃了传统武器和常规战术，而把爱之战升级到了核武器阶段。他动用了精神眩迷弹头，也就是他的那些色彩斑斓的油画，将它们源源不断地往苏州发射。入夏后，水虹一家便开始收到来自北京的大筒、大卷、大箱的邮件或托运件。筒卷里是画，木箱里是带画框的画，还附有说明书，详细地告诉他们怎样拼装，怎样保护。水虹正想着如何把它们挂上墙去，却发现箱里还有挂画的抓钩，甚至还有和她家墙壁颜色相配的绳子。说明书上还建议哪幅画该挂在哪个房间，哪一面墙上，该挂多高效果才好，等等。邮包和邮箱越来越重，不但有画，还有他亲手绘制的挂盘、贵重的进口画册和美术书籍、大本大本的美术作品幻灯片，还有给阿霓的手绘生日卡、进口彩笔、画簿和木雕发卡。那阵势像是恨不得要把他的家都搬过来。吴家的生活节奏完全被来自北京的洪峰冲乱，老吴和阿霓三天两头去邮局、火车站取包、提货，小院里被箱包纸盒木箱堆得像个包装车间。

水虹心里的缝隙开始渐渐迸裂。她闻着开箱开包后，飘浮在房间空气中的油画颜料和调色油的浓郁气味，好像重又回到了春天的那个下午，周由面对面为她画着肖像，一种诗意的氛围久久缠绕着她，令她心醉神迷。随着春季的过去，如今他留下的那三幅画上的油彩早就干了，画上的气味，那隐含着周由情感和爱的气味已渐渐消散。但一幅幅新画的到来，又使小楼重新充满了油彩味，不，是周由的气息，周由就像是一个无处不在的气场，威逼着胁迫着她，使她无从逃避。

那些镶上画框的画，像是刚刚从绘画展馆墙上摘除下来，有一种名画原作的庄严感。水虹感到自己已成了一个富有的收藏家。她望着那些色彩斑斓的作品，却又觉得自己无功受禄，她根本就没有理由接受他如此昂贵的馈赠。如果是别的画家，也许早已把这些画换成美元或港币了，但周由却像个一掷千金的沙特王储，用画来支付了他爱的快乐。最使水虹心疼的是，有一次，她竟然收到周由的两件获奖作品。还附有评论家的文章、美术杂志上刊登的彩页、报纸的报道和撕成了两半的获奖证书。水虹有几位本地的画家朋友，她懂得艺术家对获奖的作品往往是极珍视的，就连急需用钱、穷困潦倒时也舍不得卖掉获奖的作品。那是一个画家安身立命、晋级评职称的资本，也是证明画家身价和画价的主要标志。能获奖的作品毕竟不会太多，而周由竟然把他在全国美术大赛和一次国外双年展上的作品，作为爱的信物，无偿地赠送给她。她实在不忍心将他如此珍贵的东西占为己有。周由莫非真是爱她爱得失去了理智？

水虹在周由打来的电话中对他说，这样太过分了。他应该珍惜自己的艺术成果。她打算把这两幅画暂时先在家里挂些日子，欣赏一段时间，等有机会时就还给他。周由没等她说完，便在电话那头说，他都想把自己的心剜出来浸在标本瓶里送给她，他还在乎什么心血之作吗？只要他活着，他还会有新的获奖作品，即使不获奖也没什么了不起，他有自己的评奖标准，他并不认为他的获奖作品就是他最有价值的东西，这两幅画也许还不如他在苏州时画的那幅肖像更让他得意。到最后他气喘吁吁地大声问道："那些画是我用心画的，但是你知道不知道，我给你画的画，究竟是用什么东西画的呢？"水虹沉默着。她当然知道他是用什么画的，但她不想说出那令她难堪的答案。

水虹被炸得晕头转向，她几乎不会用自己的思维来思索了。那个已经开裂的井口，又被炸出了更深的沟谷。她已没有力气来将它们填平。她终于受不了了，恳求周由不要用爱来杀她，哀求他不要逼她，给她些时间思考。她感到自己已无法抗拒周由暴风雨一般袭来的爱。它真像癌症一样固执可怕，割了又长，长了又割，此刻已扩散全身，任何手术都无能为力，那不断分裂繁殖的癌细胞，恶性地一点点吞噬着她对老吴往昔的情爱，将先前貌似健康的肌体咬啮得遍体鳞伤。但奇怪的是，它对她的生命却是良性的，发生着持久更新的药力，使她觉得快活和年轻。她开始相信自己和周由的情感已不是露水露珠，而是太阳和时间晒不干的珍珠。只是它躲藏在深水的珠蚌里，在湖底发出持久而润美的光泽。

周由的一幅幅画使吴家四壁生辉。吴家小楼真像是一个艺术宫殿，陪伴着两位美丽的公主。几位懂画的亲友看了之后，都说这些画的价值不菲。水虹又让老吴调整了挂画的位置，把画都集中到楼上，以免招贼。

然而老吴的心情却一日日沉重起来。入夏以来，自从威力强大的画弹从北方一枚枚飞至，水虹一天比一天变得不易捉摸。她不再安慰他说没事了，她常常独自一人坐在窗下，长久欣赏着那些画，神色迷离，魂魄已不知飘向了何处。平心而论，老吴也喜欢周由的画，这些镶上精致外框的油画原作，透出惊人的创造力和艺术才气，把老吴压得自惭形秽，透不过气。他不得不承认周由确是个出色的画家，而且周由确实真心真意地爱着水虹。更要命的是，在周由和水虹、周由和他吴免雄三人之间，既没有秘密也没有阴谋，一切都在坦然而公开地进行，只能凭双方的实力和耐力来公平竞争。老吴尽管在心里痛恨这个天外来客，这个可憎又可畏的情敌，突如其来，始料未及，仅仅三天便打破了吴家十几年来安逸平静的生活，但老吴毕竟是个有文化有教养的男人，他不愿意让自己内心的嫉妒和愤怒，表现得像小市民一样，倒反而让水虹看低了自己。他希望自己在水虹心中仍然维持一个体面而高尚的形象，让水虹自己来做出最后的抉择。这个方法很奏效，水虹在秋天果然拒绝了周由的邀请，没去北京看画展，而是乖乖留在了家里。他不动声色地看着水虹内心的挣扎，明白水虹并非真的不想去北京，而多半是为了顾及他的情绪。一旦水虹真的迈出这个家门，她也许就再也没有回头之路了。

其实老吴心里非常清楚，水虹自嫁给他以来，一直生活在一个相当优裕的家庭中，这使得她不像那些贫穷的女人，被贫困所逼迫所分心，只能把财富和权势当成生活里最重要的目标。水虹的淡泊来自她的生活环境，而她需要和渴望的，恰恰是老吴难以提供给她的那种所谓思想的交流。她有个老同学，从当年上初中的时候就开始追求她，如今已是苏州丝绸界的千万富翁，人称白老板，至今未婚。他曾扬言说如果不能遇上比水虹更美的女人，他宁可养个外室，也决不娶妻。苏州的社会名流、风流才子，纠缠水虹的人一向不在少数，但水虹总是无动于衷。然而，水虹并非无懈可击，水虹在安逸的生活中，被惯出来一种耽于幻想的习性、情感和艺术便是她最薄弱的防线。在老吴看来，水虹其实也是一个像周由那样不能区分生活和艺术的人。所以周由的闯入，就成为她梦幻的延续和实现的可能。她也许不仅不想设防，甚至还故意诱敌深入。老吴焦虑痛苦但却无可奈何。涉世已深的老吴明白世界上那个最简单的道理：如果她想走，并非被别人抢走，而是她的心已渐渐离他而去。

在这场从春至秋的心战中，阿霓是全家最公开表露自己情感的成员。每当邮单、提货单寄到，她都要爸爸立即去取，连一天都不能再等。一到开箱开包，她就寸步不离地守护着，让爸爸把大哥哥送给她的画，马上在她的小房间里挂起来，然后才去看周由其他的画。

在近半年来周由对水虹的重炮轰击下，阿霓也被周由炸得心花怒放。她对大哥哥的崇拜和仰慕，已从朦胧迅速转化为公然的发烧。她像一株浇过第一遍春雨的玉兰花幼树，还没等绿叶发出嫩芽，就早早地绽开了洁白娇艳的花蕾。虽然花蕾与它细弱的枝条很不相称，头重脚轻，但是异常让人怜爱。十四岁早恋的幼芽，本来很可能随着周由的离去慢慢干枯，然而，她偏偏长在了一株成熟美丽、花期正盛的大树旁边，当一位迷上了这株花树的园艺师不断为大树殷勤浇灌时，阿霓这棵小树也被他又一次滋润了。她的根系尚未伸展，对水分和营养没有太多的苛求，只要大哥哥稍稍关照她一些，她就能喝饱。这是周由未曾料想的事情。这个天生早熟、性急又任性的女孩，被她的大哥哥在无意中不断催水追肥，那种被她自己确认为是爱的情感，便蓬蓬勃勃地生长起来。

"大哥哥真是个说话算数的好哥哥。"阿霓每次接到周由的电话，总会兴奋得半天不能安静下来。开始时，周由一来电话她就按响扩音键，让客厅里每个角落都回响着周由的声音。过了一些日子后，阿霓就开始抢话筒了，拿着无绳电话，躲到洗手间或是厨房里去，好半天才出来，两眼放光，面孔绯红，谁也不知道她都和周由说了些什么。老吴不得不请周由最好不要在阿霓在家时来电话，但周由马上会接到阿霓的信，让他务必在星期六晚上或是星期天上午给她打电话。阿霓电话中的语言表达越来越大胆也越来越亲昵。一会儿是梦一会儿是画，一会儿开心地疯笑，一会儿唉声叹气。周由的电话绘画讲座进行得很艰难，经常被阿霓不断插入的各种情感提示打断，于是周由只好草草收场。

整个春季，阿霓的绘画水平和她对周由的发烧温度，一起不停地往上蹿。进入初夏以后，来自北京那一幅幅散发着油画芳香的作品，更把阿霓的画兴和对周由的热爱，难分难辨地搅到了一起，如汽油一点即燃。

由于阿霓的房间最小，周由送给她的画也就算最多。到了暑假，大哥哥答应给她布置的"画炉"终于砌成了。她的房间里被挂上了七幅大大小小的油画。有美丽的森林风景，有一对在湖边跳舞的白鹤，有三四个正在练舞的芭蕾女孩，还有一些色彩跳跃、抽象变形的现代画。但阿霓最喜欢的，却是周由送给妈妈的那幅《北方的狼》：一头大狼，全身落满了雪，蹲踞在山坡顶上，抬头望着月亮长嗥。但那巨大的月亮里，没有桂花树和嫦娥，而是一片朦胧的草原。阿霓曾央求妈妈把这幅画挂在她的房间里，妈妈却没有答应。

她每次收到大哥哥的画，就像收到一件生日的礼物，长大了一岁。她每收到一幅画，就会做一个美丽的梦。梦见和大哥哥在草地上野餐，在湖边喂白鹤，或者是大哥哥背着她去爬山，去看日出。有一次她还梦见自己抱着北方的大狼在雪地上打滚，浑身都沾满了雪但一点都不冷。第二天她试着画下自己的梦境，再把画稿寄给周由。周由在电话里笑着对她说，女孩子还是不要与狼共舞的好，假如改成一条大狗，画面就亲切得多了。

周由对吴家的密集轰炸，本是为了轰开水虹心上的大门。结果那铺天盖地的气浪和烟雾，却把根本不需要轰炸的阿霓，也捎带着震出了圈，抛出了她的年龄段。短短几个月下来，水虹发现阿霓的举止越来越像个大女孩了。阿霓进进出出，开始经常在镜子前停留，挑剔着衣服的式样和颜色，不是这件太古典就是那件太新潮；如果一个星期接不到周由的电话，她就会发脾气，在家里为所欲为，谁的话都不听。有时无精打采地歪在沙发上，像是中暑一般。

面对阿霓种种迷心迷窍的表现，水虹和老吴一时都有些手足无措。水虹尤其苦恼，她感到在一个早恋任性的女孩面前，家长已很难维持以往的权威了。

一个大女孩，在潜意识中有没有模仿或是嫉妒母亲的因素呢？

假如模仿不成，嫉妒无用，那么她会不会产生一种逆反心理，在情绪上抵触父母，行为上处处与家长闹别扭，企图以这种方式来战胜她的母亲呢？

从那次周由临走前，阿霓送给周由的那幅有人形的画上，水虹才恍然明白阿霓的心思。初始她震惊，继而她迷茫。当她发现一直被自己视为孩子的女儿，已经开始有了朦胧的女性意识时，水虹第一次悲哀地感觉自己老了。三十三岁的自己，其实已不再年轻。在十几年平静如水的婚姻生活中，在她被自己的美丽长期封闭的孤独岁月里，她曾以为青春是取之不竭的资源，足够她永远地享受被宠爱与呵护的幸福，也从容地期待着迟迟尚未降临的爱的梦幻。这种虚无缥缈关于未来的想象，如果不是因为阿霓的突然介入，本来也许还会一直持续下去，但阿霓却无情地惊醒了她的幻梦。

当情爱的心之门终于沉重开启时，她却发现那门里站着另一个女人。那是一个十几年前的水虹，是水虹的青春倒影。过去时变成了现在时，现在时被过去时所替代，那么，她还能有未来时吗？

有时水虹觉得命运似乎同她开着一个恶意的玩笑。时间将把她昔日的美丽转赠给她的女儿，难道女儿将真的成为她的第一个竞争者吗？

秋天来临时，水虹之所以最后还是拒绝了周由画展的邀请，一半是为了老吴，另一半是为了阿霓。她还没有决定是否加入这场竞争，或者说，她根本就不要这种参赛资格。她宁可把选择的权利交给周由，让它变成一场友好表演赛。水虹读过许多艺术家传记，她知道历史上好多位伟大艺术家的爱情经历极其辉煌，但他们的婚姻生活却大多都很不幸。周由就是一个分不清艺术和爱的人，他用爱去创造艺术，同时也可能用艺术去毁坏了爱。水虹对周由那种狂热而率真的性格，有着很深的忧虑。她明明爱着但她又惧怕这爱，怕周由只是把她当成了一个艺术的幻影，那么这爱便永无落脚的实处。

有时她觉得自己好像置身于一个布满钉子的三角帐篷中，一边是老吴一边是阿霓一边是周由，她无论从哪一边钻出去，都可能掀倒一面幔帐，使帐篷完全坍塌下来。她连一动都不能动，她不愿为了自己而伤着他们三人之中的任何一位。她只能像一具僵死的躯壳，被人误作为主干，支撑着那三面围墙。她不能伤害老吴，不能伤害阿霓，更不能伤害周由——那么，最后剩下的，只有伤害她自己了。

画展结束以后，水虹第一次一连三天没有接到周由的电话。她虽然害怕他的电话，但电话铃声的突然静寂，又让她惶惶不可终日。那几天她总是有意无意地守在电话机旁，铃声一响，她便战栗着扑向话筒，但每次话筒里别人的声音，使得她连回答的力气都没有了。那么周由会不会给她写信呢？第二天本没有课，她却专程去了一趟学院翻查信件。她失望至极，想起周由从不写信，他表达感情的方式似乎只有两种，除了电话就是那些远程导弹——从天而降的一幅幅绘画了。

水虹终于决定给周由打电话。她翻出了周由曾经留给她的手机号码。她担心他是否出了意外。这是周由走后她第一次主动给他打电话。当话筒里传来周由微弱的声音时，她感到了他内心巨大的伤痛。他好像已爱到了生命的尽头，站在悬崖绝壁的边缘。水虹的心也剧烈地抽搐和疼痛起来，她听见他对她说了唯一的一句话，他说又有一个托运件就要发出。那也许是他送给她的最后的礼物。

深秋时节，周由在这一年里最后的礼物寄到了。

那是一套系列组画，一共三幅。每幅都是正方形，可以各自独立也可以竖着拼接起来连成一幅油画大条幅。三幅画的色调反差极大：红！白！黑！它们从地上一直触至吊灯。从窗口望去，有一种惊心动魄的空间深度。

第一幅，红得像火山喷出来的岩浆。画面是一片熊熊燃烧着的呈螺旋状的疯狂大火，裹挟着将顽石烧裂得噼啪作响的高温高热，像一股可以摧毁扫荡一切犹像怯弱的龙卷风，而龙卷风柱又呈现出扭曲的人形状，身形已同大火烧成一体。画面上端的头形在热浪里晃动，边缘也与火焰燃成一片，但面容依然可辨。水虹惊恐地发现那竟是周由的自画像，眼珠已暴凸，眼神却冥顽不化。整个画面的色彩不是平涂出来的，而是用无数色块色斑组合而成。阿霓的眼睛最尖，她大叫，有些色块是心形的。水虹仔细去看，那心形的色块仿佛是周由用一支特制的心形笔头点画上去的。他在点画时，手好像在剧烈抖动，那一颗颗心形的色块也像在抖动。虽然每一颗心被烧裂成千万个碎片，但每一块碎片，仍然随着风暴的旋转而战栗哭泣。在鲜红的高温高热中，周由好像在自焚、自化为暗红的灰烬。水虹退后几步，她发现尽管周由画得非常隐蔽，但她还是能看出，在燃烧中的周由实际已站在峰顶绝壁的边缘，只要火的风暴再往前推进，他就会……水虹紧紧闭上了眼睛。她惊魂不定，瞳仁中一片狰狞的血色，四周火海翻腾……

第二幅，漫天浑噩的青白色。一只巨大的白鸟，造型怪诞的大鸟，几乎占满了整个画面的上半部。这只大鸟惨白得像无生命的医用石膏，胸部朝天，沉重的鸟身正在往下坠落。白亚麻布一样的薄薄翅膀，已被气浪吹得急剧抖动，像出葬的白幡凄厉飞舞。大鸟的眼形也是水虹熟悉的，那眼睛仰望苍天，没有痛苦，没有泪水，黑眼珠已几乎被眼白侵蚀，只有瞳孔中还有最后两点似白非白、晶莹闪烁的银色亮点。画面的下半部，是一片苍白无垠的天空，为白色的大鸟留下了下坠的空间距离，它似乎还有短暂的思考时间，然后便是消失和隐没，是没有颜色没有生命没有欲望的白色虚无……

阿霓不太懂这幅画。她说，这幅画是不是挂反了呢？大白鸟应该脸朝上往上飞啊。但是天空怎么跑到鸟的下面去了呢？她背转身弯下腰，拿大顶一样地倒着看这幅画，还是觉得不对。即使画调过来，大鸟也不能这样飞，画并没有挂反。她觉得这只奇怪的大鸟很可怕，那鸟的眼睛很像大哥哥的眼睛，他在想什么？他是在空中仰泳吗？也不对，他明明是在往下掉。阿霓问爸爸，这只鸟是不是被人打伤了？老吴说，也许吧。大哥哥大概想用画布当翅膀飞上天，但是没有成功。阿霓惊叫说："那就快打开降落伞吧，救救我的大哥哥。"一边说着，她的眼泪便扑簌簌滚落下来，想跟妈妈要餐巾纸擦泪，却发现妈妈的眼睛也湿了……

第三幅，黑得伸手不见五指。黑得一无所有。水虹最不敢看的就是这最后一幅画。她略扫了一眼便惊悸地将视线移开。乍一看，画面一片漆黑，像一团黑洞，似乎什么也没有。但她知道那黑色中肯定隐藏着什么更为黑暗的画面。她下了几次决心，拉上了窗帘，调好了画面角度，去掉了一些油彩的反光。终于，从那偏冷偏蓝的黑暗中，从那厚厚的黑颜料中，渐渐浮现出一些其他的颜色。她慢慢看到了一点点灰白，断断续续，她知道这就是第二幅画上的白亚麻布。她又后退了几步，把画面上所有灰白色小点连接起来，她看见了一些残缺的人形，还似乎寻到了星星点点的暗红色，用薄浮雕般的笔触细细勾勒。那隐现的线条好像是半个符号，也可能是半个字。她实在无法看清那是个什么字，她只能猜想那字的意思。也许除了"爱"字，不会再有别的解释了。她想那只大鸟在下坠的时候，就用它的翅膀在空中写下了这个字。也可能是在坠地时，用进溅的鲜血写成的。但这个字其实已无关紧要。即便没有字，这幅画上写的也全是爱了。

水虹心中一片黑暗。她知道任何人都会有这么一天的。但是相爱着的人，在离开这世界的最后一瞬，心里一定只有这一个字。爱是他们脑电图心电图上最后消失的一个微弱的光斑和信号。

水虹也像是经历了一场高空坠落的全过程。这三幅画中色彩强烈而恐怖的红、白、黑色，让水虹看到了周由爱的三部曲：燃烧、虚无和死亡。哲学家和文学家很难用抽象或形象语言表达的这三种状态和感觉，被周由这三幅画直观而清晰地表现出来。水虹觉得在自己的内心深处，其实也曾体验过这种感觉，也许许多人都将一步步走过这红、白、黑的阶梯而到达永恒。周由绝不是唯美主义画家，而是一个极端的唯爱主义艺术家。水虹从画上感到了周由爱的沉重。她已无可逃遁周由爱的燃烧，无从回避周由寻爱不得的虚无，更无法面对周由愿为爱而死亡的勇气……

面对三幅巨画无声的呼唤，水虹就在那个瞬间做出了去北京的决定。当那个声音再一次出现时，水虹知道一切都已无法阻拦她了。

老吴料定的日子终于不早不晚地到了。他无法挽留水虹的心，因为她已装到别人胸膛里。其实从夏天以后，他就知道自己已失去了她。他连与水虹做爱，都已产生了犯罪感。他在床上已违反了水虹的意愿，他明知水虹仅仅是闭着眼在尽着妻子的义务。水虹大半年来的挣扎已前功尽弃，十几年的爱终于盖棺论定，平静地走完了它最后的一段路程。老吴感念她的坦白和透明，一种男人的自尊反使他决定成全水虹。他将永远爱她、恨她，也永痛恨周由。水虹走后，他还有阿霓需要照料，还有来自阿霓的一大堆麻烦等着他去调理。那一天，阿霓看着第三幅黑色的画，终于哭出声来。她也许并不明白究竟发生了什么，但她敏感的心一定感觉到了周由极度的痛苦。她跑回自己的房间很久没有出来，她似乎已经不愿意在爸爸妈妈面前流露自己的感情了。一种更深的忧虑折磨着老吴：那么阿霓的未来世界，将会是什么颜色的一幅画呢？

老吴和水虹夫妇之间，似乎不需要更多的解释。水虹请老吴买了从上海去北京的飞机票。当老吴和阿霓都不在家的时候，水虹给周由打了电话，告诉他飞机航班的准确时间，请他在四天后到机场去接她。泪水顺着她的脸颊流淌，她终于哽咽着对他说出那句隐忍得太久的话："我爱你，从我见你的第一天，就爱上了你……"水虹说完这句话，好长时间没有听见周由的回答，他似乎已经不会说话了。又过了一会儿，话筒中传来一种奇怪而微弱的声音，细细辨别，水虹含着泪微笑起来——周由像是把话筒塞进了胸口，紧紧地压在跳动的心房上，那是他奔马般嗒嗒的心律声。

8

水虹悄悄地离开了苏州，在上海登上了飞往北京的航班。

就在飞机脱离地面的一刹那，水虹突然感到了恐惧。近几个月来时时撩拨她的忧虑与惊恐，又一次深深向她袭来。那恐惧并非由于死亡，而是因为生命和爱情。水虹觉得自己也一定是疯了，从爱上周由的第一天起，长长的两百多个日子，伴随她的都是云一般雾一样的感觉。他们之间除了声音和视觉，再没有更多的接触——没有关于爱的山盟海誓，哪怕是片言只字。除了绘画作品，再没有其他爱的信物，即便是一块手帕一条丝巾。他们彼此间甚至连一根头发丝都还没有触摸过。她对他尚未有任何更真实更具体的了解，那么，她此次毅然北上，是不是有些太冒险了呢？等待着她的那种情爱，真会如她梦想中那么美丽幸福吗？

舷窗外绵绵的云海中，周由俊美的面容渐渐变得模糊。水虹觉得自己几乎记不起他的模样了。只有一双遒劲的大手，似在巨大的苍穹之下，饱蘸着七彩缤纷的阳光，涂抹着一幅幅色彩浓烈的图画。云涌云聚，天低天高，那画面总是变幻着，不停地着色、翻页，更新和喷吐。整个天空像一个无尽的画廊，任由飞机巡视着穿行其中。水虹觉得那阳光、云层和天空，就是她日夜思念的周由，他正以这样的方式作画，迎接着她并与她在高空同行。

机舱周围的云层渐渐变得薄淡，透过舷窗，从明净澄亮的空气中，能清晰地望见地面上起伏的山峦。挺拔峻峭的山体，逼真地勾勒出一个男子赤裸的人体。那个体形壮硕的褐色男性躯体，从群山透迤的线条中完整地突显出来：刚毅的脸庞、宽阔的肩膀、健美的胸肌、浓密的毛发，还有……水虹的心怦怦地跳动起来，她感到脸上一阵阵燥红，胸衣被身上沁出的汗珠洇得湿热。她渴望抚摩它，亲吻它，拥抱它。她知道自己其实已等了很久。当飞机降落的时候，她就会和那座山峰相遇，让河流和大山合成一个整体。她不会总是停留在空中，她本是水，水升作云又化为雨，终会返回地面，去滋润干涸的土地。尽管她无法知道北京之行最终将对她意味着什么，但她隐隐地觉得，一定会发生一些什么，将那个她和他都焦虑饥渴已久、连一天都不能再等待下去的梦境变成真实……

水虹的目光依然透过机舱外翻滚的白云，寻找着地面上那巍峨的山脉。她的心情略略平静下来。即使现在飞机突然爆炸，化作碎片的她，也将会飘落到那伟岸男子雄健有力的怀抱里。山谷里将会响起岩石与水流欢快的撞击爆炸声，直到永远。

在机场的出口处，水虹一眼就看见了周由突出于人群的高个子。他还穿着第一次来苏州时穿过的那件深蓝色风衣，像一只雄健的大鸟，张开双臂急匆匆向她扑来。他明显地瘦了许多，两只眼睛喷射着烫人的火星，隔着行李箱四下迸溅，烧灼了水虹一身。他紧紧握住了水虹的双手，死死地盯着她，好像不相信这是一个真的水虹。水虹感觉到他胳膊的一阵阵痉挛，他的嘴唇在嚅动但水虹听不见声音。然后他眩晕般地闭上了眼睛，似乎就要把水虹整个揽在怀里了。周围人声喧杂，旅客梭行，但水虹仍然期盼着那亲吻和拥抱快些到来。她松开一只手，摘下了那副黛色的大眼镜，柔意绵绵地望着周由。

　　然而周由却猛地睁开了眼睛，下意识地后退了一步。攥着她的手放开了，轮廓分明的嘴角紧抿起来，好像在用力地克制着自己。水虹在一瞬间明白，那是一个庄严而神圣的仪式，不可能在大庭广众之下完成，无论是他还是她，都绝不能草草了事。然后她听见他梦幻一般的声音说："我们快走，我要带你去一个地方。"

　　红色的"夏利"车，向着西郊疾驰。落日将北京深秋金色的银杏、绛红色的椿树涂抹得金碧辉煌。一片片手掌形的红枫叶，在秋风中舞动，隔着车窗玻璃向她招手，红得令人心醉；路边高大的杨树，丰满的树冠仍是苍翠葱郁，叶片即便偶尔被风吹落，也顽强地守着最后一点绿色，像是为她举行一个巨大而隆重的欢迎典礼。水虹忍不住摇下车窗，任风掀起她披肩的长发。风里已带有枯草和干尘的气息，贪婪地吮吸着她身上残留的水汽。她想起多年前那个秋天来过北京的情形，记忆中那是一个灰暗古旧的城市，没有留给她太多印象。而这个城市却在另一个收获的季节里，忽然变得新鲜可爱了。

　　周由紧挨着她，始终轻轻地握着她的手，时而攥紧，时而松开，像月台尽头的旗语，唯有那火车司机能懂。周由一直不说话，只是目不转睛地看着她。她就是侧过脸去看窗外的景色，也能感觉到周由炽热的目光跟踪着她。好像说什么都是多余，当她真的来到他身边的时候，他已什么话都不需要再说了。

　　但水虹还是觉得车速太慢了。

　　"你现在要带我到哪里去呢？"

"去我的画室。"

"又是画室，可我已经看了你大半年的画了呀。"

"那也得去，我必须先做完这件事。不去你会后悔的。"

"为什么？"

"你去了就知道了。"

"我想马上就知道。"

"不行，这是一个秘密。我要让你大吃一惊！"

"为什么不先去家里呢？"

"家里？谁的家？你的还是我的？"

"你说呢？"

"你说，我要你说……"

"你真坏，我就不说。"

"等你看了画，你自己就会说的。"

"为什么？"

"哪有那么多为什么。你只要来了北京，从此以后，所有的为什么统统都什么也不为什么了。"

周由诡秘地笑了笑，忽然急叫司机拐弯。前面出现了几座高高的塔楼，还有一片低矮的旧楼。他指着那片楼群告诉水虹说，那些是几家公司合盖的商品楼，留了几套房子给公司的高级职员住。楼盖好了，但由于合同上有漏洞，几家公司正在为分配问题打官司。现在没搬进几户人家。公司先借给他一套两居室，简单地装修了一下，凑合着能住。其实这半年，他自己一个人吃住全在另一处画室里。这套新房子一直闲着，水虹如果不介意，这几天就先住在这儿好了。

天色渐渐昏暗下来，他领着司机又拐了几个弯，穿过一条胡同，停在一个大院门前。周由付费下车，对水虹说到了，他朝门卫点点头，提着水虹的行李带她进去。一座合资企业的厂房刚刚建立起来，楼前还未来得及清理，显得杂乱无章。绕过厂房，后面有一个砖砌的小院，他告诉她说，这院子原是一家国营企业的大仓库，后来拿出一大半地皮搞合资企业，还剩下一个旧仓库，一时派不上用处。那老板有收藏的雅兴，为了用他，就把这仓库简单地改造了一下，变成一间临时大画室，归集团下属的一家艺术公司管理。周由说他已经在这个地方画了近两年的画了，这地方挺安全，又安静，鬼也找不到他。可就是夏天太闷热，蚊子多得能把人的血吸干。水虹看他一眼，笑着说："你那么热血沸腾的一个人，我才不信几只蚊子就能把你的血吸干了。这不是，折腾了大半年，看上去血气倒更旺盛了，哪天若是缺红颜料，不必着急去买。那幅《红、白、黑》中的'红'，我看就是你蘸着自己的血画的……"

周由一脸严峻，点点头，打开了小院的铁门，又打开了仓库的门锁。水虹立即闻到了她非常熟悉的油画气味，好像回到了自己家里。周由关上大门，开了一盏小灯。但画室里仍然很暗。水虹觉得自己像是走进了一个空荡荡的防空洞，她握紧了周由的手。

周由把墙角一个连着长线的开关拿在手里，说："看画本来应该在白天，效果会更好些。今天有点晚了，只好在灯光下看了。但灯光下看，也有不同的看法。你站到这里来，先闭上眼睛。"

水虹站在画室中央，闭上了眼睛。周由打开了开关，整个画室忽然被房顶上的几盏大灯照得亮如白昼。在靠着左边的墙上，出现一幅巨大的油画，屋顶的灯光角度似乎被精心调整过，画面上竟然没有一丝反光。

"好了，水虹，你睁开眼睛。"周由的声音像是从很远的地方传来，"这就是我写给你的那封大情书，你收下吧。"

水虹睁开眼睛，眼前一片炫目的光明。她忽然感到展现在她眼前的，不是一幅画，而是周由为她打开的一扇门，一个她梦中都没有见到过的新世界。她刚刚看清那画面上两道巨大的彩虹，周由突然关掉了开关。

屋子里一片漆黑。连周由也消失在黑暗中。只有粗重的喘息声，在黑色的空气中震荡。水虹好像同周由一同跌入了那黑得一无所有的深渊，浑身一颤，惊出一身冷汗。她真想紧紧抱住周由，黑暗中她感到周由正在慢慢向她走近。难道周由是想故意制造这样一种气氛来拥抱她吗？

水虹马上发现自己想错了。灯光突然大亮。

水虹眼前的画面，变得比第一次看到的更为光幻色炫。由于一暗一明、一黑一亮的光线转换和视觉刺激，画面上似乎有闪烁的光波，一轮一轮地往四周放射出来。紧接着，周由又连续开关了几次，那画上的水波和光晕，一圈圈、一层层闪电般跃动着，如阳光下缤纷的海浪和潮汐，铺天盖地向她涌来。如此反复几次后，灯光终于定住不动了，像白昼来临，画室里一片光明灿烂。

那旋转的水波和光环静静地稳定在画面上了。

水虹轻轻吐出几字——江南霓虹。

画上的天空和湖水，燃烧般地喷发着熊熊光焰，像是刚刚经历过一场炼狱的劫难，重获洗礼而后新生。这封巨大的情书，在水虹已发出爱的回声后，在他们彼此已手拉手走出黑暗后，才正式交到了水虹手中。情书的作者也把自己的生命和艺术的开关，郑重地交给了他所深爱的人。在这个隆重而虔诚的仪式完成之前，周由是不会轻易打开他欲望的闸门的。

　　水虹哭着扑到了周由的怀里。

　　画面中间那个喷光喷火喷色的巨大风火轮模糊了，带着泪水的晶莹，从天上转到水中，又从水里冲上天空，显现出水火交融的奇观。一个女人的倩影，闪烁着梦幻般的眼睛，从光环的圆心渐渐浮现出来，一股猛烈的光、色、云、雨的漫天巨浪将她淹没，在瞬间冲垮了那遥远的水巷边的城堡。

　　周由伸出双手，捧住了水虹的脸。他像在接受一粒上天赐予他的圣果，慢慢地将他的嘴唇紧紧地同水虹胶在一起。他富有弹性的舌尖拼命吮吸着水虹湿润的双唇，然后疯狂地亲吻着她，把她死死地搂住，搂得她都喘不过气来。水虹侧仰着头，热望伴着眩晕，迅速传遍全身。体内奔腾的血液，像一道落差汹涌的激流，突然被从天而降的巨大塌方强行闸断，咆哮的洪峰立即凝成了一湖充盈的湖水。然而，水量还在急剧汇集、膨胀，满溢的湖水仍在继续升高，向着大坝顶端迅速攀缘。单薄的临时大坝在摇撼震颤，即将漫过大坝的洪水，已将坝底掏空，大坝即将倾覆。这死一般的休克和暂时的平静，似在憋蓄着一场更大的洪峰、一场爱欲的狂潮……水虹猛地推开了周由，喘息着说："再等一等，等一等……"

周由松开了手，浑身大汗淋漓。

水虹美丽湿润的眼睛，闪着喜悦的泪水。虽然仅仅是一个吻，但却是她情感史上感觉最为奇特的亲吻。这短短的几分钟内，大半年来在她体内已消失的欲望的冲动，奇迹般地复活了。水虹对于亲吻生来具有异常灵敏和准确的感觉，她觉得在第一次的吻中，女人的直觉比任何试剂和试金石都更能鉴别出情感的真伪、纯度和品位。周由那种梦幻般痴迷的长吻，像一具全能的火箭推动器，一口气将她升入了情爱的太空，那种混合着汗味和油彩味的男子气息萦绕着她，即将把她推向爱的极致。那是亲吻的极品，是灵魂的献礼。这忘却世上一切存在之苦的亲吻中，已将老吴残存的印象和她内心的种种惭愧，无情地清洗一空……

水虹把头久久地靠在周由宽阔的胸腔上，柔声说："谢谢你，谢谢你的……这封信，这是我一生中收到的最感人的情书……"

"可惜太晚了点。"周由不无遗憾地摇摇头，"如果你在画展上见到它就好了。"

"不，现在看更好。如果在画展上看到，就不会有后来那三幅《红、白、黑》了。假如体会不到你失去爱的黑暗，那么也没有刚才那幅画对我的震撼了。周由，你总是让我惊奇。你真的认为爱是用惊奇来浇灌的吗？"

周由一把抱起水虹，托着她走到另一面墙下，一边依然抱紧着她一边说："我再给你猜一个谜，猜完了我们就回家。"

水虹一抬头，看见了画面上的七个红嘴唇。

周由说："我本想把这幅画也寄给你的，但我想，你总有一天真的会到我的画室来，我相信你会来的，我要让你面对着我来看这幅画，告诉我这幅画的意思。怎么样？猜吧，猜对了重奖，猜错了重罚。"

"奖什么？"

"奖嘛……"周由坏笑，"奖你一门连发式新型导弹。"

"罚呢？"

"罚你不准求饶。"

水虹坦然说："如果这奖罚我都想要呢？"

"那你就赶紧破题。"

周由放开水虹。水虹仔细看着画面上那七个微开微合、欲说还休的大嘴唇，想了一会儿，扑哧一笑说："你是够坏的，那一次，我只是刚刚流露出一点心情，就让你给抓住了。"

"不，你说了，就在嘴边，只是没有直接说出来而已。"

"……好吧，算我没说出来，可你画的口型太小了。"水虹指着左边的那三个嘴唇，"这是男人，应该画得再大一点，他应该是叫出来的……"水虹张大口型，模仿那嘴唇的形状，刚要说出那三个字，周由抢过去喊道：

"我——爱——你——"

水虹接着喊："我——也——爱——你——"

周由从身后猛地抱住了她，将她箍得紧紧，又贪婪地吻她。一边断断续续说："就是这七个字……一点没错……你是个……是个迷人的女妖……我要奖你，还要罚你……快跟我走吧……我快受不了了……"

水虹抱紧了他，喘息着说："走吧……我们回家……"

"……那是谁的家呢？"

"是我们两个人的家……"

周由是把水虹连同她的行李箱一同抱上六层楼的。他打开门锁，用脚跟撞上门，又用额头按亮了门厅墙上和卧室的灯。然后把水虹小心地放在了大床上。积蓄了几百个日夜的狂热情爱，此刻已全都挤压在他欲望的炮膛里了。

"现在请给我颁奖吧。"水虹说。

周由打开了音响，又将它拧到最低的音频。然后急狂地一件件脱去了水虹的衣服，他的眼前出现了一道炫目的白光，一个几乎完美无缺的女人体，在他面前展现出不可抗拒的魅力。

水虹眼里满含火一样的情欲，倒在他怀里。双颊绯红，浑身绵软，她伸出手勾住了他的脖子，又从颈部慢慢往下，轻轻抚摩着他的全身。

周由忽然直挺挺地站起来，并后退一步，惊恐地立在床头。那几分钟以前还是火烫逼人的炮筒，转眼像是被淬了火一般，使他变成了一个虔诚而惶惑的圣徒。周由觉得自己剥脱出来的不是一个性感的裸女，而是一尊世上最美丽的女神雕像，她冉冉浮出海面，在蓝色的泡沫中微笑着苏醒复活……使他他已让欲火烧透的身体，顿时被像亵渎了神灵的犯罪感浇得浑身战栗。

还在苏州吴家，周由仅仅看了水虹颈下那片美润半透的肌肤，就几乎已经画不成画了。此刻，当他看到她那完全暴露的身体曲线时，他怎么能不诚惶诚恐。周由曾画过许多漂亮的女人体，也不知见过多少美丽的人体艺术杰作，但他还从来没有像这样，被眼前的女人体震撼得如此失常。他的性爱欲望被一种更强烈的美感所压抑，烧得发红发烫的炮膛骤然冷却为一件祭器。周由虔诚地望着水虹，甚至想拿一条毯子将她盖上。他觉得自己仿佛已丧失了爱的资格，任何亲昵的举动都会亵渎了这件艺术品。他的双腿已支撑不住他的躯体，不由自主地跪倒在床前，心里只剩下了惶恐和崇拜。周由忽然觉得自己多年来对美的追求，今天才走到了最高境界，一种他想都不曾想到的境界。他心里一片纯净一片圣洁，无爱无欲，唯有对美的膜拜。

水虹用一只胳膊优雅地支着头，躺靠在色彩素淡的床单上。她自然地运用了人体艺术大师们经常画的那种优美恬静的姿态。她身体各个部位和谐优美的比例、曲线、肤色、动态和神韵，仿佛不是在为周由展示，而像是在对周由进行美的教诲和训导。周由真正像是感到了神的存在，获得了完美与和谐的启蒙。他如痴如醉地聆听着美的训导，对于和谐之美有了一种全新的概念。

——美是无法界定的！——真正的美，像真正的诗一样是无法翻译的！周由在心中叹道。水虹身上那种太湖珍珠般柔白润透的美，更无法定义。她的美并不停留在她的肌肤上，而是弥散在空气中。周由实实在在感到这间房子里，到处都弥漫着美的因子、美的旋律，连他的身体和心脏也仿佛被美浸透了。但他却无法描绘它们，他若是画下她，也只是拙劣的复制品。周由茫然了，他甚至觉得水虹给他的美的教诲是毁灭性的，如今他虽已把水虹抱到了床上，但他追赶着的美却如夸父追日，奔跑一生也难以企及。他呆呆望着水虹的身体，脑子里所有的思维、信仰和感觉都已荡然无存……

"你看，我知道你会这样的……"水虹娇嗔地推了他一下，"老吴第一次见到我的身体，也是这个样子的，所以，那个宝贵的新婚之夜，我们毫无进展……"

水虹对突如其来冲散了狂欢节的暴雨并不太气馁。夜很长，长夜的每一秒钟，都将是属于她和周由的。她理解周由，只有真正的艺术家才会被美惊扰成这个样子。她将耐心地等待雨后天晴，等待他终于有力量征服她的那个时刻到来。她吻着他，最后实在感到冷了，才开口说话：

"至少我得盖点东西吧。我不是神也不是妖，要是神和妖，我可以站在雪地里、月光下让你看个够。我可是个人啊，一个会冷会饿的女人……"

周由如梦方醒，急忙站起来，给她裹上了被子。但眼中的茫然和混沌之色仍然未褪。水虹叹道："我也许是犯了个错误，我应该一个人关在屋子里，先钻进被窝，只露出脑袋，再邀请你进来。也许那样你就会把我当成一个女人了。"她说着，一边掀开被子，笑吟吟地说："你见过钻在被窝里的维纳斯吗？快来抱抱我吧，否则，就该我罚你啦……"

周由顺从地钻进了被子。一阵温暖芬芳的女人气息袭来，热血一下子涌上了他的头顶。水虹已不是当年和老吴初夜时，那个毫无经验的美丽处女了。她很熟练地抚摩着周由，然后像一条光滑柔软的白蟒，紧紧地缠住了周由的全身。水虹在床上还从来未曾像今夜这样主动，富于弹性的乳房在周由的身体下跳跃着，她的情欲之火很快把周由撩拨起来，令周由一阵燥热眩晕又一阵心醉神迷。

周由猛地掀掉被子，跃起身来，眼下的水虹已被她自己的欲火烧去了圣洁之美；她窈窕的身体上燃烧着世俗和欲望的火焰，急切地邀盼着他的侵袭。周由犹如站在一条幽深的画廊敞开的入口处，鲜艳和光滑的廊壁激起他甜美的想象，他将用他强劲而饱胀的画笔，去触摸她深入她，去探寻那从未领略过的美的奥秘……

像是两面金镲粉身碎骨般地碰撞，像是鼓槌破釜沉舟般地重击，水虹快乐地呻吟着，修长而秀美的胴体在他身下扭曲旋转，尽情地舞蹈。后来他听见水虹在他耳边发出了一声声痛快淋漓的喊叫，尖脆而锐利，像是来自遥远天堂的回声。她的身体剧烈地痉挛，周由觉得自己在那片猛烈的爆炸声中，炸成了粉末，炸成了灰烬，炸成了宇宙尘埃……

9

两个人醒来时，已是第二天中午。他们几乎是同时醒来的。周由在蒙眬的睡意中翻过身，又将水虹紧紧拥在怀里，他费力地睁开眼想看她，第一眼便看见枕边的水虹睁大着两只迷蒙的眼睛，正屏息静气地望着他。

在他们的感觉中，时间似乎已经过去了数千亿年。两团游荡弥漫的宇宙尘埃，经过漫长的旋转、吸引、收缩、加速，终于又慢慢聚合成两个新的星体、新的生命。在这重组再生的过程中，双方都把自己最原始的生命尘埃，融合到对方的星体内。这两个新的星体新的灵魂，已成为岁岁厮守、生生相伴的双子星座了。

水虹娇弱无力地把头靠在周由的胸口上，浓密的黑发像瀑布般覆盖着周由的身体。她听着周由年轻有力的心跳声，觉得那每一声心跳都在诉说着他无尽的爱意。水虹实实在在地感到自己也变得年轻了，同周由一样年轻。年龄的差距已被性爱的烈焰烧毁，化为碎片和灰烬，从爱的峰顶飘散得无影无踪。水虹甚至觉得周由在一夜之间偷走了她不少年龄。他变得更像一个成熟的男人，而她却反而变成了一个天真无邪的小女孩。

两个人静静地躺着，仿佛躺在超然世外的寂静星际。宇宙间只有他们两人，一切尘世的喧哗与骚动、浮躁与焦虑都已成为远古的回忆。好像上帝又一次对自己的创造物产生了极度的失望，再一次把那些贪婪自私的物种全部毁灭，而重新创造了一对新人，却将他们安置于用大床代替的方舟之上。

水虹真想把昨夜一次次大爆炸之后的宁静，无限地延续下去，让他们两个人就这样永远赤裸裸相依相偎地搂抱着，痛痛快快享受这种如同死亡一般彻底的宁静。她好像早已接受了夏娃那个让人类遭受原罪之苦的深重教训，再也不敢去偷吃那个诱人的苹果了。她倒想把那条蛇做成一道蛇汤或蛇羹吃下去，那么这世界也许就是另一种样子。没有蛇和苹果的伊甸园，性爱是崇高而美丽的。她只想同那个赤身裸体的男伴，永远生活在伊甸园里，在此相敬相爱、生儿育女，她相信他俩聪明漂亮的后代，会对自己的始祖抱有深深的理解和敬意……

周由的一只手枕在她的脖颈下，另一只手始终轻轻抚摩着她的身体。他微微地眯着眼，嘴唇紧紧贴着她的脸颊亲吻着，一言不发。他像是沉醉在梦游的境地中，在被窗帘隔绝的阳光后面，放纵着自己无拘无束的想象。如今他已将自己幻想中的美丽女人，变成了依偎在怀中的恋人，他还会幻想下去，再把他迷恋的情人变成一幅幅动人的画，然后在画中继续他美丽的白日梦……

　　水虹不想惊扰周由，她非常喜欢周由进入幻想状态时，那种孩童般纯真稚拙的眼神。她可以从他的瞳仁里找到与自己灵魂相似相仿的天地。为了这片天地，她已苦苦幻想了二十多年。然而一个人的幻想是一个游荡的孤魂，两个人的幻想相依相靠，幻想就有了展翅的双翼。有时她觉得，也许是由于幻想的依赖才产生了爱的碰撞。这场突如其来的爱的暴风雨，生成于那片缥缈而又清晰的幻想之云中。如果她错过了那片云，她将从此变成一块干旱的不毛之地……

　　周由也许是当今世上幻想家中仅存的硕果了。那些政治幻想家们，早已让空洞的宣言惩罚得体无完肤。冷战结束以后，幻想已在大部分领域里销声匿迹；艺术本是幻想生存的最后一块领地，如今也被拜金、实利的海水淹得只剩下一些星星点点的孤岛了。但周由却是幸运的，他将幻想作为养分，滋润和浇灌着自己的艺术土壤。艺术在远古时期人类的壁画岩画雕塑图腾作品中，就已同幻想联姻，结下不解之缘。人类与生俱来的幻想本能，曾无情地惩罚了政治家和社会改革家，但却无法惩罚艺术家。东西方历史上曾出现过几次艺术的停滞黑暗期，究其根源，多半在于当时的专制社会窒息了幻想。失去幻想，艺术便成为一个无性无情、华丽高贵却无从繁衍生命的单身贵族。

而经过这一夜连续爆炸般的性快感之后，水虹感到这种爆炸又为她炸出更大的幻想空间。她清楚地知道，她和他能够得到这种极度的欢乐，完全得益于他们彼此的幻想。如果没有幻想，她将永远走不出那个人人羡慕的殷实之家而得到周由；如果没有幻想，她将永远也实现不了幻想。她真想给这座幻想的艺术孤岛筑起高高的防波墙，把人类最美好的幻想物种保全下来。将来，当人们在实利的围歼下走投无路，当人们的余暇越来越多而精神却越来越空虚时，一种新兴行业——精神旅游业终将脱颖而出。那时周由的作品也许会成为众家争抢的精神幻想导游，为那些精神空间狭小的人们进行心理治疗……

水虹懒懒地伸展四肢，腹部上仍然留着昨夜狂欢时剧烈抽动的烧灼感，全身瘫软酸乏。但每一个细胞每一根神经都涨满了幸福的满足感。她觉得自己多年的性爱幻想也已成真，就是那种至真至美、透心透肺、灵肉相合甚至超越于爱之上的性。许多年中她一直暗暗渴望得到这种高峰体验的极度欢快，但它们始终迟迟不肯降临。有时她怀疑那究竟是否纯属杜撰，也许世上根本就没有这种感觉。就像她和老吴之间，爱得平静而踏实，双方的给予和索取都很节制，连做爱都像按时服药，严格遵守着每周两次的生理规律进行，作为医生的老吴信奉科学，他常常在做爱的过程中抬头看表，这是水虹最无法忍受的。在她和老吴多年的性生活中，没有失望也没有疯狂，到了后来，每次性爱的高潮都需要许多条件的配合，偶尔才会出现。水虹甚至忧虑自己是不是已经丧失了性快感，性高潮的体验一旦消失，也许就再也无人能够将它唤醒了。在遇到周由之前，除了老吴，水虹还从没有同其他的男子有过肉体的接触。她的女友们许多人都悄悄有了婚外的性伙伴，她们谴责她太传统，并提醒她这个年龄恰恰应是爱与性的饥渴盛期，她们建议她找个情人来拯救婚姻的麻木。但水虹知道自己不能，也许她对情爱的期望值太高了。她要的是极品，否则就宁可不要。

水虹想起了自己在飞机上曾出现的那种恐惧。此刻她忽然明白，那恐惧其实来自她对即将到来的性爱的期待和渴望。大半年来，随着她心中滋生的情爱，她对周由的性幻想也急剧膨胀。周由年轻英俊高大健美的体魄，激起她难以遏制的性爱想象。然而一些关于婚恋和性爱知识的书籍告诉她，英俊漂亮的男子在性爱上往往是个弱者，而性能力的强盛者恰恰是那些相貌粗陋、行为鄙俗的男人。那么周由呢？水虹自认是一个性与爱的完美论者，她希望自己再度生长的情爱之树花繁叶茂，祈愿她的心爱之人是一个世上最棒的男子汉。

水虹一遍遍抚摩着周由宽厚的脊背。它雄性勃勃地侧卧着，像一座刚劲的大山。她撑起胳膊，俯身亲吻着它，无欲而虔诚，犹如爱神的膜拜。她要感谢上苍将周由给予了她。他是一头野性十足的北方大狼，一个善于制造奇迹与惊喜的魔鬼。她需要温存但更需要野性，而周由竟然能把床作为画布，在上面喷涌他的激情和创造力。

"我真是太幸运了。"水虹终于忍不住长叹一声。

"不，得到你，是我太幸运了。"周由纠正她说。

"应该说我们俩都是幸运之星。"水虹用嘴唇堵住了周由的嘴。

离开了幻想的空中花园，他们还得回到地面上来。两个人的体内同时响起了饥肠辘辘的声音，他们相视而笑。

周由无奈地披衣起身，从冰箱里拿出了一大堆速冻的方便食品。水虹发现，原来周由早已贮备了足够两人消耗一个星期的食物和蔬菜。两个人一起动手，一通忙乱，水虹对京城粗糙的半成品也顾不上挑剔了。餐桌上的周由狼吞虎咽，却滴酒不沾。他说不喝酒就已经醉了，再喝真的就要晕死过去了。两个人对吃饭已毫无兴趣，匆匆填饱肚子，匆匆收拾了餐具，周由又把水虹抱上了床。

又是一轮新的缠绵和缱绻。又一次高潮和又一次爆炸。如此循环往复，乐此不疲；整整五天五夜，两人不知晨暮，不分昼夜，日月颠倒，昏天黑地。水虹后来回想那年深秋她和周由的会见，记忆中，那最初的一个星期他们始终是在床上度过的。

到了第六天上午，两个人才总算精疲力竭地回到现实中来。

起床后，周由像个大哥哥似的，在浴缸里放满热水，为水虹细细地洗了热水澡，然后为她擦干身体，又把她抱到床上。吃过简单的早餐，周由靠在床栏上，面对着水虹，找一个舒服的姿势坐稳了，痴痴地看着水虹，突然问：

"水虹，你知道自己有多美吗？"

水虹笑着摇摇头说："不知道。"

周由瞪着她："不可能！你是研究艺术史和美学的，我知道关于美，有客观说主观说内涵说外延说内外综合说一大套理论，但我问的是你本人啊。"

"美是个怪物，大而无当，无形无状，学界到现在也没有定义和公认的标准。我连美是什么都不知道，怎么能知道自己有多美呢。"水虹反驳说，"我可能只是中国人眼里还有你心中的美人。也许换一种文化，还认为我是个丑女人呢。如今西方流行把皮肤晒黑，以黑为美，白色反而是贫穷的象征了。"

"那你每次外出，为什么要把自己包裹得那么严实？为什么有那么多人追你或是绑架你呢？"周由狡猾地追问。

"因为我正好生活在玉文化高度发达的国家，也是世界上最早崇拜玉器的地区。中国人自古到今都把晶莹润泽的玉器作为珍品。黄金是用重量来估价的，而玉是用美来估价的。古话说，黄金有价玉无价，可见美玉的价值高于黄金。因此凡是肌肤像玉一样润白透明的女人也就被视为美人。中国的玉器比青铜器的历史还久远，先有玉礼器，后来才有青铜礼器。古人把玉器神化，后来的儒家又把玉器作为君子品格的象征，例如冰清玉洁、守身如玉、宁为玉碎不为瓦全；还喜欢用玉来比喻美女，像什么亭亭玉立、金童玉女、纤纤玉手等。中国的玉文化有几千年历史，随身的玉佩玉镯是几十个世纪流行的时尚。古代贵族的墓葬中，就把玉器作为最贵重的陪葬品，像金缕玉衣什么的；从古到今流传下来的美玉的故事，恐怕好几部书也写不完。像卞和氏玉、完璧归赵、传国玉玺、碾玉观音、通灵宝玉，可见中国人爱玉之心了……"

水虹发现周由听得很入神，便一口气说下去。

"还有呢，中国又是个丝绸文化最发达的国家。因此，中国人也喜欢皮肤像丝绸一样光滑亮丽柔软的女人。美玉和丝绸的价值和美感，是几千年形成的，已经成为中国人上下五千年、东西南北朝的审美思维定式，不容易改变。即使到了当代社会，美玉和丝绸还在继续增值。所以我觉得东方的审美情趣，受玉文化、丝绸文化的影响极深，甚至被运用在外交和军事上，你一定知道那句古话：化干戈为玉帛。你想想，那玉帛是多么美好的东西啊……"

周由连连摩擦着手掌，激动地打断水虹说："古希腊崇尚洁白的大理石文化，而中国文化中对女人的审美标准，无论怎么变化，比如环肥燕瘦、三寸金莲等各有所好，但肌肤如玉帛的女人，始终被五千年文明视为珍品，大概再过几百年也不会改变，对，简直都已经成了中国人的遗传基因了，连我也不能幸免。"

水虹又接着说："其实我也是非常爱玉的。吴家有许多玉器收藏，我有时一个人把它们拿出来静静地欣赏。玉器上如云似雾的玉晕花纹，若隐若现，真像太空星云，很神秘也很抽象，能使人产生幻觉和想象。它有时又很含蓄很深邃，让人难以一眼识破，总好像还蕴含着更多的内涵，被人久久地品味。所以玉文化不仅是一种审美对象，也是一种审美方式和观念，它能给我们好多启发啊。只是不知道我讲这些，能不能算作你一开始提问的回答？"

周由一把抱住他的玉帛吻了又吻，结结巴巴地说："嗨，我的天……我都不知道……该怎么爱你好了。我学西方绘画的时间太长，对华夏文化研究得太少，你真让我顿开茅塞……不过，我的中国血统还是决定了我的审美观，否则我怎么会不要命地追求你呢。这几天几夜，我也不知道死去活来多少回了。水虹，亲爱的，你实在太美了，美得深不可测，我真担心承受不了你的美……"

周由吻着水虹的全身。他觉得自己在经历了五天五夜的狂欢之后，仍然没有完全占有水虹。他大概得用一生的精力来追求她了。水虹也绵绵地吻着周由。她非常喜欢周由对自己这样全身心的依恋。她捋着周由的头发说："其实，真正相爱的双方，应该像两座不断在增高的山峰，谁都爬不到对方的山顶。"

周由狠狠拍了自己的脑门一下，说："那你为什么不好好写几本论艺术的专著呢？好好教诲教诲我们这些所谓的硕士。"

"我一直在写啊，可惜这大半年来，思路都让你炸飞了。"

"以后我不炸了，我要让你安安静静地写书。"

水虹笑笑说："白天休战，留着晚上轰炸吧，炸多久都行。"

"你真会兜圈子，其实你明明知道自己有多美，倒趁机给我上了一课。"周由恍然地摇头，"嗳，对了，那你是从什么时候，开始意识到自己的美呢？"

"……很小，很小……大概还在三四岁的时候，我就已经是水巷里最美的女孩了。大人常常抢着抱我亲我，亲得我流了两年的口水。上了小学，我经常被学校选去给外宾献花。外宾看着我时那种欢欣的神情，总使我觉得骄傲……"

水虹把双手枕在脑后，眼睛透过明亮的窗玻璃，望着空旷的蓝天。她的思绪已飘往遥远的童年和少女时代，那里有着太多关于美的记忆，无论令人自豪还是叫人难堪，那些故事都使她一次次领受了美的压抑。还在她上小学的时候，邻居一个三十多岁的男人，把她骗到家里，伸手就要摸她的身体，她狠狠地咬了他一口，还打碎了一只热水瓶，惊动了隔壁人家才逃了出来。那以后，她的父母就不让她单独出门了。到了十五六岁，高年级的男生、外校学生经常等在校门口纠缠她，所以她从小就跑得飞快，让他们谁都追不上。

"不过，那些男生中最让我感动的就是白宏根了。"水虹款款道来。她愿意把那些关于美的故事，一个不漏地讲给周由听，让他完完全全了解她的过去。"白宏根是我初中的同班同学，当年他就对同学夸下海口，说这辈子非我不娶。他现在已经是苏州有名的千万富翁了，一直没有结婚。每逢年节，他都要宴请我们全家；他从来没有忘记过我和阿霓的生日，前年我生日，他还送了我一条价值二十多万元的宝石项链。漂亮极了，我好喜欢。但后来戴了一天，还是让老吴送还给他。他虽然有钱，那钱都是他十几年来一点一点挣的，自己却很节俭。这个人蛮上进，人品也不错，这几年居然还报考商学院，拿下了企业管理的文凭。可就是痴心不改，我们家院里院外的防盗门全是他给安的。他还一直想让我去当他丝绸公司的副总裁，说是那些丝绸服装如没有我去试穿过，全是一堆垃圾……"

"那你怎么没有被他感动，至少可以做他的情人啊？"

"情人顶要紧一个情字。可我在中学时就从没有正眼看过他。那时他家里很穷，衣服穿得脏兮兮的，我不讨厌穷，可是我讨厌脏人，从来不和他说话。尽管经过了后来这些年，应该对他刮目相看了，但我仍然不可能爱上他。一开始爱不上，后来再没有感觉了。再说，正因为他那么富有，我更得对他敬而远之，坦率说，对于太有钱的男人，我有心理障碍……"

"那么我呢？你遇到我就没有心理障碍啦？"

"当然有。但不是钱的问题，所以就不一样。我不喜欢把情爱同钱扯在一起，对不起，这也许是我的一种偏见。"

"白老板、白老板，他可真幸运，从你十三岁就守候着你了……"周由口中念念有词，一边攥紧了手心，"可惜那时我还是个九岁的男孩呢，我要是能见到你十三岁的样子就好了！嗳，你有少女时的照片吗？我真想看看……"

水虹摇摇头，答应下次从苏州给他带来。又说其实不看也罢，看了他会更觉得遗憾。后来，她在十八岁那年遇到老吴，很快就嫁给了他。

"那时你爱他吗？"周由急急地问。

"那时，老吴不到三十岁，是市里一家大医院的外科医生。他父亲是全市的'第一把刀'，求他们父子做手术的病人排成了队。即便是'文革'期间，医生也是令人羡慕的职业。吴家虽然在'文革'初期受了很大冲击，但由于他们治好了几个关键的实力派人物，所以过了一两年他家的地位就恢复了，吴老没有所谓的历史问题，不参加派别斗争，不管哪一派的病人都一视同仁，在医学界很有威望。吴家的社会关系广，人缘又好。这是当时的背景。"

水虹一口气说下去："我认识吴奂雄是在医院里。那时我妈妈得了胃癌，是他动的手术，手术很成功，让我妈妈多活了好几年。那时我天天去医院陪床，对他的医术和为人很有好感。我很敬重他，我妈妈也很赏识他。后来妈妈发现他总到病房里来找我聊天，既不值班也不查房，他有事没事就往我妈的病房跑，快成特别护理了。病友们开玩笑说：'让你女儿快点嫁给吴医师好了，要不然，吴医师一天到晚心神不定的，动错了刀子你们可担待不起哟。'我妈妈就对我说：'你假如喜欢他，就早点嫁他算了，我死了也好放心。'就这样，我高中一毕业，就同老吴结婚了。你想，我身边总是有那么些不怀好意的人，即使有些小伙子表示要保护我，我还得提防这些保护者们，连我自己也厌烦了，当时我只想早点结束这种提心吊胆的少女时代。有了吴家的保护，我就安全多了……"

周由嬉笑着打岔说："前几年有个戏叫作《初恋时我们不懂爱情》。"

"虽然不懂，但爱的感觉还是有的。"水虹讷讷地说，"只是，每个人一生的各个年龄段，对爱会有完全不同的理解。我从小就不敢穿漂亮衣服，不敢穿裙子，不敢去游泳，整天关在家里看小说。我爱幻想的毛病大概就是这样养成的。一户人家如果有一件珍稀物品，可以把它藏起来。但我一出门谁都盯住我，我虽然穿得很保守，但总不能像个蒙面女贼只露出两只眼睛上街吧？后来老吴给我出了个主意，配了一副大大的变色眼镜，戴上以后就好多了。所以有时候，我觉得自己对老吴的感情，有点像……怎么说呢？有点像囚徒对狱卒的依赖了……"

"这些年，我始终在寻找着美。"周由严肃起来，"其实真正的美，是非常危险的。美很脆弱，也很可怜，因为人人都企图拥有美。"

水虹依偎在周由怀里，对他说起了自己娘家的女人。她们都有一段因美而生的凄婉历史。她的太婆、外婆、妈妈和姨妈们，除了一个姨妈嫁了个高级工程师一生还算平安，其余的几代女人，都几易其主，结局都很悲惨。她的外婆嫁给外公不到八年，就被一条过路的小船抢走，从此音讯全无。有人说她是被几个水上的流民流寇强暴了，绑上石头后扔进了太湖，连尸骨都不见。她的妈妈是外婆给外公留下的小女儿，从小就被关在家里，但读高中时还是被她的老师强奸了。后来嫁给了她的同学，也就是水虹的父亲，两个人感情诚笃，形影不离。偏偏单位的头头看上了她，百般骚扰刁难，水虹的父亲气得一病不起，"文革"前便撒手西去。这个家族的女人们过去都随身带一个油纸包，里面包着生石灰，遇到坏人，就把纸包抠破，掼到坏人脸上，然后跑掉。但这种武器只能对付一个人，要是碰到两个以上的坏人，就发挥不了作用了。她自己从十四岁起，妈妈就让她随身带着这个武器，确实有效。不过人家报复起来也很厉害。有一次一个被她撒过石灰的男人，在公共汽车上，趁着人挤，用小剪刀把她的辫子一点一点剪断了……

周由从身后把水虹抱得紧紧，叹一口气说，要不要我给你刻一把手枪呢？做得像真的一样，也能应付一阵。水虹撇撇嘴，欠身从床边抓过上衣，在衣袋里摸出一只袖珍打火机大小的瓶子，里面装着一种黄色的液体，瓶口上有个小小的喷嘴。她对着窗口摁了一下，从瓶口喷出一阵散状的烟雾。她笑着说：

"喏，这是老吴出国探亲时给我买的，里面装着一种特殊的药水，又呛又辣，遇到麻烦时，对准那人的脸喷一下，他会在二十分钟之内什么也看不见。"

周由接过瓶子仔细看了看，小巧玲珑的很实用。他说："老吴真是个好丈夫，处处都想着你。不过这东西，你真的用上过没有呢？"

"用上过。幸亏有它，要不然，我根本就不会同你坐在这里了。"

水虹讲起了自己最危险的一次经历，依然余悸未消。她说前几年有一天晚上出去看戏，老吴在医院抢救危急病人，不能陪她，让她散戏后自己打的回家。但散场人多，等了半天也没有出租汽车。她怕时间太晚，就挤上了公共汽车。下了站，离家还有一段路。走着走着，周围就没有人了。刚进小巷，后面跟上来一个人，她回头看了一眼，那人离她还有十几米远，但等她再次回头时，那人已站在她的背后了。他从后面一把抱住了她，并用一把匕首的刀背勒住了她的脖子。脖子上凉飕飕的，真是吓死人了。那人低声说："不准喊，跟我走！"她的手已握住了瓶子，但身子被他抱住，有劲也用不上，只好乖乖跟他走。路上一个人也没有，他用一只手攥住她的胳膊，另一只手拿刀顶着她的腰部，逼她走到了一个拐角，那里没有路灯，墙边停着一辆中型封闭式冷藏车。他打开后门，把她推上车，然后自己爬了进来。猛然把她的手扭到身后，绑了起来，又在她嘴里塞上了毛巾。那家伙力气很大，把她的手绑得好紧好痛。做完这些后他就跳下了车，钻进驾驶室，把车开走了。车厢里空空的，有一股冻猪肉的气味，她绝望地想，他一定是要在车厢里屠宰她了。四周黑咕隆咚的，像是落入了深渊和海底。她后来看见周由那幅《红、白、黑》组画的黑色画面时，就想起那次在冷藏车里的遭遇。那种黑暗真是像地狱一样恐怖。

　　车子颠簸了半个多小时，终于停下了。只听见那家伙关了驾驶室的门，又爬进了车里。他得意地对她说："这里已是郊区，连个鬼都没有，勿识相的话就杀了你。"他关上后车门，在她身上乱摸乱抓。她一动也不敢动，心想今天也许真是完了。过了一会儿，他看她不动，便给她松了绑，拿掉了毛巾，就来扯她的衣服。车里太黑，他怎么也找不着脱衣的门道。她的手虽然自由了，但手指麻木，试着掏瓶子，手颤抖着怎么也掏不出来。车里又那么黑，万一对不准他的脸，那就只有由他宰割了。

"你得想办法，看来这瓶子也不是万能的嘛。"周由听得气都透不过来了。

水虹拍拍他的手背说："别担心。我对他说，你看，到了这一步，我也跑不掉了，你能不能点个打火机？看清楚点，大家都方便。但他一点都不上当，用刀子当当敲着车厢板威胁说，你再不脱我就用刀子替你脱了。我只好慢慢地脱下了毛衣，黑暗中我感觉他也在脱着衣服，谢天谢地这时我发现手指能动了，便把那瓶盖悄悄打开，握在手里。另一只手假装亲热去摸他的身体，他扑过来解我的腰带，把刀子放在了一边。这时我什么都不顾了，对准了他的脸，狠狠按了几下，噗噗喷出去小半瓶药水。只听见他大叫一声，松开了我，用手捂住了自己的眼睛。他痛得连声大叫：'我的眼睛瞎了，是不是硫酸？'我摸到了那把刀，对他说：'就是硫酸，你再不开门，我喷死你。'他一边喊饶命，一边摸索着打开了车门，我抓起毛衣跳下冷藏车，就拼命地往公路上跑。后来总算看到前面有车灯，拦了几次才拦住一辆卡车，我求司机去帮我抓坏人，但司机不敢。过了一会儿，我看见远处树林边上亮起了车灯，那家伙把冷藏车开跑了。那种药只有二十分钟左右药力……"

"后来呢？"

"后来那司机把我顺路送回了家，他还劝我别去报警，说逃出来就算命大了。老吴到凌晨才到家，一听就气疯了，一大早就到派出所去报了警。可是这案子到现在也没有破，老吴一再去问，人家说，本市的冷藏车都有那天晚上不在现场的证据，还怪我不记车牌号，就这样不了了之了。从此以后，老吴再也不许我晚上一个人出门了……"

"妈的！"周由气得脱口而出，愤愤骂道，"临逃走前，你应该把车后门关上，然后打开制冷开关，把他冻成白条肉。"

水虹说："有时我觉得自己真像是个下过地狱的女人，那车里实在太黑了，自从那次事情以后我就有恐黑症，你的那幅黑画我就不敢看，更不敢挂起来，我一想到你画上表现的那种黑暗，真觉得无爱的生活就像面临死亡……"

"那我以后再也不用黑颜色了。"周由说，"让黑颜色和我以前的日子一起死亡吧，红黄蓝三原色，再也不调制黑色……"

"不。"水虹在他的脸颊上轻轻吻了一下，说，"有了你以后，现在我觉得任何颜色都是美丽的，尤其是黑夜，更加让人迷恋……"

白天不知不觉过去，黑夜重又来临。如今黑夜是专属于他们的温柔之乡。那儿有诗意的梦幻和无边的希望。绚丽的丝绸变成了灿烂的画布，情爱是取之不尽的颜料，涂抹着未来的色彩，那画面便如美玉一般闪烁着柔润的光泽。

蒙眬的睡意中，周由突然喃喃问道："水虹，如果我们在一起，那你以后的工作怎么办啊？"

水虹在黑暗中传来的声音却异常清醒。她说："其实我挺喜欢自己现在的工作的。大学教师虽然工资不高，但有许多归自己支配的时间，可以专心研究自己感兴趣的东西，所以前几年那么多人下海，我还是在岸上站着不动。白宏根一直想说服我到他的公司去，说他就缺我这样的助手。但我晓得自己的毛病，商战顶忌讳像我这么想入非非、不切实际的人了。如果不是遇到你……"

周由顿时来了精神，他翻身坐起来说："嗨，挣钱的事，由我来干，我顶多当几年艺术打工仔，豁出来花两三年时间，多卖点画，给你买一套安全宽敞的大房子，让你过得比在苏州还舒服……"

"你说什么？"水虹打断他，惊讶地问，"那你不搞艺术啦？以前你不是说，你是不会去画商品画的，怎么一下子想法就变了？"

周由垂下头，讪讪解释说，如果水虹真的为了他而放弃苏州舒适的生活到北京来，那么为了她今后的生活，他什么都愿意去干。真正的爱可以在一天之内彻底改变一个人。就这么简单。

水虹伸出手摁亮了床头的小灯，迷离的光晕下，她的脸微微有些发红。

她对周由说："可是我也想好了，我打算把原来的工作辞了，来当你的人体模特。只给你一个人当。你不知道，这么多年来，我太压抑了，在中国不仅有人才的压抑、智慧的压抑、精神的压抑、性的压抑，还有美的压抑。我的美把我变成了一个囚徒，不敢出门，不敢抛头露面，不敢去做自己想做的事情，我从小就生活在监狱里，游荡在自己的精神空间。我拥有美却丧失了自由，我一直想冲出牢狱，但我像那些未能免俗的女人一样，常常把美和爱看得比自由和生命更重要。"

她用一只手指按住周由的嘴唇，径自说下去："在遇见你之前，我曾很多次幻想嫁给一个大画家，我要让他画我，我虽然关在房子里，但东方的人体美却可以代替我飞出去，甚至漂洋过海、天马行空，让画来补偿我幽禁的生活和压抑。有一年夏天，老吴带我去一位朋友的别墅度假，花园里有一个小小的游泳池，我偶然游了一次泳，却被隔壁一位专搞人体摄影的艺术家发现了，他找到朋友，希望说服我帮他完成一本人体摄影集。还拿了他的一些作品来给我和老吴看。他的摄影技巧和构思都不错，效果也很现代，但他感叹说那些女模特俗艳轻浮、没有气质，作品也就缺少灵气了。当时我很犹豫，我知道如果搞一本高档次的艺术人体摄影图册，会具有很高的审美价值。但我最后还是拒绝了，因为我不了解他。我摸不透他是为了钱还是为了艺术。再说，那个人也缺乏个人魅力，我可不愿意让一个我不爱的人，在阳光下摆弄我的身体。就这样，我的幻想又落空了……不过，现在好了，你出现了，你自投罗网，闯进了我的幻想天地，你爱我懂我欣赏我，也最有把握画好我，我就当你的模特，天天和你在一起，我还打算从艺术史研究转到美术上来，这样我可以一边当着人体模特，有空就写我的专著，两不耽误，怎么样？我想大概不会再有另一种职业和事业，更能让我满意的了……"

周由一下掀开被子跳下床，光着脚把水虹抱起来，往空中抛去，一起大笑着跌倒在床上。周由把水虹压在自己身子底下，用鼻尖蹭着她的鼻尖，闷得两个人都喘不过气。他没想到自己会得到这样一个幻想成真的狂喜，嗓音都哽咽了。

好一会儿，周由才气喘吁吁地说："水虹，你真是个鬼灵精，你总是让我乖乖跟着你走。你这个小坏蛋，我原来还想恳求你让我画你呢，我从来都没敢想让你当我的人体模特，你真把我的心思看透了。在西方，人体模特是个高尚的职业，法国英国意大利的一些美术大展开幕时，女人体模特都身着节日盛装，光彩照人，同画家一起欢迎来宾，那些宾客也总是先向模特献花致意。西方美术界早就公认，优秀的人体艺术作品是模特和画家共同创造的。有的画家也总是把荣誉首先归于模特，是她们的美给了画家激情和灵感。亲爱的，我们两个人能这样合作的话，那这辈子真是太幸福了……我都快要乐晕了，我真不知该怎么爱你才好……"

"你给了我那么多惊奇，我也得用惊奇来回报你呀。"水虹也抱紧了他。

他们相拥在床上打滚，两人有那么多话要说，这一夜，大概又睡不成了。

10

清晨，周由顾不上披衣，急急打开了厚重的赭色窗帘，又索性拉开里层的白纱层，好让室外的阳光，把水虹白皙的身体照得更亮一些。他靠在窗口的墙上，交叉着胳膊，远远望着水虹，感叹说："我还从来没有见到过像你这样困难的美。"

"我也没有见过你这样的瘾君子，我看你是把我当成罂粟花了。"水虹用手掩着嘴，打着哈欠，脸上带着一丝甜蜜的倦意，"快过来吧，会着凉的。不过我大概也上瘾了，更喜欢看你。被动吸烟中毒更深呢。"

水虹搂住周由，舒服地躺在周由赤裸而温暖的怀里。她抚摩着他发达光滑的胸肌，也在细细欣赏着周由的男性人体阳刚之美。她知道那是胸大肌、肱二头肌和胸锁乳突肌，它们富有弹性地鼓胀着，饱含着男性的诱惑，充满了枭雄般的力量。那力量既能支撑这个地球，也能摧毁这个世界。那么孱弱而柔韧的女人，就是调控和制约这种力量的限压阀了。

周由用双手握住水虹的乳房，轻轻着力，温存地触摸着。他在享受和储存着自己的感觉。他说：

"水虹，你知道吗，一般女人体最难画的是哪个部位？"

"眼睛？"

"哦，也对也不对。在肖像画中，男人和女人的眼睛是最重要的，但在人体画中，就不能算重点了。再说，女模特的眼睛往往很空，什么都没有，画不出耐看耐想的内容，眼睛也就并不太难画了。如果是画你，当然很难，你的眼睛里有眸语，眸语里有爱和美，还有一种梦幻般的光泽。用画笔很难表现出来。不过画你的眼睛是一种享受，画的时候，心里爱极了。"

"那……最难画的，是不是手呢？古人说，'画人难画手'嘛。"

水虹松开周由，把两只纤细柔软的手伸在他眼前。那光滑的手背和修长的手指，在阳光下犹如珐琅质一般亮泽。

"也不对。手是外露部分，肖像画也经常把手画进去。而且手上骨骼结构清晰，并不难画。中国古代的画家从不画人体，不研究人体解剖，不懂人体结构，大多数人物画不是驼背就是没脖，连人都

— 123 —

画不好，当然画不好手了。"

"那就是乳房了？"

"也不是。乳房是不太好画，但是它的形状凸出，还是可以把握的。"

"女人体这么神秘啊，那我可不知道了。"水虹笑道。

"好吧，我来告诉。一般的女人体模特，最难画的是腹部下面的两三条腹线，很细很细，而且断断续续，喏，就在这里——"周由用手指在水虹美丽光滑的下腹部轻轻地划了划，水虹痒得咯咯大笑。周由移动着手指继续说："你看，就是这两条线，其实是两条半，那半条是若隐若现的。你看看，这两条线多么优美、细腻、微妙。随着你的呼吸，它会微微起伏变化，你只要稍稍一动，变换姿态，它也会跟着变化，而且变幻无穷。腹部是女人体上最柔软的地方，面积和体积也最大。你想，最柔软的部位，最柔软的细线，怎么容易画好呢？人们常说女人的曲线美，指的是纵向的三围曲线，其实最美的曲线，隐藏在腹下，连游泳池和健美赛场上都见不到，只有到妻子和情人那儿去欣赏体味了。在西方传统的人体艺术中，女人的腹线被看作女性人体美的主要内容之一。尤其是扭动弯曲的腹线，是表现女人性爱和情欲的重要语言。如果画不好腹线，很难传递出女人隐蔽的爱和性，内心的渴望和呻吟。"

水虹扯过被单盖住自己的身体，故意问："那你呢？你抓住那腹线没有？"

"在美术学院上学的时候，我们画过几次女人体后，罗教授看我们的作业直摇头。他说一看你们画的腹线，就知道你们大部分人都没有接触过女人。你们把腹线画得这么死板，这么僵硬，肚子里好像怀了一块大石头。这怎么行啊？整个人类都是在女人的腹中诞生的，画不好女人的腹部，就是对人类母亲的不敬。你们应该抱着深深的敬意和爱心去画好它。后来……后来我鼓起勇气第一次和一个女友上了床，除了性冲动以外，还有一种冲动，就是特别想触摸这几条腹线，等我抚摸了它之后，我才知道自己原来画得是多么糟。真的，画画光靠视觉印象是远远不够的……"

"那你后来到底画得怎样了呢？"水虹不想放过他。

"当然大有进步啦。可是，罗教授对我也心里有数了。那天他表扬我时的目光，让我现在想起来都觉得心虚。"

"你们的教授把你们都教坏了。"水虹捶了他一下，咯咯地笑起来。

"不是他把我们教坏了，是艺术教会我们懂得了人。连伟大领袖在 60 年代都无奈地下达指示说：画人体不惜有些小牺牲嘛。"周由大笑。

"哼，这种时候你还总想着画画，你心里还有没有我啊？"水虹似乎有些生气了。

"这是职业病，谁让你爱上一个画家？"

"那你以后画我的时候，可千万别利用这几条线，泄露我心里的秘密呀。"

"没有神秘内涵的艺术怎么能叫艺术啊。"周由自信地说，"现在中国人的欣赏水平，还停留在盯着乳房和黑三角区部位的初级阶段。我就是画出你的秘密，恐怕也难有人看懂呢。不过，你这个特别的女人，最难画的还不在腹线上。"

"你又要故弄玄虚了？"

周由把水虹扶起，为她披上衣服，让她的身体正对着自己，然后说："我一直纳闷，你的肌肤怎么会是半透明的呢？一点不夸张，至少有四分之一的透明度，这究竟是怎么回事呢？你的容貌和体形的美，还有不少影星什么的能同你相比，但是你的肌肤美，恐怕真是独一无二的，将来也只有阿霓才能有这种美了。"

水虹把一条胳膊伸出被窝，自己端详着说："江南一带气候湿润，那里的女人一般都比北方的女人皮肤细腻白嫩。但细腻的皮肤也很少有半透明的。我妈妈说过，她那个家族的女人，好像皮下肌肉有些特殊，水分特多，皮肤就透明。"

周由情不自禁地捧起水虹的胳膊轻轻地咬住它，想感觉那里面到底是由什么东西组成。

水虹说："我想这也许是遗传。老吴给我妈妈动手术的时候，也发现我妈妈的皮下组织和脂肪与常人不同，肌肉纤维非常细腻柔软。那时我妈妈已经四十多岁了，但肌肤比二十多岁的女人还有弹性。听我外公说，外婆刚嫁到外公家的时候，小河边上的人都说她的皮肉像蹄髈冻……"

"蹄髈冻！"周由叫了一声，"蹄髈冻用北方话说，就是肘子冻。对对，这是一种感觉。过去北京就有一道名菜，叫作'水晶肘子'，又细腻又光滑，关键，它是半透明的。这个比喻形象，挺生动，可惜太俗了，像酒馆里的酒鬼们，流着口水谈论着下酒菜，不好不好，这个感觉不能入画。我要是把你的肌肤画得让人联想到猪肘子冻，那我真该挨杀猪刀了。绝对不行，赶紧倒带洗掉。"

水虹又说："下层市民、船工的语言粗俗但很形象，后来我外婆就是被那帮在酒馆里胡闹的船工劫走的。等我妈妈长到十五六岁，小河边的人又盯住了她，垂涎欲滴，有点文化的人，说她的皮肤像剥了壳的生虾肉一样。"

周由连连摇头："这绝不是我要的感觉，到了俗人嘴里，女人都成了人肉包子，美神也得加调料了。我想，你们家族的母系祖先，一定是古代的某个王妃或是公主……"

"这种想象很诱人，我也这么胡思乱想过的。"

周由愤愤说："我看中国的人口政策有问题，一对夫妻一个孩子，不分智商，不分物种优劣，不分美丑，统统一视同仁。这样下去，几千年延续和保留下来的优秀品种就会灭绝。假如你生了个男孩，像阿霓那样未来的绝代佳人就会绝种。这样下去，中国的种族优势就要退化了。我认为，应该对本民族的特殊珍稀品种采取倾斜政策。现在只规定痴呆和近亲不准生育，少数民族可以多生，那么，为什么不可以规定像你这样的美人佳丽多生一两个孩子呢？我将来如果有了钱，一定发起成立一个保护民间珍稀品种基金会。每年寻找和评选美女美男，建议国家计生委给予多育的人口指标，并由基金会抚养他们的孩子，为华夏民族创造更多的佳丽俊男，也为画家提供更美的模特……"

水虹笑个不停，终于打断他说："你太幽默了，真是个偏激的大幻想家。这个方案根本行不通。首先，美人就不愿意多生孩子，一多生她自己就不美了。其次，美人也不一定能生出美女来，遗传工程的科学还没有发达到这个程度。再说，美人常常嫁给有钱有势但也许丑陋的男人，如果他们的产品取其父母的缺点，你的梦想就破产了。还有，美人最容易受到不美的女人嫉妒，那些女人不把你骂死才怪呢。用你们北方话说，你真是个地地道道的傻帽，傻得可爱。"

"你可别责怪美人，正因为她们太美，才需要寻求美的保护。"周由一脸正经地辩护说，"美所受的诱惑最大，美是资本，激起人许多贪欲；美又被人争夺，得不到美的人，宁可把美毁掉。所以美女的命运也许比普通女人更艰难。反正我这个无可救药的现代护花骑士，是当定了。"

水虹说："可你说到现在，还是没有找到对我人体的准确感觉呀。"

周由揽过水虹，摩挲着她的肩颈，一时无语。

"美玉和丝绸固然很美，但那是几千年来文人雅士的感觉，不属于我自己的体验。"周由说，"其实，美玉是块冰凉坚硬的石头，丝绸又太缤纷了；而我现在抱着你，那种纯洁温暖柔软的感觉，却是任何东西都无法代替的。我在苏州第一天晚餐时见你，觉得你就像是明艳的逆光下的天鹅蛋。"

"这感觉很独特。天鹅蛋很美，而且是有生命的。"

"不，我还是不满意，觉得它无法表达出我对你的理解。你的美太深奥含蓄，即便将来有一天你老了，但你内心的美也永远不会消失。你就是你，我要画你一辈子。假如有人问我，秦水虹有多美？我想我最后只能回答说：水虹和水虹一样美。"

"这是最高分。"水虹仰起身子，给了周由一个长吻。

周由突然挣脱了水虹的怀抱，痉挛一般抓起她的手，战栗着说："水虹，回去离婚吧，嫁给我！"

水虹那梦幻似的眼睛里，晶莹的泪水一滴滴滚落下来。

归期已临近。

七天七夜梦游般的日子，使水虹已经几乎把苏州和阿霓都忘记了。但缠绵已不可能无限地继续下去，她至少必须回去"处理"自己的家庭问题。面对周由急切的期待，她才突然意识到，重新走进苏州那幽静的小院，是一件多么艰难的事情。

水虹明白自己的艰难并不在老吴，而在阿霓。

她甚至不知道自己应该怎样去迎接阿霓那双眼睛。还在苏州的时候，水虹就已很多次躲避过女儿凝视着墙上周由的作品时，那种无所顾忌的炽热目光。如今，阿霓那种少女纯真的眼神，穿透了周由多日来笼罩着水虹的痴情，重新向她逼视，令她一阵寒战又一阵迷惘。

水虹知道，那是自己一直想要回避，却最终无法回避的。

她在阿霓那个年龄，曾暗恋过一个刚从大学毕业的男老师，有一段时间，上课时她只是呆呆地看着他，连他讲了些什么都没有听见。现在想想，那个男人除了黑板上一手漂亮的粉笔字，再没有给她留下任何印象。但阿霓不同，她差不多是个小小的艺术疯子，悟性加上灵气，遇上一个可爱的艺术家，情窦初开，必然刻骨铭心。而周由更加与众不同，他身上几乎具备了一切让女孩心醉神迷的内容。他已成为阿霓心目中，一个近于完美的青春偶像，无人能够替代。再过几年，阿霓就会长成一个美丽的大女孩，散发出迷人而诱人的光芒。但在她的人生经历中，也许很难再遇到一个像周由这样，能使阿霓产生情侣和老师双重爱意的男子了……

水虹觉得心里有一种说不清楚的隐痛，一下一下地刺扎着她的神经。当阿霓长大了，如果阿霓对周由的爱不仅没有冷却，反而越发炽烈，她会不会孤注一掷地向他们冲过来，撞开水虹和周由的双星体，占据她的位置，或者形成一种尴尬的三星体呢？水虹不敢想象自己能够坦然迎接若干年后的挑战，因为阿霓毕竟是她的女儿。在现代社会，如今已什么都可以更换，换单位换住处换朋友换丈夫，可是唯有母女父子的那种血缘亲情，却换不了也弃不掉。水虹为了女儿可以献出她的心肾和角膜，她爱女儿视若自己的生命。母爱之伟大，在于它是人类情感中，唯一不会被权势和金钱收买和征服的爱。如果女儿由于母亲而陷入极度的痛苦，母亲真的还会感到幸福吗？

然而糟糕的是，真正美丽的情爱却不是单方而是双方的。如果仅仅为了阿霓，水虹觉得自己可以为女儿放弃这一切，重新关闭感情的大门，而把周由送还给她。但那样做的话，周由怎么办呢？难道她能忍心让周由像那只绝望的白色大鸟，再一次坠入黑暗的深渊吗？再重复一次更加疯狂而持久的轰炸吗？她已经太了解周由是怎么样的一个人了，他是一个需要她悉心调理和爱抚、执拗而又真挚的大孩子。

水虹望着窗外的蓝天，觉得自己幻梦成真的天空是那么温暖，而脚下的这片现实的陆地又是那样寒冷。她这只重择寒枝栖息的小鸟，就要暂时飞回苏州去了。她不知道这次降落，是软着陆还是硬着陆，她会不会坠毁在陆地上呢？

早饭后，她坐在沙发上，靠着周由的肩膀，默默无语。

周由转过身，捧起她的脸，轻轻吻了一下，诧异地问："怎么了？你今天好像很不舒服？"

水虹摇摇头。

周由恍然说："我知道，你不愿意走。那更好，就别走了，管他呢。"

水虹喃喃说："不！要走的！"

"我不让你走。我不去给你买票了。"

"我不走的话，怎么能再回来呢？"

"那你为什么不高兴？我看得懂你的眸语，你的眼睛里有话。"

"那你替我说好了。"

"不，你不是那种喜欢别人替你说话的人。"

水虹站了起来，走到窗边去，背对着周由，她觉得也许会说得容易些。深秋干爽的阳光刺痛了她的眼睛，窗下是一片布满坑洼的空地。

"……谢谢你，周由，你给了我世界上最美好的爱……在我一生中，再不会有第二次了……但我想……我想，我们暂时还是维持这种情人关系吧，我会常来看你的，和你一起住一段时间，让你画我……但我……不想……不想那么快就和你结婚……"

"你在说什么？"周由从沙发上跳起来，"你说什么？为什么？"

"为了阿霓。"水虹平静下来，"为了你和阿霓。"

"你在说什么呀？我怎么一点都听不懂！"

"你不懂？你应该明白，阿霓始终在爱着你。直到现在。我爱你爱昏了头，差点忘了自己还是母亲。阿霓比你小十五岁，将来她长大了，会比我更有魅力的。至少可以延长你十五年的创作冲动和艺术生命……"水虹一字一句地用力说着，"所以我无权占有你的未来，我只想好好地爱你几年，把以后的空白留出来……"

"你疯了！"周由大声打断她，"你以为爱是什么？你真的以为母爱是高于情爱之上的吗？中国伟大的母亲们，几千年来为了子女可以放弃自己的一切，包括爱情、幸福，甚至生命，这种牺牲难道还不够残酷吗？你一个90年代的女人，竟然还会有这样的念头，我真为你……为你惋惜。再说，你为什么不问问我，我是不是也爱上了阿霓呢？！"

水虹还从来没有见到周由如此激动和愤怒。他的大手在空中挥舞着，脸色紫胀，由红而黑，因气愤而扭曲的五官渐渐变得一片灰白。水虹有些害怕，她抱住周由，把头依偎在他的怀里。

周由用一条胳膊麻木地环绕着她，很久才慢慢平静下来。他低下头，用嘴唇吸着她腮上的泪水，柔声说："阿霓还是个小姑娘呢，那种朦胧的早恋，过几年就会慢慢被她自己淡忘的。她误会了我的关怀，还分不清爱和爱护的区别。你因为怕伤害她而纵容她的感情，结果也许会伤得她更深。"

水虹抬起头望着周由。她觉得周由突然变成了一个深沉而成熟的男子。

周由又说："你没来北京的时候，我望着你的画像和阿霓的画像，眼前常常出现幻觉，好像你们俩是重叠在一起的。阿霓是你的童年，而你是阿霓的未来。那幅《江南霓虹》，就是你们两人重合的形象，我想以此补偿我没有得到你之前的那些岁月。我喜欢阿霓，但我需要的是一个像你这样的女人，一个能驾驭我，让我的肉体和灵魂都能燃烧起来的女人。我爱的只是你。我相信这种爱一旦得到，就将付出永远，绝不是年龄和青春就能夺走的。在你以前，我有过许多女友，对于今天的现代女性来说，同她们喜欢的男子上床，平常得不能再平常了，所以我的生活中并不缺少性，我没有性饥渴，我要的是情，是爱，是超越性爱之上的情爱。也许因为上床太容易了，我反得了情爱饥渴症。每次同女友做爱之后，心里总是空空荡荡的，像一片在风里飘飞的羽毛，没着没落。但自从爱上你以后，我再没有那种感觉了。这一个星期，大概是我成为男人以来，付出最多、消耗最大的日子，但我心里很充实，浑身涨满了精力，好像进补一样，比原来还更结实更有劲了……"

　　周由抓起水虹的手，拍着自己胸脯和胳膊上的肌肉。水虹被他死死箍得透不过气，手指滑过他紧绷绷的腹部，不由得含着泪水笑了起来。

　　"那就再给你三天三夜？行了吧？"

　　"今天不算……"

　　"亲爱的，还是让我快去快回吧。回来时，我就完全属于你了。"

11

在北方上空发生美丽的星体爆炸后的第五天晚上，江南水城的一幢小楼里，也发生了一场雷暴。这是在粗重的喘息、憋气的呻吟达到临界点时爆发的。

"侬觉得还好？"身材窈窕、皮肤粉嫩的阿秀问道。她在床上仍未卸去浓妆的漂亮面孔，露出几分忧心的神色。

"蛮好。"老吴眼中的兽欲渐渐消退，他心满意足地回答。

"比秦阿姨哪哼？"阿秀继续追问。并欠起光滑赤裸的身子，用一块松软的干毛巾为老吴擦汗。老吴强壮的胸膛上，汗水已流成了小溪。

"这……勿好比的。我觉得你蛮好咯。"老吴一把抱住阿秀，用力地揉搓着阿秀的乳房。阿秀微红的脸色已变得惨淡而苍白，还是欣喜而温顺地瘫在老吴怀里，任由他抚摸。老吴忽然觉得，自从阿霓把那个周由引狼入室以后，他家里的一切都变了。妻子和女儿都变了，变得疯疯癫癫神痴无痴；而他也变了，不可思议地变成了一头发情的野兽。

在水虹离开苏州的当天，他以其职业性的细致周到，为水虹向单位编了谎话请假；并且滴水不漏地使阿霓相信，妈妈是有急事到广州出差去了。反正到时候让水虹带两盒广东月饼回家，就能把阿霓对付过去了。他失魂落魄地过了三天，一连三天的几个手术都是他十几年来做得最糟的，不是刀口切得太长，就是缝合得粗针大线。同事们都怀疑他是累病了，未等他开口，院领导就主动让他休息几天。他也怕这样的精神状态弄不好会出医疗事故，便把自己一个人关在了家里，想看点书解闷。

水虹离家去京时，老吴表现得像一个90年代开放的年轻人，那样坦然和大度。但仅仅三天，他已经心烦意乱，不知所措。虽然他已经有了半年多时间的情感过渡和心理准备，但是当水虹真的走了以后，他觉得自己就像那些被切除了一半肺叶或是一条腿的患者，实在很难调理到平衡状态。在家里，他什么书也看不下去，打开电视，屏幕上那些袒胸露背的歌星舞女，更让他觉得寂寞难耐。他眼前经常出现水虹和周由昏天黑地的床上镜头。她已经走了四五天，却连一个电话都没有打来。她一定开心得连自己的姓都忘记了，哪里还会想得起来给老公和女儿打电话。老吴越想越气闷，越想越烦躁。心里就像这座空空的大房子，空得晃晃荡荡，真恨不得打个电话给搬家公司，让卡车往里面填满东西。当然如果在家里填塞些活物，发出些叽叽嘎嘎的声音，也许就不那么冷清了。

那么他是否应该上歌舞厅去领个小姐回来呢？这个念头一闪，老吴就被自己吓出了一身冷汗。他总还不至于如此饥不择食吧。如果日后让水虹知道了，恐怕连对他的最后一点敬意也没有了。那么就找个情人？给水虹一点刺激，使她对他刮目相看，也让自己心理平衡平衡。这半年多来，他和水虹的性生活其实从来没有尽兴过。挂在墙上的那些周由的作品，像一块块画板横隔在他和水虹之间，使得水虹以往柔软的身体变得如此僵硬和冷漠。当水虹主动撤离以后，他强壮躁动的身体，更时时提醒着他对温柔之乡的渴望。老吴突然发现自己其实也是不能没有女人的。

他靠在沙发上闭目养神，把医院里那些一直向他献殷勤的护士小姐们，轮流想了一遍，却没有一个人能让他动心。他担心那些女人过于开放，她们谈论情人、议论性伙伴什么的，就像谈论美容院和化妆品。只要跟她们其中的某个人稍稍沾点边，不出三天，他就会被全院好奇的目光所包围，随后又身不由己地陷入女人们新的包围圈里去，不可自拔。那么今后他真是什么事情都干不成了。院里的另一位名大夫的故事就是这样的，他可不想重蹈覆辙，被风流的坏名声毁了他半生的清白。

　　还不等老吴把那些被他救治过，对他感激不尽的年轻女病人在脑中细细过目，阿秀的身影却老来抢镜头。阿秀的文化程度大概只有阿霓那么一点，但她的众多条件却都是他所需要的。特别是阿秀和阿霓的关系，真像是一对亲姐妹。他看出阿秀对阿霓一向很好，并不是为了借故接近他，而是真心喜欢阿霓。阿霓从小就和阿秀一起玩，她俩已有十几年的友情了。这是其他所有的女人都比不上的。如果他真的和水虹离婚，阿秀是可以成为他再婚的首选对象的。这个小餐馆老板的女儿，初中毕业就帮家里开店，文化不高层次也低，不过长相蛮甜，面孔水灵灵的像刚上市的茭白，嫩得一掐就出水。再说，他看着阿秀长大，知根知底，晓得她心肠蛮好，日后不至于为贪图钱财而亏待阿霓的……

　　还不如就先找阿秀呢。老吴暗暗拿定主意。就算文化水平低一点，客人来了就劝她多微笑少开口好了。如果实在不行可以再换，没有退换意识，是适应不了市场经济的。但老吴还是希望自己能一次成功。这十几年的婚姻太累了，他精疲力竭地守着那个美丽的妻子，付出的远比得到的要大。为了保护她，他不知花费了多少精力，受了多少次惊吓；而且还得从容自若地应付她那些众多的追求者，到头来，却仍然没有能保住她。他太需要休息，需要一种宁静的家庭生活了。还不如找一个贤妻良母型的女人，地位悬殊也许更安全也更实际些。想到这里，老吴来了些精神，决定先让阿秀送点饭菜来，顺便好同她闲谈一番。

还未等他抓起话筒，门铃响了。老吴打开大门，见是阿秀拎着一篮子菜进来。她笑盈盈地说："吴家阿叔，听阿霓说你病了，我看侬几天没买菜了，给侬送点新鲜小菜来，阿要我给你烧中饭？秦阿姨啥辰光回来啊？"

老吴把阿秀引进客厅，让她坐下歇一歇。他望着像时令蔬菜一样鲜嫩欲滴的阿秀，觉得今天她格外漂亮动人。他很想试用一下水虹走前留给他的自主权，为什么不能从今天起，就下决心破一破自己十几年来严谨的生活呢？为什么就不能像周由那样，痛痛快快地放松一回呢？他感到心跳加快，血流量加大，身上有一种异样的欲望。他最初的反应是职业性地控制自己的情绪，在任何手术之前，他都不允许自己心跳加快的。但是他很快又发现自己并没有戴手术用的无菌手套，便暗自为自己觉得好笑。他一面给阿秀倒茶，一面长时间地盯着阿秀的身体看。阿秀被他看得满脸羞红，低下头去。然而他还是有些紧张，自从他和水虹结婚以来，十几年还从没有过越轨行为。即使在夏天的医院里，在那些热得白大褂里只穿比基尼的护士小姐的挑逗下，他也从未失足。但这一次，他必须像那些现代青年一样直截了当了。

"阿秀，你真好看。"老吴终于勇敢又略带迟疑地，伸出手去摸阿秀的脸蛋。

阿秀吃了一惊，脸涨得绯红，但立即把他的大手抓住贴在自己的脸上。然后睁大了眼，满怀期待地望着老吴，等着他下面的话。

老吴吞吞吐吐地说："阿秀，如果我和你秦阿姨离了婚，你肯嫁给我吗？"

阿秀惊得一下坐直了身体，结结巴巴问："倷，倷讲啥？"

老吴又重复了一遍刚才的话。阿秀终于听清了老吴的每一个字，她几乎不会回答了。

"肯的……愿意的……我怎么会不愿意呢？街上的女人都说，要是能嫁你这样的男人，就是前世修来的福气了。"阿秀把老吴的手攥得紧紧，手心里已是热汗涔涔。她死死盯着他的嘴，好像生怕他收回刚才的话。

老吴深感失望。这明显是一种不等价的交换。在他那样的家庭背景和水虹十几年高雅矜持的熏陶下，他简直受不了如此粗俗直露的表白。他立即理智和冷静下来，松开了阿秀的手，心里有些后悔自己的一时孟浪。

但是，一言既出，驷马难追。话虽只有一句，效果却像炸开了地上悬河的防波堤，决口的河水顿时将他置于一片汪洋之中。他已无回天之术。

"那倷啥辰光离婚？啥辰光娶我？……是不是秦阿姨另外有了相好的？……巷里的人都说，她早晚会被人家抢走的，漂亮的女人心思都野，秦阿姨怎么也会这样啊？听说，白老板送过她一条项链，值二十多万哩，真吓死人了……侬放心，我会对阿霓好的……阿霓会同我好的……我爸爸妈妈也会高兴得勿得了咯……我爸爸的胆囊还是你开刀摘掉的，你的技术实在高明……我十六岁的时候就爱上你了，我、我……我做梦都想嫁给侬，我天天一早都站在窗口看侬跑步，不只是我一个人看，我晓得巷里还有好几个女人也在看侬……侬的身体像年轻人一样结实，侬一点都不见老……侬就是不同我结婚，同我做那种夫妻的事情，我也愿意的……秦阿姨真是世界上顶好看的女人了，不过，我总比她年轻十岁啊……我以后一定会天天给侬烧好菜吃的，我是不会跟人家走的，我一辈子都跟着侬……我实在太开心了，从今以后我就是侬的人了……"

滔滔洪水把老吴呛得根本没有插嘴的机会。他感到阿秀似乎全身都是又烫又黏的膏药，把他牢牢地黏在了她的身上，让他无法脱身。那个瞬间，他开始相信他弟弟的话了。他弟弟说，条件优越的男人千万不要去招惹那些地位悬殊的漂亮女人，男人物色情人时，首先得有把握能随时把对方甩掉。老吴感到要想当个风流潇洒的现代男子，也不是那么容易的事情。中国的大部分女人都还是计划经济的产物，货一售出，概不退换。这十几年，虽然观念大变，但独立的女人还是凤毛麟角。看来，阿秀是个不能退换的女人，她的这种倾销架势，使老吴对她的兴趣大减。他有些进退两难了。

万般无奈中，老吴只好朝阿秀体谅地笑笑。阿秀顺势便倒在了他的怀里，一股浓郁的劣质香水味扑面而来。老吴觉得阿秀的语言修辞虽然令人汗颜，却也使他闻所未闻，耳目一新，就像菜篮子里连根带土的新鲜蔬菜，有一种原汁原味的稚拙和素朴。这年月，社会崇尚回归自然，以往不上台面的野菜树叶都在大行其道，为什么村姑野妇不能登大雅之堂呢？他此刻好像有点理解，为什么有些海外华裔专门跑到大陆内地的穷乡僻壤，去寻访山花为配偶。大概也想以此追求未被文明和文化污染的粗俗美和原始美。婚姻确实需要新感觉和新刺激，不管是什么，只要未曾尝试，就有可能激发起消费的欲望。

阿秀那青春焕发的身体很快激起了老吴另一种反应，他渐渐想起了阿秀的其他好处，平稳的心又躁动起来。他慢慢抬起一直闲置的手，摸着阿秀的脸和头发，然后依次往下顺延。他看出阿秀盼望着马上把她抱到床上去，却看不出她希望他吻她。老吴把手从阿秀的胸脯上抽回来，低声说：

"你要是愿意，我就娶你。不过你先不要声张，省得人家讲闲话。对你爸爸妈妈也不要讲。这次阿霓的妈妈回来以后，我就要同她离婚了。再等几个月，我就同你结婚，好不好？"

"好的好的，啥辰光结婚都不要紧，等侬离了婚，我先住过来好了。"

"好了，你该回去了，出来这么长时间，家里人要来喊你了。阿霓妈妈还要过几天才会回来，明后天我们再仔细商量商量。你以后要读点书，否则人家一听你讲话，就晓得你没文化，要让我们家里人笑话的。"

"会的会的，你借我几本书，我先拿去看看。"

"今天就算了，明天再来拿好了。"

第二天晚上，阿秀算好阿霓已经睡下，就给老吴打了电话，然后悄悄溜进了老吴的房间。老吴当然很欢迎不请自来的阿秀，他把这种偷偷摸摸的行为也算在新感觉之内。老吴像如今多数中年人一样，也在心底盼望着一次浪漫的艳遇。他认为这同"爱"是不搭界的两回事。

"阿霓困着了没有？"阿秀轻声问。

"她这两天画累了，一躺下就睡着，喊都喊不醒。你爸爸妈妈晓得你出来吗？"

"他们到叔叔家搓麻将去了，一搓一夜，要到明早才回来。"

老吴觉得自己再问下去就有点太迂腐了。但不问又没有什么话好同阿秀讲。想了想，决定还是采取阿秀的程序——先睡觉后亲吻。他上前抱起阿秀，把她放在床上。阿秀显然是有备而来，穿的都是既好穿又易脱的衣服，三下五除二，很快脱得只剩了胸衣和内裤。老吴看着阿秀干脆利索地脱衣服，忽然想起来问道："嗳，阿秀，你以前跟人家睡过觉没有啊？"

阿秀连连摇头："侬放心好了，我还是个清白身子。侬是个医生，等一歇，你就会相信我的。"阿秀说着，一边涨红了脸，从包里拿出一条崭新的毛巾，放了枕边。

老吴没想到阿秀居然还是个处女，这使他颇感意外，又有些扫兴。他犹豫不决地说："要是这样的话，还是等到结婚以后吧。"

"吴叔叔，勿要紧的，我早晚都是侬的人了，早一点晚一点都是一样的，早一点我更放心。侬是个好人，不会骗我的。要不然，再过几天秦阿姨回来，就没有机会了。"

"这样是不是太随便了，也太委屈你了？我什么礼物都没给你准备呢……"

"真的勿要紧，以后再补好了。"

老吴犹犹豫豫地脱了衣服，躺到阿秀的身旁。他觉得阿秀是过于迫切了，一心希望使他和她的关系成为既成事实。但这种迫切也说明了阿秀的诚意，老吴竟有些莫名的感动。他搂过阿秀，用手感觉着阿秀的身体，他知道如果用眼睛，阿秀肯定远不如水虹美丽。但美丽被享用得太久，也会熟视无睹；不自由的美丽更会大打折扣。而阿秀她饱满的胸脯和富有弹性的皮肤，散发出来的新鲜气息，很快就使老吴头晕目眩。阿秀的脸红得像个高烧病人，手脚笨拙，老吴完全相信身旁的女人还是块处女地。而他，却是个比她大二十岁、有妻室的男人。一股罪恶感涌上来，他实在没有勇气去开垦这块原始雨林。

"侬……侬良心太好了……"阿秀喃喃说，"现在的年轻人，都像狼一样的，哪里像侬这样。我从来不敢靠他们太近，我要是不当心，早就被他们吃掉了。侬不要担心事，我不怕痛的，就是插一把刀，我也不会叫的。我看过录像带，夫妻做这种事，蛮开心的，侬快点来呀。"

老吴这大半年来，最忌讳人家用小青年来比他。他就是被周由这个年轻人比下去了。他眼前又出现了周由拥抱着水虹的图像，还有水虹快乐的呻吟声。一种强烈的自尊和屈辱感冲上了他的头顶，他猛然翻身，一下子抱住了阿秀。

一切犹豫都是在彼此身体尚未大面积接触时才产生的。但一旦老吴紧紧贴住了阿秀年轻丰腴的肉体，他十几年来的文明性压抑，突然被释放了。老吴兽欲大发，他被兽性烧红的眼睛里，还喷射出一种野蛮而仇恨的报复欲。他原打算为水虹留一条退路，他知道艺术家都是些靠不住的家伙，换情人就像换影碟一样频繁。万一水虹的这次婚外恋失败，他还愿意为她开门，同她破镜重圆。但此刻他心中突然爆发的原始兽性，却把他心底对水虹的愤恨一并掏了出来。他无法原谅水虹，她毁了他，毁了阿霓，毁了他的家庭、事业、声誉和平静的生活。他要惩罚她，不能给她留后路，要让她无家可归、六亲不认，让她成为一个最终被人抛弃的老女人。他心里狠狠叫道：我要比你享受得更多！周由绝不是童男，而我床上的漂亮女人是个处女！周由三十岁了，而我这个女人还只有二十三岁，看谁享受得更疯狂！……身体一阵战栗又一阵痉挛的老吴，就是怀着如此狂暴的心理扑向阿秀的，将其积蓄已久的性欲、兽欲、报复欲一股脑地发泄到了阿秀身上。

可怜的阿秀被折腾得死去活来。但她却一声不吭，还十分努力地表现出舒服和开心的样子，顺从地承受着老吴变态的欢爱。这场充满血腥和兽性的蹂躏持续了一个多小时。

老吴的仇恨渐渐减弱。他的感觉越来越好。在这一个多小时里，他可以野兽一般翻过来掉过去，折腾身子底下的这个女人；可以讲一些过去想讲又不好意思讲的话；可以模仿录像带中过去想模仿又不敢模仿的动作。如果不是阿霓睡在对面房间，他真想大声喊出他的极度快感。所以，唯一遗憾的是，这场风暴中没有炸雷，而只有一连串低沉憋气的闷雷。

雷雨过后，老吴觉得自己总算是出了一口恶气，痛痛快快地尽了兴，报了仇。这使他十多年来一直被家中那位高雅女王支配的强壮身体，得到了充分的解放，大有重新登基、重掌玉玺的快感。他觉得自己好像十多年来第一次成为床上的主人，从原来的爱与美的奴隶侍从，一跃而成为在床上享有绝对权力的君王。他对自己、对阿秀都非常满意，这是他意外得到的新感觉。他甚至觉得自己应该首先向水虹提出离婚了。所以当阿秀神色不安地问他的感觉时，他痛快地回答说蛮好。阿秀几乎已经气息奄奄，但仍焦虑地问老吴对她是否满意。当听到老吴说"还蛮好"时，她忍不住哭了起来，哭得那么幸福。老吴一边抚摩她安慰她，一边感慨地想，在现代社会里，婚姻莫非真是如此脆弱的吗？倘若双方不愁温饱，不受经济困扰，即便没有完全死亡的婚姻，即便十几年的夫妻感情如一息游丝尚存，也难以经得住更高更强的新感觉的冲击。这究竟是一种进步还是堕落呢？

老吴久久沉浸在自己的许许多多感慨之中，抱住阿秀颤声说："阿秀，你是不是觉得我像一个畜生，一个灭绝人性的法西斯？"

阿秀听了这话吓了一跳，捂住他的嘴说："不不，我真高兴……我晓得侬这样，一定是因为特别喜欢我。我听别人讲，男人对女人越野蛮，说明男的一心想要她。我痛一点勿要紧，只要侬真心爱我，我就不怕痛。人家说，第一次总是要痛的，以后就好了。"

老吴为阿秀细心地上了药，怜惜地拍着她说："阿秀，这第一次……我确实太……太激动了，以后我会当心的。我一定要娶你的，你等着好了，等不了多久了……"

"阿是真咯啊?"阿秀苍白的脸上泛上了一层淡淡的红色。

凌晨3点,老吴扶着一瘸一拐的阿秀回了家。老吴给阿秀留了一些药,说明天再来看她。临走时,他才想起好像还没有吻过阿秀,就把脸贴近她,准备补偿那个亲吻。阿秀恍然明白还有这样一道程序,顿时觉得自己像是为客人上错了菜,还没倒酒就先把饭端上来了。她不好意思地红了脸,闭上眼睛探出头去,而老吴只是在她的嘴唇上啄了一口,便草草收兵了。

老吴回到家中,撤下了那条血迹斑斑的床单,换上了一条新床单。他呆呆地望着血床单,心里竟有些发怵。他不明白江南为什么有那么多美丽痴情、性情刚烈的女子。他娶的和将要娶的这两个女人,都是这样。而他唯一的女儿,将来也会步她们的后尘。他真担心阿霓在爱的方面会比水虹和阿秀更不要命。看来江南的男人真是枉为男子了。也许水虹这一走,倒能使他从此刚强起来。

老吴决定把这条染血的床单烧掉。他在医院已经工作了十几年,即使血流成河,他仍能沉着镇静。但是对于自己亲人的血,哪怕只是一点点,也会令他心惊肉跳。一种恐惧的感觉频频袭来,使他重新怀疑这件事情在哪里总有些不对头。

12

星期天,老吴仔细地关好所有的铁窗和两扇防盗门,带着阿霓去观前街逛商店。水虹不在家,他对家中的字画、玉器、古董以及其他财产便格外在意。阿霓前几天夜里忽然从梦中惊醒并号啕大哭，老吴想带她出去散散步，分分心。他一直在考虑怎样把自己和水虹即将分手的事告诉阿霓，好让她有些心理准备。

水虹迟早是要走了，会离开这个家，那么在这个家里留下的阿霓，就是他唯一的亲人了。阿霓是他一个月一个月亲自养大的独生女，是他这个不懂艺术的人，创造的唯一的艺术品。女儿越长越大，老吴总像欣赏一件艺术杰作似的，长久地欣赏着她。他甚至觉得水虹的离去，自己还能忍受，但若是没有阿霓，他连一天都活不了。他一直都在悄悄盘算，将来最好招一个女婿上门，不能把阿霓嫁出去，那样他就可以一辈子和女儿生活在一起了。

老吴最喜欢带女儿上街。阿霓还小，不必像水虹那样，一出门就得把自己严严实实地包藏起来。阿霓可以原色原味地展现在众人面前，任凭老吴在旁边享受行人对她投来的注目礼。这一年来，迎面走过的行人，对阿霓的回头率越来越高了。正在说着话的人，一见了阿霓，盯着她看，就忘了说话。男人看，男孩们看，女人和女孩也看。老吴的身后经常传来啧啧赞叹的声音：这个小姑娘真漂亮。几乎所有的成年人都羡慕他有这样一个女儿。如果碰巧遇到挎着相机的外地和外国游客，十个人有九个会停下来，请求老吴为他们和阿霓照一张合影。有一次老吴和阿霓碰上了一群刚从工艺美术商店出来的法国游客，他们惊呼着，围着阿霓，闪光灯亮个不停。老吴收到了一大堆名片，阿霓则收到了一大抱小礼物。不久以后，老吴接到国外寄来的一本画报，上面登着阿霓的照片，题为"美丽的苏州女孩"。

现在阿霓已经不是小姑娘了。她已长成一个亭亭玉立的少女了，比一般十四五岁的女孩高出好几厘米。近来，老吴的感觉有点不大妙，男人们和大男孩的目光已不像从前那样，仅仅流露出赞叹和欣赏，而是明显地带有欲念，从她的面颊转向她微微挺起的胸乳上。他们甚至用怀疑的眼光看着老吴，猜测着他们的关系，把他当成勾搭少女的大款，把阿霓当成傍大款的小蜜了。老吴意识到阿霓真的是长大了，要不了多久，阿霓也得像她妈妈那样，需要包裹起来才能出门了。阿霓的危险期已提前到来，做父亲最自豪的大街巡回炫耀享受也即将被剥夺。当一个美丽女人的丈夫已太辛苦，而当一个美丽少女的父亲，更是战战兢兢。有时老吴也很想念周由那个坏小子。他真搞不懂周由爱上的为什么是水虹，而不是比水虹年轻一半的阿霓。如果周由不去追求水虹而等待阿霓，那该有多么美满呢。两个雄赳赳的男子汉，保护两个可爱的女人，这将是多么让人羡慕的配置啊。可惜，理性与理想的生活，偏偏就被非理性的爱神、疯狂的艺术之神，轻而易举地搅了个乱七八糟。

老吴今天出来，也想顺便为阿秀买一件漂亮的首饰。虽然海外的亲戚曾送给他和水虹一对钻戒，但他不想动水虹的东西，那只属于水虹的钻戒，将是他留给水虹最后的纪念。他不想为阿秀买戒指，连钻石戒指都没有护佑他和水虹的婚姻，金戒指难道就能象征金婚不成？他带着阿霓转了几片金店，最后买下了一条新款的纯金项链。阿霓好奇地问他，这条项链是买给妈妈的吗？可是妈妈和爷爷奶奶家的人，不是全都不喜欢金器吗？他坦然回答说，是买给阿秀的。阿秀喜欢金器。阿霓越发好奇，问他为什么要送项链给阿秀。他说：

"等一歇我会告诉你的。这是一件很重大的事情。"

阿霓的兴趣很快被玻璃柜台中琳琅满目的宝石色彩所吸引。她兴奋起来，两眼睁得大大，津津有味地看着，瞳仁里映出珠宝五光十色的彩点，眼睛也熠熠发光。忽然，她指着一只镶嵌着红宝石的戒指，回头喊爸爸：

"爸爸你看，这只戒指上的红颜色红得多透明啊。"

老吴低头看了一眼，连连摇头。"宝石倒是很漂亮，不过戒指的式样不够好，你看那两边的戒托上，有两个小小的福字，太俗太俗……"

"福不就是幸福的福吗？幸福为什么会俗呢？"

"这个福字大概不是幸福的福，在民间，是当享福的福、福气的福、多子多福的福来用的，是土财主、小市民、暴发户的口味。你怎么会喜欢这种东西？"

阿霓根本没把爸爸的解释和评论放在眼里。她自顾自说：

"那上面又没有刻着享福、福气、多子多福什么的。福字就是好的意思，前面后面加什么字，可以按自己的想法理解。我就认为是幸福的福，要不就是祝福的福。大哥哥说，画画要画得画面后头还有画，意思后面还有意思，绝不能让人一眼就看懂。其实有字没字，这个戒指已经有它的意思了。大哥哥说色彩是有语言的，爸爸你看中间的这颗红宝石，就充满了幸福的样子。爸爸呀，你根本就不懂什么是绘画语言，怪不得妈妈常说你没有艺术细胞，一点不冤枉你呢！"

老吴心里一惊。半年来，他好像越来越丧失家长的权威了，以往一向崇拜他的女儿，居然用居高临下的口气来教训他了。她好像充满了逆反心理，一心想同父母处处作对。这大概都是让周由那家伙闹的。他克制着自己，苦笑说：

"想不到，士别三日当刮目相看啊。"

"你应该说，女士三日不见当刮目相看。"

"哟哟，你才十四岁多一点，怎么成了女士了？"

"我不喜欢当小姐，我想直接当女士嘛。"

老吴暗暗叫苦。本来带她出来，是为了分散她的注意力，让她从那个大哥哥的情结里摆脱出来。这倒好，自己怎么把她带到首饰店来了，反而弄巧成拙。看来处于婚变中的男人都愚不可及地昏了头，应该带她到太湖上的东山岛去玩，也许会好些。他叹了口气，恼怒地回头对阿霓说：

"刚才你的解释根本不对。你看看，只有没有文化的人才会戴这种福字的戒指。祈求多子多福，盼望多生多养，破坏计划生育……我看就是你的大哥哥，要是知道你喜欢这种戒指，也会笑话你俗气的……"

"才不会呢。"阿霓噘起了嘴，"大哥哥从不批评我的怪想法，他总是问我为什么这样想。我只要讲出同人家不一样的意见，他就说好。等我长大了，我就送给他这样一个戒指，他一定会喜欢的。也许他也会送给我呢，让他给我戴在手上，就像他们一样……"阿霓指了指珠宝店墙上一幅广告画，画面上，一位潇洒俊朗的新郎，正把一枚钻石戒指戴到穿着婚纱、幸福地微笑着的新娘手指上。

阿霓冲着她爸爸诡秘地一笑，说："不过那太遥远了，只是说说的，我还是先画一幅画吧，我已经想好了，我要画一只大戒指，像一座房子的形状，房顶就是用红宝石做的。我和大哥哥就住在这所幸福的房子里，宝石的光芒把房间里所有的东西都变得亮晶晶的……"

老吴气得真想给阿霓一巴掌。他拉起阿霓的手走出了珠宝店，伸出手就招呼出租车，他想快些离开这闹市的是非之地，却偏偏出租车一辆不停。等了一会儿，才想起那是条单行线，得到马路对面去打车。他招呼阿霓过马路，就这么一会儿，发现阿霓的眼睛盯着街边的一家照相馆，又站定不动了。老吴回过头，看见一对穿着结婚礼服的新人，正从里面款款走出来，前后拥着一群亲友，左右是两个扛着摄像机的年轻人。这对新人把半条街的目光都吸引了过去，那长相平平的新娘，幸福高傲地目空前方……

老吴强行拉着阿霓穿过马路．忍不住嘟囔说："这种婚礼真是无聊，在大街上招摇过市，再走下去，婚纱就成吸尘器了，她也快变成灰姑娘了……"

阿霓开心地笑起来，对她爸爸的这个评价似乎很满意。她说："嗯，要是我，就在湖边的草地上走，在森林里没有人的地方走，谁都不许跟在我们后面……"

老吴坐在出租车里，心乱如麻。他觉得自己现在根本就管不了阿霓了。他忽然盼望水虹快些回来，让她看看阿霓这副痴迷的样子，她会对自己的行为幡然悔悟吗？不，不会的，水虹现在比阿霓还要发昏，利令智昏得连女儿都不管不顾了。在痴情这点上，她们母女倒有些异曲同工之妙，看来只好归为母系的遗传了。

但就算水虹这趟的北京之行受挫，假如她因不满意周由而重又回心转意，那么阿秀怎么办呢？水虹去北京是一个大错，而自己居然莫名其妙地同阿秀睡了觉，更是错上加错。在这个乱了方寸的格局中，可能最不幸的就是年纪最小的阿霓了。老吴面对这错综复杂、互相浸润、彼此缠绕的癌症肿块，觉得自己无从下刀。

老吴终于把阿霓带进了一家咖啡屋。他一坐下，就发现自己又错了。这幽静的环境里，有一个情人角。他们座位斜对面的高靠背雅座上，正坐着一对情人，彼此依偎着，旁若无人。阿霓的眼睛又不看爸爸了。老吴愤愤想，如今的社会环境真像是一个婚恋的催情炉。前几年，他对医学界发出少女初潮大大提前的惊呼，还不以为意，只当是营养水平提高的结果。这会儿他恍悟，那原因确实有许多方面。

老吴发现阿霓的目光又不对头了，侧脸望去，那对恋人已经并排坐在一起，热烈地长吻起来。他赶紧站起身，把阿霓带到屋角上一个既看不到别人，别人也看不到他们的座位上，才稍稍安下心来。

"爸爸，你为什么总是不让我看我想看的东西呢？"阿霓低声抗议说，"反正你是个外科医生，你还是把我的眼皮缝上吧，那样最保险了。"

"阿霓！"老吴恼怒地叫了一声。马上又和缓了口气，和蔼地解释说："你误会了爸爸的意思，我是怕你老是不专心听爸爸讲话呀。爸爸今天带你到这里来，想跟你讲一……一件……重要的事……事情。"老吴突然无端地口吃起来，他真不知道应该怎样开场。这次谈话对他来说，实在是太困难了。

"阿霓，我想问你，你爱爸爸妈妈吗？"

"当然爱了。"

"你觉得爸爸和妈妈的感情好不好？"

阿霓想了想说："又好又不好。"

"为什么这样说？"

"妈妈不喜欢你身上的药水味，我也不喜欢。妈妈和我都喜欢油画的气味，可你不喜欢。你还不喜欢音乐和美术，上次你陪我们去参加音乐会，听音乐时打瞌睡，还打呼噜呢，妈妈都不高兴了。"

老吴尴尬地笑笑说："我怎么不喜欢艺术？那次听音乐打瞌睡，是因为我太累了，那天我刚刚做完一个大手术，站了整整八个小时，不能吃不能喝，也不能上卫生间，一分钟也不能休息。做完手术爸爸都快瘫倒了，可是晚上还要保护你和妈妈去听音乐。阿霓你真不懂事。"

"那你可以不去嘛。"

"上次你妈妈的事你难道忘记了？小巷里那么黑，我能放心吗？"

阿霓点点头说："爸爸，以后你累了，你要告诉我啊，我让妈妈不要带我出去看戏了。我能忍住的。"

"这才是爸爸的好女儿，不过爸爸一定会尽量陪你们的。"老吴慢慢搅动着咖啡，又问，"阿霓，你看爸爸和妈妈会不会分开？"

"你是说，你们会不会离婚啊？"阿霓睁大了眼睛，"我不晓得。这是你们大人的事情。"

"你愿意我们离婚吗？"

"不愿意。"

"如果我们真的离婚呢？"

"你们要离婚，我有什么办法？我们班上好几个同学的爸爸妈妈都离婚了，这种事情一点都不稀奇。一个同学的爸爸妈妈都抢着要他，对他比原来还好；另一个同学的爸爸妈妈都不想要她，她很可怜。我想，只要你们两个人都对我好，还像以前那样爱我，你们离婚同我没什么关系呀。"

老吴很吃惊。他想不到同自己生命息息相关的爱女，对待父母的感情问题，竟是如此冷漠和实用。大概她眼下的心思全放在周由那个大哥哥身上了，她的心已飞出这个家了，连家里这样重大的事情，她都无动于衷。

老吴强忍住心里的不悦，下决心说："阿霓，如果我和你妈妈离了婚，总不能没有人照顾你吧……你，你想要个什么样的新妈妈呢？"

"只要对爸爸好，对我好，别老是管我就行。"

"……你看，你看阿秀好不好？"

"阿秀姐姐？"

"对，就是同我们住在一条巷子里的李秀秀。刚才那条金项链，爸爸就是为她买的。"

阿霓的眼睛转了大大的一个圈，忽然说："爸爸，你比阿秀姐姐大了二十多岁呢，可大哥哥才比我大十五岁呀。我们的差距还没有你们大呢。那……那我就叫她阿秀姐姐，不叫她妈妈。"

"你还是叫她阿秀吧，把'姐姐'两个字去掉就可以了。"

"阿秀要当我的后妈了，真奇怪。"阿霓自言自语说，"她可管不了我，妈妈老管我，这下我可自由了。"

老吴认真地问道："阿霓，你以后跟谁一起生活呢？爸爸？还是妈妈？"

"谁不管我，我就跟谁。反正再过一年，我就要到北京去念书，和大哥哥生活在一起了。"

老吴觉得阿霓已经完全陷入自己假想的幻影中，执迷不悟了。作为父亲，他不得不给她泼上一勺冷水让她清醒。

"阿霓，你真的还太小，可你又太自信。等你长大了，周由也许早就已经有了女朋友，那你怎么办？"

"才不会呢。大哥哥说过他最喜欢我。他说他以前给别的女孩送画，最多只有两幅，可他一下子就送给我七幅画，而且是最好的！"

"但如果他先和别的女孩结婚了呢？"

阿霓的脸色唰地白了，嘴唇微微发紫。她屏住一口气，突然说："那他就是个坏大哥哥，等我长大了，我要让他离婚！"

"要是他不离呢？"老吴紧紧追问。他感到这句话太残忍了，正在击碎她一上午的幸福憧憬。他觉得自己的心也在战栗。

"不离也得离。"阿霓咬紧了嘴唇，美丽的眼睛里已噙满了泪水，"我一定要让他离。再过一年我就考到北京去。我会天天去找他，我去找他的女朋友，让她把他还给我……我不怕，我一点儿都不怕……"

阿霓猛地抱住老吴的脖子，神经质地大哭起来，把她大半年来心里的焦躁和苦闷，统统发泄了出来。老吴轻轻拍着阿霓的肩膀，替她擦着大雨滂沱的眼泪。他感觉着阿霓的身子在他怀里剧烈地颤抖着，她好像是病了。

老吴心如刀绞。他也真想找个地方，让自己痛痛快快哭一场。

老吴刚回到家里，阿秀艰难地走进了门。这几天老吴几乎天天去看她，这件事已经成为小河小巷的头条新闻。各种善意恶意无意的猜测悄悄涌动，大家都在静候当事人最终的新闻发布会。本来，老吴打算这天晚上先向阿秀的父母正式交底，再和阿秀商量一些细节。但此刻他一点情绪都没有。他敷衍了事地吻了吻阿秀，说：

"水虹来过电话了，她明天就回来。今天我还有点要紧的事情，你先回去，等水虹回来，我再去看你父母。好不好？"他又"噢"了一声，想起那条项链，把它从包里拿出来，打开了戴在阿秀的颈项上，说："我会娶你的，你放心好了。先回去好好休息。"

阿秀抚摩着那条金灿灿的项链，喜悦地问道："是纯金的吗？"

"24K 的纯金，最新款式，喜欢吗？"

"喜欢。吴先生你真好。"阿秀向他投来感激的目光，一步三回头恋恋不舍地走了出去。

老吴心里乱糟糟的，不知自己该做些什么才好。他已把阿霓送到楼上去休息。刚才她那种神经质的发作，把老吴连续大半年来内心的压抑和痛楚，全都翻腾出来了。他发现自己在这世上最爱的还是阿霓。水虹是留不住了，她将留下的阿霓，便成为他心中唯一的爱的依托。他之所以决定要娶阿秀，目的还是为了维持这个破碎的家。为了使阿霓能继续在一个还算完整的新家里，得到亲情的关怀和温暖。但如果阿霓也走了，那么娶阿秀还有什么意义呢？水虹和阿霓曾是他心上连根生长的两棵树，如今她们一棵被拔一棵被伐，他的心也被揪得血肉模糊，从今往后，他那支离破碎的心里，怕是寸草不生了。

他把一切仇恨都发向了周由。周由是一个明抢暗偷的盗贼！夺妻之恨已难饶恕，偏偏的，他还顺手牵羊地偷走了女儿的心。"该死的周由，该死的艺术！该死的艺术家！"老吴怒火填膺，恶狠狠地骂道。他真想把墙上所有周由的画，都统统砸碎、烧掉，然后再亲自到北京去找周由算账。挑断周由的颈动脉，只要带一把小小的手术刀就够了。这种"手术"对他来说，简直是易如反掌。

老吴瘫倒在沙发上，两眼直勾勾地望着墙上那些色彩绚丽、让人想入非非的油画，望着饱含着周由的爱的水虹肖像。水虹和阿霓为什么竟然都那样痴迷疯狂地爱上了周由？如果他真的干掉周由，那么水虹和阿霓也都活不成了，他会把她们两个人的命都搭进去的，他舍不得，真的舍不得。那样的话，一个好端端的家也就彻底完了。——为什么爱和美总是带来痛苦和死亡呢？他呆呆地想。他认定这爱和美给周由带去的也不会仅仅是幸福与欢乐，周由必然会受到爱与美的惩罚。

老吴觉得自己的生活已经完结。剩下的时光，只是为了阿霓而活着。保护她，引导她。设立一层又一层的屏障，控制阿霓的行动，阻断她与周由的一切来往……以后他再不能放纵阿霓了，自己应该成为一个严厉的甚至冷酷的父亲。要速冻阿霓心中越来越离谱的单恋，使自己变成一个扼杀她童心之爱的天下第一残暴的刽子手。老吴手上不知沾上了多少病人的血，他只能用这种血淋淋的方式来拯救女儿了。但是他上哪里去找心灵手术用的麻醉药呢？

此刻他忽然盼望着水虹能快些到家，能替他分担些阿霓的烦恼。他一个人实在已不堪重负了。

13

那场谈话持续了大半夜。

刚刚下车到家的水虹，虽然觉得非常疲倦，但她还是想尽快同老吴把心里要说、该说的话，统统讲出来，连一夜也不能再等。

水虹感到那是她有生以来最难堪的一次对话。由于夫妻间依然信守着双方不留秘密的约定，于是在这短短的十几天时间里，在北京和苏州所发生的一切，在彼此简短的叙述中，无法欺骗更无须隐瞒，同时呈现在他们面前。但诚实是需要付出代价的，水虹觉得婚后十几年来，自己还是第一次真正赤裸裸站在老吴面前，接受他目光的B超扫描。她奇怪自己似乎没有惭愧也没有歉疚，唯有一丝微微的伤感惜别之情，在心头萦绕不去。然而那扫描仪却在她的坦率面前失灵，一次次躲闪着她的坦然。她从老吴那失去光泽的眼神中，读出了他内心更深的愧疚。

夜已深，老吴的话题终于从阿秀转向了阿霓。他似乎一直希望回避阿霓。但一想到此时熟睡的阿霓，她的灵魂大概又在梦中飞向了她最不该去的地方，他只有把这个棘手的难题，交给已占据了那个地方的人——她的母亲去亲自处理了。但她又会有什么更妥善的办法呢？弄不好，他们不仅会葬送阿霓的天赋和前途，而且还可能把他们的爱女扼杀在美丽的花季。

水虹靠在沙发上，听完老吴忧心忡忡的陈述，很久没有说话。

老吴悄悄看了她一眼，这么多年来，她柔美的面容在灯光下第一次显出了憔悴。泪水在她的眼眶里如月下的波澜黯然烁动，却终于慢慢收敛平静下来。

后来她坐直了身子，目光正视着老吴说："现在，我想退也退不出去了。"

老吴咳了一声，站起来为她添茶。

她又说："我们都低估了阿霓的心思。这个错误是我造成的。如果爱可以置换可以转让，我可以为此放弃周由，抛弃一切。但事实上，我却无法来纠正这个错误。我不能为了安抚自己的良心，去犯更大的错误。因为，因为周由爱上的不是阿霓，他也绝不可能去等阿霓的……"

老吴的心软了下来。他当初何尝不想拦住水虹，不让她去北京。水虹不去北京，事情也许还有挽回的余地。但是在她那么失魂落魄的时候，如果勉强留住她，可能连水虹最后对他的那一点信任和尊重也没有了。何况当时她的心已经飞走了，他根本就拦不住她。生活不像科学实验，可以一次次推倒重来。水虹的"如果"是毫无可能的，这是那些艺术型理想型的人的通病。老吴冷静了下来，事情到了这一步，他既不能完全责怪水虹，也不能完全推给周由。这好像是缘分，是天意。他必须宽慰水虹，事到如今，他也不忍心毁了她的幸福。

他说:"要说有错,我们四个人谁也跑不掉。借用你的'如果'说——如果阿霓那天不把周由带回家,如果你不主动请周由画像,如果我们从一开始就制止阿霓,如果周由不向你发动进攻,如果我坚决不同意你去北京……如果如果如果太如果了,再追究下去,又能解决什么问题呢?我们还是多想想现在和以后的事情吧,顶顶要紧的是,要想出一个万全之策,让阿霓慢慢地、自然而然地和周由疏远,直到把他彻底忘掉……"

水虹哽咽着说:"老吴,说心里话,你选择阿秀是对的,她才是你需要的妻子。和她结婚吧。把你交给她,我会好受些。不管你怎么恨周由,我都理解,但我确实已离不开周由了,我生命最终的归宿还是爱,是一种能让我舍弃一切的爱……"

老吴抱住了水虹,长久地抚摩着她的头发。他从未见过水虹陷入如此湍急的感情旋涡里,不可自拔。他心里的恨意已被更深层的怜爱所淹没。一向柔中有刚的水虹,即使能果敢地斩断情丝,她也救不了阿霓了。

老吴长叹一声,说:"你就照自己想的去做吧,阿霓还有父爱,阿秀也会对她无微不至的……"

水虹在老吴面颊上轻轻地吻了一下。虽然她似乎从他身上闻到了阿秀的香水味,也知道他的唇上已印过阿秀的口红,但她还是深情地望着他,嗫嚅着说:

"谢谢你……这十几年,我从来没有后悔嫁给你。可能我们的缘分只有这么多年……我对不起你……"

老吴迟疑了一会儿说:"水虹,我们之间总还是有感情的,即使不能维持婚姻关系，那能不能……能不能建立一种情人关系呢？我会经常想你的，你……也总要回来看望阿霓的嘛……"

"还是做个好朋友吧。"水虹站起身，凄婉地一笑，"太晚了，我到阿霓房里去睡，你也好早点休息。"

　　水虹直到凌晨才睡到阿霓的小床上。但她仍然睡不着。她打开了床头的小灯，斜靠在阿霓的身边，望着她美丽的脸庞，轻轻抚摩着她的头发。她想起了女儿在她怀里吃奶时可爱的样子，一直到她断奶，一个胖乎乎的小家伙都是她的血水和乳汁变成的。乳汁里浓缩了母亲的希望和爱，那是实实在在的倾注和融入。她又想起自己的一个女友，也有一个与阿霓同龄的女儿，后来女儿游泳的时候淹死了，当女友见到女儿的尸体时，当时就昏了过去，醒来后不久就疯了。这都是她亲眼所见。独生子女政策已经把中国年轻母亲的神经，绷到了极限，再不能经受一点点意外。水虹此刻最担心的就是阿霓的心理承受能力。

　　水虹的泪水止不住滚落下来，洇湿了阿霓的枕头。十几天不见，阿霓好像又长大了许多。她内心的爱正在拼命地赶着她的身体长大。她的胳膊那样润白细嫩，已经呈现出半透明的色泽。再过两三年，阿霓一定会长成一个人见人爱的美人。

　　可怜的女儿，你现在一定在梦境里，穿着粉红色婚纱，和你的大哥哥走在静寂无人的森林里，采野花，编花环，像童话中的公主和她的王子那么幸福。妈妈实在不忍心打碎你的梦，这个梦再过几年本来是可以实现的，但现在却再也不可能了……是你把你的大哥哥领回家来的，大哥哥也是那么喜欢你，但是你的妈妈却把他从你手中夺走了。你这个妈妈比白雪公主的继母还要狠毒。那个继母只是嫉妒她的美，一心想要毁坏她的美；而妈妈却不得不消灭你的爱。你的美是妈妈给你的，可是你的爱却是你自己内心生长出来的。即使妈妈有权利收回给你的美，但也没有任何权利剥夺你的爱。你的妈妈是天下最狠心最自私的女人。假如有一天你终于知道了真相，那时你若是仍然无法理解无法忍受也无法原谅你的妈妈，你无论对妈妈做出什么样的事情，妈妈都不会怪你的。

阿霓，我亲爱的女儿，你快快长大吧，那时你也许会懂得，世界上有一种感情，超越于母女感情之上，不能替代也不能转换。爱情也许是人类最致命的弱点，它无法理智无法自控无法精打细算；它排斥一切旁人，拒绝任何妥协，它必须完全占有彻底占有，共同燃烧直至变成灰烬。也许我在得到爱的同时便永远地失去了你，但放弃我所爱的人却如同失去我的全部生命一样。我的女儿，可惜你的爱来得太早了，它为什么偏偏在初春料峭的寒风中萌动？未等发芽便面临了夭折。如果爱情可以嫁接，我愿做一株母本，在我的躯干上培育出新的枝叶和果实；然而，大自然的每一个生命都有它生存的尊严，母亲和女儿作为人亦同样平等，延续几千年母爱的无偿牺牲，已是一个古老的概念，牺牲意味着死亡，而死亡只能带来虚无却无法创造幸福。原谅我，阿霓，妈妈不能为你牺牲……妈妈只能为你祈祷为你祝福，用我们的爱来帮助你医治心灵的创痛，让你重新成为一个独立而坚韧的女孩……

水虹望着墙上周由的画，默默流泪，泣不成声。未来的日子遥远未卜，她不知道将会有一个什么样的结局在等待着她。在这场漫长的情爱马拉松中，没有一劳永逸的成绩单，时间和岁月还将继续提供竞争的场地，她和阿霓谁能跑到最后呢？她唯愿在一切可能到来的厄运中，心爱的阿霓不会是一个被痛苦击败的人……

"妈妈，你怎么睡在这里啊？"阿霓迷迷糊糊揉着眼睛问，"你什么时候回来的？"

"昨天夜里回来的。阿霓，你大概已经知道，我就要和你爸爸分开了……所以我，暂时先睡在这里了……"

"妈妈你哭了，你的眼睛都肿了，这样不好看了。你要是不愿意和爸爸离婚，我去告诉爷爷奶奶……"阿霓一下子清醒过来。

"不，我只是舍不得你，我就要离开这里了……"

"妈妈，爸爸是个坏爸爸，小巷里的人都说，爸爸早就喜欢阿秀了，阿秀比你年轻。我不跟爸爸好了，妈妈，你把我也带走吧，我们住到爷爷家去，那里房子多，爷爷奶奶最喜欢你和我了，不让爸爸搬过去……"

"傻孩子，我跟你爸爸离了婚，怎么还可以住在吴家呢？你不要怪你爸爸，你爸爸是天下最好的爸爸，是妈妈先提出要和他离婚的。我和你爸爸还是好朋友，只是两个人的兴趣爱好和性格不一样。你爸爸顶喜欢你，你以后要更爱你爸爸，一定要听他的话啊。"

"妈妈，我和大哥哥的爱好一模一样，我们以后在一起，是不会分开的。"阿霓的话题果然一下子就拐到周由那儿去了。

水虹强打着精神回答女儿说："那也不一定，人的性格和爱好也是会变化的，你还小，现在不应该想恋爱的事情。你要多想想学习和画画。你看大哥哥都三十岁了，还没有结婚，所以他画画画得那么好。搞艺术的人，早恋早婚会消耗艺术的感觉和灵气的。一个人如果没有独立的意识，在感情上依赖对方，即使结了婚也是会离婚的。现在离婚很简单，爱情和婚姻都不是绳索，捆也捆不住的。"

阿霓毕竟还是个孩子，她还从来没有想过这个问题，一下子不知道该怎么办。她沮丧地说："妈妈，那……我要是再等上几年，可大哥哥和别的女孩好了，我怎么办啊？"

"阿霓，你还是把大哥哥当成自己最尊敬的老师好了。你有这样一个关心你的画家老师，比拥有什么都幸福。一个人对老师的感情和爱情是两回事。你们的年龄差距太大了，你要是老逼着大哥哥等你，他会不高兴的。万一他不再喜欢你，你可能连老师也得不到了。你还是好好学习，将来成为一个出色的画家，你会遇到比大哥哥更优秀的年轻人。现代社会的女人不会祈求男人去爱自己，她应该有本事有魅力，让男人真心地爱她，真正的爱一定是双方互相平等的……"

"妈妈，你让我再好好想想……"

阿霓的脑中一片混乱，多日来的梦幻一下子飘到很远的地方去了。但水虹看到阿霓的眼睛里出现了深思的神情，她试着用脑子去想事了。

在这个深秋阴冷的清晨，水虹硬下心肠，决定立即实施和老吴商量好的第一个冷却阿霓的计划了。

"阿霓，你大哥哥说，欣赏油画必须远看，你的房间太小，看画的整体效果并不太好，是不是？"

"是的，妈妈，你真细心。我早就发现了。我常常站到门口去看画，可是那样视线又太斜了，我也不知道怎么办。"

"那就把画搬到小客厅去好了。就在你的房间旁边，走进走出都可以看见，其实是一样的。而且距离正合适。"

阿霓从床上跳起来，穿着睡衣跑到小客厅去，仰着小脑袋，来来回回看了半天，最后勉强同意了妈妈的建议。早饭以后，她让爸爸帮忙，把自己房间墙上的画，挪到外面客厅里去。一边搬，一边恋恋不舍地嘟哝说："爸爸，我真不舍得让大哥哥离开我的小房子。每天晚上我看着这些画才能睡着，梦里也总是画，有时我还会跑到画里面去，和大哥哥一起玩。早上醒来，一睁眼就能看到画，我每天都要和画说话，画就是大哥哥，我有许多许多话同他说。嗳，妈妈，我能不能……留一幅我最喜欢的画在我房间里，就留一幅……"

"好的，妈妈同意，你不是最喜欢那幅白鹤吗？"

客厅里焕然一新。六幅画把本来已经琳琅满目的客厅墙壁挤得满满的。水虹把客厅里原来的风景挂历、地图和几幅小镜框，换在了阿霓的小屋里。阿霓坐在小沙发上，望着自己彻底变样的房间，伤心地说："你们看，房间里的艺术情调全都没有了。我好冷清啊，我不住在这儿了，我要搬到小客厅里睡……"

水虹委婉地劝着阿霓说："好孩子，你慢慢就会习惯的。文化课很重要，你看大哥哥，知识多丰富，文学、历史、哲学、音乐方面的书，他都有兴趣，你必须开阔自己的视野，才能有艺术的想象空间。"

一提到大哥哥，阿霓垂下头，不再和妈妈争辩了。

下午，一辆送货车停在了小院门口，老吴和两个搬运工，抬进大包小包的先锋音响组装件，放在了阿霓的房间。老吴很快把它们安装起来，接通了线路。阿霓早就搬出了一大堆不知什么时候买的磁带，兴奋地开大了声音，一个人躲在小屋里听起来。

晚饭后，水虹和老吴听着从楼上传来的港台歌曲，那绵绵的柔情，低吟浅唱，一声声刺激着他们的神经，他们彼此忽然都有一种犯罪的感觉。

"听见了没？又是爱情，到处都是这种虚情假意……"老吴长叹一声，"你想让她摆脱大哥哥的画，她又钻到爱情歌曲里去了。刚才她还问我，哪里有卖那首《北方的狼》，我真担心我们会不会弄巧成拙……"

水虹摇摇头说："也不一定，音乐能寄托一部分感情，增添她的艺术才华，帮她渡过危机的。她有自己的欣赏口味，不会人云亦云的。"

"顺便问你，你在十四岁的时候，也像她这么有个性？"

"她可比我强多了。"水虹笑笑回答，"我那时很内向，想得多做得少，所以到了三十几岁，还总想痛痛快快做一次作为补偿。这一代独生子女，小皇帝小公主让人讨厌，他们天性自由，其中有些人长大了会很有创造力的。我甚至觉得让阿霓学画有点可惜，以她的天分，也许可以干更大的事业。"

"谢天谢地，今天我们总算把周由给她砌的'画炉'拆掉了。"老吴松了口气，"这哪里是'画炉'，简直快成了'爱炉'了。以后我要多弄点艺术巨片录像带给她看，还要带她到黄山、庐山、峨眉山去玩，我要让她的心思转到别的事情上去，让她没有时间和精力画画，这样，她也就考不上中央美术学院附中，去不了北京了。你回去以后，一定要让周由少给她写信，也不要再给她寄画了。让她慢慢冷下去，她毕竟还小，时间一长，她就会忘记的。"

水虹点点头，若有所思地说："老吴，还有一件事，我想同你商量。原来我和周由打算办完了离婚手续就结婚，现在我想……我想拖一段日子再来履行那个最后的结婚手续……否则，万一哪个环节上泄了密，阿霓知道了肯定会受不了的。面对她深爱的妈妈和大哥哥，你让她怎么办？那种打击弄不好一辈子都恢复不过来……老吴，你知道我多么爱阿霓，如果不是周由这种特殊的情况，我一定会同你上法院去争夺阿霓的。但我把她留给了你，你已经失去了我，你不能再失去女儿，但你若不想再失去阿霓，你绝不能把我和周由的关系告诉她。就说我走了，到国外或外地去了。她不会怀疑的。等她再大一点，等她真正成为女人的时候，再来对她说出真相，我想她或许会理解她母亲的。"

老吴诧异地说："那你们还不如干脆早点结婚算了，生米煮成熟饭，也许阿霓晓得后，反倒死心了。"

"不，我不忍心。我真的不忍心。你难道想把阿霓送到疯人院去吗？"水虹失声叫道，"我不能为她放弃爱，不能为她牺牲自己的感情，但我可以推迟婚姻这种形式，我不在乎这个形式，我本来就不是为了嫁人而爱的。如果爱情会因此受挫，那说明它本不该进入婚姻。老吴，你答应我，这也是我尽自己最大努力，能为阿霓做的唯一的事情了……"

老吴感慨地拍了拍水虹的肩膀,眼睛竟有些湿润了。他答应水虹,一定好好照看阿霓,他也绝不会让阿霓去打扰水虹和周由的生活。他和水虹从此将一南一北地开始各自人生后半程的旅途,无悔无怨,遥相祈福。

两个人又聊了一些家庭琐事。老吴关切地询问北京的气候和饮食,还有周由的住房条件。他担心水虹在苏州这么多年优越的生活,恐怕一时难以适应北方。又忧虑艺术家在生活习惯上杂乱无章,除了画布哪儿都脏,水虹会为此受委屈。他唠唠叨叨地叮嘱着水虹过日子的絮烦,要水虹千万懂得爱护自己。一时间,他变得像个婆婆妈妈的老父亲,在为自己的爱女做着出嫁前的准备。

水虹心里酸了一酸。柔和的灯光下,屋子里熟悉的家具和陈设,都依然散发着一种温馨的气息。十几年的夫妻,到分手的时候,还能这样心平气和地坐在一起,没有怨恨和敌意,仍有关怀和惦念。如果不是因为周由的爱过于猛烈和强大,她想自己是绝对没有力量走出这个小院的。

水虹努力地笑了笑,她不想把屋里的气氛弄得太伤感了。

她说:"老吴,你放心好了,周由其实是个随和的人,他很愿意让我管他呢。有时我真觉得他像个大孩子。"

"唉,那我就弄不懂了,你们女人不是喜欢成熟干练的男人吗,怎么又喜欢大孩子了呢?"

"我指的是他的心理。纯真、童心的那种,对世界永远充满了好奇。没有世故和心计,总是本色的和自然的。和他相处,你会觉得自己也变得轻松了，就像水流一样，流着流着，就把大山和岩石凿穿了……"

老吴似是而非地点点头，避开了这个话题，转而谈到了家庭财产的分割。他想把原来应归水虹的那部分财物，折成现金让水虹带走。在北京买一套三居室的公寓，可以过得舒服一些。

水虹打断他说："不，那些玉器古董千万别卖。这是你们吴家的传家宝。吴家为了这些珍品，几十年担惊受怕，经历了那么多次运动，还有'文革'，能保存到现在太不容易了。你还是把它们打包装箱，送回到你父母那儿收藏吧。那里更加安全一点。我走了，阿秀家的亲戚朋友，大多是小市民圈子里的人，他们要是知道了这些宝贝，这个家就不安全了。你真的应该把它们送回吴家去。在你们结婚前一定要办妥。我从存款中带上一两年的生活费就够了。我会自食其力，周由卖画也能谋生的。我对公公婆婆很怀念，他们一直对我很好，可惜我是没有勇气去向他们当面告别了。"

老吴坚持说："现在亲兄弟还要明算账的。该归你都归你，你不要推辞了，否则我的心也不安。我先替你保存，等你安顿好了，再把你的那份给你。在离婚协议里，财产和子女抚养，都要写清楚的。我会请一位律师，帮我们办好公证，你如还有什么要求，尽管告诉我好了……"

"谢谢你了，老吴。"水虹由衷地说，"我真希望阿秀以后能给你生个儿子，爷爷奶奶也了了一桩心愿。如果我真想向你要什么东西的话，我只期待着，将来有一天，说不定你会把阿霓还给我呢……"

楼上的音乐声还在低低地持续着。玫瑰、月亮、微风、红尘……

"千年的你我在重复着同一个故事……"而水虹手中，却握着一张新的船票。

他们轻轻走上楼梯，穿过小客厅。阿霓的房门开着，只见她抱着一本周由的画册，靠在音箱上睡着了，嘴角上留着一丝笑意。

14

水虹和老吴的离婚手续刚一办完，老吴就陷入了四面楚歌之中。

整个吴家的家族成员个个气得发昏。谁也没有想到吴家老大会做出如此愚蠢的决定。老吴的弟弟把他拉到吴家大院兴师问罪，质问他是不是吃错了药；就连一向嫉妒水虹的弟媳，也开始为水虹打抱不平。他们都担心那个叫阿秀的女人，会把一群贪婪的亲戚们和小市民习气带进吴家。七十高龄的吴老，为吴家失去了一个王妃般的儿媳气得老泪纵横，在病榻上大骂长子老吴是个不肖子孙。并让家人去请律师，声言要把原本归于吴免雄名下的财产份额，全部转给水虹。他对整个家族的人说，不论任何时候，水虹都是吴家的人，随时随地都欢迎她回到吴家花园来。并让吴老太太立即派人去请水虹，让她这些天就住到这里来。

宁静的水巷忽然躁动了。酒店餐馆茶楼里挤满了所有受到过吴家两代人恩惠的街坊、邻居和朋友。人们议论纷纷，百思不得其解，不明白这对一直被大家羡慕的恩爱夫妻，究竟为什么突然离异。老太太们责怪老吴昏了头、花了心，为一个比他年轻二十岁的姑娘抛弃水虹，一个好端端的家散了伙，实在不值当；女人们窃窃私语，说看不出平时规规矩矩的阿秀，原来不过是个假装正经的骚货，竟在暗中勾引吴先生，做出这种第三者插足的丑事；男人们都为水巷失去了水虹这样美丽的女人而惋惜，他们关心的是水虹离婚以后究竟会到哪里去。

水虹开始收到寄往她学院的一些信件，言辞亲切而暧昧，诉说着多年来仰慕和暗恋她的心情；他们说自己一直在等着这样的日子，如果再憋在心里，此生就再也没有表白的机会了。水虹庆幸白宏根此时正在国外进行项目考察，如果他也在苏州恐怕更会添乱了。已有愤怒的控告信，发往老吴工作的医院院办；老吴出门走在巷里，会有多事的老人叫住他，劝告他切勿为情伤理。他们还记得水虹娘家人前辈的悲惨遭遇，到了水虹这代，总算躲过灾祸，有了依靠。可如今她失掉男人的保护，单身去闯天下，这盗贼蜂起的年月，万一有个三长两短，你老吴怎么对得起她和女儿阿霓？

阿秀整天躲在屋里不敢出门。她甚至一次也没敢戴过老吴送给她的那条金项链。面对水巷泼来的脏水和人们的冷眼，她有口难辩，无从解释。她答应过老吴，她必须保持沉默，独自来承受这一场从头到尾的误解。那几日李家餐馆的生意火爆，李老板比任何时候都好客，菜价已优惠到接近亏损的地步，而服务和饭菜质量却比往日要好得不能再好。

在离婚已不是什么新闻的 90 年代，这对夫妇的分手竟然引起了如此强烈的震动和关注，实在有违常情。人们似乎认为，拥有举世无双的美貌和不为重金所动的品格的水虹，是不应该受到这种待遇的。后来甚至有人把情况反映到区政府有关部门，一个类似精神文明办公室的组织也出面了，试图挽回草率批准他们协议离婚的不良影响。

为了平息这场意想不到的风波，原来一心想快快离开苏州的水虹，只得推迟了行期。她终于从一位女友的秘密住处中走出来，先和老吴到吴家宅院宴请了亲朋好友，宽慰公婆；又在巷里的李家餐馆宴请了李老板一家和街坊邻居，婉言声明他们之间的矛盾已是由来已久；还前往老吴的单位向院领导做了恳切的解释，声明双方都有责任。这一番善后工作，足足持续了一个多星期方告结束。

然而事情并没有完结。由美而引起的同情和愤慨稍稍平息，由美而引发的猜忌、妒恨的污水，又把水虹淹没了。

此时，人们消除了对老吴的误解，于是被堵塞的不满便开始寻找新的出口。尤其人们并没有看到水虹应该表现出来的悲伤和痛苦，反而不经意地泄露了她幸福的微笑时，各种各样的猜测和怀疑，如雨停以后的狂风向水虹一阵阵袭来。有人说水虹终于是耐不住寂寞，就要到南方去拍广告、上电视、开公司挣大钱了；有人说她将嫁给亿万富翁级的某某，人家已在香港半山区为她买好了豪宅；还有人说她根本不把华裔富商放在眼里，而准备嫁给日裔、美裔、犹太裔的银行家继承人了，所以白老板的那串二十万的项链她当然看不上眼，她不是不为重金所动，而是嫌以前的重金不重。有一点文化的人则说，用不了十年，水虹就将贵妇还乡，在苏州再造威尼斯水城，造福故乡，流芳百世了。无论如何，都足见秦水虹真是个精明的女人，居然能把自己美丽的二手股，捂到行情达到天价时才抛出。也算苏州城里今年的特大号新闻了。

周由急得每天几个电话打到水虹的秘密住处，恨不得亲自南下保驾。但水虹告诉他，千万不能来苏州"暴露目标"。她绝不能让任何人知道她将去北京。她最怕阿霓知道她的去向。只要"北京"两个字一漏，阿霓就待不住苏州了。

水虹之所以迟迟未能启程，还因为她必须把周由送给她的那些宝贵的画带走。尤其是周由最后寄给她的那三幅《红、白、黑》，那几幅把她引向星空、引向爆炸、引向天堂也可能引入地狱的组画。但阿霓坚决不肯把画还给妈妈。任老吴怎么软硬兼施，阿霓只是摇头。周由在电话里再三叮嘱水虹，只希望她把那幅他第一次画的水虹肖像画带回来。他说这幅画对他最为珍贵，是同样会把他送上天堂也可能送往地狱的作品。老吴实在舍不得把这幅画还给水虹，在电话里恳求周由说，他已把水虹都带走了，难道还不能为自己留下一幅画像吗？周由只好答应收到画后再临摹一幅送给老吴。

又过了几天，除了那三幅组画，老吴已将周由的大部分作品托运去了北京。阿霓在爸爸的反复说服下，也总算同意把《红、白、黑》中的白色和黑色两幅画还给妈妈，但她却坚持要把那幅红色的留给自己。水虹听说后，心里有一种不祥的预感。红、白、黑三部曲，只有燃烧的红色表现了最炽热的情爱。如果生活里没有了象征生命和爱的红色，只剩下白色的虚无和黑色的死亡，未来还有什么可期待的呢？那留给阿霓的红色，也许会变成一颗潜在的定时炸弹，时时威胁着与此有关的五个人的命运。离开苏州的行期已定，水虹想了又想，一时也想不出什么好办法，能让阿霓交出她视为生命一样的红色。

一个漆黑的雨夜，水虹随老吴悄悄回到家里，来同阿霓告别。水虹上了楼梯后，老吴给阿秀打了电话，按事先的约定，请阿秀来和水虹见个面，完成前妻和未婚妻的交接。

水虹站在阿霓的门口，轻轻叫了一声阿霓的名字，话刚出口，泪水已模糊了眼睛，只觉得阿霓像一只白鸽，惊喜万分地扑到了她怀里。

"妈妈，你不是已经嫁到外国去了吗？不过我想你一定没走。你走以前一定会来看我的。妈妈，你到美国去，我真高兴。我以后也可以去美国玩了，我带大哥哥一起去好不好？我最想看自由女神了……"

"妈妈去不去国外，还没有最后决定呢。但妈妈是来同你说再见的。妈妈要走了，走得很远很远。我会给你打电话，给你写信的。"

"那你什么时候再回来看我呢？"

"不一定，也许很快，也许……也许过几年……阿霓，我的好女儿，妈妈对不起你，但妈妈爱你，爸爸妈妈永远都是最爱你的亲人……"

水虹抱住了女儿，泪如泉涌，一滴滴一串串濡湿了阿霓的头发。水虹真想抱着女儿不再松手，像若干年前那样，让自己一夜夜躺在阿霓身边，在床上给女儿讲故事。那时她曾以为床铺是一天的终结，以为卧房是世界的尽头。那时她还不知道，人生其实是一道有无数个房间的长廊，那房间的门不断地被打开，她躲避着那些门，但终有一道门会将她重新吸入进去。

"妈妈，你什么时候带我到你的新家去？什么时候让我看看新爸爸？我特别想知道我的新爸爸是个什么样的人。你喜欢的人，我也一定喜欢。我会叫他爸爸的。妈妈，我告诉你，我不叫阿秀妈妈，我就叫她阿秀……"

水虹苦笑着说："妈妈还不打算马上结婚。你的新爸爸暂时还没有呢。再说，就是有了，你也不一定非要叫他爸爸的。"

"我偏叫。我不喜欢新妈妈，但我喜欢新爸爸。"

水虹无言以对。她觉得阿霓从小的恋父情结，自从见到周由后，就明显地移情别恋了。这个多情又任性的女孩，将来会有多少麻烦在等待着她呢？

"阿霓，你已经长大了，越来越美了。现在外面坏人很多，你千万要当心啊。妈妈不在身边，你要听爸爸的话，不要一个人出去，夏天不要穿太袒露的衣服和短裙，记住没有？我的乖女儿，妈妈实在是放心不下你啊……"

"妈妈，我会当心的，我又不是小娃娃了。上个星期，我放学回来时，还遇到一个坏人呢，他老跟着我，后来趁着没人的时候，一把拉住我的书包带，在我脸上摸了一把，我刚一喊，他就逃掉了。等我把小瓶子拿出来，他已经不见了，真气人。"

"那个小瓶子很有用，带着它，你就像有一支枪一样，有自卫的能力了。阿霓，妈妈就要走了，你还有什么话要对妈妈说吗？"

"妈妈，你什么都好，可你为什么不肯把大哥哥的画都留给我呢？你又不画画，你为什么一定要那幅红画啊？你不知道它对我多么重要吗？"

水虹避开了阿霓坦然而晶亮的眼睛。她迟疑着说："……因为……因为我也很喜欢这些画……我就要到很远的地方去了，看了画，我就会想起小河，想起家，想起你和你爸爸。阿霓，你不是还有那么多大哥哥的画吗？那幅红色的画……你其实……其实还是应该给妈妈的。组画不能拆开，你把那两幅可怕的黑与白给了妈妈，把那幅最美丽的红画给了自己，这是不是有点不公平呢？假如你把红画也给我，妈妈就可以把它们完整地放在一起了。"

"不嘛。大哥哥这三幅画是送给我们全家三个人的。平均一个人一幅。我只要了一幅红画，那是我应得的一份啊。我已经还给你两幅了，你比我多得一幅呢。而且，我还把那幅《北方的狼》也给你啦，我好喜欢那只狼，那只狼会唱歌，所以，我想让它给妈妈唱歌，妈妈就不寂寞了……"

"可是……这三幅组画缺了其中这幅红画，意思就全变了。"水虹坚持着，"再说它那么大，你根本就没地方挂。要不，妈妈用其他的画来同你交换，好不好呢？你想要哪一幅，随你挑……"

"不，我不换。我就喜欢这幅红的。"阿霓的眼眶里突然涌上了泪水，"妈妈，你就把这红画留给我吧。你一走，带走了那么多画，那天我一回家，看到墙上的画都没有了，我好难过，一直到现在，我上楼下楼，一看见空荡荡的客厅，我就想哭……妈妈，你为什么要和爸爸分开？我不想让你们分开啊……现在，只有这幅红画陪着我了……"

阿霓猛地抱住水虹，扑在她怀里号啕大哭。她哭得惊天动地，浑身每一处关节都在战栗，发出撕裂般的声响，令水虹怵然。她还从来没有见过阿霓这样伤心的样子，水虹胸口一阵抽搐，紧紧抱着阿霓，也禁不住大声哭起来。一边抽泣，一边断断续续语无伦次地对阿霓说，就把那幅红色的画留在家里吧……她情愿把光明给她心爱的阿霓，把黑暗留给自己……任有什么样的灾祸和不幸，都让她一个人来承担好了……

不知过了多久，水虹听见老吴在旁边咳了一声，低声说阿秀已经来了，请她下去。水虹放开阿霓，想把她抱到小床上，好替她盖上被子。阿霓已经哭得没有力气，双手还勾着妈妈的脖子，不肯让水虹走。就这么相持了好一会儿，才终于松开手，倒在床上，昏昏睡去。水虹擦去阿霓腮上的泪水，最后在阿霓的额头上轻轻吻了一下，匆匆走下楼去。

阿秀惶惶不安地站在门边，以往的浓妆和俗艳竟已减去了不少。天然的秀丽使她和吴家高雅的格调有了几分融洽。水虹感到老吴在阿秀身上下的功夫，这多少给了她一些安慰。阿秀还是个女孩，可塑性强，她会慢慢适应这里的环境。水虹真盼望阿秀能当好这个家的女主人，给吴家带来安宁和幸福，以减轻自己的罪过。

阿秀见到水虹，双膝已经弯曲，几乎就要跪下了。水虹立即上前握住她微微发抖的手，把她拉到自己身边坐下，笑着说：

"阿秀，今天你真漂亮，可惜我要走了。要不我真想为你们主持婚礼。"

"秦阿姨，你真好。我们全家人都谢谢你。我会好好照顾吴先生和阿霓的，你尽管放心好了。"阿秀结结巴巴回答。她似乎还不大习惯这种既古老又现代的交接方式。

"你应该叫我秦大姐，不好再叫秦阿姨了。你是我看着长大的，我对你还有啥不放心喽。你以后对阿霓也不能再把她当妹妹了，要敢管她呀，她让老吴宠得没个样子，看你有没有办法让她听你的话哟。"

阿秀羞涩地点了点头，略略放松了些，表情也自然多了。

水虹对阿秀交代了一些家里的琐事，包括老吴和阿霓的一些生活习惯。又说："阿秀，老吴是吴家的长子，吴老和夫人一直想让我们搬回去住。但我们都喜欢这幢小楼，临着河，环境清静，邻居也熟了，所以就一直没搬。我看你们结婚以后，还是搬过去住的好，那里人多，又有保姆，很安全。阿霓也可以和表弟一起玩。"

"我暂时还不想搬过去。"老吴说，"我对这里还是蛮有感情的。苏州城里现在到处在拆老房子，以后这样的房子越来越少了。再说，阿秀现在搬过去，弄不好会受弟媳的气的。"

"秦阿姨，噢，秦大姐，我也想慢慢再搬。这里离我父母家近，有点啥事情也好有个照应。家里的事若忙不过来，我还好叫娘家的人来帮忙……"

水虹说："那就随你们自己好了，我只是有点不放心。阿秀，你年轻漂亮，平日出来进去，千万当心，不要随便带朋友来玩，还是安全顶要紧。"

说着，水虹从坤包里拿出一个椭圆形的首饰盒，递给阿秀。

"这条珍珠项链，就送给你做个纪念吧。这是结婚时婆婆送给我的，真正地道的天然珍珠，平时我都不大敢戴出去。吴家的人喜欢自然高雅的东西，你戴上它，公公婆婆会很高兴的。"

阿秀吃惊地睁大了眼睛，说："哟，我还从来没有见过这么贵重的珍珠项链呢，真好看死了，每一粒珍珠都这么大……一定很贵的……"

"你结婚的时候戴上它，就让它代我参加你们的婚礼，为你们贺喜了。以后，多替我为两位老人尽些孝道，我有愧于吴家的，只好让你帮我弥补了。"

水虹为阿秀戴上项链。阿秀在珠辉的映衬下，也有了一些淑女的韵味。阿秀伏在水虹肩上哭了起来："秦大姐，你待我真好，我们全家一辈子也忘不了你的恩情……"

楼梯边上那台古老的座钟，沉闷地敲了十下。

老吴说："该走了。阿秀，我送水虹到上海去。晚点走，少点是非。今天晚上你就留在这里陪阿霓睡好了。我明天就回来了。打个电话同家里说一声，你就不要再出门了。"

水虹最后环顾了一眼她生活了多年的家。每一件家具、餐具、墙上的饰物、院里的花草，都留着她的指纹和手印，留着她的呼吸和气息。在这里她度过了与老吴平静而恩爱的岁月，养育了自己可爱的女儿。在这幢幽闭的小楼里，时光流逝着，不知不觉，无影无声，像一座冰窖，储存和冻结着她的美丽和希望，既不消耗也不增加。她心底是喜欢这个地方的，但不知道它为什么最终仍然没有留住自己。她曾走进过这个房间，却又从另一扇门里走了出去。她望着客厅窗口的那只红木椅子，那是周由第一次为她画像的地方，也是她这一生真正初恋的开始。那天清晨的阳光从窗口射进来，背对着周由五彩缤纷的画板，她才第一次恍然发现，原来那房间里竟一直生活着两个水虹。一个在椅子上凝神，另一个却跟随着周由的纸笔，悠然飘入人生长廊中另一扇神奇的门里去了。

　　小河和水巷笼罩在蒙蒙雨雾里。路灯昏黄，静静的小巷中空无一人。初冬绒绒的雨丝，轻轻飘落又缓缓飞起，似雨非雨，似雾非雾。灯光下，那千万根透明的绒毛密密麻麻地织成一片晶莹的丝网，既不下落又不上扬，只是悬浮在夜色中，懒懒地起伏波动。好像雨丝是空心的，丝中还有更细的气芯，托着它在湿润的空气中弥漫游荡。

　　老吴低低地打着伞，但却不知该从哪个角度倾斜伞面，才能挡住这没有方向的毛毛雨。才走了一会儿，他们两个人的头发和衣服都已是湿漉漉的。

　　"不如把伞收起来呢。"水虹说。

　　她仰起头，伸开双手，像托着承露盘的金铜仙人，享受着雨雾的滋润。她又扯下围巾，解开衣领，让这无处不在、无孔不入的雨雾飘进她的颈项，滋润她的肌肤。她深深呼吸，让自己的五脏六腑再多吸纳一点江南水汽的清凉和湿润。烟波浩渺的太湖、悠然宁静的小河是养育她的美、她的柔韧、她的梦幻的另一个母亲。她将会永远感激她的恩泽。"再见了，我美丽的娘家。"水虹在心里默念着，那一刻她忽然真正感觉到了心酸和惜别的滋味，离别的泪水从面颊流融到天地间蓬松的雨雾中去了。

　　老吴放慢了脚步，犹豫着说："水虹，舍不得离开小河吧？我担心你到那个寒冷干燥的北方，你的皮肤会失掉光泽和透明度的。南方的花草在北方总是养不好的。你会习惯那里的生活吗？还有周由……他能永远像我这样爱你吗？我……我真是放心不下你……"

"我只要这几年，我并不想给以后一个万无一失的保证。我不喜欢'永远'这个词，未来总是变幻莫测的，正因如此，生活才不会像一潭死水……"

"我是指周由……你为他放弃了安逸舒适的家庭……"

"不，你不了解周由，他是一般人看不懂的一幅画。尤其是那种理智型实用型的人，恐怕很难理解他，事实上，他也为我放弃了许多许多……"

老吴用纸巾擦了擦脸上的雨水和泪水，说："不过，万一……万一你在北京过不惯，万一你想回来，我会说服阿秀和我离婚的，吴家的门依旧为你开着……"

水虹心里涌上几分感动，不由得轻轻挽住了老吴的胳膊。她很想对老吴说，很多年来，她始终生活在被男人追逐、自我防卫的恐惧之中，她一直渴望着自己能有一回主动出击的经历，盼望着任由自己来主宰命运，不管那迷宫般的长廊尽头，那开启的窗户和房间里，等待她的究竟是福是祸。为此，她渴望着放弃优越的生活，冲出这幽闭她禁锢她的小楼。她已在这舒适安宁的环境中待得太久，就像江南每年持续过长的梅雨季节，再不把自己扔到阳光中去暴晒，连她的心都要发霉长毛了。一个三十几岁的女人，生命似乎还来得及重新开始。她企盼着充满风险的种种动荡，财富对于她已失去诱惑，甚至，她向往贫穷和落魄，期待着在一无所有的绝境中，去搏击去重建，真正展示自己的魅力……

但她的嘴唇动了动，却把那些话都咽了回去。她望着老吴，委婉地说："我是舍不得家乡的雨雾，它很美，可惜它遮住阳光的时间太长了。我好像更喜欢北方晴朗的天空。不过，等这场风波慢慢平息以后，我会回来看望你和阿霓的……"

巷口高大的法国梧桐树下，一辆老吴弟弟公司派来的奥迪车，已在那里等候多时。为了避人眼目，老吴特地关照将车停在离家远些的地方。蒙蒙细雨中，小车无声地启动，向着上海方向疾驰而去。水虹回过身，用纸巾擦了擦后窗玻璃上的水汽，久久回望着苏州城迷离的灯光和塔影，渐渐隐没在夜幕和雨雾里……

水虹的心随着车行，开始向前跳动。她盼望着快到上海，早些见到已焦急守候在那里两天两夜的周由。老吴将亲自把她送到周由手里，完成一种类似从冬季到春季的交接。然后她就将和周由一起飞回北京。就像那架巨大的波音客机，她和周由将是托着气流、划破白云的两扇平行的机翼。

15

水虹再次踏入新家那座熟悉的楼道，打开门便感到一股干爽的热气扑面而来。北方冬季室内温暖的气氛，同室外呼啸的寒风冷雪，宛若两个世界。

"来，看看我为你布置的房间吧。"周由打开卧室的房门，狡黠地笑了笑。水虹从他得意的神情中，看出一定是又有什么惊世骇俗的作品，在等待着她了。

——卧室里，与大床平行的墙上，挂着一幅占据了大半面墙的苏州水巷大壁画。那幅周由第一次在小河边画的风景写生，已被放大拉长。一团团轻轻柔柔的水汽，正从水巷里冉冉浮升起来；那些被雨雾晕化浸湿的小楼、木船、石桥、小巷清晰的石板纹路，以及河面上梦幻般的倒影，在蒙蒙的水雾中仿佛要溢出画面，向她飘来。水虹惊喜地靠着周由，一时竟说不出话来。

周由在水虹身后环抱着她，小声说："闭上眼睛，好好感受感受你家乡的雨雾吧，我要让你觉得这儿仍然是你的故乡。我也爱小河的水雾，它是我们的媒人……"

水虹乖乖地闭上了眼睛，深深地呼吸着。真想把画上清凉的水汽都吸入体内，滋润自己的肺腑。她眼前好像出现了家乡的小河，那熟悉的雾气令她一阵眩晕又一阵迷醉。房间里静极了，她听见周由的脚步声和窸窸窣窣的响动。她低声唤着周由说："你在哪儿呢？你别走开，你忍心让我一个人吗？"

忽然，小河的水汽中飘来一阵她熟悉的清香。

那是一种清雅的香气。但绝不是香水味，而是天然的水仙花气息，真的。难道这房间里真的有一盆开花的水仙吗？周由莫非故意把它藏起来了，想再给她一个更新的惊奇吗？

水虹贪婪地闻着。空气中浓郁的水仙花香味，已盖住了房间里残存的油画气味。那幽香中饱含着水分，随着画面上小河飘散的雾气而香气四溢，仿佛真的飘沾到了她的脸上。刚才被冷风吹得发紧的皮肤，也似乎舒展开来，五脏六腑像是被香雾重新过滤了，把旅途上吸入的废气统统置换了一遍……

她被这雾气和花香拥抱着抚摸着，沉醉在这美丽的感觉中。她觉得这幅画和这水仙花的香味带来的幻觉真是太奇妙了。她久久闭着眼，唯恐自己一睁眼，那梦境般的香气和水雾就会飞走。她喃喃地说：

"亲爱的，你真坏……你从哪儿变出来的水仙花啊？北京冬天也有水仙吗？……这水仙花确实真的让我感觉到了你想给我的雨雾……"

周由开心地大笑起来。他的吻像雨点一般落在水虹的脸颊和唇上，一边笑一边说："不，你受骗了。你感到的雨雾，一开始是你的联想，后来是水仙花香气带给你的幻觉，但再后来，它确实是真的，而且里面还有你想不到的东西呢，快睁开眼睛吧。"

水虹猛地睁大了眼睛，她惊异地发现，眼前阳光明媚的房间里，确实弥漫着茫茫的雾气。恍惚中，她似乎还停留在刚才的梦境中。那个时刻，墙上的画好像活了，湿润的雨雾正从画上飘下来，裹着水仙花一阵浓似一阵的幽香，浪潮一般地将她淹没了。水虹揉着眼睛，弄不清这到底是真的还是自己的幻觉。

她忽然发现，那团团飞瀑般的白色雾气，正从窗边一个透明的水箱中急骤地喷发出来。很快就将房间喷得雾气迷茫，好像置身于庐山云雾缭绕的别墅之中。倏忽间，在窗口斜射的阳光下，那飞瀑般的雾气中，竟然隐隐出现了一道金色的彩虹，短而略弯，项链似的悬挂着，一粒粒细小而精致的水珠在空气中闪闪发亮……

水虹几乎快乐得晕倒在周由的怀里。她惊喜地叫着，激动得张开双臂想去搂抱那雾气中淡淡的彩虹，却一把抱住了周由，迷醉得飘飘欲仙了。"……这是真的彩虹啊……真的，太美了……怎么会呢？……"

周由撩开窗帘，在那只透明的水箱前面，摆放着一大丛开得正盛的水仙花。水箱喷出的雾气，穿过鲜艳欲滴的花瓣，将花香吹向四周的空间。周由笑着说："嘿，其实很简单，这是空气加湿器，刚刚开始流行的科技新产品。再加一大盆盛开的水仙，一次工业文明和农业文明跨世纪的合作，怎么样？"

"哦，你真是坏透了！真真假假虚虚实实半真半假，让我真假难分，差点被你这个行为艺术作品给骗了。不过，这种受骗感妙极了，我真想让你再骗一次，女人都喜欢超级骗子。"

周由抱着她说："可是我自己却享受不到那种幻觉啊，我只能享受创作的快感。美的创意被美人激发出来，还得物归原主。"

水雾更浓了。两个人静静欣赏着这由墙、雾、虹和水仙的清香构成的四重组画，沉浸于心中蜜蜜的爱意之中。水虹觉得自己仿佛游历了一回仙雾缭绕的太虚幻境，做了一个虚无缥缈的梦。直到室内的光线渐渐暗淡，那道弯弯的彩虹渐渐化作淡金色的气团，慢慢消失，水虹才从幻境中醒来。她觉得周由在北京第二次见面送给她的礼物，比第一次的作品更让她震动。第一次是架上绘画中的霓虹，而这一次却是三维空间中真正的彩虹。这种四面八方团团包围、天上地下无处不在的爱，今生今世恐怕只有周由一个人才能给她。爱是不能用时间来度量的，一次登峰造极的爱，也许胜过金婚银婚和钻石婚。登过极顶的情侣，若是日后再去攀登其他名山，依然会憧憬巫山之云和极顶的佛光仙雾。水虹的心爱得发颤，这一组作品像一个巨大的振荡器，把她灵与肉、神和魂全都震酥了；每一根神经、每一丝肌肤纤维都被抚平放松了。她深深吻着周由说：

"你也许不知道，这次我在苏州的一个半月，心情是多么恶劣，常常觉得自己像是一个五十多岁的老女人。可是一到了你身边，就好像回到了少女时代。所有的烦恼和疲惫，被你的艺术作品和爱冲跑了，跑得无影无踪。我真担心，我爱上的这个家伙，是不是一个情爱专业户啊？"

周由开心地大笑，紧紧抱着水虹，没完没了地回吻着她说："那好，那我就是拐骗秦水虹的专业博士。你想想，心中的爱如果不是像旺火上的高压锅，积蓄的热量快要憋爆了，我拿什么去轰炸啊？再说，究竟是谁把我烧成这样的呢？我看你也真傻得可爱。"

水虹笑笑，坚持问道："那我也想知道，这么完整的一组构思，你脑子里是怎样产生出来的呀？行为艺术作品，难就难在新鲜的创意哦。"

周由抱起水虹就势往床上一倒，大声说："喏，就这样，就因为你不在身边，剩下我一个人的时候，我想啊想啊，把你想成了这个作品。"

"不许耍赖，好好讲。"水虹说。

周由搂着水虹，像说梦话般低声呢喃着，讲了以下的故事：

"你知道，处于热恋中的普通人，往往会变得愚蠢；而处于狂爱中的艺术家，却常常是最有创造力的。因为浪漫是爱和艺术的共同本质。有一天，我到一个外国朋友家去参加生日聚会，在那里我看到了这种喷云吐雾的仪器。我立刻就想起了小河边的雨雾，想起了雨雾中的你。我立马去商场，买回了这台空气加湿器，回到家里就反复摆弄它，开始时是想为你制造一个像江南那样湿润的空间。但没想到有一天，阳光斜照在水雾上，我无意间发现它喷出一道彩虹，哇，简直就是喷出了我的水虹。我的天，我亲它吻它，激动得就像是拥抱着你。一个作品的灵感，就这样突然一下子降临了。

"构思有了以后，水仙花又是个关键。它是个引子和诱饵。要想让你在花香中如同身临其境，它必须在你抵达的日子如期开花。为了控制它的花期，我请了花店的师傅为我精心调养。在我出发去上海接你的前一天，我才把它搬回家里来。那时它正好已含苞欲放了，估计你到达的日子，它恰好盛开怒放，所以我走前还在它的花苞上套了一只塑料袋，罩住它的香味，让它攒够了再给你。墙上那幅放大的水巷画并不难，画了十几天就完成了。但是为了消除新画的油彩味，我整天都敞开着窗户，惨了，大冷天裹着两条被子睡觉，幸亏我有冷水浴的底子，否则就冻冰棍了。到我去上海前，油画的气味总算散得差不多了。刚才，我就是趁着你闭眼睛的时候，悄悄拿掉了水仙花上的塑料袋，果然香气扑面而来，我高兴极了，同时又打开了加湿器的开关，双管齐下，真是如愿以偿，达到了我预期的效果。

"噢，还有还有，还有阳光和天气的问题，如果是阴天，那道水虹出不来，我就功亏一篑了。为了把水虹做出来，我在上海每个小时都看天气预报，想算准一个好天气，还打长途电话到北京去咨询。

一直等你到了上海，我才掐着点去买的机票。你现在明白我在上海时，为什么非要坐上午的班机回北京了吧？真是天助我也，飞机没误点，一路上晴空万里，你难道没发现我老在探头看天吗？这是有预谋的，是一次情爱与艺术的冒险试验。看来我的运气不错，不仅从苏州骗来了一个江南美人，还在我的房子里勾出了水虹的魂灵，哈，你这回真的是再也跑不了啦……"

周由伸出手，轻轻调弱了加湿器喷汽的浓度，吻着水虹说："北京的水质太硬，虽然我用的都是烧开的冷水，但这雾气无论如何不能同江南自然的雨雾相比。我不知道这些水汽能不能滋润你的肌肤，不过总比没有好吧。"

水虹轻轻点了一下周由的鼻子，嗔怪着说："可是你忘了，只有爱才是延缓青春最有效的美容滋补品啊。"

"所以爱也是美的极致。"周由说，"没有爱，是绝不会有这些作品的。"

水虹沉吟着说："我觉得你的绘画始终变幻莫测。传统的、现代的、抽象和具象的，还有像今天这样的行为艺术，你都表现出不同的强烈兴趣。有时，我真不知道应该如何给你在艺术上定位了。你是一个……一个周'游'派。"

"对，我就是周游派。记得我们刚认识的时候，我就说过，我不管风格、雨格、水格、雾格，只要最能表现自己内心情感的作品，就是好格。对于那些具有一定绘画基本功的画家来说，难就难在与众不同的创意和构想，这是出大作品的关键。而你恰恰给了我取之不尽的想象力和创造力……"

水虹打断他说："那么，在这组爱的行为艺术中，你是怎么运用自己的绘画语言的呢？你刚才讲了它产生的过程，但我还想知道，激进的前卫艺术，之所以很难被非专业的知识大众接受，一个重要的原因，是由于绘画语言流通性的丧失，大多数观众无法看懂，因而也无法欣赏。说得通俗一点，先锋艺术经常处于一种'自说自话'的状态中，也就是我们在专业上所说的'失语症'。而我在进入你的整个行为艺术的氛围中时，却很容易地和作者达成默契和共鸣，也可以说是和你一起完成了这个作品。如果画家能找到自己和观众的流通语言，先锋派艺术应该会有更多的接受者。"

周由说："对呀，我就是用你听得懂的语言和你说话的。雨雾、彩虹和水仙花，都来自你的生活情境。我不会把一些猪肝和几个汽车零件，放在一块毡子上来象征爱情的。如果盲目地追求标新立异，以为越反叛就越超前，结果一种离奇的构想刚一出笼，所有的人都一窝蜂地模仿。我看，这种急功近利同媚俗也没有什么本质的区别，一旦进入商品流通机制，先锋艺术往往就丧失了它最初的批判性和主体意识……"

"但你不可能总是为我作画吧。"水虹摩挲着周由的衣领，温和地说，"任何艺术走到极端，依然会渴望平衡与回归……"

周由揽过她吻着，眼神开始迷离恍惚，魂不守舍。他嘟哝说："亲爱的，我饿了，我们是不是明天再谈呢？我真想躺在这水仙花的香味里，和你一起做个好梦……"

水虹挣脱了他的怀抱，从旅行包里拿出一盒熟食制品，还有碗仔面和几个苹果。笑笑说："你看，我知道一跟你说话就没完，喏，早准备好了，无锡排骨，怎么样？马上开饭！"

周由用浴巾擦着自己湿漉漉的头发。他走进卧室时，水虹支着脸颊斜躺在床上，柔情地望着他。她已冲完热水澡，全身的血液舒畅地流动，散发着热气。半透明的肌肤又微微显现出粉红的色泽，酥酥发胀。身上的轮廓和腹部的曲线，都随着她的呼吸，微妙地起伏变化。像是一种无法破译的美的哑语、美的密码，向她那唯一懂得这符号的心上人，传递着内心的渴望。她那双微眯半睁的眼睛，闪烁着月光下清泉般的眼波，时长时短，忽明忽暗，亦晕亦朗，如同遥远星空中美丽的星体，在向她的伴星发射着地上的生灵难以知晓的爱的光波。她微笑地望着周由，用目光抚摩着面前赤裸裸的男友，欣赏着他身上发达的肌肉，一言不发。

"我知道你在想什么。"周由走到床边，俯身吻了吻她的眼睛，"你一定是在想，今夜在床上，还有什么新的惊喜呢？"

水虹仍然不说话。浓密的黑发披散在枕上，每根发丝都充满了魅惑。

"看来，我已经把你惯出毛病来了。"周由笑道，"好在我早知你的心思，在床上也有一份见面礼给你。不过，我想你太累了，还是等几天再给吧……"

"呵，你真的还有啊？"水虹终于开口说，"我就知道你一定不会让我失望的。快拿出来吧，我怎么能再等几天呢，我连一分钟都不能再等了。"

"就现在？"

"马上。"

"可我有个条件啊，礼物是需要回报的。"

"那还用说！你要什么我给什么，还不行？"

周由从柜子里拿出一本中型挂历大小的厚厚的画簿，然后打开床头灯，钻进毛毯里，半躺在水虹身边，揽着水虹的肩膀说："打开吧！"

水虹好奇地翻开画簿，只见扉页上赫然写着几个大字：性爱印象。

她的心猛烈地跳起来，脸上涌来一阵潮红。她觉得，这似乎正是自己朦朦胧胧、隐隐约约想要的"礼物"。

周由笑道："你的心怎么跳得这样厉害，连我的身体也感觉到了。"

"难道我们之间真有心灵感应吗？我要的就是这个……"

"你看了就知道了，情爱和色欲的区别，有时其实就差那么一点。这也正是美与丑、高雅与低俗的临界……"

水虹打开了画册。她顿时被周由画的那些美丽大胆、强烈而刺激的画面惊呆了。那是一幅幅浓墨重彩的人体性爱双人舞蹈，作画的工具是毛笔和水彩丙烯等颜料，但技法却是中西合璧。泼墨用得很多，线条极为流畅性感，色彩或浓或淡、或雅或艳，完全随着性爱的姿势、情绪、感觉的变化而变化。画中人物的表情，似乎被作者的情绪有意地夸张了。但夸张得恰到好处，正好达到欢快与跳跃、高潮与爆炸的极致。如果再过一点，就有些变态了。

水虹欣喜若狂，翻着画簿的手微微颤抖。许多年来，她一直渴望得到狂热的情爱和性爱，她不愿让自己妪着烟，无光无火地烧完一生。而要让自己鼓风加氧，燃烧出白炽化的大火，炸裂出炫目的光芒。然而她无法说出那样的性爱究竟应该是什么样子。一个多月前，同周由狂迷相处的那七天七夜，她第一次感觉到自己体内奇妙而神秘的性觉醒，那是一种真正无拘无束、忘乎所以的激情享受，是得到也是给予，是她生命中近于巅峰的极乐体验……

在周由的这一幅幅《性爱印象》中，她所曾经享受的快感，都被他用线条和色彩，定格在洁白的纸页上了。那是爱神栖息的天空，是供奉情爱之果的圣坛；几十幅画面上没有一张床，只有绿茵茵的草地、黑森森的树林、蔚蓝色的大海、金黄色的沙滩；一个男人和一个女人，在碧海蓝天之下尽情地舞蹈着、旋转着，像两位杰出的舞蹈艺术家和体操运动员，天高海阔，翱翔驰骋……

这些根据周由的记忆和思念画下的男女人体，如巨蟒长蛇互相缠绕如胶似漆，虽然那样疯狂激越，却又那么美丽动人；在灵与肉的狂欢曲调中，基础旋律却是对爱和美的赞颂和崇拜。那些画面传递出远古人类性图腾的素朴和虔诚的精神，在那个绝对自我而隐秘的角落，依然探索着尝试着某种高位回归。其中的奥妙恰恰在于，周由的激情和疯狂并未走向泛滥，而在淋漓尽致酣畅满足的极顶，躲开平庸，折返到幸福而宁静的安全之地……

水虹在这本厚厚的画册中，首先领略的是周由艺术上新的亮色和生长点。她欣喜地松了口气。现在，既然她对周由的激情不再感到恐惧，那就任其痛痛快快地放纵好了。水虹的心又一次激烈地跳动起来。她一页页地细细品味着，只觉得浑身燥热发烫，连呼吸也忽然变得不那么均匀了。

"我是这样张开双臂的吗？我有这么疯吗？"水虹问。

"你就是这个样子的。你扑向我的时候，就这样，像白鹤张开翅膀俯冲，卷着天上的云和风。"周由在她的手臂上吻了一下。

"我是这样缠绕着你的身体的吗？好像软得没有骨头了……"

"是这样的。你缠住我的时候，我觉得你柔软光滑极了，真像一个美丽的蛇妖，像一株缀满花苞的白藤萝，勒得我全身的欲望都快被胀破了。你柔软的疯狂真是太刺激了。"

"那么，这一幅是不是有点太夸张了？我的双腿是这样伸直的吗？像体操选手张开双腿平行飞越过高低杠的姿势。"

"那当然，你忘情的时候，就是这样张开的，你天生柔软，无意中就达标了。印度教石雕中有许多这样造型的女神，直直地叉开双腿坐在男神的腿根上，是圣洁和欢乐的美。"

"这幅……有点像笔架山……哦，太刺激了……"水虹涨红了脸，嗫嚅着说，"你……你怎么想得出来这样构图……"

画面上的水虹，两条腿弯曲成了双峰笔架山，而周由刚健魁伟的身体，则成了稳稳落于笔架间的一支粗壮的画笔。

周由笑道："但愿你不会觉得这样画，是亵渎文化吧。用笔架和画笔来象征这种最常见的性爱双人造型画面，没有一点淫荡的气味，恰恰可以让人联想到人类文化的起源呢。"

水虹依偎着他说："再细看，倒有点书卷气了。"

"将来我要把这幅画稿变成正式作品，以此颂扬人类性爱。就画一座双峰玉山，再画一支巨大的神笔，那才是真正的'妙笔生花'，可以同黄山那天然松石媲美。"

"当然，充满情爱的性，是最美丽的，可以雅俗共赏。"

"我就想试试，除了中国古文化中那种毫无美感的春宫图，性爱探秘在画面上究竟应该用什么方法来表现。"

水虹又翻开了一幅，惊叹说："哇，我好像在表演水上芭蕾，又好像在大海里仰泳。"

"当我撑起身子来看你的时候，你就是这样的，像一只美丽的白蛙，仰天浮游在蓝色的海面上，多美啊。"

"为什么我的身边会有那么多飞溅的浪花和泡沫？"

"那是我在冲浪。我冲得那样猛，你的身边能不浪花飞溅吗？我画的是自己在那一瞬间的感觉。"

"冲浪？！"水虹轻声叫道，"这个感觉太好了。我一直想不出用什么词语来取代'做爱'。我老是想，爱怎么能做呢？爱又怎么是做出来的呢？这个外来语近几年大肆流行，快成了人们的口头语了。难道谁也没觉得它矫揉造作吗？'性交'这个词又太粗俗，完全可以用在牲口身上，人和动物没什么区别了；'房事'，又太缺乏感情，冷酷虚伪一本正经，叫人受不了。其他呢？剩下的大概就是那些被广泛运用于骂人的粗话了。"

周由紧紧搂住水虹说："那以后咱们不准用其他的词了，就用'冲浪'吧。谁都可以又是大海，又是冲浪手的，怎么样？"

水虹妩媚地一笑，把冲浪手伸向她胸前的手挡了回去。她又翻了几页，画面全是大海、浪花、滑板和冲浪手。那滔天的白浪呈优美的人形，一次次迎着冲浪手；而矫健的冲浪手则一次次冲击着白浪，一幅比一幅激越，一幅比一幅澎湃，如水乳交融，已分不清浪花与人形；最后一幅冲浪图，气势宏伟，色彩斑斓，深黑色的星空中，发亮的银河波涛汹涌，星空大爆炸把银河的白浪炸成一片水汽白雾，一道巨大的耀眼彩虹，跨越相距几百亿光年的辽远星河，发出灿烂而奇异的光芒……

"你看我冲得多么狂热，多么惬意，迎着情天欲海的滔天巨浪，冲昏了头，冲到银河里去了……"周由的胸膛上下起伏，忍不住又抱紧了水虹。

"想冲浪了吗？"水虹喘息着问。

"你呢？"

"当然。你再不迎接我，滑板快要跌到浪谷里去了……"

"等一等。"周由起身在床边的那台音响上按了一个键，"你听，这是我以前在海边录下来的。"

音响里慢慢传来了一阵阵海涛的哗响……

在蔚蓝色的大海上，是一片碧蓝碧蓝的晴空。温暖的海风从遥远的天际吹来。蓝色的洋面上隐隐出现了一条银色的浪线。海风渐渐刮得有力，浪线越来越近，变成一波又一波的白色轻浪，向海岸涌来。岸上的冲浪手已将滑板推入海水，他开始在海浪中轻轻滑行，一会儿徐徐滑进滑退，一会儿又徐徐滑退滑进；海风的声音也由低吟浅唱变成舒缓的柔歌，大海波涛起伏，轻浪随着冲浪手的滑行渐渐加快，逐渐汇集成涌动的白浪，一波一涌，迎着冲浪手撞击摇撼。冲浪手的滑行越来越快，彼此迎合着又碰撞着，滑行在海浪的配合下，终于变成了大幅度的冲浪。冲浪手开始弯曲双腿，绷紧肌肉，向着海浪发起一次又一次的俯冲。白色的浪花开始激动了，它用汹涌的波涛和飞溅的浪花，亲吻着抚摩着刚硬的滑板，似一个无底的深渊，要将冲浪手一口口吞没。涛声越来越高，整个大海开始沸腾。永不疲倦的白浪，刚刚退下，紧接着又疯狂地扑向冲浪手；白色的巨浪如同无数只扇着翅膀的海鸟，将冲浪手一次次抬到浪尖，又一次次抛入浪谷；更像海上悬浮的冰山玉雕，一次次把他托出海面，如一柄高擎的火炬。

冲浪手已兴奋得大喊大叫，全身湿透，海水和汗水流成一片。他冲浪的动作得心应手，淋漓尽致，忽而冲入浪底，忽而跃上浪尖。他把冲浪的间距越拉越长，越冲越高，越冲越深，加大了长距离滑冲的快感。他是个艺术激情型的冲浪手，他甚至可以随着白浪的掀动，飞出浪尖，在半空中翻滚出示爱的语言；再准确地冲入白浪的深谷之中，享受被波涛吞没的极度亢奋。海浪在滑板强有力的冲击下，发出惊天动地的轰鸣，如雨如泪，抛洒出珠玉般晶莹的浪花……

冲浪手和海浪仿佛都拥有大海积蓄的无穷无尽的力量。冲浪手和白浪的每一次碰撞，都溅起水雷爆炸般的冲天水柱和巨浪。最后一次狂猛的冲撞，几乎把冲浪手和白浪同时弹向了星空，在一声声天崩地裂般的喊叫声中，他们似乎被一次新的宇宙大爆炸炸成了碎片、天际星云、弥漫成水雾水珠和水汽，然后一点点飘散到太空中去……

水虹在那个极度快乐的瞬间，看见那茫茫水雾中升起一道跨越银河的巨大彩虹，闪烁着宇宙间最亮最美的红橙黄绿青蓝紫。

"周由，那是你给我的礼物吗？"水虹喃喃说。

落在床边地下的《性爱印象》画簿，音响中依然低低回旋的海浪的喧嚣，还有水虹最后看到的那道太空彩虹——这就是周由在水虹到达新家第一天夜里，送给水虹的第二件行为艺术作品。水虹已如愿以偿。世界上恐怕再没有另一个女人，能得到周由这种奇异的馈赠和爱的极品了。

"谢谢你，周由……"水虹翻过身伏在周由的胸膛上，快活地哭起来。

加湿器喷出的水雾，把两个人轻轻吞没。这一夜，他们定是累得连梦也做不成了。水虹和周由的梦，好像在入睡前都已经做完。"当生活像梦一样美的时候，人们不再需要弗洛伊德了……"周由挣扎着说完这句话，沉沉地睡死过去。

水虹在黑暗中睁大了眼睛，细细地重新品味着冲浪过程中的每一个动作，久久无法入睡。她忽然觉得那千古不变的性爱，在今天的床第上有了一种全然不同的含义。在情爱的海洋里，滑板与海浪永远互为主体；她和周由都是真正的冲浪手，在每一次冲刺和撞击中，他们都已超越了性的索取和给予，而将爱融入了每一滴海水中，彼此互为因果。若是海浪不竭，那爱也永无止息之日了。

16

周由两室一厅的单身住所，在水虹的收拾和安排下，已经像个新家了。对于主持过三口之家、具有管理一幢小楼十几年经验的水虹来说，当这个新家的女主人，她觉得实在是太轻松了。就像一个大学教师去教中学生一样。离开苏州，她同时也卸下了上下班教学、养育女儿和照料家庭的三副重担，如今享受着和周由优哉的二人世界，她忽然感到自己好像回到了青年时代。

水虹不打算在冬季与周由外出蜜月旅行。她只想静静地同周由泡在这小小的蜜巢里，蜜饯自己的每一天每一个小时。

第三天上午，两个人坐在客厅兼画室的长沙发上闲聊。

水虹用一个舒服的姿势懒洋洋地靠在沙发扶手上，随口问道：

"周由，我还不知道这个家的财政情况呢。你知道，如今的现代女性，在没有弄清楚男人的经济状况之前，绝对不会把自己交给他的。像我这样的傻女人不多，我真是昏了头，稀里糊涂就跟着你走了。说说吧，看我到底是傍了一个大款，还是爱上了一个穷画家，或者两个都不是？"

周由听到水虹第一次问起他的经济情况，才突然意识到自己即将开始面对着一种家庭责任。他恍然明白自己浪荡多年的单身生活就要结束了。但此刻他一点也不留恋以往自由自在的日子，却急迫地希望套上家庭义务的枷锁，好把水虹锁在他的身边。"妻子"这个与水虹相连的字眼，一下子变得比他的调色板还悦目。他盯着水虹痴痴地看了一会儿，诡黠地说：

"还没当夫人呢，就想接管家政？你先说，你到底打算什么时候和我去领结婚证啊？"

水虹的眼神暗了一暗，随即笑着说："不是早就说好了吗，先同居后结婚嘛。这样以后还能多出一个蜜月来呢。就你这样的浪漫艺术家，还在乎那一张婚书？我看你也是爱糊涂了，如果那张证明能把人拴住，我还会在这儿？"

周由也觉得自己有点走火入魔了，过去他别提有多憎恨那大红色的证书了，好几个女友就掰在他拒领这张证书之上。可是此刻他却极想得到这种荣耀。那张俗艳的红纸在他眼里几乎比获全国大奖的证书还宝贵。但他想起了苏州的阿霓。他和水虹是有约在先的，他不能为了自己，过早地伤害不明真相的小阿霓。

"好吧好吧，以后领就以后领，什么时候领随你。反正没有这张纸，你也早就是我的了！咱们就算做一次试验吧。看看有它没它究竟会有什么两样。"周由很快把话题转到他目前的工作情况上来。

他记得自己上次已经告诉过水虹，他从美术学院研究生毕业后，本可以留校任教，或者到画院去当职业画家，但他担心近亲繁殖和艺术同性恋，所以宁可当一个自由画家。后来在一次美术大展上，认识了一位香港大公司的老板，这位老板是一个热爱艺术的香港富商，也是个有眼光的收藏家。他认为国内现在一些年轻画家的作品很有收藏价值，这些画将来都会几倍或几十倍地增值。他尤其欣赏周由，每隔一段时间就会买一两幅周由的作品。后来便请周由到他集团公司在内地的一家下属艺术公司任职，最初想让周由当经理，周由婉言推辞了，说自己还是当个谁也不管的专业画家最自由。但老板还是给他挂了个副经理的职位，每月薪水三千元人民币。基本上可以不受干扰地专心画画，只是有时陪老板看看画展。为老板选画收购提供些咨询。有时，他也送给那老板一幅画什么的……

"你一般多长时间能卖出去一幅画呢？"水虹饶有兴致地问。

"不一定。主要的麻烦是，人家想买的画，我常常舍不得卖；而我想卖的画，又卖不了大价钱；买家和卖家老是谈不拢。有时，一次就能卖出去四五幅作品，有时几个月也卖不掉一幅，饥一顿饱一顿的没准。每个月虽然有三千元固定收入，但用于画画的材料费，加上一个人生活开销没计划，到了月底往往所剩无几。不过，多少总还有卖画的收入贴补家用，我想维持一个小家的日常开支，应该没什么问题。"

"那你的一幅画，一般可以卖多少钱呢？"

"画的价格最没准了。一般一米见方的油画，一幅也就是两三千元人民币；大幅油画四五千元，六七千的也有，如果有某一位画商或是大款看中了一幅他喜欢的画，十万八万也舍得掏；许多有钱人买画是为了增值，或装门面附庸风雅，很少有人买画是为了收藏。买画人的动机五花八门，绘画市场就变得越来越商业化了。其实现在画家也有身价，分三六九等，有时也并不论质议价。比如说，被传媒反复炒作、国内国外得过大奖、频频曝光的画家，教授一级的，画价就高，有时明明是一幅媚俗的劣作，有钱的买家并不真的懂画，加上画商一哄抬，也能卖个好价，但好价并不能证明那是好画，倒让人哭笑不得……"

水虹说："好了，铺垫得够充分了，还是说具体一点。"

周由苦着脸答道："我不会管钱也不善理财，不过，像我们中央美院研究生毕业的画家，画价还不错。我前几年挣了一些钱，但有钱就出去旅行写生，要不，要不，你别生气啊，要不就都花在女朋友身上了，根本存不住钱。好在我没有家庭负担，父母也不要我的钱，后来，舒丽她们都离开我了，我才算踏实下来。去年一幅人体油画卖了近一万美元，加上这几年其他的卖画收入，大概有十几万人民币。不过，这大半年轰炸苏州，军费开支剧增，打长途电话用去几千块；那幅巨型《江南霓虹》，光是材料费就用了近万元，还有邮费啊车费啊乱七八糟的开支，我也没有细算过，反正到现在为止，大约还有十万元人民币吧。比起那些早已成名的中年画家，我真是差得太远了，他们很多人私房、私车、大画室都已齐备，我还在苟延残喘呢。只不过我这人不喜欢让钱支配，小康就行，心理平衡，日子马马虎虎得过且过……"

周由开始翻箱倒柜，最后总算找出了几张外币存单和人民币存折，还有一部分现金。还顺便翻出来一大堆毕业证书、学位证书，以及原来女友们的照片和信件，加上房间和各个箱柜、抽屉的钥匙，一股脑统统交给了水虹。

"喏，这些背景材料，加上室内电器家具，还有本人，就是你未来老公的全部家当了。噢，还有我画室里保存的那几十幅油画呢，那可全都是我的宝贝，是我的非卖品，是我私藏的情人，是我的无价之宝。水虹，你说你将要嫁给一个什么量级的男人呢？我不知道。"

水虹轻轻把玩着茶几上的钥匙，隐忍着笑意说："看来，确实不太好估价。人说十万才起步，如果按你的存款算，我将嫁给一个小款；如果按你手中的油画市价计算，我就算将嫁给一个中款；如果按你自己评估的无价之宝算，那我说不定将要嫁给一个超级大富翁了。怪不得苏州人都谣传我嫁了一个亿万富豪，我还可以当个大富婆过过瘾哩！"

"别开玩笑了，我……你到底对我的经济情况满意不满意啊？"

"说真的，你现在也只能算个小款，这同老吴的估计差不多。你全部的家当都算上，还不及吴家的一件玉器呢。不过，你这样一个三十岁的年轻人，自己能挣下这么一笔小款，也就不错了，虽然不能同吴家比，我已经很满足了……"

周由急急打断她说："可这是一个崇尚金钱的时代，你为我而放弃了吴家的财富，岂不是……我岂不是太委屈你了吗？幸好我们还没去领那张证书，你若是对我失望了，现在改正还来得及。"

水虹淡淡一笑说："我问你，对于人的生命来说，财富荣誉地位意味着什么？"

"当然是身外之物啦。"

"那爱呢？"

"爱？爱和金钱不是一个类别。"

"要我说，钱是身外之物，生不带来死不带去。而爱，却是心内之物。"水虹凝神望着周由的眼睛说，"其实，每个人都怀着母亲给他的爱，来到人世；活着，爱着；活过，爱过；不是为活而爱，而是为爱而活；当一个人离开这个世界的时候，他一定也会把心里保存着的爱，一起带走。所以，爱是心内之物，是真正属于自己的财富，生而带来，死而带去。如果我错过了你，我要那些身外之物又有什么用处呢？"

周由猛地把水虹搂在怀里，若有所悟地嗫嚅说："……生而带来，死而带去。可不嘛，画也是带不走的，能带走的只有爱。"周由长长的亲吻快把水虹闷得气都透不过来了。"我与生俱来的爱，大概就是带给你的；将来我走的时候，也许唯一能带走的，就是你的爱。"

周由终于放开水虹，瞪大了眼睛喊道："不过，我还是要给你挣一套带不走的大房子的！我一定要让你过得比在苏州更好。"

"别忘了，我当你的人体模特，卖画的收入一人一半。"

"以后我只管画画，家政就交给你啦。"

"我本不喜欢管钱，可是为了帮你管住那些女朋友，我只好操这份心了。"水虹说着，顺手从那堆杂物里，抽出两张女人的照片，惊叹道，"哟，你的情人这么漂亮啊，看来我还真得小心点了！"

周由指着那两张照片说："这位是沈小姐，你放心，她早已嫁到美国去了，现在是个大富婆，不会经常回来的。这位就是舒丽，去年离开我到南方去闯天下了，听说傍着一个辛老板，自己也办了一家公司，干得正欢实呢。"

水虹似乎对舒丽更感兴趣些。她看着舒丽在水边的一张泳装照说："这个舒丽，嘴唇真性感，身材苗条又丰满，看上去，蛮有个性的啊。"

"舒丽是蛮有个性的。否则我怎么会爱了她那么多年。可惜，她虽爱我，却更爱钱；我呢，虽爱她却更爱画；我们都不是对方的全部生活，只是情人中相对稳定的一个。现在这点情分也早断了……"

"如果有一天她还想续这份情呢？老朋友总还有舍不下的感情嘛。"水虹打趣着说。

"所以我让你赶紧和我正式结婚嘛，弄不好，以前的女友还会来缠我的。舒丽那个人也没准，哪天心血来潮，又从深圳杀回来了。你可不知道她，B 型血，进攻型，整个儿一个现代女性，厉害着呢，我和她第一次上床，说得不好听，差点让她给蹂躏了。一团火似的，我往哪儿躲她？"

水虹忍不住扑在周由怀里哈哈大笑。笑够了，抚弄着周由的头发说："既然这样，那我就更不能急着同你去登记了。我倒想试试，看她能不能把你从我手中夺回去。"

周由嘟哝说："阿霓都夺不去，舒丽还用试吗？"

水虹收敛了笑容，说："好了，不开玩笑了，我今天正式接管这个家。我想对你说，这次来，我带了几年的生活费和自己的一些衣物首饰，离婚时吴家分给我的一部分财产，都还留在苏州，让老吴替我保管着。我们一切从零开始。我的生活其实很简单，不要时装，不要首饰，不要时髦的家具电器，和你在一起，我好像什么都不需要了。但是，你现在的画室太简陋了，我唯一想添置的，就是一套带画室的大房子，好让你别再到那个仓库里去作画，我可舍不得再让你去喂蚊子了。如果……如果让老吴把属于我的那份财产折成现金，我们很快就可以买一套公寓房了。"

周由听了急忙摆手说："别，别，你千万别动吴家给你的财产。我从老吴手里夺走了你，再要他的财产，人家还真以为我是冲着吴家的财产去的呢，那我可讲不清楚了，成了伪现代了我。"

"可是离婚协议一生效，那份财产已经归在我的名下，是我的财产了。"

"你的我也不要！"周由突然涨红了脸，大声嚷嚷说，"你的钱你

— 203 —

自个留着吧，那是婚前财产，我一分钱也不会动的！我一定要自己给你挣出一套大房子，我说了算话！你要是真买了房，那你就自己去住好了！"

水虹没想到周由真的生了气，心里觉得有点好笑，便搂着他的脖子，推搡着他柔声说："呀呀，你还挺大男子主义的。这样吧，我给你两年时间，如果你到时候挣不出一套公寓的钱，那我就行使主妇的权利啦。行吗？"

"两年？太……太短了，再宽限一年吧。"周由的眉间刚转忧为喜，忽又晴转多云，"唉，一谈起挣钱，真让我心烦，满脑子的感觉和色彩全跑光了，一片空白。亲爱的，蜜月期间，能不能不谈家事，只谈情说爱啊？"

"看来，你这家伙，是个好情人，却不能当好丈夫啊。你以前的女朋友们，大概早把你看透啦。"水虹若有所思地说，"我也别写什么艺术史论了，还是先学着给你当经纪人吧。你的画不是不好卖，而是没有一个得力的人为你张罗。真正优秀的绘画作品，也该通过它的价格来体现价值，这样，非商业和非大众消费的艺术品，也就能以画养画，进入良性循环了……"

"你说什么？你给我当经纪人？"周由连连摇头，"你要是到商界去抛头露面，不出三个月，那半透明的肌肤，就让画坛的臭气给熏成酱肉了。我可舍不得。而且人家对你会比对我的画更感兴趣。我的画反倒被冷落一边了，不成，不成。再说，你想写的那本书，可比当经纪人有意思多了。"

水虹一时也觉得有些为难，就不再说下去。屋里顿时静了下来。

他们并不想被金钱奴役，水虹只希望周由能有一个更好的绘画环境。但没有钱就不可能改善工作条件，不改善工作条件，就难以出更多更好的成果——新生活开始后的这场最初的讨论，就此不了了之。

水虹把一只网兜塞在周由手中，笑着说："去买条活鱼吧，中午我给你做清蒸葱油鱼吃，怎么样？"

"带鱼、鲤鱼还是黄花鱼呢？"

"都不是，最好是鲈鱼，花鲢也可以，不要白鲢和鲤鱼。"

"知道了，北京管那叫作'胖头'，胖头鱼，对吧？！"

17

京城的第一场雪，在夜里悄悄降临。天亮时雪停了，太阳一出来，积雪便开始融化。湿漉漉的柏油街面又黑又亮。公共汽车、卡车、轿车的车身上，都沾满了互相溅上的雪水和泥点，像是在过泼水节。久旱的京城郊外的空气，也终于充满了潮湿清新的水汽。远处的菜地麦田上空，升腾起迷蒙的雾气，遮住了灰蓝色的西山山脉。

水虹打开了阳台的门，探出身子，深深吸了口气。回头对周由惊喜地叫道："空气好湿润啊，真像江南的早春天气。"

"一冬也难得有这么一天。"周由应答着。

"……嗯，我好像闻到了梅雨、茶露、竹雾的清香，大概是从太湖吹过来的。"水虹回身坐到周由的膝上，勾住他的脖子说，"今天我们出去走走吧，我啃了几天书，头都痛了，光练健美操也不管用。美丽的囚徒向牢头申请放风，怎么样，肯不肯开恩？"

周由说："我早想陪你出去散散步了。咱们去颐和园吧。冬天游夏宫，特别棒吧！我带你去长堤，小时候我常去那儿画画。那儿有桥有水，还有干苇、枯荷，有一种荒凉的自然之美。长堤仿照西湖的苏堤而建，完全是南方园林的情调和风韵，这景致从江南嫁到北京，一两百年过去，她活得越来越滋润了，怎样，跟我去会会你的太姑姥姥吧。"

"太好了，我还没见过嫁给北方旗人的江南女子的模样呢，这就走。"

"你得化化妆，别忘了带上那小瓶子，今天我要扮演护花使者了。"

"冬天最容易过，除了半张脸，一点皮肉都不露，没人会注意我的。"

水虹懒得化妆，但还是严严实实地穿戴好，绒线帽压得低低的，围上围巾，遮住了大半个脸，最后戴上那副大宽边眼镜，架在鼻头上，样子很可笑。周由面前出现了一个相貌平平、略微有些变形的中年妇女。他愣愣地看了水虹一会儿，又从抽屉里找出一把一尺多长的大改锥，塞到自己的大衣口袋里。

周由早就给水虹买了一辆半新的女车，两个人下了楼，骑上车，慢慢向颐和园方向驶去。阳光暖暖的，略有几丝微风。这是他们俩第一次骑车郊游，呼吸着郊外新鲜凉湿的空气，兴奋得像一对初恋的中学生。

周由一路上不断留心着行人对水虹的反应。还好，除了几个年轻人多看了水虹几眼，她的装束并未引起太多人的注意。周由稍稍放了心，但随即又感到憋闷和窝囊。男人都喜欢带着漂亮的女友外出炫耀，享受旁人频频回头却可望而不可即的骄傲，那份感觉好极了。他想起以前带着舒丽招摇过市的情形，那些小痞子想挑衅又不敢贱招儿的目光，使他尤为得意。一次有个流氓上前招惹舒丽，他一米八二的大个往前一站，一把抓住了那小子的衣领，未等他教训那家伙，舒丽已经狠狠扇了那人两个耳光。现在想起来，当时舒丽真有点狐假虎威的意思。他常常从女友骑在车上那份目空一切的傲气中，感受到自己大男子汉的力量和自信。他不仅有力量得到美，还有力量藐视企图夺其所爱的不自量力者。每次陪女友外出回来，她们给他的吻都格外烫人。

　　然而，此时他那份感觉一点也没有了。不要说自信，就连满足一下虚荣心的权利也没有了。他好像不是一个坦荡有力的男子汉，而是一个偷香窃玉的小毛贼。一股他从未有过的屈辱感从心里升起，他真想上前摘掉水虹的帽子围巾和大眼镜，让她的美，堂堂正正地亮出来。但他忽又想起了那辆黑暗的冷藏车，心里一阵发冷，终于忍气吞声地把抬起的手又放下了。他紧紧握着车把，不得不咽下这口气，那团气压在丹田，像铅球一般沉重，十二条经络，脉脉不通。

　　水虹侧过脸看他，像是一眼看透了他的心思，笑笑说："嗳，上次我给你讲了那么多可怕的事，今天我再给你讲点可笑的事情好不好？"

　　"你也有可笑的事？快说给我听听。"

水虹说，十几年前，老吴第一次带她去吴家见公婆，公公见了她，握着她的手，盯着她看，半天说不出话来。她的脸通红，心里诚惶诚恐，公公是个知名人士，德高望重，他不松手，她也不便把手抽回，怕伤了公公的面子。公公就这么看着她，把她的手都握痛了，弄得全家人都好尴尬。后来，婆婆在他的手背上拍了一下，他才恍然大悟，定定神，连声说：失礼失礼，失礼失礼……婆婆气得直骂老头老糊涂，哪有公公向儿媳说失礼的？

　　周由大笑。两个人笑得车把几乎撞在了一起。水虹说："你可能觉得奇怪，老吴是吴家的长子，他们家又有那么大的花园，为什么吴家不同长子长媳住在一起，反让我们住在小河边吴家的另一栋小楼里呢？"

　　"那是因为你婆婆担心，弄不好老头子还会对你'失礼'呗。"

　　"不过，后来我和老吴都喜欢上了那幢小房子。那幢小楼原来是吴家祖上养外室和情人的地方，有许多缠绵悱恻的故事。你看它是不是很女性化、很幽静也很多情啊？就在那儿我遇见了你……"

　　"怪不得，"周由顿悟着点了点头，"我进了小楼以后，总感到有一种神秘的情意在空气中徘徊不去，当天夜里，我就觉得自己爱上了你，爱得不行了。翻来覆去睡不着，蒙眬中，似乎听到楼梯上传来轻轻的脚步声，那片凄冷的雾里，好像有一个身穿纱裙的女子，若隐若现……看来，我的感觉很灵验，说不定我有特异功能呢……"

　　"又胡说。不过，这次我离开苏州前，见了公公一面，他显得很伤心。婆婆极力挽留我，一句责备的话都没有。听老吴说，我们办完离婚手续以后，公公就病倒了……"水虹有些伤感起来。

"看来，我也得晚一点，再带你上我父母家去了。我父亲眼睛有白内障，想必不会失礼的。我就怕我大哥出洋相，他可是个老风流，四十岁出头，已经结了三次婚了，听说现在又快离了……"

"你大哥也像你那么帅气吗？他搞什么专业？"

"我大哥比我帅气，还会吹小号。他说他的三个老婆都是让他吹到怀里来的，还说他的小号比我的画厉害。因为女人的目光短浅，看不懂画；而耳根子软，经不住小号嘹亮的颤抖。他要是见了你，没准会半夜跑到咱们家楼下，为你吹小夜曲的，我可得提防着，别让他把你吹跑了。"

水虹开心地笑着说："可我喜欢小号。西洋乐器中，小号最男性，也最多情，你真得当心啊。"

两人边骑边聊。毕竟是第一次外出郊游，新感觉层出不穷。水虹像一只飞出笼子的南方翠鸟，和它的雄鸟在湿润的空气里，自由地翻飞欢叫。她又高兴得像一只醉鸟，心不在焉地骑着车，曲里拐弯跌跌撞撞，说着说着就撞上了周由的车把。又骑了一会儿，水虹嚷嚷说她热了，满头大汗地捂在围巾里，实在有点受不了啦。周由停下车，犹豫着帮她摘下了绒线帽透气。他实在也很愿意让水虹展示一下她的美丽，条件是暴露的时间不能太长。

水虹甩出一头乌黑亮泽的披肩发，迎风飘飞，然后打开遮住半个面孔的围巾，又索性摘下了眼镜。她润白半透的面庞和动人心魄的眼睛刚显露出来，就像一块强力磁石，把那些擦肩而过的行人的目光，齐刷刷地吸引了过来。一辆满载游客的大轿车驶过，靠着他们这一侧窗边，乘客的脑袋全都随着水虹这个美丽的焦点转动。不一会儿，周由听到身后两辆自行车相撞的声音，互相责怪着骑车怎么不看着点儿；他还没计算回头率，尾追摔倒接踵而至——有两个年轻人，一胖一瘦，一前一后地尾随着他们，阴阳怪气地笑着。周由拔出改锥，在车把上当当敲了两下，那两人才慢慢拉远了。又过了一会儿，竟有一个戴着贝雷帽的中年男子，气喘吁吁地追上来，一边骑车，一边隔着车把递上来一张名片，自我介绍说是一家广告公司的经理，问水虹能不能停下来和他谈谈。水虹礼貌地回答说不行，已经和朋友约好，时间来不及了。那人遗憾地叹息着，在他们身后随行了好一会儿，后来总算没有动静了，周由回头去看，见那人站在路边，还在远远地望着水虹的背影。

周由前前后后张望了一会儿，叹口气说："没想到今天外头人这么多啊，雪一停，都出来散心了。旅游点的人更少不了，水虹，我看咱们不能去颐和园了。"

"那去哪里啊？"水虹像是很失望。

"可也不能直接回家。"周由高度警惕地思忖着，"万一让人跟上就麻烦了。去哪儿呢？……对了，我带你去京密运河那儿吧，离这儿不远，拐个弯就是，那儿没有游客，有树有草，空气好，堤岸又高又开阔，走，上那儿去，你也许还可以找到小河的感觉呢……"

他们把车推上了堤岸，在一棵大杨树下锁了车，走下坡堤，找了个朝阳的干净地方，在水边坐了下来。两岸的草丛中落满了枯叶，被融化的雪水滋润着，柔软地蔓延开去。碧绿的河水缓缓地流淌，河面上映着杨树的倒影，高大而赤裸的躯干，在水波中依然显得遒劲刚毅。河水蕴含着一种冬天的宁静，微风中传来树枝窸窣的响动。

周围一个人也没有。

"这个地方真好。"水虹摘了一根草茎，斜撑着身子，悠悠望着蓝天。

周由揉了揉眼睛，又使劲晃了晃脑袋，自言自语说："我的眼睛好像出了毛病，一路上，怎么看哪个女人都不顺眼啊？这十几天，我出门看那些北京姐，只觉得她们个个怪模怪样的……"

"谢谢夸奖。你别拐弯抹角了，我不信你连视觉对比都不懂。老吴刚和我恋爱时，也出过这种感觉。他说天天看着我，别的女人连多看一眼都不耐烦。那时，他医院里的小护士们，可把我恨透了。"

"咱们俩在一块待了这么多天，我还以为对你的美已经有点习惯了呢，没想到今天和你一起出来，我的感觉又乱成一团了。"

"哼，我可不希望你为了我，得罪那么多漂亮姑娘。如果哪天舒丽小姐真的杀回来了，我才能知道你的眼睛真的有没有出毛病。"

"别提舒丽好不好……"

"那就跟我上医院去看眼科吧……"水虹咯咯笑了起来。

此时周由忽然听到身后有轻轻的脚步声，他的头皮一阵发麻，刚叫了声"不好"，未等回头，他和水虹都已被人从身后死死抱住。周由一时动弹不得，只得就势一弯腰，来了个背跨，把抱住他的那个人猛地摔到了地上，又用膝盖顶住了那人的胸口。他赶紧回头去看水虹，不禁吓出一身冷汗——一个三十多岁的壮汉，一手拦腰箍住水虹，另一只手拿着一把匕首，顶在了水虹的腰上。

"放开他！"那壮汉对周由吼道，"你再不放开，我就破了这姐的相，再给她放血！"

周由无奈地松开手，浑身的血都涌到脑门上了。他咬紧了牙，狠狠挤出一副笑脸，对那壮汉拱拱手说："哥们儿误会误会，要多少钱我都给，快放了她，我决不亏待哥们儿！"一边忙不迭地掏出钱包手表扔在地上。

"少来这套！咱今儿就看好这妞了！把这家伙给我绑上！"

周由眼巴巴望着水虹，只觉得自己的心都快蹦出来了。却见水虹飞快地向他使了个眼色，平静地笑着对那壮汉说："行了，你们把他放了，我跟你们走就是了。"

壮汉望着水虹，一时竟然垂涎欲滴地看得发呆。那个拎着绳子的矮个儿，迟疑地看了周由一眼，似乎也有些畏惧他刚才那两下子，不知道究竟是捆上他，还是让他快滚。就这当儿，周由注意到水虹已把手伸进了大衣口袋。他的脑子迅速冷静下来，全身的神经都绷紧了，两眼一眨不眨地盯着水虹。一旦水虹的动作失误，他就是拼着命也要把她救下来。

水虹突然像个快枪手一般，猛地掏出小瓶子，对准那个汉子用力一挤。

一阵白雾噗地往那人脸上喷去，紧接着是"啊"的一声大吼。周由就在水虹喷雾的一刹那，转身猛出一拳，把那个矮个儿打进了河里。他回过头，又狠狠一脚，把那个捂着眼睛的壮汉也踹入了水中。那人连滚带爬地叫唤着，冰凉的河水呛得那两个家伙一时便没了动静。

周由拉着水虹回身就往堤上跑。一边跑一边掏着车钥匙，奔到树下，发现那儿又多出了两辆自行车，想必是刚才那两个家伙的了。

他不由得火冒三丈，掏出衣袋里的大改锥，将那车胎猛地扎瘪，回头看那两个人又冒出了水面，正在河里扑腾挣扎，心里顿时又来了气，搬起那辆没气的自行车，冲下河堤，朝着那个壮汉狠狠砸下去，河面上顿时有黑红色的血水泛起，那壮汉捂着眼睛大喊救命，另一个家伙已哆嗦得喊也喊不出声了。

周由觉得这下总算出了口恶气。忽然想起还有水虹，再无心恋战，急急回到堤岸上。帮着水虹把车推上公路，两个人各自跳上车就走。

"没事吧？伤着没有？"周由一边骑一边担心地问水虹。这才发现自己的手在一个劲地颤抖。身上也已被汗水湿透，浑身软绵绵的，一点力气都没有了。

"我没事，这不是好好的嘛。就是……就是太扫兴了。"水虹笑着答道。她不知什么时候已乖乖戴上了帽子和眼镜，好像什么事都没有发生过一样。

"要不，咱们再骑一段路，就打的吧！干脆把车扔在路边，只要你没事，别说一辆自行车，就是轿车我也不要了。"

"好，打的，钱呢？你的钱包呢？"

周由一摸兜，这才想起自己的钱包和手表都扔在河堤上了。那钱包里还有身份证、通信录和名片什么的，若是让别人捡去，知道了他的地址，可就真的麻烦了。他吓得面如土色，说了声"你等等"，跳下车拨转车头要往河堤上跑。水虹也迅速下了车，一把拽住他，从大衣口袋里掏出一个钱包递给他，又把一只手表戴在了周由腕上。

"它们怎么……跑到你这儿来了？"周由惊得目瞪口呆。

"你倒好，不顾一切舍己救人，可惜顾此失彼，功亏一篑。你用车砸人穷追猛打，我收拾战场捡钱包，各有分工嘛。你若是再回去，说不定还有一场恶斗等你，好啦，我们快走吧！我的勇敢的骑士。"

周由惊魂未定。他望着眼前从容不迫、平心静气的水虹，竟好像不认识她了一般。他用痉挛的手将水虹前额上几缕凌乱的头发塞进帽檐，抓过她的手在自己胸口暖着，心里酥酥一颤，索性一把将水虹搂在了怀里。

18

第二天的空气依然湿润清新。虽说昨天刚发生过河边的险情，水虹仍然坚持让周由带她去颐和园长堤。无风的日子，两个人又坐旅游车去了八达岭长城，还去龙庆峡看了一次冰灯展，在城里的几家艺术馆和画廊看了画展。水虹再不敢摘下眼镜，幸好是冬天，伪装并不困难，十几天下来，总算平安无事。待在家里的时候，两个人沉迷于 CD 音碟，欣赏画册。有了兴致，水虹也会给周由烧几个江南菜式品尝，让周由痛痛快快喝酒，喝得半醒半醉，便是一次又一次狂热的冲浪。就这样，"婚前蜜月"一延再延。

一天清晨，水虹醒来时，迷迷糊糊对周由说："我倒真想这样醉生梦死地过下去。可是，你如果再不作画，画室都该长草啦。"

周由懒洋洋地回答："我喜欢野草，让它们长疯了才好呢。"

"亲爱的，该起床了。你不是一直说想要画我吗，你到底打算什么时候开始？"

"可我真舍不得让你当模特，一坐几个小时，你能受得了吗？"周由抱住水虹，也不让她起床，"再说，再说屋里的暖气也不够热，画人体，你冻感冒了怎么办？等春天吧，春天，啊？"

"你别找借口了。"水虹在他鼻子上轻轻捏了一下，"沉溺美色，当心亡党亡国亡家坐吃山空。要说暖气不热，去买两台取暖器，我赞助，行了吧？！"

"……再给我几天吧……就几天……"周由央求说。

"我只是担心你老不画，笔头会生疏的。"

"……生疏？！哈，你难道忘了雷诺阿曾经说过，如果这个世上没有女人体，那么他大概根本就不会成为一个画家。"

水虹轻轻拨弄着周由的头发说："温克尔曼也曾认为，男性裸体也许能让人从中获得性格，而只有女性裸体像才能让人们去憧憬美……我真想看看你是怎么把人体美再现出来的……"

"那就再缓刑两天，行吧？"

周由抚摩着水虹，又去享受清晨的缠绵了。水虹也确实喜爱清晨的床笫，温暖的枕边还残留着昨夜的美梦和柔情，淡淡的晨曦透过窗帘，微光勾勒出周由面部轮廓分明的暗影，她第一次发现男人在起床之前，格外富于男性的魅力。

冬日的阳光穿过白纱窗帘，直射到屋子中央，把画室照得透亮。门窗都已粘上了泡沫密封条，两台取暖器开到最高一挡，房间里暖洋洋的。周由只穿着衬衣和线裤，还是觉得有些热。水虹优雅地斜靠在那只长皮沙发上。沙发上铺垫着一大块灰绿色的薄羊绒毯。这条毛毯是水虹从苏州带来的，上面有浅灰白的图案，它的色调很像苏州小河春天的雨雾，周由觉得用水虹自己喜欢的毯子做背衬更协调。水虹躺在上面，就像罩在江南春天小河的雾气中，整个房间都洋溢着一种春情荡漾的气息。

周由觉得此刻自己和水虹漫游在一条春舟上。水虹半躺在船舱里，而自己则坐在船尾，轻轻慢慢地划桨。那赤裸美丽的女人，正睁着迷人的眼睛，慵懒悠闲地晒着太阳。柔和明艳的阳光，倾洒在她白皙润滑的肌肤上，她的全身弥漫着一种流动的光泽，任小舟随着一江春水随波漂荡……

周由叹息着，放下了画笔。他这才感到，为水虹画人体，要比他想象的更困难。水虹的美总是令他琢磨不透。平日亲吻她拥抱她欣赏她是一种美，而拉开了距离远远凝视她，那美却更使人惊异。她躺在床上是一种美，可是躺在阳光下灰绿色的薄毯上，又是另一种美；新的距离和新的光线又给了他新的感觉和发现。蜜月的甜美还没有享受充分，更新的美感又像春潮般涌来。周由怎么能静得下心来呢？此时作画简直犹如受刑。他感到自己的嘴唇干裂，就像一个沙漠里望见海市的游客，明明站在一泓清泉边，却只能遥望泉水，而无法舀起水喝。他饥渴难忍，拿起笔又放下，放下了又拿起，终是无法落笔。

水虹看着他，忍不住笑了。

"过去我也不明白，为什么展出的女人体作品，往往只有技巧而没有美感。现在我懂了，不是没有美的人体，而是在绝色女子面前，能坐怀不乱的画家太少了。画家是不是只有在那些不太美的女人面前，才坐得住呢？"

周由索性扔下画笔，走到水虹身边，笑嘻嘻说："你是不是有点冷啊？来，让我抱抱，给你暖和一下。"

水虹笑道："又找借口。我一点儿也不冷。我看，大概是你自己冷了吧！"

周由把水虹搂在怀里，胡乱地按摩着。脸上微微发红，不好意思地说：

"水虹，你是不是觉得我很可笑？"

"我还是第一次发现周由也会不好意思呢。"

"水虹，这不能全怪我，在你面前，大概是不能产生优秀的画家了……其实，其实我以前不这样，见过那么多的裸体模特，对于一般的女人，我早就麻木不仁了……"

"那你准备把我怎么办？"

"我认为，现在就画你，是不是还早点儿？起码应该有个酝酿期吧。我们刚过了一个蜜月，太短太短，我看，等过完一个蜜季，还差不多。"

"只怕你过完一个蜜季，又说还要过完一个蜜年才行，到那时，你对我已熟视无睹了。也好，你要是真的画不了我，我就自己到美术学院去打工当模特，看看那些画家是不是也像你这么没出息……"

"那可不行！"周由笑道，"我怎么能忍心让我的同行们，为了你而失足哩？！好好，我画，我画还不行？不过今天就免了，你看已经几点了？天气这么好，不和你一起在这条小船上享受阳光，可真是罪过……"

周由说着便去解自己的衣扣，脚上的拖鞋一下子被他甩得老远。灰绿色的毛毯如湖水颤动，顷刻间波涛汹涌，小船在阳光下剧烈地颠簸起来，两个优美的人形在湖面上翻滚着，像是惊飞起的一对白色的水鸟……

两天以后，又是一个阳光充沛的好天气。"酝酿"了几天，周由忽然有了浓烈的画兴，他不敢高估自己的自控力，但他必须履行对水虹的允诺了。

水虹做完健美操，又冲了一个热水澡，然后静静地半躺在薄毯上，任凭周由为她设计姿势，她不说不笑，屏息静气，像一个真正的职业模特。

周由开始进入良好的作画状态。他对完成一幅好画，心里渐渐有了底。

然而，水虹的人体美，仍然是变化无穷、深不可测的。当周由刚刚稳下心来作画的时候，他忽然觉得自己的心又莫名其妙地浮动起来。——他感到自己的眼睛有点模糊，两眼好像总也聚不了焦。他揉揉眼睛，再看了看水虹，她那洁白的身体变得越发朦胧。难道自己的视力下降或是散光了？他立即转过头去看墙上的一幅风景画，那画面却十分清晰，连笔触都看得明明白白，这说明自己的视力没有问题呀。他再扭头去看水虹的身体——怪了，他瞳仁上无法聚焦的散光又出现了，水虹变得有些模糊，像一个曝光略微过度的影像。

他深感惊异，下意识闭上了眼睛，大约过了十几秒钟，他猛地睁开眼睛，这时他终于相信自己的眼睛并没有出毛病，在水虹润白的胴体上，确实出现了一种奇妙的景象。

"我的天，简直不可思议，你的身体表面，有一层淡淡的雾。"周由不禁叫了起来。

"你再仔细看看。"水虹小声说，好像生怕惊跑了这层雾。

周由的心嘣嘣跳着。水虹的眸语告诉他，自己没有看花眼。他已经看清楚了，水虹的身体表面，真的披着一层柔曼的轻纱，它轻轻地笼罩着她的全身，若隐若现地微微游移，全身的优美曲线也随着波动，好像未对准焦距的摄像，把所有微妙的光、色、形、气的变化，都糅在了一起。水虹像一个美丽的精灵，就要游离母体而飘浮到空气中去了。

周由微眯着眼，细细观察。这层美丽的体雾，仿佛又渗到了她半透明的皮肤下面，在皮下浅层开始悄悄晃动。似乎母体把即将要飞升的美，又轻轻吸入了体内。这层体雾慢慢渗进皮下，又缓缓溢出肤外，如此反复多次，一张一弛，它化解了原有的固态美，使之变为飘柔荡逸、收溢自如的动态之美和神秘之美。周由屏住气，一动不动地看着，又过了一会儿，那层如云似雾、飘然朦胧的水汽，才从水虹的身上渐渐散去，像是被她自己吸入了体内。

周由深深吐了口气，完全愣在椅子上。他虽然已实实在在发现和看到了这种奇异的美，但他觉得自己无论如何也难以将其付之笔端——究竟是画它溢出体外的状态呢，还是画它被吸入体内的状态？或者是似溢非溢、似吸非吸的中间态？哪一种状态都美得令人心颤。

也许他至少得画三幅，把每一种他所感受到的美，都表现在画面上。但这实在是太难了。他几天中刚刚建立起来的自信，又一次受到了重创。他不明白水虹怎么会拥有这样无穷无尽的美，让人追得精疲力竭也追不到头。他好像费尽心力攀上了神女峰，还没来得及庆贺胜利，又意外地见到了峰尖神女头顶的佛光。周由感到自己累极了，却又兴奋得连呼吸都深感困难。在这个美的高度上，除了美之外，连氧气和空气都没有了，好像快要被美和爱窒息了。他完全忘了前两天刚刚给水虹许下的允诺，忽然扔掉了画笔，两步跨到水虹身旁，把她紧紧地抱在怀里亲吻起来。

过了好一会儿，周由才说："刚才我产生了幻觉，好像你是个星外来客，我真怕你会飞走，所以赶紧来抱住你。你要是飞走的话，一定把我也带走啊……这……这到底是怎么回事？"

"哪有那么神呀。"水虹笑道，"你刚才看见的，只是我身上的一层热气。不过，要看到它很不容易，看来你才是个幸运之神呢。它就像天上的霓虹一样，需要好多条件凑在一起，才会出现……"

"热气？不会吧。热气只是往外散发，它怎么会钻到你的体内去呢？"

"就是一层热气。热气在微微晃动，肌肤又恰恰是半透明的。你的视线当然不会停留在表皮上，一会儿在表面，一会儿又透视到皮下。所以你才会感到这层热气像一片朦胧的薄雾了。其实就是我的肤色，再加一点阳光的颜色……"

"可是，我以前为什么没有发现过你的体雾呢？我不是天天都抱着你看着你吗？前天，对，就是前天，我想要画你时也没有这雾哇。"周由大惑不解。

水虹见周由不肯作罢，只好细细给他解释说：

"出现这种现象，需要几个条件。一是我的身体状况、精神状况特别好，情绪低落时，它就避而不见了；二是需要柔和的阳光，阳光太强太弱都不行；三是，只有在洗完热水澡以后，大约半小时之内，才会出来。这些天，我都是晚上洗澡的，洗完澡以后，你就把我抱到床上去了。在灯光下看我，雾气当然不会有。前天上午你画我的时候，我没洗热水澡，虽然有阳光，缺一不可。今天一早起来，一看阳光那么好，我突发奇想，为什么我就不能够给你也创作一件珍奇的作品呢？这将是一个由阳光、情绪和我的身体构成的行为艺术。你看，我特地先做了健美操，冲热水澡时，还把水温调烫了，我估计会成功的。但没有想到，我身上的体雾，这一次会持续得那么长，以前顶多也就两三分钟……"

周由大惊继而大喜，说："哇，看来你不是一个被动的模特，你在行为中创作，太棒了。快说说，你是怎么知道、怎么发现这个奇迹的呢？"周由越发好奇了。

"我十六岁那年，一次星期天的下午，我和妈妈一起去浴室洗澡，洗完澡到更衣室穿衣服，墙顶挨着天花板的地方，有一扇西窗，阳光正从那儿照下来，妈妈忽然退后了几步，惊讶地望着我。她第一次发现，我的身体上竟然也出现了体雾，她说她也有，看来这是我们母系家族女人的遗传。可能天下只有少数女人才会有这样美丽的体雾，说不定将来阿霓也会有的。妈妈还告诉了我那三个条件。怎么样？你要是还想看——阳光靠天，洗澡在我，而好的心情，就全靠你了。"

"太神了，我让你天天有个好心情，天天腾云驾雾。"

"那就开始画吧。"

周由放开了水虹，蹙着眉说："可我还在琢磨着你的体雾。我真想把它画下来，但实在太难了。你的美和你的人一样，半透半显，云笼雾罩，是一种典型的东方美。西方人喜欢钻石和玫瑰，就像凡尔赛宫前的大草坪，一目了然；东方人喜欢美玉和兰花，含蓄幽深，难以穷尽。这种审美观对中国人的婚恋家庭，是不是也有很大影响？我觉得西方美似乎正处于少女阶段，漂亮单纯，像阿霓一样；而真正的东方美，却是一位美丽成熟的少妇，有一种更丰富更迷人的魅力。所以，我假如能画出你身上的体雾，那一定象征着东方美的神韵……"

水虹立即说："那我再去洗个澡，试试？"

"可惜，你看，阳光已经离开沙发了。"周由惋惜地说，"今天是看不成了。再说，连续冲热水澡，会伤害皮肤，也太消耗体力。我不愿意让你太累，还是明天再画吧。冬天的阳光柔和，能一直照进房间里，我如果再看几次，也许就能画下来了。这道美餐，留着够我慢慢享用一冬天的。对，我得给它起个名字……噢，就叫它虹雾好了，水虹身上的体雾，呀，简直太美了，雾中生虹，虹中生雾，大自然竟然有那么多奇异的美，真够我爱你一辈子的了，不，一直爱到下辈子。"

水虹撇撇嘴说："哟，又是下辈子！你不是对我说过，舒丽小姐临走的时候，你跟她说，咱俩没缘，看来只好下辈子再爱了。"

周由捋着自己的头发笑起来："我是这么说过吗？我可忘了。不过你最好别提舒丽，一提她我就没情绪。"

"这不公平。"水虹忽然严肃起来，"舒丽是爱你的，她只是不愿意作为你的附属品生活，她希望有自己的事业，所以才暂时离开你的。"

周由愤愤说："才不是呢，钱才是她的第一情人。她一到深圳，就认识了那个叫辛老板的男人。我听人说过，那个人经商确实有两下子。一开始从赌博起家，后来就赌邮票，赌股票，赌珠宝，赌房地产。这家伙也不知怎么搞的，老是赌第一把，赌赢了就换个行当再赌，胆识过人，运气又好，真是个超级赌徒、超级暴发户。有一次，他和舒丽去喝早茶，他向舒丽打保票，说这天股市大势先跌后涨，他先买后抛，准能赚两百万。舒丽不信，那家伙说，如果挣不到两百万，就输给舒丽十万；如果挣到两百万，就把两百万以上的数目送给舒丽。就在他们俩喝早茶的一个小时里，他用手机指挥下属，在股市大户室买进又抛出，投进去一千多万，早茶喝完，已经挣了两百一十七万。他二话没说，就用那十七万，在股市上给舒丽开了个户头，把舒丽整个镇蒙了。她的心，就是在这一小时里，输给辛老板的。我的画哪有那么大力量？我拼命画了大半年，才把你赢过来，如果一小时呢？可能连根头发也赢不到……"

"你错了，我和你之间是没有输赢的。我们只是打了个平手。"

"就算你对吧，不过女人一生其实都在用美貌和青春赌博。"

"可是舒丽，我倒觉得她是被辛老板的魄力和豪爽所征服的。女人都喜欢强者，就像雄性动物之间的竞争和角逐，雌性肯定会选择

— 223 —

胜利者的，这是天性，你难道真的不能理解吗？"水虹婉言说。

"那……若是她真的爱上辛老板也罢了，可是等辛老板为她同妻子离了婚，她又不和他结婚，两人不知为什么又闹翻了。时好时坏的，听深圳的朋友说，她炒股做生意，还得靠辛老板指点。真不明白她想干什么。"

水虹说："可我有一种预感，我觉得舒丽迟早还会回来找你的。"

周由给水虹披上衣服，他的兴致全让那个遥远的舒丽给破坏了。

"找我？她还好意思找我？有了钱就了不起啦？如果她没钱，我还会对她好些，假如她以为有钱就可以逼我就范，她可真白白和我相爱了五年。那时，沈小姐飞走了，在北京我就舒丽这么一个信得过的女友了，我跟谁也没有爱过五年以上，可她不知道发了哪门子邪，非得自己出去闯荡，和我吵了一架就走了，你说，这样的女人，能值得我爱吗？"

水虹沉吟着说："不过我倒是蛮欣赏舒丽的，她把自我看得比爱情更重，这蛮合我的口味。说得坦率些，我难道不是因为被你身上的那种创造力所吸引，才会爱上你的吗？在这点上，你是不是有点太自私、太大男子主义了呢？我并不怀疑你对我的爱，但我总觉得，你和她之间，还有一种未能了断的情缘，不像你说的那么简单……"

周由沮丧地嘟哝说："如今这是怎么啦，漂亮女人都和金钱勾结起来了。就像伴生矿似的。我不怕金钱打倒我，只怕金钱麻烦我。万一舒丽从以前的老朋友那儿，设法打听到我的住处，我还真得费点心思同她周旋呢。水虹，你不生气吧？我只是说说而已，但愿她早把我忘光了。就算她真的来找我，咱们就把她关在门外，让她搂着她的财神去过瘾吧。"

水虹摇摇头，想说什么，却欲言又止。

第二天，周由终于沉下心来画画了。但他还不敢贸然去画水虹的体雾，他需要循序渐进。美丽的水虹渐渐出现在画布上。爱与美不断激起周由的创作冲动，但又常常把他绊倒在温柔之乡。周由和水虹的艺术工程进展得十分缠绵而缓慢。

二十多天以后，周由和水虹"合作"的第一幅人体作品，终于完成。周由把画靠在墙壁上，两个人坐在沙发上，长久地欣赏着他们的第一个女儿。水虹真像是一个幸福的年轻母亲，面对自己生命的杰作，难以相信那是另一个自己。整幅画是方形的，180 cm×180 cm。画中的水虹基本同水虹本人一般大小，但画面上的水虹已不是周由对她的写真描摹，笔端下充满了周由潺潺的爱意——水虹全身放松地躺在一条灰绿色的小船上，享受着江南春日柔情似水的阳光。周由把衬毯画得很抽象，既像小船的船板，又像一江碧透的春水。薄毯上灰白相间的图案，很像春情荡漾的波浪，盈溢着梦一般迷幻的感觉。

周由对水虹的情爱陶醉，也表现得很有韵味。他充分运用了水虹的腹线语言，使得她那圆润滑腻的身体曲线，传递出音乐般流动的形态；画面上，水虹的腹部微微有些紧张，柔质的腹线游移而模糊，像性爱高潮时腹部荡漾的丝丝涟漪。于是，她身后背景的微波和她腹上的涟漪，交相辉映融为一体；春水上浮着春波，荡漾上托着荡漾；水虹好像在一次很累很累的劳作以后，在悠悠颤动的一池碧水中松弛下来，她那微合半张的迷醉的眼睛，正望着画外凝视着她的情人，轻盈而娇媚的身体，散发出一种婴儿般纯净而透明的光泽。

"我觉得你画的不是真正的我，而是你心目中的那个我。"水虹酥软地靠在周由肩膀上说，"是你想象和创造的另一个我。"

"也许吧。"周由若有所思地说，"我画的已不是第一天的感觉，而是我在蜜月中对你全部感觉的叠加。虽然我还不能完全表现出你的美，包括你的体雾，但我总算是把我的爱画出来了。"

"是啊，画面上似乎不是我一个人，而是我们两个人。我能看见你内心爱的激荡，你把两个人爱的交融，都糅到我的身体语言里去了。我真的很喜欢。"水虹抓起周由的手，在他的手指上亲吻着。

"这幅画会让所有的男人和女人都羡慕死我们的。"

水虹突然说："不，这幅画不能拿出去展览，更不能出售，要不然，你就把我们的爱都出卖啦，我不许，这幅画是我们的自藏品，概不出售，听见了吗？"

"嗳嗳，你以前不是说过，要向全世界展示你的人体美吗？怎么我才刚画了第一幅，你就想藏起来啦？"

水虹面有赧色，自嘲说："看来我和你是一丘之貉，同样舍不得把自己最喜欢的作品嫁出去。甚至连分享快乐的观众，也变成不受欢迎的第三者了……"

周由得意地答道："现在你懂我为什么至今赚不了大钱了吧？！"

19

在江南那座秀雅博厚的古城里，老吴和阿秀的婚事办得热闹又隆重。

整条小巷的石板路上，落满了五颜六色、闪闪发光的碎纸屑。小河两岸、小桥两端白墙的窗口都探出了好奇和祝福的目光。人们早已把"外嫁他国巨富"的水虹忘记了，大家都满心希望老吴能重整家园，再造一个让小巷人引以为荣的新家，以便使水巷两岸的街坊邻居，还能继续受到吴家淳厚家风的濡染，继续得到求医问药近水楼台的恩惠。人们似乎在几天之内就对阿秀刮目相看了。大家纷纷记起了她的纯朴和善良。对这个被邻里们看着长大、许多人都抱过她为她买过糖果的女孩，人们开始有了可以放心的期待。她不仅能从此卸下老吴护花卫士的重担，也一定能像原来的水虹那样，辛勤操持好这个家。她还应该如同对自己亲妹妹那样善待阿霓，当一个称职的后娘。老吴的事业和名声都在鼎盛时期，他应该有一个安稳太平的家了。

小巷里最难过的莫过于那些尚未出嫁的女人，尤其是那些自以为比阿秀更伶俐更时髦的女人，因此度过了许多个不眠之夜。她们都在为同一个问题苦恼万分——为什么自己竟然没有发现老吴和水虹的婚姻裂痕？为什么没有捷足先登，钻进这道缝隙和缺口？当她们又听说吴老因长子的婚变病情加重，可能不久于人世，而吴奂雄将会继承大笔财产和房子时，她们心痛欲裂，追悔莫及。女人之间甚至彼此都不敢相见，怕对方一眼看出那些未眠之夜在自己眼圈上留下的熊猫般的天然眼影……

李家铺子今非昔比，顾客盈门，门庭若市，每日的营业额扶摇直上。有的邻居已经开始给李老板出主意：如果老吴和阿秀一家将来搬到吴家大宅去住，可以说服老吴用这幢小楼和院子，在李家餐馆旁边，换到一块可以扩大成酒楼的地皮，那么生意就可以越做越大，足足翻上好几个档次。李老板的眼前经常出现苏州私营仿古酒店的海市蜃楼。

老吴在水虹飞走后，本无心思大操大办婚事。但阿秀一家却不允许他们的喜事草草了之。老吴对于婚礼的操办权早就被剥夺，他成了一个省心而闲空的新郎。他更没想到，这么近的迎亲之路，小巷里居然也会出现一辆豪华彩车，一时小巷水泄不通，交通堵塞，欢庆的爆竹声震耳欲聋。婚宴上灯红酒绿，人声鼎沸；男人西服革履，女人锦缎丝袄，就连阿霓也落落大方地给阿秀敬酒，弄得阿秀语不成句，热泪盈眶。

小巷顺理成章地接纳了这对新人。水虹已无退身之路。

老吴知道自己已经永远地失去了水虹。如果水虹爱的不是周由，那么他还有可能经常见到她，她一定会时时回来看望女儿。但如今正是为了阿霓，水虹必须封锁关于她的一切消息和行踪，以免刺激阿霓，引出麻烦。她暂时是难以回来了，甚至也无法让阿霓去看望她；没有人提起水虹，就好像她真是雨后的一道虹霓，风过云散，她便无声无息地融入了蓝天。

老吴在婚后的很长一段日子里，始终无法习惯和阿秀朝夕相处。

他经常独自一人走进阿霓的房间，望着墙上水虹的照片，暗自伤神。有时他站在楼上的窗口，久久眺望着东去的小河，默默回想着与水虹一同站在窗口的情形。尤其是在秋天，院子里盛开的桂花甜香，从楼下一阵阵飘溢到楼上的房间，在他们的床前徘徊游弋，直到把水虹的头发都熏香了，才飘到窗外很远很远的地方去。可是，今年桂花再开的时候，水虹不会站在这里了，水虹不在，桂花还会像往年那么香吗？他想，等今年秋天桂花香的日子，他要让阿秀像水虹每年那样，糖渍几瓶香味醇厚的桂花，一年四季中，他只要打开瓶盖，就能闻到这让人心醉也心碎的气息……

老吴时常幻想着有一天，小院的门会突然打开，水虹提着她的皮箱，又重新回到他的身边。这样想的时候，他便深深懊悔水虹临走时，他为什么居然接受了水虹留下的这小楼的钥匙。也许他太了解她了，一个经历过天火焚烧的女人，是不可能再重返大气层了。婚后多日，老吴眼前不仅没有一点喜庆的红色，却总是闪现出黑色的骨灰盒。他知道水虹不会回来了，将来有一天她如果回来的话，可能是她的骨灰盒。几十年后，她会让她美丽的孩子，把她的骨灰送回故乡，并把骨灰撒到养育了她的小河里去。他记得水虹以前曾开着玩笑，对他说过这个愿望。但那时他也许已经先她一步走了，那么他一定会让阿霓把她爸爸的骨灰，也撒入这条小河，在秋季漂着桂花细碎的花瓣残骸的河底，等待着与爱妻重新相会。可是她会不会让周由也与她同来呢？这是可能的。小河是他们的媒人，他们就是在这条小河旁、这幢房子里初恋和热恋的。看来，即便是在河底，水虹和周由也会依旧把他冷落在一边的。

老吴的心冷得像冬天的河水。他的脑子里又出现了一个新的疑问，顿时令他周身寒彻。这么长时间来，他总是追不上那两只天鸟的幻想行踪，谁知道水虹还会不会记得她最后的那个愿望。也许她早已忘掉了江南的小河，而迷恋上北方的天空，将来说不定会把骨灰抛撒到太空中去。目前国内航天领域还没有这项业务，但几十年以后会有的。那时水虹会和周由在太空中幸福地悬浮飞荡，而自己却孤零零地躺在这冰冷的河底，饱受污泥浊水浸淫之苦。

为什么自己老是想到骨灰呢？老吴缓过神，不由得轻轻叹了口气。也许自己真是老了吗？他突然恍悟，自己是从以往主动地爱着水虹，一下子转入了被动地接受新妻的爱了。主动的爱使他精力充沛，富有朝气；而被动的爱，却使他像一个被人供养的老太爷，说起话来也嗯呀啊呀起来。也许别人从表面上看，他还是一个彬彬有礼的中年学者，但唯有他自己心里清楚，他的好日子已一去不返，他已在心理年龄上，过早地步入了老年。

阿霓每天放学回来，就坐在楼上小客厅的沙发上，一遍遍欣赏和体味大哥哥的画。她觉得自己每一次都能看出些新东西。她很感谢妈妈临走前的建议，妈妈说得对，油画真是应该远看，远看才能把握住画面的大效果，才能慢慢发现画面上的色彩、构图、虚实明暗之间的奥妙。过去在她的小屋里，她几乎是站在触手可及的距离内来观赏的。她能看清画面上每一道凹凹凸凸的笔触，甚至笔触上那些故意没有调匀的色彩颜料，以及薄色块后面的画布布纹。当时她就觉得这样看画有点滑稽，就像把鼻尖碰到书页上看字似的。只是开始时她实在舍不得把大哥哥请走，因为她常常觉得那不是画，而是大哥哥的手和脸，她看着画就像看着大哥哥一样。而自从把画搬到了小客厅里，原来在小屋子里视而不见的东西，一点点从画面上蹦跳出来，越来越多，真够她应接不暇、琢磨不透了。

阿霓偶尔想起妈妈的时候，觉得妈妈真是个好妈妈。

远在千里以外的水虹，当然无法知道，她自以为搬走了周由为阿霓建造的"画炉"，阿霓会因此渐渐疏远她的大哥哥。她没想到这也许适得其反，阿霓的心已经跟着大哥哥，从小屋跑到了小客厅，那是一个更大的"画炉"。

放学回家后悠然独处的阿霓，有时会把胳膊支在沙发扶手上，用手掌托着下巴，仔细揣摩画面上的色彩和构图——噢，这只白鹤的羽毛为什么白得发亮，显得这样华丽呢？对，原来它是用深赭绿的灌木衬出来的。这深赭绿的色块是多么鲜艳啊，而且透明透气，还透出春天刚刚发芽的灌木的清香……

噢，我也明白了，为什么仙鹤好像要飞？原来是鹤的重心向前倾斜成那么大的弧度。如果不是它的翅膀在扇动，好像就要摔倒了。它旋转着舞蹈着，跳得多么自由自在，简直就要飞起来了。喂，把你的长腿再踮一下，踮呀，踮呀，再踮一下！你就要到蓝天里去，和白云一起跳舞了……

阿霓看着看着，常常就会对着画，喃喃说起话来。有时还学着仙鹤舞蹈的动作跳起舞来。但她总是跳双鹤舞，一会儿扮女鹤，一会儿扮男鹤，有时还昂起头，张开嘴，怪腔怪调地瞎编着白鹤求偶的欢叫声。她扮女鹤时，温柔娇媚，幸福陶醉，柔软的双臂在空中伸展出各种优美的曲线，既像白鹤在扇动翅膀，更像是在向着北方深情地呼唤。有时她会突然做出翅膀被狂风折断，惊惶坠落的姿势，在一阵旋转的狂舞之后，疲倦地蜷缩在地，把她秀丽的面孔痛苦地贴在地毯上，两只手臂向后绝望地抬起，就像舞剧《天鹅之死》中那只垂死的白天鹅。从她的大眼睛里，流淌出大颗大颗晶莹的泪珠，轻声呼唤着："大哥哥……"

然后她总是会自己站起来，跑到小房间的北墙下，从那里开始扮起男鹤，一只从北方飞来的男鹤，热情浪漫，雄健有力。她会舞出她所渴望着的那些舞姿，张开翅膀去紧紧空抱自己刚才扮演过的女鹤，抱得那么深情。她侧着头，把自己的脸紧紧贴在假想的对方的脸上。那时她面颊上的泪珠便闪烁着快乐满足的光泽。翅膀是阿霓永恒的主题，无论是她的画、她的舞、她的梦，都反复回旋着一对翩翩的羽翼。她想飞，飞到北方去，飞到大哥哥身边去，从天上俯冲下去，扑到大哥哥的怀里。但她又怕折断翅膀，从云层中跌落，跌落到四边望不到边际的太湖里去。于是她便忽然停下了舞步，悄然走到窗口，推开窗户，遥望着北方的天空。她幻想着有一只北方的大鸟，正穿过厚厚的云层向她飞来，然后把她抱上它的脊背，稳稳驮着她，巨大的翅膀越过星星和月亮，带她飞回北方……

她累了，又会跌坐在沙发里，久久注视墙上大哥哥的画。每次她总会把目光久久停留在那幅周由的自画像上。她有许多大哥哥的相片，有的是从画报上剪下来的，有的是大哥哥以前寄给她的；但她最喜欢的还是这幅红色的自画像。那些照片都不如这幅画像的颜色那么热烈，就像一团象征着友谊和爱的红色火焰。她安安静静地望着大哥哥，时而微笑，时而生气，时而喜悦，时而沮丧，眼里流露出追星少女的崇拜和痴迷，连阿秀和爸爸叫她下楼吃饭，她都不理不睬，好像那魂儿早就出窍，飞到遥远的北方去了。

老吴每逢看到阿霓这种痴恋的模样，他心中总是万分责备水虹。阿霓原来待在小"画炉"的时候，还没有迷得这样不可救药。现在可倒好，"画炉"不仅没有如愿毁掉，反而扩大了几倍，还给她提供了一个可以纵情舞蹈、抒发和想象的大舞台，一个美术、音乐、舞蹈、诗歌一勺烩的大烤炉。阿霓快要在这个六艺七情八卦炉里，修炼成爱与艺术之妖、之怪、之鬼了，弄不好还会制造出一个复仇女神来。老吴整日心惊肉跳。下班回家，他守着两眼发直的阿霓，在小客厅里踱来踱去，愁得一点办法都没有。

"爸爸，你挡着我的视线了！"阿霓大声叫起来，"以前妈妈说你没有艺术细胞，一点都不冤枉你。你还老教训我，在剧场里不要讲话，在画展厅里不要在人家面前走动，可你倒好，我现在正在看画，你为啥总在我面前晃来晃去，我的头都昏了……"

老吴气得真想把周由的那些画统统烧掉。但他如果那样做，阿霓一怒之下也许真的会把这房子都烧了的。老吴感到阿霓越来越像水虹，柔美的外表里面裹的是坚韧和刚烈。而且阿霓比她的母亲更任性独断，她毕竟是个独生子女。她好像已经不再需要爸爸这个朋友和老师了。

水虹临走前，请老吴给阿霓买下的音响，命运几乎同那个"画炉"差不多。阿霓不仅没有因此移情，反而专挑情歌恋曲的磁带买。只要她在家，她的小屋里终日低低回响着绵软柔婉之声。一会儿是

《爱上一个不回家的人》，一会儿是《北方的狼》，一会儿是《其实你不懂我的心》，还有什么《牵挂你的人是我》……有一天，老吴居然听见阿霓自己在低声吟唱"我想有个家，一个和大哥哥的家……"

老吴硬憋住一口气，愤愤甩手下了楼。双手神经质地颤抖，差点把阿秀递过来的茶杯摔在地上。阿秀慌忙扶住老吴，让他在沙发上坐下。

"老吴，你勿要管她了。她定是发痴了。让她去痴好了。假若她的命好，痴上十年，大概会像我一样，好心好报。现在开放了，小河边的痴情女好像越来越少了，听说，对面巷子里还出了几个到南方去的卖淫女。唉，不搭界，让阿霓去痴好了，十四五岁的姑娘了，你让她去想嘛，有啥要紧？"

"你晓得个啥呀。"老吴叹了口气，把阿秀搂到身边，"过去老人都说这条河是条痴情河，这么多年来，河两边痴情的故事太多了，我怎么能不担心出事？"

"章家阿婆讲，这条河上的雾是痴雾，男人吸了会发呆，女人吸了会发痴。在雾里啥东西都看不清爽，看不清爽就想不清爽，所以会发痴。"

老吴虽然嘴上说这是迷信，但他心里也一直对小河的雾感到神秘。他想起水虹最后离开小巷的时候，对小河的雨雾如痴如醉的样子，好像这雾里真有什么特殊的东西。他很想从医院拿几个采样的瓶子，收集一些小河上的雾，去做做化验。印度人世代把恒河水视为圣水，它确实能杀菌消毒，即便喝了恒河混浊的生水，人也不会生病，而且对某些疾病还真有特殊的疗效。后来经过化验，才发现恒河水中的确含有对人体健康有益的微量放射元素……难道，这条小河上的雾气里，也会含有某种专门诱惑情爱的神秘元素吗？老吴听说过香雾、毒雾、酸雾，难道江南还真有一种痴雾？苏州的污染和其他所有城市一样，越来越难以控制。一到夏天，小河竟开始散发出臭气，也许一些有毒物质已经开始侵入河水和空气，他真是不能不相信章家阿婆的话了。

"阿秀，依你看，有什么办法可以不让阿霓再这样痴下去啊？"

"痴病是没有啥个好办法的，只有一张药方子，就是再等几年，让她想的那个男人来娶她。"

"这是根本不可能的事情。"老吴失望地说，"周由已经是三十岁的人了，他又是一个全国出名的青年画家，追他的女孩多得不得了，我估计他马上就要结婚了。可阿霓还这么小……"

"我看勿一定。上次阿霓带周由到我家餐馆吃饭，我看周由也好像迷上阿霓了。那天，周由一直盯牢阿霓看，不像是看小姑娘，倒像是看俚（他）的小相好。你看，周由给阿霓寄了那么多画，这些画要值多少钞票啊？周由要是没有打算，他阿会舍得这样破费？我们阿霓是真的漂亮，周由就是在北京，也不一定会寻得到这样漂亮的姑娘呢。现在苏州城里就有好多人在打阿霓的主意哩，巷子里的人都说，再过几年，阿霓肯定比她娘还出挑。我看就让阿霓去追周由好了，三插两插，一定会把周由和现在的女朋友插开的，你顶好不要管她，否则，你越是反对，她越是痴癫，这叫啥……逆……逆反心理？"

老吴实在无法与一个不明真相的人对话。他有些不耐烦，又有些恼火，情急之下信口说道：

"你真是勿晓得，周由现在的女朋友，要比阿霓漂亮多了。她是个一级芭蕾舞演员，国际比赛上得过奖，全世界都跑遍了；她爷爷老早是个部长，她爸爸是个集团公司总裁，就连她娘，也是个什么市长局长的，她家里住的是带游泳池的花园洋房，大'奔驰'轿车一人一辆，人家送周由的订婚礼，就是一辆'标致'汽车。你说这样的人家，这样的女朋友未婚妻，阿霓能把他们插开吗？"

"啊……"阿秀吓得花容失色，连连摆手，"插勿得，插勿得，插进去自讨苦吃，弄不好把命送掉了，我成了教唆犯，还要连累侬。侬为啥不早点告诉我……现在我晓得侬为啥这样愁眉苦脸了，真吓煞人……"

阿秀面色苍白，抱住老吴的胳膊，好像闯下了什么大祸。老吴觉得有些好笑，他把阿秀抱到自己腿上，仍然故意板着脸说："那你看，这种情况，我伲哪哈办法子好？"

阿秀想了想，松了口气说："也许这样反倒好办了，侬就把周由的实际情况讲给阿霓听，一定会把她吓醒的，让她死了这条心……"

老吴沉吟了一会儿，虽然还是觉得这样有些滑稽，但阿秀无意中给他指出了痴情少女的心理弱点，使他茅塞顿开——如果对方的条件太优越，到了高不可攀的地步，阿霓在彻底失望之后，就不得不逐渐放弃周由。他不曾想到，自己的几句玩笑话，竟然引出了阿秀的一番真知灼见。他心里稍稍感到些许慰藉，脸上露出了一丝笑意，说：

"你现在先不要把周由女朋友的情况告诉阿霓，我还要再想一想。"

问题在于，周由上哪儿去弄一个亿万富翁的女儿呢？还得是比阿霓更漂亮的女人，来冒充他的女朋友。但愿周由神通广大，能从什么地方"借"到这样一个女友就好了。老吴决定把阿霓最近越来越痴迷于大哥哥的种种表现，以及阿秀提供的"方子"，详细写一封信给水虹，要他们两人协助自己，尽快采取对策。

夜已深，阿秀还舒服地坐在老吴腿上，抱着他不松手。婚后，老吴还是第一次这样耐心承受阿秀如此长时间的全身依附。他感到自己又有些喜欢阿秀了。他是在对待阿霓的问题上，越来越觉得需要阿秀的。阿秀在进了这个家以后，一直像个大姐姐一样关心和照料阿霓。阿霓不断地要求阿秀给她当模特，阿秀总是不厌其烦地摆出各种姿势让她画。一次老吴抱着阿秀的时候，她轻轻"哎哟"了一声，细问她，原来是为阿霓当模特，长时间举着胳膊，肩膀都麻了，她却还是忍着。阿秀对阿霓越好，老吴与阿秀的距离也越渐渐缩短。老吴想不出还有哪个女人，会像阿秀这样疼爱他的阿霓。这一年来，他被婚变带来的痛苦和阿霓引起的麻烦，弄得身心疲惫，他真希望阿秀能用她的温柔善良，驱走他心中的烦闷。

老吴用手指轻轻抬起阿秀的头，他觉得阿秀在婚后更妩媚也更丰满了。虽然他还没有把自己全部的爱给阿秀，但阿秀仍然感到了极大的满足和幸福。她深情地依偎着他，柔嫩的手指抚弄着他的衣扣，像是在等待着什么。老吴感觉到阿秀身上传来的一阵阵烫人的热气。是的，他不能总是思念和等待毫无希望的水虹了，他应该给阿秀更多的体贴，作为爱的补偿。

他把阿秀抱起来，径直往楼梯走上去，然后把她轻轻放在了卧室的床上。

20

初三第一学期的期末考试即将来临。平时就已不堪重负的少男少女们，脸上都已失去了笑容。独生子女的比例越来越大，望子成龙、盼女成凤的父母，互相攀比着猛增长。未来职业竞争的硝烟，已将高考大战早早提前，几乎所有的学生家长，都把孩子考进重点高中，作为能否进军大学的关键入围战役。由于孩子们的考试成绩，关系着学校的声誉和效益，全仗着老师家长对孩子们如同决赛般全场紧逼、人盯人看守，那些日子各个家庭都已失去慈父慈母。受到学校和家庭双重管制的少男少女，就像被关进了集中营，暗无天日，度日如年。

聪慧好学的阿霓，在功课上从不需要父母的管束和督战。老吴和水虹早在阿霓幼时，就培养起她自觉的求知欲和上进心。以往的阿霓轻松活泼，任何考试都有稳操胜券的自信和把握。但这个学期结束之前，她第一次感到了巨大的压力。她面临着比其他同学艰难沉重得多的目标。

这些日子里，阿霓正在一人独当三面：备考、画画和痛苦的单恋。期末大考，她凭着自己的聪明强记和连续两年全班成绩第一的惯性，还能从容应战。而画画，她却很难完成以前给自己制订的进度了。少年宫的美术小组早已门可罗雀，初三的同学们纷纷弃画下马，专心应付升学考的重点工程。有一次上石膏头像素描，全组只有她一个人上课。受到全军崩溃的影响，她的画兴也大大跌落。然而，她依然坚持埋头作画，还画出了几幅连老师都惊讶的习作。支撑着她画画的唯一动力，是她把画画当作考进北京去见大哥哥的最后一线希望。那是一座险峻而摇晃的独木桥，而她却别无选择。一次美术老师破例给了她最高分，她哭着跑到邮局，迫不及待地将这幅珍贵的成绩单寄往了北京。

尽管如此，原先她为自己规定的每日一幅自由创作的"功课"，却一日日地拖欠下来。做完一天繁重的作业后，时钟已指向半夜，满脑子都是数字、公式和外语，她实在是再没有力气和时间，可以用来按期画画了。那本大哥哥送给她的画簿，她早就在每一页上写好了日期，保证一天一幅，几个月下来，还超额完成了几十幅。但到了备考期间，她超额完成的指标，渐渐被挪用来填补亏空了。最近一个多星期，她的画簿已连续出现赤字。急性子的阿霓，早已在画簿的最后一页，写好了一句话：大哥哥，我已按期完成了计划，我今天寄给你，你看着画，会知道我每天都和你在一起。但如今她却无法把这画簿寄出去了。阿霓焦虑地翻着空白的画页，哭了一次又一次。

阿霓真想从文化课的复习中，挤出一点时间来弥补画画的亏空。但她知道，如果要考到北京去，文化课考不了高分，会把总分成绩拉下来，同样也考不进美院附中。阿霓翻来覆去想着功课、绘画和大哥哥，夜里总是睡不着觉。一天晚上，她半夜爬起来，在灯下画了一幅画。她把自己画成了一个三头三身的大女孩：第一头一身在做作业，第二头二身在画画，第三头三身在同大哥哥跳舞。三个身体分别由红、黄、蓝三种颜色组成。她把蓝色阴暗的颜色给了正在复习功课的阿霓，把金黄明亮的颜色给了正在画画的阿霓，而把大红喜庆的颜色给了正开心地与大哥哥跳舞的阿霓。她把红色的阿霓画得最鲜艳、最生动、最快乐。闪烁的红光快把蓝色和黄色的阿霓遮盖和湮没了。

在绘画的天地中，阿霓已不满足于模仿，而开始在模仿中发挥自己的感觉和想象。她已经学会了用对比强烈的色彩、夸张的变形，把各种自己喜欢的色彩填满画纸。她似乎也已经学会了用自己的梦幻构筑画面，把自己多重的思念组合到一幅幅画面中；她构思的速度很快，但作画时却小心翼翼。第二天晚上临睡前，她悄悄拨好闹钟，藏在被窝里，半夜铃响，她一骨碌爬起来，又画了一幅。她把自己画成了一个长着仙鹤的长腿、扇动着天鹅翅膀的美丽女孩，踮着脚，伸长着脖子，张开了翅膀向着北方起飞。这次她使用了大哥哥喜欢的颜色：红、白、黑。大女孩的衣裙仍然是亮丽的红色，翅膀洁白，而长腿是黑色的。当她画完最后一笔时，已经困得眼睛都睁不开了。

早晨阿秀和老吴按时敲阿霓的房门叫她起床，足足敲了十几分钟，阿霓才含糊应声，阿秀和老吴吓出一身冷汗。阿秀把阿霓抱到卫生间，用冷水给她洗脸，才算将她完全弄醒。老吴看她一副疲惫不堪的样子，心疼地让她请一天假休息休息，阿霓只是摇头。吃过早饭，阿霓回到自己的小屋去拿书包，看到自己半夜里画的画，已填上了两天的空白，顿时又精神十足。她决定每隔一天，半夜里爬起来画上一幅，那么就不会耽误画画的"功课"了。

如此多日下来，阿霓觉得自己实在困极了，也累极了，走着路都好像在打瞌睡。下课铃一响，她便趴在课桌上睡觉。上课时还专门准备了一块湿毛巾擦脸，好让自己保持清醒。阿秀心急如焚，天天嚷嚷说阿霓瘦了，又是买甲鱼又是买乌骨鸡，还加了当归洋参火腿，炖汤给阿霓补身体。阿霓也懂得要想让自己的身体快快长高长大，必须增进营养。她便把吃饭当作吃药，强迫自己定时定量把养料塞进胃里。

紧张得连气都喘不过来的日子里，阿霓仍然没有忘记大哥哥说过的话。大哥哥说画油画是个重体力劳动，需要加强运动来锻炼身体。没有好身体，就扛不动油画箱，做不了巨型壁画，连写生也受影响。大哥哥的话都是经典教科书，她每时每刻都会按大哥哥的话去做。每天放学以后，她甩掉沉重的书包，脱掉外衣，打开音响，便随着音乐的节拍，狂热地扭动跳跃起来。她的舞蹈像她的画一样，自由自在，随心所欲。从来没有人教过她跳舞，但她却能把内心的感觉，用自己的舞蹈语言，流畅、强烈和清晰地表达出来。但她无论怎样跳，她的视线总是离不开她墙上的大哥哥，和那些看过一千遍的油画。她优美而熟练地舞蹈着，额头上渐渐沁出了汗珠。有时连阿秀也忍不住和她对拍着手跳起来。

考试终于来临，阿霓居然顺利过关。她像那些发誓在大赛上破纪录的小运动员一样，用自己的身体、汗水和泪水，去争夺自己梦中的金牌。与那些顽强可爱的小姑娘们不同的是，她们是在教练严厉的训练下取得好成绩的，而阿霓却全靠自己一个人拼搏。老吴望着自己的宝贝女儿，不由得百感交集。他觉得人们不仅大大低估了当代追星少女的痴迷和狂热，而且也大大低估了她们的毅力、意志和忍受力。那是一枚充满着爱的能量的导弹，一旦发射出去，后果也许不堪设想。

"爸爸，我累极了，让我先睡一会儿，晚一点再叫我吃饭……"阿霓闭着眼睛说。这是最后一门课程考完的那天中午，阿霓一进门，倒头便在沙发上蜷成了一团，话没讲完，她就已云天雾地地熟睡过去。

即将来临的寒假，对老吴来说，像是一场百年不遇的寒流，令他寒彻骨髓。刚一考完试，阿霓就给周由连续发了两封信和一份电报，催促他快快来苏州度假。她说大哥哥暑假就失约了，这次寒假如果再不来，他就是个不守信用的坏哥哥。如果他真的不来，她就一定要让爸爸带她去北京找他，她有许多许多画要给他看。

一个星期以后，周由回了信。信上说，他寒假不能来苏州了。公司要派他到西南地区去写生作画，工作结束后他也许可以绕道到苏州停留几天，所以阿霓一定不要先到北京来，以免扑空。到了明年暑假，她就真正轻松了。苏州那么热，正好到北方来避暑，他会带她到北戴河去游泳。但寒假一定不能浪费，这是争取考上美院附中的最后一块完整的时间，她只要努力，一定能考上的。随信他还寄了一些他以前的作品的图片。

阿霓把信看了一遍又一遍。她想哭，又哭不出来。大哥哥如果真的到苏州来看她，那就太好了。她一定要带他到太湖的小岛上去写生。这个寒假她若是不抓紧，考不上中央美院附中，暑假还怎么有脸去北京呢？但大哥哥信上讲得太含糊了，他到底什么时候来苏州呢？她简直连一天也不能再等了。

阿霓想来想去，不知道该怎么办。晚上吃饭的时候，她让爸爸给她出主意。老吴皱着眉头说，要看看她的考试分数结果再说。

考试成绩终于公布了。阿霓的各科成绩还保持着全班第一名，只是分数同第二名相比，已没有以前那样明显的优势了。阿霓像是又高兴又不高兴的样子，不说不笑，把自己关在楼上小屋里整整一个下午。老吴认为阿霓的成绩实属不易，可以说是个奇迹，已大出他的意料。赶紧让阿秀为阿霓烧几个她爱吃的小菜，以示嘉奖。阿秀烧好了饭，在楼下喊了几遍，阿霓只是不理，又让老吴去唤，老吴好不容易把无精打采的阿霓带下楼时，阿霓还噘着个小嘴。

"不错了，不错了。"老吴安慰着阿霓，"下个学期，再努把力就好。"

"你说我考得不错，就用这几个菜奖励我呀？"

"你想要什么？尽管说，爸爸一定答应你。"

"我要去北京见大哥哥。"阿霓像是已经打定了主意，不容分说，"马上就去，再不去，大哥哥就出差了，寒假很重要，我想让大哥哥再帮我突击辅导。"

"周由信上不是说，他会来苏州的吗？"

"……可是万一他不来呢？"

老吴说："可是爸爸太忙了，还有好多危重病人等着爸爸动手术呢。我实在走不开，医院领导也不会准我的假的。"

"那就让阿秀带我去好了。她在家里反正也没有什么事情。餐馆不是早已雇了新的服务员吗，管账嘛，让李伯伯代她管几天也不要紧的……"

"阿秀不能陪你去的。"老吴正色说，"她从来没有出过远门，你们两个女孩到一个陌生地方去，我不放心。"

"这有啥关系嘛，"阿霓摇着爸爸的胳膊开始发嗲，"你只要把我们两个人送上火车，再打一份电报让大哥哥来接我们。到了北京，有大哥哥保护，不会有危险的嘛……"

"阿霓，你不晓得，阿秀真的不能出门，她身体不舒服。"

"哪里不舒服嘛，我看她最近胖多了。"

"我还是告诉你吧，"老吴无可奈何地说，"阿霓你就要当姐姐了。"

阿霓惊叫起来："哇，阿秀，你怎么不告诉我呀？我就要有小弟弟了吗？阿秀你太伟大了！"说着，她就去看阿秀的肚子，还伸出手去摸了一下。

"阿霓，"阿秀绯红了脸，微笑道，"你小弟弟还小呢，只有小老鼠那么大，再过半年多，你才能见到他哩。"

"这么慢啊？"

"阿霓，我给你生了小弟弟，你叫我什么？"

"我当然记得了，等我见到小弟弟，我一定会叫你妈妈的，真的！"

老吴说："阿霓，你晓得了吧，我们家里现在顶重要的，是要照顾阿秀，不好让她生气，也不能累着或是生病的啊。"

"那好，我不让阿秀陪我到北京去了。"阿霓很痛快地答应说，"阿秀，以后我再不让你站着给我当模特了，你就坐在沙发上，我画头像，好不好？"

"阿霓你真懂事，我晓得你喜欢小弟弟，你会当一个好姐姐的。"

"爸爸，"阿霓忽然睁大了眼睛，恳求说，"那么你就让我一个人到北京去吧。你把我送上火车，再让大哥哥到车站来接我，保险没事的。回来的时候，你让大哥哥送我到车站，你来接我就是了……"

"不行！"老吴断然拒绝了阿霓的请求，"现在车匪路霸横行，拐卖少女的坏人多得不得了，他们能把女研究生、女干部都抢走卖掉，你一个初三学生，怎么对付得了？他们的办法多得咪，比如给你喝放了麻醉药的饮料，或者趁你不备把你打昏，等你醒来，人家早把你卖到深山沟里去了，把你像犯人一样锁起来，强迫你给他们当老婆，你要是真让人拐走，那爸爸就要急疯了，中国这么大，我们上哪儿找你去？我怎么向你妈妈交代啊……"

阿霓从报纸上电视里确实看到过不少被拐卖少女的报道，在学校里，老师也反复宣讲过女学生的安全防卫。她知道爸爸不是吓唬自己，心里有点害怕，一时说不出话来。

老吴又说："还有，你大哥哥就要去外地写生，你就是去了，他也没有时间教你画画，来回一走，反倒浪费时间。我看，这个寒假，你不如就在少年宫和家里好好画画吧，索性等暑假再去北京，你看好不好？"

阿霓一扭头，生气地跑进了自己的房间，关上门，愣愣地坐着，任老吴怎么喊她也不再出来。

考试结束了，阿霓有了很多时间，但一连几天，她再也没有心思画画。她坐卧不宁、茶饭不香，天天望着大哥哥的画像，越看越想见到大哥哥。她觉得如果这次再不见大哥哥，整个寒假她都画不好画了。弄不好整个寒假统统都浪费了。她还是一定要想办法见到大哥哥才是。但大哥哥从来没有给她留过北京的电话号码，她给他的信，都是寄到大哥哥父母的家里，由他们再转给大哥哥的。她怎么才能和大哥哥联系上呢？一时，她真不知道该怎么办才好了。

一天夜里，她打开抽屉，发现她存放零用钱和存折的小盒子找不到了。她想了想，明白一定是被爸爸收走了。爸爸为什么要收走她的零用钱呢？难道爸爸是怕她自己去买火车票吗？阿霓眼前忽然出现了一丝闪电般的火花——对呀，她为什么就不能自己去买火车票呢？她的心咚咚乱跳，一个好主意从她脑子里蹦了出来。她拼命地翻着自己的杂物，哇，还好，在一本塑料面的笔记本折页里，她找到了两张一百元的新钞票。这是过年时，爷爷奶奶给她的压岁钱。她捏着那两张大票，攥得手心都出了汗。真要一个人出远门，她下得了这个决心吗？可是为什么就不敢冒一次险呢？如果像妈妈那样穿着旧衣服，戴上帽子，再围上围巾，不就可以掩人耳目了吗。看来现在最难的事情，是得想尽办法弄到一张去北京的火车票。

当天晚上，阿霓在电视里看到打击票贩子的新闻报道。主持人对当前票贩子为什么屡禁不绝的现象，做了猛烈的抨击。阿霓愣愣地望着屏幕，她想这样看来，车站还是可以找到票贩子的。如果能买到一张高价票，就是拿出她全部的二百元钱她也愿意。

第二天上午是少年宫美术组的活动日，她提前从少年宫溜了出来，戴上一只大口罩，乘车到了火车站。春运即将开始，车站里里外外挤满了人，到处都是焦急等待退票的旅客。她在人堆中转了半天，也没见到一个票贩子，又不敢向人打听，只好悻悻回家。第二天，她告诉阿秀说要和同学去看电影，径自又去了车站。她害怕脏兮兮的外地民工，总是在售票处排队的人群中，低声打听有没有退票，但她心里知道，即使有人退票，她也抢不过那些身强力壮的大人。快到中午了，她还是没有遇到一个票贩子。她怕回家晚了会引起阿秀的疑心，只好失望地离开了候车大厅。当她走到车站广场附近一个售货亭时，忽然从嘈杂的人声中，跳出一种浑厚的北京口音。一个干部模样的人正用北京话问旁边的人，要不要去北京的车票。阿霓连想也没想，一把拉住那个人的衣袖，连声说"我要，我要"。然后把他拉到背静的角落，迫不及待地让他拿票给她看。那人说他有一张第二天去北京的坐票，因为在苏州的事没办完走不了只好把票退了。他好像也不愿意到人群中去挨挤，很乐意把票卖给这个小女孩。阿霓掏出那两张大票给他，那人却并没有多要她的钱，还是按原价把票卖给了阿霓。阿霓涨红了脸，不知该怎么谢他才好。然后把票看了又看，有点不放心，又折回候车大厅，请一位车站的工作人员鉴定了一下。当那位叔叔告诉她这张票没有问题时，她高兴得快晕过去了。她用手绢把票包了又包，庆幸着自己今天的运气，连跑带跳地赶回家去了。

第二天，她偷偷收拾好自己的换洗衣服，带上那本画簿，找出爸爸出差用的一只小旅行箱，趁着阿秀出去买菜的工夫，悄悄溜出了家门，直奔火车站。她在进站之前，给大哥哥发了一封加急电报，告诉他，她将乘110次直快到北京，让他到火车站来接她。别的话就不多说了，等见面再说个痛快吧。

阿霓临走前的另一个麻烦是，她也知道自己这样不辞而别，等爸爸和阿秀回家发现她不见了，一定会急死的。但她到底用什么办法通知他们呢？如果她在家里留下一张字条，告诉他们她到哪里去了，行不行呢？不行不行，他们马上会追到车站来拦截她的。那就等她到了北京再给他们打电话吧，但这样间隔时间太长，他们定会满天下寻找她的，今夜他们就不得安宁了，她不忍心。想来想去，她给一位女同学打了电话，让她在今天晚上，也就是当火车已经越过黄河，谁也别想把她从半路上"劫"回苏州之后，再通知她的爸爸。这样的话，她的北京之行就万无一失了。

不到十五岁的阿霓终于一个人离开了苏州。她挤上了拥挤不堪的车厢，晕晕乎乎地冲向北京，去寻找她痴念的大哥哥了。

21

这天下午，周由的住处响起了急促的敲门声。他的侄子专程送来两份加急电报，都是来自苏州，一份是阿霓的，一份是老吴的。由于通过周由父母住址的转送，如此十万火急的信息，竟然在近二十个小时以后才传递到他和水虹手中。

面对电报上的寥寥数字，水虹却异常冷静。她在收到老吴近来寄给她的两封长信中，已预感到迟早会有这么一天。虽然她在回信中已一再叮嘱老吴，要他千万设法打消阿霓在寒假来北京的念头，但是阿霓竟然能在春运高峰期间，一个人离开苏州出走，登上北上的火车，仍是她万万没有预料到的。阿霓真是不要命了！阿霓果然来了，自己就是在十八岁的时候，也不会像阿霓这么勇敢。她长大了，她把妈妈遗传给她的痴情、幻想和不顾一切的习性，提早释放出来了，像一枚突然起爆的大炸弹，让她的妈妈来承受四射横飞的弹片。水虹已经有好几个月没有见到女儿了，她害怕女儿的到来，但又真想见见自己的宝贝，她内心压抑已久的母爱，忽如喷泉一般涌出，使她的感情天平立即倒向了女儿这边。阿霓是用她的生命在爱着她的大哥哥，这株朦胧的花树确实已经长大了。水虹把电报看了又看，计算着阿霓到达的时间，祈愿着前一段时间打击车匪路霸、拐卖少女的行动，已使铁路获得了暂时的安全。否则一个十五岁的美丽少女，一路上不知会有多少双邪恶的眼睛，盯着这诱人的猎物。幸亏老吴处事果断，随即将乘坐飞机赶到北京，几乎与阿霓前后脚到达，那么老吴、周由还有自己，三个人就可以有个商量，以便妥善地安顿阿霓，再把她带回苏州。万一老吴抵达而阿霓在中途出了什么意外，三个人也好分头行动，不惜代价去寻找阿霓。

　　想到老吴将亲自来北京，水虹稍稍感到了一丝宽慰。

　　水虹看了看表，离火车到站还有三个多小时。她和周由反复讨论的结果，还是决定让周由去火车站接阿霓。如果接不到，就马上向车站公安部门报警，并赶紧设法通知她；如果一切顺利，周由就先带阿霓到饭店去吃饭，再带她到机场去接老吴，然后再在城里找一家宾馆住下来。

"可是……我真担心她会在半路上出事……"水虹仍然忧心忡忡，"这么乱的时候，火车上光是挤就得把她挤病了……"

"不至于的。阿霓很聪明，自我保护意识很强，你就别想那么多了。"周由安慰着她。

"现在也只好先这样了。好在老吴一来，很快就会把她带回苏州去的。"

"老吴让我赶紧帮他去买两张回苏州的火车票，我恐怕得亲自跑一趟去想想办法了。然后直接去火车站。"周由站起身，准备早些出门。

他走到门口，水虹忽然挽住了他的脖子，嗫嚅说：

"你可要当心呢，阿霓现在可是一座憋了十个月的活火山啊……"

周由已从水虹的眸语中，深深感到了水虹内心的焦虑和痛苦。她的母爱和情爱在同时折磨着她。周由心里一阵酸楚。两个多月来，他和水虹日日相伴、夜夜依偎，爱得那样浓烈，又那样脆弱。双方都已不能忍受任何人的入侵。但他这会儿却马上要去车站，去接受一个女孩狂热的突然袭击。他在水虹的脸颊上轻轻吻了一下，犹豫着说：

"要不，还是按我刚才说的那个法子，干脆，咱们俩一块儿去接她得了，正好是个机会，向她挑明了算了，否则，咱们头上老是悬着一把剑。"

水虹坚决地摇了摇头：

"不行，她还太小，她承受不了这个打击的……你没看老吴的信吗，她真会受不了的。尤其是父母离异后，她的感情就更孤独了。还是再等等吧，过几年再告诉她，我真不忍心现在就打碎她的好梦，至少，得等她考上高中……你还是一个人去接她吧，别耽搁了。"

周由转身折回里屋，拿了一个相机，说："那我给她拍几张照片，好让你看看她。万一飞机晚点，我回来太迟，你就先睡吧。"

"不，我会一直等着的，记住，你一定设法请老吴和你一起回来一趟啊。"水虹眼圈有些发红，轻叹一口气说，"可惜……可惜这儿没有电话，否则，你就可以告诉我一声，你们在哪儿吃饭，我打车去那儿，躲在一边，偷偷看阿霓一眼也好……"

未等周由回答，她又立即说："算了算了，我只是说说，我不能因小失大啊……走吧，你快走！"她挣脱了周由的怀抱，将他轻轻推出门去。

周由赶到火车站，110次列车还有二十分钟就要进站了。他在月台上来回踱步，焦灼不安。他从心底里不希望有人打扰他和水虹的生活，也包括阿霓在内。但他此刻却是那么惦记着阿霓，真怕阿霓会出点什么意外，让他接一个空，他不敢想。一个不到十五岁的少女，竟敢冒那么大的风险跑到千里以外来见他，确实令他深受触动，大感震惊。他想起第一次见到阿霓的情形，她是在他最需要爱的时候，闯入他心里的。没有阿霓的话，他根本不可能得到水虹。然而在见到水虹之前，他曾经被阿霓的美和纯真打动过。这大半年来，阿霓不断地来信寄画，真像一滴一滴水珠，水滴石穿一般固执地斧凿着他的心。连水虹都感慨说阿霓的爱是天下最纯情最顽强的爱，而现在她就要来了，阿霓就要见到她望眼欲穿的大哥哥了，他将怎样对待她呢？周由隐隐地觉得，他虽然再也不能和水虹分开，但在他的内心深处，还有一个水虹的爱未能照亮的死角。每当阿霓痴迷、灿烂的信和画寄来的时候，那个死角就会忽地亮起来。即便只是一个小小的光斑，但它却始终幽幽地闪烁着，时暗时亮，时强时弱，搅得他心里七上八下的烦恼又难受。

他已经十个月没见到可爱的阿霓了，不知她长成了什么样呢。他突然觉得自己非常想见到她，仔细看看这个少女时代的水虹。很久以来，他其实一直很想弥补这个缺憾。如果同时占有一个他所热爱的女人的两个年龄段——一个是她的少女时代、一个是她的青年时代，他是否才真正占有了她的全部呢？他甚至无法解释，不知这种欲念会不会玷污了他对水虹的爱……

当周由发现远处疾驰而来、隆隆呼啸的列车，已在视线中飞速逼近时，他感到自己的双腿有些微微发抖。他想如果此刻阿霓果真在车上，她准已是一团滚烫的岩浆，一旦看见了她的大哥哥，就会把她所有的狂热和思念，一股脑倾泻到他脸上。理智一次次提醒他，他必须彻底把心中那个光斑摁灭，再把阿霓心中滚滚的岩浆冷却为一座死火山。但这实在是太难了。可爱的阿霓为什么偏偏这样不幸——过去曾是她的姐姐的阿秀，成了她的新妈妈；不久后，她所景仰的爱恋的大哥哥，又将成为她的新爸爸。这究竟是怎么回事呢？难道他周由就真的忍心去打碎阿霓的梦吗？真正爱她的人都是不忍心在她的花季，给她降下一场摧毁性的冰雹的。水虹不忍心，老吴不忍心，现在周由也不忍心了。

车头快速掠过，车速渐渐放慢。列车的车窗上，已经探出了许多个脑袋。突然，一团熟悉的粉红色跳进了他的眼帘。他下意识地退后了几步，这时，一声几乎比汽笛还嘹亮还悠长的童音，响彻了整个月台："大——哥——哥——，大——哥——哥——"那饱含了十个月的单恋与痴情，以及见到她心中偶像时的狂喜和亢奋的深情呼喊，使得整个站台的空气都随之震荡颤抖起来。站台上所有的人，都被这撕心裂肺的喊声惊诧得定在原地了。随即，人们又被车窗前那个来自江南的迷人少女之美，又一次震撼得瞠目结舌。

阿霓噙满泪水，拼命地挥动着她粉红色的围巾。迎面刮来的风，把一切遮挡她面容的东西全吹开了，把她的美完全暴露在人们面前。那简直是一个美的巡回大展、美的呐喊和示威。她那瀑布般的黑发，那美艳绝伦的仙姬绣眉，那黑葡萄般的大眼睛，那琼脂般透明的脸庞……清晰地展现在众人眼前。人们议论纷纷，都以为是哪个摄影剧组南下归来，为京都带来了一个美丽的未来明星。

列车缓缓擦身而过。就在阿霓远远伸过来的小手，从周由发际拂过的一刹那，阿霓秀美的脸庞变得模糊了。周由眼前顿时出现了强烈的幻觉和时光倒错。面前这列火车仿佛来自二十年前70年代的苏州，那一闪而过的面影分明就是少女的水虹。

周由感到心中那粒小小的光斑，突发出烧灼而刺眼的光芒。他心底某个未知的奇经异穴，像是被激光针灸猛烈地刺激成一片强光。他跌跌撞撞地跟着车狂跑，一边结结巴巴地喊道："水虹……噢不……阿霓……我的阿霓……不不，我的霓虹……"他语无伦次，脚步错杂，他感觉自己已抓住了阿霓的手，那烫人的小手正抚摩着他的脸颊……他追着她，像是追着一个一去不再复返的幻影。列车贴得更近了，阿霓差不多已把脚跨在了窗口，弯腰弓背，似乎就要弹出窗外了。列车终于慢慢停稳，他气喘吁吁地跑到车窗下，阿霓已像一只粉红色的大飞蛾，一下子扑进了他的怀里。她双手搂定大哥哥，噘起红嫩的小嘴，像饥饿的小鸡啄米似的，猛啄大哥哥的脸颊。她的泪水一串串洒在周由的皮夹克上，流成一道道发亮的小溪，口中不断地叫道："大哥哥，大哥哥，我可见到你了……我可真想你啊……我想死你了……"

泪水终于也溢满了周由的眼眶。他已分不清是在接受水虹的热吻呢，还是阿霓的狂吻。他情不自禁地亲吻着阿霓的面颊和额头，两个激情的画家已经完全忘记了他们是在众目睽睽之下，急于出站的旅客们也好奇地猜测他们的关系，不知他们究竟是一对年龄不宜的情侣，还是失散多年的兄妹……

"阿霓，再见了！祝你寒假愉快！"

周由耳边突然响起了一个粗重的男声，他和阿霓这才如梦初醒。他放下阿霓，回头见是两位不戴领章的军人，正笑容满面地向阿霓招手，并把阿霓的旅行箱放了阿霓脚边。阿霓恍恍惚惚地告诉周由说，那是两位从苏州回内蒙古去的复转军人，一路上，全靠他们照顾了她。周由赶紧追上几步，想去向他们道谢，但隔着满地的行李，他却无法迈步，等挤过去，他们已被蜂拥出站的旅客队伍淹没了。

川流不息的人群中，周由细细打量着阿霓。十个月不见，阿霓早已不是春天小河边的那个稚气的小女孩，而是一个身材高挑、亭亭玉立的大女孩了。排队出站的阿霓顷刻间又吸引了众人的目光，周由立即为她披上了羽绒服，让她围上围巾，遮住了她的大半个脸。他为阿霓做着这些时，恍然又觉得他只是在重复着和水虹相处的习惯动作。

刚出站走了没几步，阿霓便迫不及待地打开旅行箱，拿出了一本画簿，又抱住了周由的一条胳膊，将画簿捧给周由看。

"待一会儿再看吧。"周由笑笑说。

"不嘛，现在就看，一边走一边看好了。大哥哥，我真想你，我把我想你的梦，都画在里面了……"

周由只好一边走，一边翻看着画簿。那一幅幅色彩鲜艳、充满了热烈的少女之爱的画面，像热浪一样冲击着周由。他被这一封封烫人的情书，烧灼得一阵阵心痛。他想起了自己轰炸水虹时的亢奋状态，而此刻，他却被另一个小周由狂轰滥炸了。周由侧头望着阿霓，她的眼睛依然明澈清纯，但却明显地少了几分孩子气，多了一丝成熟女人才有的妩媚和娇艳。再细看，那快乐却又忧郁的眼神里，沉淀着爱恋的苦涩和学艺的艰辛。那是一双令他无法深究的眼睛，周由越看越觉得阿霓不像是水虹的女儿，而是水虹的孪生小妹妹……

周由心中的感觉越发错乱。第二次与阿霓见面，竟然和第一次如此不同。第一次，他似乎是先喜欢上这个小姑娘，然后才移情到水虹身上；而这一次，一种欢悦倾心的情感，却是从水虹那边漂移过来的。更使周由心痛发紧的是，他不仅在阿霓身上看到了水虹的少女时代，而且也看到了自己少男时代的影子，一个像阿霓一样对绘画狂热痴迷的少年。周由与阿霓并肩走着走着，好像觉得自己跟着阿霓回到了纯真无欲的少男少女的岁月。可惜那时他一心迷恋着绘画，怎么从来没有遇到过像阿霓这样可爱的小女孩呢？否则走到现在，他和她一定跨过了青梅竹马时代，而成为一对艺术情侣了。周由从未经历过早恋，这一直是他的人生缺憾。他幻想自己能回到十六岁，和十五岁的阿霓早恋一场，一直恋到阿霓变成童心未泯的水虹，周由最后变成一个白发苍苍的老顽童。那样的话，自己的一生一定充满了童趣童真。周由那颗依然故我的艺术童心感到了剧烈的疼痛。心里好像溢出了鲜血，淹没了先前那片爱的光明。他觉得迎面刮来的寒风苦涩而刺骨，眼里有些发酸。

"大哥哥，你哭了？"阿霓摇了摇周由的胳膊，"大哥哥，你别哭，我不是来了吗？……我知道你一定也在想我的……"

"阿霓，我的小妹妹，大哥哥……对不起你……"周由擦去了泪水，却不忍心再说下去。他实在很怕伤害那颗自己挚爱着的稚嫩童心。

"大哥哥，你不要再叫我小妹妹了，我已经长大了，你应该叫我……叫我亲爱的……"她明亮的眼睛里满含着热望，"大哥哥，叫啊，叫我啊，你都哭了，为什么还不敢叫……我到北京来，就是为了听你叫我'亲爱的'……"

周由想起几个月以前，自己也眼巴巴地盼着水虹叫他一声"亲爱的"，能对他说一声"我也爱你"。他知道，此刻他如果一口拒绝，将对阿霓意味着什么？难道他真忍心把她推入黑暗的谷底吗？他的嘴唇抖了抖，避开了阿霓热辣的目光，小声说："亲爱的……阿霓小妹妹……"

阿霓抱紧了周由的胳膊，把头贴在上面。"大哥哥，再说一遍，就说前面的三个字，不要后面的'小妹妹'。"

周由急忙说："阿霓，我先带你去吃饭吧，你一定饿了。吃完饭，还要到机场去接你爸爸，他从苏州赶来了，你知道他有多着急啊。阿霓，你怎么能这样任性，也不征得爸爸同意就来北京……"

"我不要爸爸了，他不理解我，谁叫他不让我来北京。"阿霓气呼呼地说。

周由把阿霓带到出租汽车站，叫了一辆车。两人上了车，阿霓紧紧贴着周由坐下，整个身子几乎都倒在他的怀里了。

"爸爸有了阿秀，妈妈也不知道到底在哪里。我一个人好孤单。啊……现在我只有大哥哥你一个好朋友了。"阿霓双手搂住了他的脖子，说着又眼泪汪汪了。

"阿霓你还小，搞艺术的人，不能太早恋爱，早恋会误了艺术的，一般来说，早恋的学生，成绩都不好，等长大了后悔也来不及了。"

"才不会呢，老师都说我这半年画画进步可大了。而且，大哥哥，你这么晚才恋爱，你晚恋，我早恋，加起来不就不早不晚正好吗。"

"那不是一回事，你应该再等五年，起码五年以后再考虑恋爱。"

"恋爱怎么是考虑出来的呢？"阿霓反唇相讥，"反正我不能等，结婚可以等，恋爱是不能等的。你想想，一边等着，心里不是一边还在爱吗？等和不等，有什么两样呢？"

周由有点哭笑不得。阿霓毕竟还是个孩子。一个忽大忽小的孩子。他对她的说服和开导，连他自己听起来都那么空洞无力。

阿霓又拿出画簿，翻到一幅画说：

"大哥哥你看，这是我的一个梦，我经常做这个梦，我们俩靠在一起画画，你看这个落日，多红啊，把天空和我们俩都烧红了。你的那幅《红》，画面上是你一个人在晃动，可这幅画上，是我们两个人一起晃。爸爸说我这幅画画得不好，就像电视图像出了毛病，模模糊糊的，但我就觉得好，因为在我的感觉中，爱就是那样模模糊糊的……"

阿霓一幅一幅地向她的大哥哥展示着她的梦幻。周由觉得这些画越来越眼熟。阿霓画中展现的梦境，与水虹曾给他描述的幻觉是那么相像。好像是水虹少女时代的梦幻，都被她的女儿用色彩复制出来了。他下意识地把阿霓揽在怀里，抚摩着她的头发，茫然无语……

渐渐地，他觉得自己心中第一次升起了一股强烈的父爱。一种虽然陌生却又博大的父爱，像原野上雨后的氤氲般袅袅升腾，化作纯净的白云，悬浮于苍穹之上。他的心依然漂移回到水虹身边，水虹像燃烧的太阳，而阿霓只是一个微弱的光斑。当他暂时接近这座处女火山时，那道巨大的彩虹却如空中之桥，将他引回他原来的位置。他搂抱着阿霓，她柔软的身体和滑润的肌肤、熟悉的发香，一阵阵侵袭着周由的感官。但他心中并没有搂抱着水虹时那火一般的情欲。他抱着阿霓，像是抱着自己的女儿，一个解不开恋父情结的女孩。现在周由终于可以慢慢辨析自己的情感了。刚才的幻觉和错乱的感觉迅速退去，渐渐消失。然而，他的心痛却难以缓减——他无法给予女儿她不惜生命想得到的那种情爱。

出租车在通往机场路上的一个饭店停了下来。周由带阿霓进去，找了一个角落坐下，让她自己选了几样爱吃的菜。

"阿霓，"周由下决心说，"你觉得大哥哥爱你吗？"

"爱的！"阿霓眼里闪着喜悦而肯定的光彩，"我能感觉到，你的画和我的画，意思也是一样的。"

"不，阿霓，你并没有看懂我那些画的意思，这个以后再谈。我想说的是，你过去没有大哥哥，我也没有小妹妹，我一直很想要一个美丽的小妹妹，我就想当你的大哥哥，我……我会非常爱你的，永远爱你……"

阿霓似懂非懂地答道："大哥哥，我知道你爱我，我也爱你，爱极了，比爱爸爸妈妈还要爱，我不想和爸爸住在一起了，以后，我要和你住在一起……"

周由打断她说："等你高中毕业后考到北京的大学，每个星期天我都带你去玩儿，好不好？我也想和你一起去爬山，去游泳，在海边上、山顶上、树林里一块儿画画，只要你好好学习，那些梦想都会实现的。"

阿霓幸福地微笑着，把头枕在周由的手背上，长长地舒了口气。她的眼神开始蒙眬，身子也有些摇晃起来。周由看出她已十分疲倦，连续二十几个小时的旅途颠簸，没有坐卧铺，车厢又那么拥挤，阿霓已经用尽了她最后的力气。见面的狂热和兴奋过去以后，阿霓显然已快坚持不住了。周由迟疑了一会儿，把手包的拉链打开了又拉上，终于还是没有勇气把他原来和舒丽小姐的合影，拿出来给阿霓看。他原打算用舒丽暂时代替一下他的女友，好让阿霓从她的梦幻中彻底惊醒过来。但面对此刻精疲力竭的阿霓，他觉得实施这个计划有点太残忍了。

"阿霓，你太累了，还是先吃一点东西，等会儿到了车上，你再睡一会儿。"

"大哥哥，你还没有回答我呢，"阿霓强打精神问，"大哥哥，你真的会等我吗？等我到大学毕业……"

周由无言以对，只得含糊其词地点了点头，将饭菜塞得满嘴。

饭后，阿霓迷迷糊糊跟着周由走出了饭店。她一上出租车，亲了周由一口，便躺在周由宽阔的怀里睡了过去。在她自以为得到了大哥哥的再次承诺以后，她终于放心而甜蜜地融入了梦乡。她到北京来的全部目的，似乎就是为了得到这一句承诺，这种虚无而渺茫的等待，似乎足以支撑她的整个青春岁月。

周由俯身望着倒在他怀里的阿霓，将她前额的一缕头发轻轻撩起。她睡得那么香甜，那么踏实，虽已困倦至极，但清纯的面庞依然俏丽。周由想起了第一次在小河边见到她的情形，她就像一颗晶莹白嫩的奶油葡萄，饱含着透明的汁液。那是周由难以忘却的一幅图画，也是他心里永远的珍藏。

出租车疾驰着，阿霓的围巾从脖颈上滑落下来，周由捡起围巾，重又细心地为她披上，就像一个慈爱的父亲。忽然他觉得像是有一股山葡萄的清香，沁入了心脾，自己好像置身于葱郁碧绿的葡萄沟中，身旁是浓密的葡萄藤和山间潺潺的清泉。他的眼前出现了一幅画面——阿霓赤裸着身子在葡萄藤下午睡，一大串一大串的白葡萄就垂挂在她的头顶，溪流溅起白色的水花，阳光透过绿叶，斑斑点点地倾洒在她葡萄般透明的身体上。一颗颗金黄色的阳光葡萄，倒映在清泉中，五色斑斓的溪水更加跳跃流动，而画面却异常宁静，谁也不会去打扰这位纯净的少女……

遐思中的周由，恍恍惚惚地想起了自己三十岁的生命中，曾经历过的几次情事——其中有和舒丽的初恋，和水虹还将继续热下去的热恋。但是，自从春天的苏州之行后，这一年来，他好像又经历了一次少男少女的早恋。他细心地体会和品味着这三种不同层次的情爱，竟然嚼出些先前不曾留意过的感觉。

似乎，早恋是一种纯真无欲的情感。它虽然短促，但那种朦朦胧胧、似懂非懂的童心，渴望着友爱，清纯得像不含杂质、无根无土的水仙。花开得急速而烂漫，凋谢也迅疾无情，但留下的淡淡的幽香，又是那么让人留恋和怜爱。热恋在人的一生中最辉煌也最幸福，它是植根于肥土和阳光下成年的花树，蓄满了养料和精气，一旦开放，鲜艳饱满，灿烂持久，一载又一载，轰轰烈烈。他与水虹的爱，便是攒足了毕生的心血，终于盛开怒放的一株铁树，花落花谢，还有丰硕的果实和种子，永远地延续着那爱的花朵。而在早恋和热恋之间的初恋，刚刚初涉人世，情窦初开，性与欲鼓胀蓬勃、蠢蠢萌动，纯真已开始混浊，而真正的爱情却尚未成熟。于是甜蜜的初恋总是危机四伏，娇嫩的花蕊经不起风雨的袭击，回头再看，四散飘零的花瓣上早已残痕斑斑……

周由回想自己和舒丽的初恋时，经历过的那种激情亢奋的性爱。

阿霓还不到十五岁，她将来也必然会经历一个混沌蒙昧、欲大于情的初恋阶段。也许在走过人生痛苦的早恋和盲目的初恋之途以后，她才会得到真正的热恋。周由真希望能再出现一个周由，把早恋、初恋和热恋三恋合一，将世上最美好的感觉统统赋予阿霓，那么，阿霓就会是世界上最幸福的人了。

阿霓在梦呓中喃喃呼唤着周由的名字，周由俯身吻了吻她，轻轻地抚弄着她的头发，自己亦如沉浸于恍惚的白日梦之中。

22

老吴几乎是第一个走进行李厅的。他隔着玻璃一眼就看见了周由的高个儿，但没有看到阿霓。周由立即把阿霓从等候的人群中托举起来，阿霓连连向爸爸挥手。老吴一颗悬着的心总算落了地。但他随即却产生了一种更为担忧的心情，他发现阿霓在这短短的两天中，好像完全变了。当他走出到达口时，她没有像往常他下班回家时那样，亲昵地向他扑过来，而像一个矜持的大姑娘，彬彬有礼地向他问好，还为自己未经许可离家出走向爸爸主动道歉。最让他感到不安的是，阿霓在周由面前，明显流露出害羞和幸福的神情，就像第一次领着自己的男朋友去见家长一样。老吴满腹狐疑，女儿一向天真活泼大方开朗，好像还从不知道害羞为何物。她这种突然的改变，清楚地划出了她内心与爸爸的距离，倒让老吴有些不知所措。望着阿霓疲倦的神态，他既不忍责备又无法探问，只得同周由握了握手，客气地寒暄一番，感谢周由去车站接阿霓，并把她平安地交还给他。

　　他们叫了一辆出租车进城。上车时，阿霓坚持要同周由一起坐在车的后排，而让老吴一个人坐在前排。老吴的心情越发恶劣，又不便发作，只得绷着脸一声不吭。一路上，他从反光镜里看到，阿霓同周由靠得很近，动不动就黏在了周由身上。周由时时露出窘态，处于被动的守势，去挡住阿霓过分亲热的进攻。老吴在心里暗暗叫苦，他想这事弄到如此地步，虽然他就要把阿霓接回去，但日后究竟怎样才能了结呢？这次来，他一定得见水虹一面，三个人一起给阿霓"会诊"了。周由带他们父女两人住进了北二环外的一家宾馆，这儿离他的住处较近，联系方便些。进了房间，老吴便给阿霓放水洗澡，想让她早点休息。自己也好先同周由商量一下日程。他现在什么都不想同阿霓说，在她热昏了头的时候，同她谈什么都白费功夫。他准备回到苏州以后，再同阿霓彻底清算这次"出逃事件"。他只想带她尽快离开北京，连一天都不要再耽搁。

　　阿霓抱着换洗衣服，往卫生间的浴缸走去的时候，忽然倚在门边，回过头对老吴说："爸爸，我不要明天就回去。不要！让我再住几天吧，求求你了……"她抬起头，已是满脸泪水，又转过脸对周由说："要不然……大哥哥，你送我回苏州去好不好？你说过要去苏州的……"

　　周由为难地答道："可是阿霓，你爸爸已经专程来接你了呀，爸爸有工作，不能等你的。再说……再说大哥哥这一两天也得去出差了，我已经延迟了几天，不能再拖了。如果去苏州，行程绕得太远，车票也不好买……"

老吴说:"你一个人占用了两个大人的时间,我们又没有寒假的。"

周由说:"阿霓,你还有一个学期就要报考美院附中了,这个寒假,你得抓紧时间画画,考美术院校竞争太激烈,稍有疏忽,就会被淘汰,你如果失去了这次机会,就实在太可惜了……"

"可是我真怕考不上啊……"阿霓带着哭腔说,"我如果考不上,就来不了北京了,那我怎么办呢?大哥哥,你答应我,我如果考不上,我也不考普通高中了,我要搬到北京来,和你住在一起,让你天天教我画画,我一定会用功的,然后第二年再考,我一定会考上的……大哥哥,你就答应我吧……"

"阿霓!"老吴厉声制止着她。他觉得她的想法越来越离谱了。

周由婉言说:"阿霓,你是个聪明的女孩,对自己要有信心,你的创作作品很好,就是素描速写还不够扎实,再努力一个寒假和一个学期,你完全是有希望的。就是不要分心,以后要少画你的梦,不要老想大哥哥,多想想画画,多练绘画的基本功,还有文化课。好了,听大哥哥的话,还是先跟爸爸回去,大哥哥不是对你说过了吗,大哥哥永远是你的大哥哥呀……"

阿霓扑在周由身上,抱住他的肩膀,泪水夺眶而出:"不……大哥哥,我不走,我好不容易才见到你,还不到一天呢,难道又要分开吗?"

老吴走过去,把阿霓轻轻揽在自己身边,抚摩着她的头发说:"阿霓,大哥哥说得对,早恋会影响学习的,弄不好,还会毁掉你的前途。跟爸爸回去，啊？好女儿，再咬咬牙吃半年苦头，你就能松一口气了……你太累了，早点睡吧，我和你大哥哥还要去取车票……等拿到车票，我们再来决定这两天的安排……"

面对爸爸毫无通融余地的面孔和周由无奈的劝说，阿霓感到了归程在即的绝望。她猛然挣脱了老吴的胳膊，扔掉手里的衣服，冲到床边，胡乱拉下床罩，蒙住了自己的脸，伤心地号啕大哭起来。她的心里充满了失恋般的极度痛苦和对茫茫未来的恐惧。她冒着危险，历尽辛苦跑到北京来见她的大哥哥，却就将被爸爸无情地带回苏州，她这一次小小的反抗，将以毫无收获的失败而告终，而她却无能为力，再也没有一点办法挣扎了……

阿霓哭着，哭得昏天黑地，任凭老吴和周由怎么安慰劝解，只是蒙头不理。然而她终于是哭累了，她再也没有力气了。泪水宣泄了她内心积蓄的悲哀，她带着无法拯救自己的惆怅和茫然，昏昏沉沉地睡去……

待老吴确认阿霓已经熟睡以后，周由对老吴说，水虹的意思是，今天无论多晚，她都希望和老吴见面，她急于同老吴商议阿霓的事情。而明早一旦阿霓醒来，就难有机会了。

老吴说他也正这样想，于是锁好房门，交代了服务台，和周由叫了一辆出租车，直奔北三环。两个人第一次单独相处，双方都感到有些别扭。只好说些关于阿霓出走以后的情况。老吴告诉周由，阿霓那天没有回家，急得他和阿秀到处找她，惊动了苏州城里不少亲戚朋友。后来发现家里少了一只旅行箱，他马上想到阿霓定是去北京找周由了。可是周由的住处没有电话，同他联系不上。他当机立断去买了第二天的飞机票，而阿霓的那个女同学，竟然到了第二天早上，才想起告诉他阿霓已去了北京。所以，他就只好直接杀到北京来了。

周由苦笑着说："阿霓倒挺机灵，一路上给自己找了两个军人做保镖，平安无事，只是把大人吓了个半死。现在的孩子，很少为别人着想的。"

水虹听到钥匙转动的声音，已经跑到门口来开门。还隔着一层防盗门，就急急问："阿霓接到了没有？"

"接到了，现在已经睡下了，我们才出得来。"周由说着，侧开身让着老吴，"水虹，你看谁来了。"

水虹如释重负，这才发现周由身后的老吴，忙向他伸出手去。她站在前夫和尚未正式结婚的情人面前，多少有些不自在。让座倒茶的很是手忙脚乱了一阵。从不抽烟的老吴，不知从哪里掏出一盒烟，问了一声"可以吗"，未等回答就点燃了一根径自抽了起来。周由也向老吴要了一根烟，屋子里很静，两个男人喷云吐雾地沉默着。水虹悄悄打量着老吴，几个月不见，他的鬓角上多了几丝白发，眼睛里充满了血丝，脸上不仅没有新婚的喜悦，还好像忽然就老了许多。水虹的心里一阵酸疼，一时说不出话来。

"水虹，你和周由……还是不打算结婚吗？可是……即便为了阿霓……我看你们长此下去，总也不是个办法啊……"还是老吴先开了口。他这次来周由的住处，除了心里一直惦念着水虹，很想亲眼看看水虹和周由究竟生活得怎样，除了和水虹商量阿霓的事情，还有一个目的，就是想说服水虹和周由正式结婚，然后再找个适当的机会，委婉地把这个消息告诉阿霓，这样做尽管残酷，但事情也就一了百了了。

周由犹豫着说："其实，结婚不结婚，倒并不一定那么重要，但我也赞成老吴的想法，迟早总得告诉她真相的，晚说不如早说，否则她越陷越深，一旦不可自拔，后果就不堪想象了。但我同水虹谈过几次，她总是不同意……"

"不行不行……"水虹连连摇头，"我太了解阿霓了，她受不了这样的刺激。就像一株小苗，冰雹砸伤一个叶芽，一株苗都毁了。我是想等她再大一点，等到她有力量来承受的时候，再告诉她。所以，今夜请老吴来，就想麻烦老吴帮帮忙，大家一道把戏演下去。"

老吴让烟呛了一口，猛烈地咳嗽起来，咳得满脸通红。

"水虹，你不是不晓得，阿霓这孩子，越来越难管了。人在苏州，心早跑到北京去了。这次她人也索性跑到北京来了，吓得我和阿秀差一点就要报警了。现在大概整条小巷的人，都晓得阿霓去寻她的大哥哥了，这么小的年纪早恋，弄得我这个当家长的，真是勿好意思。"老吴加重了语气，脸色也越发的晦暗，"依我看，一株小苗发疯一样蹿起来，弄不好，会把两株大树都毁掉的。"

见水虹和周由都不言语，老吴把脸转向周由，说：

"上次我给你们写了两封长信，我是想，让周由先向她挑明，他已经有了女朋友。周由，你随便找一张漂亮女孩的照片给她看，让她相信，叫她自己心里掂量掂量，说不定会自动降温的……"

周由掐灭了烟蒂，苦笑着说："今天去接她，照片就在身边，好几次想拿出来，总是下不了决心。我不忍心欺骗她，如果将来她发现我对她撒了谎，她的痛苦更加无以弥补，我也许将会永远失去她的信任和友谊了……"

三个人都闷闷地坐着。夜已深，茶已凉。窗外黑暗的夜空，像一片没有灯光的死胡同，虽然宽阔无垠，走到头也仍无出路。

很久，水虹长叹了一声，郁郁地说："老吴，作为阿霓的妈妈，我把她交给了你，不能再亲自抚养她，我对不起她。但我更对不起她的，是我有了爱，但她却一无所有，因为爱不能转让也不能施舍。所以我能为她做的事，只能是像一张保鲜膜一般，把她的爱珍藏起来，让她继续做她的梦。早恋一般都很短暂，很朦胧，如同清晨的露珠，太阳一出来，它就会自然消失的。我们谁也不要去阻拦她，这段人生最珍贵的情感，还是让它保留得长一点儿，等她懂事了，让她自己去处理，从长远说，这对于她的整个人生，也许会更有用的。"

老吴嘟哝说："我看你比她还会做梦。吃勿消，吃勿消咯……"

水虹走到厨房去冲了三杯咖啡，又拿了一盘点心来，笑笑说："吴医师，今天又要值夜班了，我欠你的情，总有一天会一道归还。"水虹又向老吴问了一些阿秀的情况。老吴喝着咖啡，情绪略略好转。话题又回到阿霓身上来，水虹若有所思地说："老吴，你和阿秀以后能不能多让阿霓接受一些现代女性的观念？我每次给她打电话，总是衣食住行啊婆婆妈妈的，没法同她谈更深的内容。我这里有一本《邓肯传》，你带去给她看看，她会慢慢懂得，痴情是传统的中国女人带有依附性的情感。它与现代人的独立自由的精神格格不入，一个女人离开另一个并不爱她的男人，就无法活下去，这种痴情实在太古老也太落后了。其实，等阿霓再长大一点，她肯定会比我们这代人更独立的，那时她就不会赖在周由身上。周由，你说是不是？"

周由说："如果阿霓有一天叫我一声爸爸，我可就乐颠了。"

"哦，如果有一天她当着妈妈的面，恋起父来，你可就尴尬了。"老吴打趣地嘲讽说，"好好的生活，就是让她们这些现代女性给弄得乱七八糟，将来，若是女儿太现代，我看也够你们受的……"

"那就看命运的安排吧。看不见的手，总是比看得见的手更有力量。"水虹一边说着，一边把老吴的那盒烟悄悄收了起来。

老吴看了看表，问周由说："那么，你说实话，按阿霓现在的绘画水平，她到底能不能考上中央美术学院附中？"

"悬。"周由坦率地回答，"她的自由创作能力比同年龄的孩子都高，色彩也不错，这是她的强项。但她的素描和速写基本功，还差一些。再练半年，也不是一天两天能突击上去的。如果在北京，我天天辅导她，可能提高会很快，但在苏州，她好像还缺乏一个真正的好老师。美院附中历来对基本功要求很严，如今想学绘画的人那么多，竞争太激烈，我真不敢说……"

"如果真的考上了呢，你们怎么办？"

周由不假思索地答道："那我和水虹就立即结婚，让她在北京有一个新家，我们也好照顾她。"

"既然……既然她考上的希望不大，我看还是让她考普通高中，将来也不一定非考艺术院校了。"老吴犹豫着说。

"那怎么行？"周由失声叫道，"画画可是她的生命啊！"

"还是让她试一试吧，这是她唯一的希望了。"水虹点点头说，"要不然我们也许埋没了一个未来的天才。老吴，你不会忘记吧，其实我们从小就让她学画，就是因为她从三岁时起，就表现出对绘画浓厚的兴趣，那是她的另一个世界，她所有的情感和才华都从画面上展现出来，好像是天生的。我总想让她去做自己喜欢的事情，并不是为了让她成为一个画家。等她真的长大了，即使不当画家，我相信她也会是一个富有创造力的女人……"

"好啦。"老吴从沙发上站起来，"那就按你们的意见，全力以赴让她考附中，一切的一切，都等她考试结束以后再说。现在我也成了你们的一个合谋者，可惜阿秀也和阿霓一样蒙在鼓里，我在家里连个商量的人都没有。"

老吴走到门边，握住周由的手说："小周，这次见到你，我还是很高兴的。这件事全怪水虹，要是她不跟你走，过几年，我有可能得到你这样一个画家女婿呢。我真是又喜欢你又恨你。但是更恨水虹，她破坏了我一个美满的计划。现在说什么都晚了，看你们过得蛮好，我也就放心了……"

水虹把一只手电筒递给周由说："你代我去送送老吴吧——"

周由将老吴送到马路上，为他拦了一辆出租车，约定明天上午等他的电话，看看车票的情况。老吴回到宾馆，阿霓睡得正香。虽然时间已近十二点，他还是到服务台去挂通了苏州家里的电话。阿秀还没睡，说正在等他的电话，所以约了娘家的几个亲戚在家里打麻将。老吴告诉她阿霓已经接到了，在北京一切顺利，一两天就动身回苏州去，让她在家里一定注意安全，当心身体，让娘家的人多陪陪她，不要累着。讲完这些，他又加了一句，说他一离开苏州以后，就开始想家了。阿秀嗲声嗲气地让他每天给她打两次电话，让他快点带阿霓回去，乡下的亲戚送了一条两斤重的活鳜鱼来，她养在水缸里，留着等他们父女回来吃。

第二天早上，周由如约搞到了两张次日中午去苏州的卧铺票。把票送到宾馆后，他和老吴一起带着阿霓，参观了中国美术馆和其他几家画廊。下午又去了颐和园。周由没有带阿霓去长堤，而是带她去爬颐和园的万寿山和佛香阁。在半山腰，阿霓非让大哥哥背着她走，周由让她从身后勾住自己的脖子，驮着她疯跑了几十级台阶，阿霓快乐地喊叫着，破涕为笑，脸上的阴云一扫而空。

正是周末，晚上周由还请老吴和阿霓去听了一场室内乐演奏会。

整整一天，阿霓几乎都紧紧抓着周由的手不放。好像她一松手，大哥哥就会像影子一样消失。周由总是有意识地避开她的目光，那双清澈的眼睛随着时间的推移，瞳仁中的颜色逐渐加深，逐渐沉淀，从透明到浑醇，从欢快到忧郁。而到了半夜周由将阿霓父女送到宾馆门口分手时，她已知道自己明天必须离开北京。眼里已是一片无望的黑暗，沉浮着无可挽回的黯然和悲哀，令周由不忍再看。

离别的时刻终于来临。在月台上，阿霓不顾一切地回身扑向周由，紧紧抱住他的脖子，亲吻他的面颊。周由费了好大劲，才把哭成泪人的阿霓从自己身上解开。车终于徐徐启动，阿霓扑出身来，挥着手说："大哥哥，你一定要来苏州看我……大哥哥，你一定要等我……等我……"

她呜咽着，泪水扑簌簌地弹出车厢连接处的踏板，砸在一节节缓缓移动的枕木上。

周由望着远去的列车，一直等到看不见车尾了，他才走出站台。他无法把两天前站台上那个欢乐的阿霓，同眼前这个悲伤的阿霓叠合，心里忽有一种空落落的感觉，让他上不着天下不着地悬浮而归。一时他几乎弄不清自己是在同女儿分别呢，还是同一个小情人分别。他细细回想着和阿霓度过的两天时光，那小小的光斑在心里一闪一闪的，像萤火虫飞过夏夜的天空。他不明白这个小女孩为什么会对自己有那么大的穿透力，以至于他好像已经把她的痛苦当成了自己的痛苦。无论那是一种什么样的感情，阿霓都已在他心上占据了重要的位置。回家的路上他昏昏沉沉，试图理清自己纷乱的思绪，却是徒劳。他在路口的一条石阶上坐了一会儿，才无精打采地走上楼去。

周由轻轻搂住水虹，吻着吻着，眼睛就湿润了。他喃喃说："水虹，我这是怎么了呢，阿霓走了，我的心也好像被她带走了。我觉得自己像是提前当了父亲，可我实在又不像个父亲，这种爱，比父爱更浓烈更复杂些，又比少年的情爱更纯真些，连我自己都搞不清楚，我好像快要被撕成两半了……"

水虹张开手，把手指插到周由浓密的头发里，轻轻梳理着。她也还没有从阿霓匆匆来而复去的失落感中摆脱出来，她也许比周由更思念更怜爱自己的女儿。两天中，阿霓近在咫尺，而她却不能和阿霓见面，哪怕听一听她的声音。她只是让周由替代她尽着母亲的职责，这越发使她心里充满了难以排解的愧疚。周由的率真和诚挚令她深深感动，正因如此，她也更理解周由此刻的心情。

两个人默默相拥着，很久没有说话。

水虹一时不知该怎么安慰周由。她想自己也许该说点儿什么，也许讨论一个周由感兴趣的话题，能为周由分担心里的烦闷。她娓娓闲聊着，对周由说起，人的感情其实常常处于分裂状态，回头看，她以前对老吴的情爱中，也有一些恋父的因素……

"所以我总是想，21世纪也许会从此告别极端主义了。"她说。

"极端主义？"周由悻悻地问。

"比如说，你我都是自由的，但这种自由很可能会导致极端。东方的极权主义和西方的极端个人主义，都开始瓦解，以后各个极端的派别都将掉头回归，何况是大的感情世界，怎么会有绝对的界限呢？"

"你以前好像说过，有一种新的学派，信奉平衡主义，就像走独木桥，必须保持身体的平衡，才不会栽下万丈深渊……"周由似乎有了一点兴趣。

"其实那是一种古老的哲学，就是中国文化中的中庸之道。比如说，一夫一妻制和群婚制，就是两个极端，在现实中，这两种制度都不可能真正实行。实际上，无论哪一个国家哪一种法律，民间真正通行的是多元制：一夫一妻，夫妻加情人，同居，试婚……只要避免血缘和疾病的问题，人在情爱的选择上，是永远没有绝对原则的……"

"但中国的中庸之道是不是太保守了？中庸使中国停滞了千百年。"

"因为中国并没有严格贯彻中庸，统治者用极端的专制集权主义来推行中庸，当然会有反作用。中庸貌似保守，其实具有一定的革命性，它反对一切极端，现代经济学、环保学、生物学、医学都证明了它的正确性。哪个领域失掉平衡，都要出大问题。"水虹说。

周由抱住了水虹，把她放在自己的腿上，连连吻着她说："不，我不管你赞成什么主义，我只想和你在一起，有了你，我宁愿放弃自由……我会用世上最纯真的爱去爱阿霓的，这将是唯一的一个极端了……"室内沉重压抑的空气渐渐散去，他忽然产生了一个错觉，觉得怀里的水虹，是一个长大了的阿霓，比阿霓更丰富更迷人。

这一夜，两个人都异常缠绵。

过了几天，小画室渐渐恢复了往日的静谧和安详。周由重又开始一心一意地画水虹的人体。他觉得水虹更美了，他好像已经爱了水虹十几年，从她十五岁的少女时代就已爱上了她，一直在爱，越爱越深。他和水虹共同酿造的爱酒，已不是新鲜、疯狂、灿烂的扎啤，而已进入了持久的窖藏期，恒温的酒窖并不宁静，那爱的酵母始终在微妙地反应着，无止境地增殖，最后成为海底窖藏百年之久的陈年美酒，时间越长爱意越浓越醇。周由的爱依然在泡沫四溅地发酵着，即便偶尔被清纯新鲜的葡萄汁所吸引，但一旦回到了自己的画室，他就又重新变成了一个爱的酒徒。

画室里终日弥漫着柔情酒意。水虹发现周由作画时，功夫花在美的内在气韵上，要比找形找色的时间多得多。下午小歇的时候，她提议喝一杯周由早先珍藏的"人头马"，才喝了一小口，脸上就泛起了一层红晕。她举着杯子，凝视着画架，醉眼蒙眬地说：

"……周由，你是怎么想的，你怎么把我画进酒窖里去了？这些淡黄色的大酒桶做背景真是别有风味。你的爱的感觉真好……你不要把我画成大醉的样子，最好是微醉，微醉的女人最迷人、最好喝……亲爱的，别画了，还有明天呢……这幅画比上一幅还要让人陶醉，这次是真醉……我的头有点晕了，我们有满满一窖酒呢，一辈子也喝不完……再来一杯，我还想喝……"

水虹说着说着，已是面若红酒，全身的肌肤也微微红酥，透出玛瑙般的光泽。周由放下画笔，又倒了两小杯"人头马"。他俩真的进入了微醉状态，满窖的酒，突然加快了反应，散发出醇厚的酒香。两人如痴如醉，水虹用双手环着周由的脖子，喃喃道："你说得对，我也不想给你自由了……"

第二天下午，周由到公司去陪老板选画回来，顺便到家里取回了一些报刊和信件。水虹用剪刀帮他将信封一一剪开，其中有一封本市的平信，信封上没有落款。水虹好奇地打开信，信极短，她只看了一眼，信尾的"丽丽"两个字闪入眼帘。她笑着把信递给周由，说："你自己看吧，我可不想侵犯你的隐私权。"

周由接过信，草草溜了一眼，便知道是舒丽写来的。

周由，我知道你在北京。这次虽然没有找到你，你的家人也不肯告诉我你的住处，还说你那儿没安电话，但下次我一定会找到你的。见信后请一定往深圳给我打电话，有要事相商。下午我就飞回深圳，等我把那边的房子卖了，再追回一笔欠款，我就可以回到北京长住了，以后我哪儿都不去了，下半辈子全都守着你。你怎么误解我都行，只求你别不理我。我的情况不错，见面再详谈，我想告诉你的是：你就会有一套属于自己的大画室了。

你的丽丽

周由拿着信，愣了好半天。

23

火车开动后，阿霓对爸爸说她累了，一声不响地爬到车厢的上铺，在自己的铺位上静静躺了下来。

她侧着脸，面朝里，盯着摇摇晃晃的车厢板出神；有时翻过身，用双手托着下巴，两眼久久地望着窗外掠过的模糊树影，回想着与大哥哥的亲吻。想着想着，她闭上眼幸福地微笑起来。那是爱的允诺和表示，尽管大哥哥总是说得含糊其词的，但他的眼睛告诉她，他是那么喜欢她。阿霓真后悔没有让大哥哥吻得多一点，吻一吻她的嘴唇、脖颈甚至还有胸前的两个秘密。她发现大哥哥比第一次见到她的时候更喜欢她了。但她又隐隐地觉得，大哥哥并不像她希望的那样，每时每刻都想和她在一起。在北京的几天，她最喜欢谈的事情是大哥哥等她长大，将来如何如何；但是大哥哥最喜欢谈的事情，却是色彩呀创意呀，说来说去，总像个老师似的在教她画画。

她真不知道大哥哥究竟是喜欢她这个人，还是喜欢她的画。要想一直让大哥哥喜欢她，好像不是那么容易的事情。她听出来，大哥哥对她的画还不很满意，如果她再不突击练习素描，过不了基本功这一关，她是考不进北京的。他反复强调说，这半年中要给她开小灶，上"函授"，让她每过两个星期，就把素描作业寄给他，由他来给她做书面讲评，这样也许会进步很快的。再过两个月，他会专程到苏州去一趟，为她进行一次模拟考试。

阿霓的泪水悄悄从眼角滚落下来。她觉得自己其实一点儿也不想画画了，她实在画得太累了，素描和速写又那么难，要花多少时间和功夫啊。但是，如果真的考不上美院附中，她就再也没有机会和大哥哥在一起了。大哥哥最后还是没有答应她——如考不上就让她到北京去教她一年再考，他只是说这需要爸爸批准。但爸爸根本就不会同意，爸爸只允许她考一次附中，考不上就去考重点高中。而一旦考上了重点高中，将来再考美术学院就更难了……

阿霓一离开北京，就陷入了更深的苦恼之中。她恨爸爸这么十万火急地赶到北京把她"绑架"回苏州去，在北京这样短短的两天，又有爸爸守在一边，害得她还有许许多多想说的话都忘了对大哥哥说。阿霓深深感到了孤独，妈妈走了，她心里的秘密又不能和爸爸、阿秀讲。看来她唯一的选择，只有考上附中了。万一考不上附中，她也不考高中，她一定要再到北京去找大哥哥，让他再教她一年。只要一到北京，天天和大哥哥在一起，她就不会分心了。她一定会越画越好的。

车窗外渐渐暗下来，大哥哥的影像渐渐变得模糊。车轮每转一圈，就把大哥哥甩远了许多。大哥哥在车轮转动中离她越来越远了，重新又变成了一个遥远的大哥哥。那隆隆的火车轮子，好像一千遍一万遍地重复着："阿霓你来，阿霓你来……"有时她忽然怀疑起大哥哥是不是真的喜欢她，却又茫然无解。一路上，她闷头想着心事，就是不和爸爸说话。

坐在下铺的老吴，手里翻看着一张报纸，眼睛总是时不时地往上铺看，留意着阿霓任何一点细小的动静。但阿霓无声无息，就连周由送他们上车时买给阿霓的一大堆水果，她也懒得去碰一下。老吴偶尔踮起脚，偷偷窥探阿霓的神情，见她时而喜悦、时而害羞、时而又一阵阵发呆，有一次还掩着被单悄悄地哭了。老吴不敢去打扰她，只能在心里叹息。他想阿霓也许是真的感到了压力。也许，阿霓是越来越敏感了，她这次来北京其实并没有得到大哥哥真心的承诺，她是在上车后经过反复回想后得出这个结论的，她一定开始尝到早恋疼痛的滋味了……

那一夜，老吴辗转反侧，难以入睡。世上为什么没有一种手术，可以除去一个人心里的思念和痛苦呢？他觉得自己真是枉为一个外科医师了。

天亮以后，老吴把阿霓叫起来，带她去洗了脸，然后想方设法哄着她吃点东西。阿霓好像也真感到饿了，独独挑出周由买给她的一大盒果仁巧克力，靠着窗子一口口细嚼慢咽起来。

列车驶过了长江大桥，离苏州越来越近，窗外已经看得见江南冬天的绿色。老吴觉得自己离水虹渐渐远了，自己的心越来越贴近了阿秀。阿秀已有两个多月身孕，吴家和李家都盼望阿秀能生个儿子，老吴也真想要个儿子，漂亮的女儿实在太让人操心了。离开北京前，他特地和阿秀通了电话，告诉她，他和阿霓将坐火车直达苏州，让她不必到车站去接，他和阿霓打的就能到家。阿秀在电话里还问他为什么不坐飞机，那样可以更快一点到家。他说飞机要到上海去转，再说阿霓连个学生证都没带，也买不了飞机票。他想此时阿秀一定正忙着给他们准备饭菜，说不定正在动手处理那条鳜鱼，火腿冬笋雪里蕻大汤鳜鱼是他最爱吃的菜了，阿霓却喜欢吃鱼的眼睛……

但不知为什么，老吴心里始终有一丝微微的不安。虽然他不在家，阿秀有李家照应，但他还是放不下心来。阿秀太年轻了，从来还没有主持过一个家。她的心地又那么善良，餐馆来往人多嘴杂，她有时难免良莠不分。老吴觉得自己似乎离开家已经好久，他突然觉得自己真的想家了。

出租车开进小巷，走了不到一半，就已经开不动了。前面半条巷子里挤满了人。远远望过去，自家门口好像停着两辆警车，警察出出进进，戒备森严。老吴吓得脸色铁青，还未等下车，车门已被跟踉跄跄扑过来的李老板拉开了。

"家里出大事了……阿秀她……阿秀她让人……"

老吴拨开人群，冲了过去，街坊邻居都同情地为他闪开了一条路。阿霓也蒙了，甩开李家伯伯，跟着爸爸跑过去。家门口站了好几个刑警，小院已被封闭。老吴掏出身份证，说他就是这家的房主，闯进了大门。阿霓则被一个女刑警拦在了院外。李家兄弟死死拉住了阿霓不放，不让她去看里面的血腥场面。

老吴踉跄着进了小院，院子像一个被盗的古墓地，到处是土坑。他喊着阿秀，无人应答，只见客厅里已是四壁空空，家用电器荡然无存，唯有几件笨重的明清家具七歪八倒；他冲上楼梯，也不见阿秀，小客厅里所有的字画、油画也被席卷一空，小型保险箱和几块护墙板已被撬开，满地一片狼藉。一种绝望的预感牢牢攫住了他，他冲向卧室，只见里面有几个刑警正在照相，勘查现场取证。老吴刚刚适应了卧室内昏暗的光线，阿秀便跳入了他的眼睛——她侧着倒在床上，赤裸裸的身体溅满了鲜血。她的胸口、颈部、微微隆起的腹部上，几处血洞已经不再流血，两只美丽的眼睛已没有光泽，呆呆地瞪着天花板。床单上的血斑已被床垫吸干，地毯上也都是暗红发黑的血迹。老吴两眼一黑，右手捂住胸口，憋晕过去，扶着门框跪倒在门边。

两位警察把他扶到小客厅里，给他灌了几口凉水。老吴慢慢睁开眼睛，立即想站起来，回到卧室去救阿秀，但被警察按住了。

"你就是吴免雄先生？"一位警察问道，另一位书记员匆匆笔录，"请问你是从哪里来？案发时你为什么没有在家？"

"我是、是阿秀的丈夫……"老吴绝望地说着，一边战栗着掏出了他和阿霓的火车票，"还是先救人要紧，她还有救吗？我是外科医生。"

警察摇摇头："全是致命伤，连肚子里的孩子都不放过。现在这些歹徒太残忍了。"

"阿秀……她、她是什么时候……"

"作案的时间在昨天晚上十二点到今天凌晨三点。李秀秀大概死于凌晨三点。上午九点多钟，被她家父母发现……"

"是什么人……什么人作的案？"

"正在取证，目前还不清楚。我们初步估计，是一个熟悉你家情况的犯罪团伙干的，凶手有四人以上。"

"他们抢了东西就行了，为什么还要杀人？"

"估计李秀秀认识这几个人，不然也不会给他们开门的。这伙强盗好像一直在逼着她说出你家藏古董玉器的地方。"

"那些东西早就转移到我父母家去了。我们已经放出风去，说是捐给博物馆了。要是熟悉我们家情况的人，应该知道这些事……"

"歹徒当然不会相信李秀秀的话，他们抢了东西，又强奸了她，然后再把她杀死。"

"我……我，太大意了……我在北京每天都给她打电话的。前两天，她告诉我，每天晚上都有家里人陪着她的，怎么偏偏昨天夜里没人陪了呢？"

"幸亏没人陪她，否则恐怕死的就不是一个了。不过据李家的人说，是李秀秀自己不让她们陪的，她的两个嫂嫂各陪了她一夜，昨天晚上她们打了一会儿麻将，李秀秀就叫她们回去了。她妈妈店里的事忙不开，早上又早起，说是怕吵她睡觉，也没有来陪。陪与不陪，并不是案件的关键所在。据邻居反映，你是到北京去找女儿了，找回来没有呢？"

"我和她一道刚刚下火车。"

"那么，有谁知道你这几天离开了苏州？"

"附近的邻居大概知道的人不少。阿霓自己一个人走了以后，阿秀为了寻她，找遍了整条巷子和她的同学家。后来我们接到了阿霓同学的电话，才确定她已经去了北京……"

"那么，有哪些人熟悉你家的情况？"

"讲勿清，周围的邻居经常找我办住院、动手术……"

老吴再也不想回答警察的提问了，他已经无法支撑自己的身体。他呆呆望着已被床单盖住的阿秀，痛苦地想起了那第一条血床单。他忽然觉得自己就是杀害阿秀的凶手，是他把阿秀引进了这个小院，又是他让她住进了这幢小楼，他还把她一个人扔在家里。他本应想到她的安全问题，让她回娘家去住几天，那么哪怕这个家被抢劫一空，阿秀也不会惨遭杀害了。是他害了阿秀，还有他未出生的孩子，这是两条人命，而漂亮贤淑的阿秀却再也不能复生了……

老吴痛不欲生，扑在阿秀的身上，又一次晕了过去。

阿霓被人拦在自家的大门外。她已经知道阿秀被坏人杀死了。整条巷子的人都在议论纷纷，说阿秀死得好惨。阿霓吓得浑身一阵阵发抖，影视剧中那些血腥的场面，一个接一个地跳到她眼前。她无法相信那个每天为她做好吃的饭菜，还常常安静地坐在她面前为她当模特的阿秀，真的就再也不会醒过来了。她的小弟弟也被人杀死了，躺在阿秀的肚子里，还没生出来就死了……这太可怕了……阿秀妈妈，阿霓还没有叫过你一声妈妈呢，还没有见过一眼小弟弟呢……也许爸爸正在抢救阿秀妈妈和小弟弟，爸爸什么人都能救活，一定也能救活阿秀妈妈……

"阿秀妈妈……"阿霓终于恐惧又悲伤地大声哭了起来。

"叫啥叫！现在叫，晚了！"李家大儿子狠狠地瞪着阿霓喝道，"都是你，一个人跑到北京去，你不去，阿秀肯定不会死！真勿要面孔，介小小年纪……"

阿霓突然发现周围的人都在恶狠狠地瞪着她。她开始意识到自己闯下了大祸。她害怕地抓住了一向宠爱她的李家阿婆的衣角，但阿婆嫌弃地甩掉了她的手。阿霓吓得一哆嗦，她觉得周围的人都像是面目狰狞的魔怪，眼睛里向她喷射着可怕的火星，好像她是个漏网的杀人犯。她多么希望爸爸能从门里走出来抱抱她啊，但爸爸会不会也这样凶巴巴地看着她呢？这几天爸爸已经不像以前那么和颜悦色了，现在爸爸看到阿秀妈妈和小弟弟死了，一定也会对她凶的。被人宠惯了的阿霓，第一次处在孤立无援、被包围、被唾骂、被憎恨的境地……她双腿一软，张了张嘴，喊了一声便瘫倒在地。没有人扶她起来，只有一个女刑警走过来，把她像小鸡一样拎起来，放在门口的台阶上。

阿霓不知时间过去了多久，她听见有人撕心裂肺地喊着阿秀，只见一副蒙着白床单的担架，被几个警察从大门里抬出来。白布上留着大片暗红的血迹。李家的人哭得死去活来，小巷里看热闹的邻居也个个陪着落泪。阿霓不敢走上前去，像个弃儿般蜷缩在墙脚，吓得哭不出声。那就是阿秀妈妈吗？担架在她眼前晃动，雪白的布单，斑斑血红，还有眼前黑压压围观的人群——她曾喜爱和熟悉的红、白、黑三色，腥风血雨般朝她压来，把她先前一切的色彩感觉全都闷死在心里面了。

人群散了。闻讯赶来的白老板和老吴的弟弟，把阿霓抱进了屋子。老吴像一座陶塑泥雕一样，呆呆望着被洗劫一空的房子和墙上的血痕，嘴里木讷讷地一遍遍喃喃自语："阿秀，我对不起你，你死得太惨了……阿秀，我对不起你……"任凭白老板和吴华雄怎么劝他，他仍在阿秀的床前长跪不起，涕泪如雨滂沱。

阿霓昏沉沉睁开眼，只见房子里空空荡荡，像一部电影里的废墟。满地扔着被拆走画布后残破的画框，还有画册和画簿的碎片。那些坏蛋不但杀死了阿秀，偷走了家里的好东西，还把墙上所有大哥哥的画都抢走了。阿霓惊慌地环顾四壁，好像觉得自己也已经同那些画一起被人杀死了。大哥哥的画是她的全部生命，十个多月，她没有一天不是同那些画儿在一起度过的，就像守着大哥哥一样。可是现在，它们到哪里去了呢？没有了画，她怎么办呢？没有画她就不会认识大哥哥，不认识大哥哥，她就不会跑到北京去，那么——阿秀妈妈和小弟弟难道真的是她害死的吗？那么，她真的成了小巷里最坏最坏的女孩了吗？

阿霓神情恍惚地走到墙角，双手发抖地把残留在画框上的一角白鹤翅膀，小心地摘了下来。这将是大哥哥留给她唯一的纪念了。她的身子不由自主地抽搐，却没有任何感觉。阿霓什么都没有了，小朋友们不理她了，喜欢她的阿姨叔叔们都躲开她了，把她当成小公主的李家外婆外公都不见了，就连爸爸也好像世界上根本就没有她这个人一样了……

阿霓用颤抖的手，轻轻抚弄着白鹤的翅膀。她不敢去想大哥哥，大哥哥再也不会喜欢她了。她没有听爸爸和大哥哥的话，一个人跑到北京去找大哥哥，大哥哥不会再要害死了两个人的坏女孩了。可是大哥哥，你不能全怪我，如果你寒假来苏州看我，我就不会去北京了……大哥哥我不怪你，你还是把我接走吧，我在这里再也待不下去了。阿霓就是给你当小保姆也愿意的，我会学烧饭洗衣服刮调色板……大哥哥，不是我杀死了阿秀妈妈和小弟弟，只有你会相信我吧？……但是阿霓没脸再去见大哥哥了，她没有保护好大哥哥的画，把大哥哥送给阿霓的画全弄丢了。这都是大哥哥的心血之作，还没有送去参加个人画展，还没有收进画册，还没有正式出版呢，可现在都没了，都丢了，也许再也找不回来了，她可怎么向大哥哥交代呢？

妈妈呀，你在哪里？你每次给我打电话都不说你在哪里，你为什么要同爸爸离婚呢？妈妈你快来，快把我接走吧，阿霓要妈妈……妈妈……啊……

阿霓大叫一声，失去了知觉，晕倒在沙发上。老吴这才惊醒，转而扑过来照料阿霓。白老板拿了水和毛巾给阿霓敷上，三个人手忙脚乱、千呼万唤，又折腾了半天，阿霓才算苏醒过来。老吴松了口气，怔怔地想了一会儿，对白老板和弟弟说，还是先把阿霓送到她爷爷奶奶家去吧，这个地方，看来是住不得了……

刚刚重新得到家庭温暖的老吴，又一次失去了爱。这次失去比上一次更加惨重。水虹毕竟还幸福地活着，而可怜的阿秀和尚未出生的小生命，却即将化为灰烬。老吴在极度的哀伤中凄然想起，自己原来希望将来由阿秀把他的骨灰抛撒在小河里，可是想不到现在竟然要由比她年长一倍的他，来捧她的骨灰盒了。他是不会把她的骨灰抛撒掉的，他要把他们母子俩的骨灰放在自己身边，一直放到自己也化为灰烬的时候。

　　一年中两次家庭和爱的变故，使得老吴骤然间老了许多。他目光呆滞，行动迟缓，面色晦暗，头发大把大把地脱落。就连小巷里那几个对他心仪已久的女人，也都远远地躲避着他。人们又开始猜测水虹为何突然弃家而去的缘由，似乎她有某种特异功能，早早地预测了吴家的不幸。巷中的工薪阶层，在同情愤慨之余，也暗暗得到了心理平衡。他们得出了一个自我安慰的结论——其实拥有财富也未必有福，钞票多了反而最不安全。还是太太平平过日子最保险，上帝还算公平。

　　破案工作似乎进展缓慢。小巷里人心惶惶。

　　老吴再也没有勇气收拾这个血淋淋的家了。他决定把自己的这个小院送给李家，虽然他心里实在舍不得这个小楼。这座北枕小河南临小巷的独家小院，给吴家几代人留下了多少凄美惨烈的爱的传说。而传到他这一代，却演出了一幕愈加凄冷哀痛的悲剧。老吴真不知道吴家哪一位祖先得罪了复仇女神，要让吴家的后代付出如此惨重的代价。小楼曾是吴家几代人情爱故事的舞台，他憎恶它又眷恋它。但是他实在无法留住它了。他如今只剩下了一个女儿，女儿也是在这幢小楼里，滋生出她痴情的爱，若是再让她住下去，她真的会发疯的。还是让小楼陪伴阿秀的父母吧，即便这份丰厚的房产，也无法赔偿李家失去女儿的悲伤……

　　过了几天，老吴搬走了剩余的家产，把小楼所有的钥匙交给了岳父。他对老人说："阿秀生前非常喜欢这幢房子，她是从这里走的，所以我想，这房子还是留给你们吧。虽然这份房产的三分之一应归水虹，但是水虹一向喜欢阿秀，她也会愿意把房子送给李家的。万一她不同意，我会想办法再折算给她一些钱，你们尽管放心收下好了。以后，我会时常来看你们的，我对不起阿秀，也对不住你们……"

李老板收下了钥匙，不由得老泪纵横，唏嘘着说："我要是还有一个女儿的话，我也会让她嫁给你的。你永远是李家的女婿……只怨我们阿秀命苦，没福气过好日子……如今这世道坏得让人看勿懂了……"

老吴真后悔当初没有听水虹的话。虽然他按水虹的意思，把自己保存的吴家部分古董玉器，转移到了吴家大宅，但却没有下决心把整个家搬回去。阿秀毕竟太年轻善良，应变经验太少，如果遇到歹徒时，她不是死命护着这个家的财产，也许还能把命保住。可如今说这些，都还有什么用呢？老吴更后悔的是，当初没有早一点和水虹一起搬回温家岸的老宅。否则，阿霓就不会在小河边遇到周由了，周由当然也没有机会认识水虹，而自己若是不娶了阿秀，阿秀自然也不会死得这样惨了……那座美得令人恐惧的小楼是一个残忍的导演，它似乎必得把全剧在血泊中推向高潮，才肯迟迟落下黑色的大幕……

搬回吴家老宅的吴医师，在很长一段时间中，无法也不敢上手术台了。他见血就晕，拿刀就抖。医院也怕他出医疗事故，建议他去太湖边的疗养院休息一段时日。但吴老生命垂危，老吴寸步难离。不知有多少原本有希望在老吴的刀下生还康复的患者，却因这场不相干的血案而丧失了死里逃生的机会。

　　七十多岁高龄的吴老，还没有从失掉水虹这个爱媳的痛苦中解脱出来，又遭到了阿秀和她腹中之子惨死的重击。病榻上的吴老一日日迅速地衰败下去。他虽已没有力气去责骂长子，但他满眼都是对儿子的怨愤。如果奂雄和水虹早一点搬回祖宅，可能既不会离婚也不会遭此惨祸了。吴老对老伴也是满眼不肯原谅的睥睨，如果不是她坚决让长子长媳搬到那座阴气不散的小楼去住，哪里会得这种报应！吴母终日泪流满面，她感到整个家族都把祸根栽到了她的头上。她对水虹和阿秀确也抱着难以挽回的愧疚……

　　小河惨案的侦破工作全面展开。初步判断是一伙高智商加流窜作案的犯罪团伙所为。但他们肯定得到了熟悉吴家情况的人的配合。现场几乎没有留下有价值的线索和证据。小巷居民对此案的麻木冷漠的回避态度，使刑警大为吃惊。办案人员认为老吴不该在此时搬离小巷，人不走，茶大概不至于凉得那么快。李家餐馆生意冷清，门可罗雀，人们对李家用女儿换了这幢小楼，羡慕嫉妒之后，便把吴李两家贬得一钱不值。老吴再回小巷看望李家时，感到整条巷子的市民好像不认识他了似的。他对小巷十几年的无偿服务已一笔勾销。老吴开始理解水虹为什么最终会离开这条闭塞的小巷。他发现原来贫富杂居给贫富双方都带来了不便。在这种环境里，中产阶级的痛苦显得多么奢侈和多余。老吴更觉孤独茫然，然而他还是常常在夜深小巷空无一人时，独自徘徊在小巷的尽头，去追忆他与两位爱妻先后度过的短暂而幸福的时光。

　　阿霓已被奶奶托人办了转学手续，从此远离了那幢阴森森的小楼。她像一只受到雷击的小鸟，惊慌地扑进了爷爷奶奶的怀里。然而这栋终日散发着古老而潮湿气息的祖宅，并未让她觉得宽慰和快活。她发现自己已被严格看管起来，奶奶专门雇了一个又高又大的苏北女人，天天接送她上学，好像生怕她会再次外逃北京。爸爸也强行停止了她的美术组活动，并收走了她所有的画具、画簿、颜料和照片。她每天机械地重复着从家里到学校，再从学校到家里的规定路线——她甚至觉得自己只是从一个小小的牢房，转移到了一所大些的监狱而已。

阿霓依然受到两位老人的疼爱，但却一天天地沉默下去。她对美术的狂热、对大哥哥的痴迷，都被小河血案拦腰掐断。她陷入了更深的孤独之中。她的眼前再没有美丽的色彩和画面了，只有恐怖的镜头和目光。她最喜欢的红色变成了鲜血，大哥哥那幅红色的自画像，已被黏稠血腥的血迹淹没。没有了大哥哥的画，没有了"画炉"和客厅的舞台，大哥哥也成了一个遥远而模糊的寒冷的梦。她再也不敢去想北京，一想到北京，她脑子里就会出现少年法庭。她常常被自己的噩梦惊醒，梦中的她站在法庭上，周围都是一片黑森森的红领巾和一双双血红的眼睛，恶狠狠地谩骂和审判着她……

噩梦醒来时，她会看见爸爸坐在她的床边，流着泪述说着她不可饶恕的错误。爸爸说，是画毁了这个幸福的家，毁了阿秀和小弟弟的生命，也毁了阿霓的前途。周由是个不负责任的流氓艺术家，是他把充满了怪诞和恐怖的画带进这个家的，他的艺术是蘸着许多人和家庭的痛苦做成颜料画出来的。阿霓绝不能再同周由来往了。如果他知道了小河边发生的惨案，他就更不喜欢阿霓了。也许，他早就把他的苏州小妹妹忘掉了……

阿霓麻木地接受了这道命令，心甘情愿地承受着惹下大祸后的惩罚。爸爸再也不是以前那个慈爱的爸爸了。阿霓一点也不想见到这个一天比一天变得暴躁和可怕的爸爸。她唯一的乐趣，只是每天放学后，和叔叔的宝贝儿子皮皮小弟弟一起在花园玩耍。但是这种乐趣却经常伴随着突然发作的眩晕和昏厥。迷糊中她会感觉着一双柔软的小手，抚摩着她的面颊，一声声"姐姐姐姐"的呼唤，使她在昏厥中醒来。那时她会紧紧抱住小皮皮，像个小母亲一样亲吻着她的孩子。阿霓把自己对那个未出生的小弟弟的爱，全部倾注到了皮皮身上。早恋毫无结果的阿霓，又过早地产生了一些朦胧的母爱。老吴望着这个既不像姐姐又不像阿姨的阿霓，只好唉声叹气地暗自落泪。

阿霓这个小囚徒已无力反抗。她木然地顺从着吴家对她的宠爱和管制。那幅她偷偷珍藏着的油画上一角白鹤的翅膀，是她近一年的狂热和苦恋所剩下的最后一块残片。她学会了密藏的技巧，任何人也不能把它翻查出来。她希望自己快快长大，像妈妈一样飞出这座美丽的大监狱，飞到大哥哥身边。即使那时大哥哥已经结婚，她也要和他在一起。她恨自己第一次见到大哥哥的时候年龄太小，如果那时她已是个十八岁的大女孩，她相信大哥哥一定会把她带回北京去的。既然如今全家人都不会再允许她考美院附中了，那么她只好去考一所重点高中，过三年后，再考上北京的大学。那时谁也不能阻拦她去北京了。只是不知道大哥哥能不能原谅她丢失那些宝贵的画呢……

大哥哥，你为什么不来信？……一定是爸爸把你的信藏起来了……亲爱的大哥哥，再见了，三年以后你还会等我吗……

阿霓开始把以前画画的时间，都用在学习功课上了。她转学以后学习成绩已经降到中等水平，她的精神还不能完全集中，每天都一点点吃力地啃着书本，像一个小书呆子。学校的男同学悄悄议论她是个冷美人，冷得像冬天蜡梅树上的雪花。但阿霓知道自己心里还有一个小小的温泉，在冰雪中像一粒闪亮的光斑，还在微弱地挣扎着，涌出温热的泉水，输送给她最后的一点热气和暖意……

24

水虹和周由是在一个多月以后，才得知小河惨案和家中变故的。老吴有意拖延了通知他们的时间。一方面是由于老吴忙于料理阿秀和吴老的后事，一直处于悲痛和忧郁之中，实在不愿让水虹触动自己的这块伤疤；另一个原因是，老吴不想让周由觉得此事的发生，可以使他从此消除了后顾之忧——老吴完全看得出来，阿霓的存在是对周由和水虹幸福生活的威胁。一旦周由知道这次血案导致了阿霓的伤心绝望并且被迫暂时放弃了绘画以后，他一定会感觉轻松的。这一点令老吴觉得难以容忍。尽管这场悲剧的根源间接起自周由（如果不是因为他的介入，后来因这一"病毒"引起的一连串恶性感染都不会发生的），但周由却可以对这三个人的死亡不负任何法律责任。当代青年人早已把道德当成了虚伪的传统，而不会为自己的行为感到丝毫内疚和良心的自责。

老吴迟迟没有告诉他们南方的噩耗，也许就是不想让周由太自在了。起初他写过一封短信，说他和阿霓都平安回到了苏州。一直到两件丧事都安排停当以后，他才得空给他们两人写了一封长信，讲述了阿秀和吴老去世的经过，并转寄了吴老临终前写给水虹的遗嘱。吴老再一次表示希望她能回到吴家来，并为自己不能最后再见她一面而感到终生遗憾。而在吴奂雄的长信上，老吴以他一向为人的方式，没有向水虹提出任何责难。

周由和水虹终日陶醉于微醺沉迷的情爱与艺术中，周由的一幅新人体画即将完成。只是水虹近日来已略略感到纳闷，她几次给阿霓打电话，那幢小楼只是传来空空的回音，始终没有人接电话。老吴的这封长信，像一道晴天的闷雷，将她击倒在地，把他们精心酿造的美酒，突然化作了一窖苦酒。

水虹无法想象出那个血淋淋的场面。一闭上眼睛，阿秀的影子依旧栩栩如生。尽管老吴的信上，只字未提惨案的缘由，然而那每一个字，都似乎在谴责她的自私和无情。

水虹被重重地击垮了。她感到自己是一个逍遥法外的罪人，一个害死了三条人命却逃之夭夭的重刑犯。即便被送上法庭，她也难以洗刷自己的罪孽了。良心、道义和母爱的精神重负死死压在她心上，令她一阵阵战栗和痉挛。

三条性命啊，那也是她深爱的亲人。他们三个生命的终结，都与她的出走脱不了干系。阿秀是她看着长大的女孩，接过了她甩下的包袱，分担了她的焦虑和愧疚，阿秀一心一意地爱着老吴，却怀着吴家的孩子，怀着对未来美丽的憧憬，毫无防备地去了另一个世界。她才刚刚得到了老吴的爱，才只享受了几个月的幸福啊。阿秀如果不走进那幢小楼，本可嫁一个称心的小伙，日子也能过得不错。这个厄运是谁强加给阿秀的呢？细想下去，水虹心痛至极，愧疚难当。

水虹也不忍读吴老的遗嘱。这封信是在他临终的前一天写的，字迹虽然有些发抖，但依然工工整整，就像他一生中做过的无数手术那样一丝不苟。公公是整个家族中最疼爱她的长者，公公对她的爱是真挚而仁慈的。从她第一次见到他时，他的爱就坦诚地表露在全家人面前。为此她只得离开吴家大宅，搬到河边的小楼去住。但十几年来，公公对她始终彬彬有礼，他从不单独召她商谈家事，他将自己心里那份真切的喜爱严严包裹在公媳正常的亲情之内。但她每次见到公公时，都能感觉到这种亲情后面特殊的关心和照顾。她和老吴结婚后，为了支持她去上大学，吴老请人帮她推荐稿子，假期中又帮她请辅导老师吃小灶，还为她的工作安排四处奔波。等到水虹刚一怀孕，吴老就为她提前请好了保姆。生下阿霓，水虹除了哺育女儿，家务事几乎就没怎么操过心。水虹深深体会到一个有教养的长者，是如何表达和克制自己的爱的，就连婆婆都挑不出一点差错，老吴更是为父亲对晚辈的关爱一次次感动。然而，吴老却突然离开她去了，他的病情本来尚可维持很长一段时日，他一定是因伤心过度而去世的。水虹想起认识周由后那大半年，她之所以迟迟没接受周由的爱，不仅是为了阿霓，更怕伤了公公的心。公公不仅是她的父亲，而且是她的恩人、师长和挚友。她觉得这十多年来，她对吴老的感情有时甚至超过了对老吴的感情，那是一种更为超凡脱俗的纯精神的爱慕和敬仰，如今已是多么稀少和珍贵……

吴老的遗嘱唤醒了水虹一种柏拉图式的精神爱恋，她心底的自责便越发深重。她觉得自己太对不起公公了，直到他弥留之际，他也不知道水虹究竟是到哪里去了，他在生命的最后时刻，还盼着水虹能回到他的家族中来。而她，这一年中她沉醉于和周由的热恋之中，很少想起去探望公公，她没有在他最需要她的时候，给他哪怕一点点关心和回报，甚至没有能在他临终前去见他最后一面。她背叛了一位最可尊敬的长者和朋友，她是一个十恶不赦、自私冷酷的坏女人，她毁了吴家整整两代人，她将如何面对苏州故里的父老乡亲啊？

而那位秉承了吴老品行的前夫老吴，也许是所有爱着她的人中，最令她愧对的一个人了。他的健康也将因她的罪孽而受到难以挽回的损伤。这一年来，老吴对她所表现出的宽容、大度和友善，也大大超出了她的预料。直到现在，老吴仍恪守着他们三人之间的秘密，为了女儿和她的幸福，他独自一人承受着别人无法想象的精神折磨。如果一年前，她能得知这场爱的风暴会造成如此悲惨的结局和后果，她还能投入周由的怀抱吗？她问自己，而脑子已一片茫然空白。

还有可怜的女儿阿霓那金子般的生命、艺术和刚刚滋生的爱，统统都被她扼杀了，无可补救地扼杀了。如果……如果……如果生命能重新再来一次，她不会再这样了。她要让所有的人因她而骄傲、幸福地活下去。

水虹对自己先前"爱至上"的信条，第一次发生了怀疑和憎恨。

她承受不了如此的重创和自责。她欲哭无泪，无声地抽泣着。如果泪水能减轻她的罪恶，就让她的泪水汇成的小河，托着她漂回苏州去好了。窗外渐渐黑下来，屋子里一片昏暗，当她终于从昏迷中醒来时，她对一直守候在床边的周由，语无伦次地说了以下的话：

"……我再也受不了了，爱和艺术太残酷了，刚刚开始就沾满了鲜血，我不能再同你一起去完成我们的事业了……你让我回苏州去吧，我已经毁了三个生命，我不能再对阿霓、老吴和婆婆不管不顾了……阿秀和公公都死了，婆婆也病了，我得去照顾她啊……老吴的事业更重要，他不能垮，他还要救活许多人……阿霓更可怜，我不忍心断送了她的艺术前途，她需要妈妈，她是我唯一的女儿，是我生命的延续……我得回去了，亲爱的，我感谢你给我的爱，我是无法报答你的爱了……我们不是生活在地球上，我们好像飘游在太空中，可我得回到地面上去了，我会永远爱你的，在我们的回忆和想象中相爱下去，一直爱到生命的尽头……周由，求求你，让我回去吧，我再也受不了了……"

"水虹，你说下去，说出来也许会好受些的……"周由昏昏沉沉地抱着水虹说。他觉得自己也有一种快要虚脱的感觉，连站都站不起来了。

水虹挣开他的怀抱，跌跌撞撞往门边走去。"我去给老吴打电话，我马上就回去，我这就去买飞机票……"她说着，胡乱地套着衣服。

周由面无人色。他朦朦胧胧觉得水虹是真的下决心要走了。他两眼发黑，突然感到胸口一阵憋闷又一阵惊悸，他用尽力气大喊了一声："我不放你走！"便晕了过去。

水虹吓出了一身冷汗，慌忙关上房门，回过身来照料周由。她打开灯，颤抖着拧了冷水毛巾，给周由敷在额头上，她扶不动他沉重的身躯，只好守着他躺在地毯上。周由的嘴唇战栗着，紧紧闭着眼睛，好像死过去一般。

水虹望着面色苍白的周由，握着他冰凉的双手，想起了周由常常提起的双筒猎枪，她的眼前似乎有两个黑洞洞的枪口在对着周由。她若是一走了之，像周由这种性格的人，也许会闯下更加不可收拾的大祸。他会用枪顶住自己的下巴，把头靠在画布上，再用脚扣动扳机，在画布上给她留下一幅绝望的爱的行为艺术作品，一幅恐怖的太空黑洞……水虹觉得自己也快要发疯了。她披散着头发，赤着脚，在卧室里急得团团乱转。此刻她真想告诉天下所有的女孩，如果没有足够的心理承受能力，千万不要和疯狂的艺术家相爱。因为一旦爱上了，他的残酷的魅力将使你连割舍的勇气都没有。水虹弯下身子把周由搂在自己臂弯里，轻轻亲吻着他，在她的内心深处，她仍觉得自己是多么需要周由残忍的爱，来帮她支撑起良心、亲情和母爱这三座大山一般的精神重负啊。

水虹不知时间过去了多久，周由终于在她的怀里蠕动了一下，慢慢睁开了眼睛。他抬起胳膊，挽住了水虹的脖颈，将她的脸伏在自己的胸口，绵软无力地抚摩着她的头发，久久说不出话来。水虹放开他，站起来为他倒了一杯水，他忽然颤颤地夺过杯子，把杯沿递到水虹嘴边，小心地将杯子倾斜了，将水一点点喂进水虹的嘴里。水虹心里一酸，只觉得像是有一股生命之泉，源源地流入了她枯竭和孱弱的心田……

然后周由仰起头，一口气喝完了满满一大杯水。摇晃着站起身，走进卫生间，用冷水冲洗着自己的头，又嘴唇哆嗦地走进房间，打开了屋子里所有的顶灯、壁灯和台灯。他的脸色在雪亮的灯光下变得越发苍白，而两只眼睛却瞪得溜圆，透出一股不容分辩的狠劲。

他解开领口，长长舒了口气，把水虹扶在沙发上，说："现在你听我说，我的爱的法则就是至上而自私的，它像领土和主权一样，丝毫不能让渡。爱情不是政治，政治是妥协的艺术，爱则是玉碎的艺术。如果道德的法则不允许我们爱下去，那我就只好选择死亡。人类一切美好的精神都一次次幻灭了，只有爱还存在于人的心底，在疯人院、在监狱和公墓，我们还能见到为爱而粉身碎骨的男女。假如地球上连爱都没有了，同那些冰冷的星球还有什么区别？我看不如让一个小行星撞碎算了……"

"可是……我回苏州，也是为了爱……"

"不要打断我，亲爱的！一年多来，我是用生命在爱你，但我并没有违法。你为什么要把罪名栽在自己的头上呢？难道是你亲手杀死了阿秀吗？是阿霓杀了阿秀吗？是你害死了吴老吗？都不是！老吴家的财产早就让歹徒盯住了，他们早晚都会下毒手的。如果那一天老吴和阿霓在家，他们也许会把全家人都统统杀死。他们早有预谋，对吴家了如指掌，耐心周密地策划好了一切。我在刚才的幻觉中还看见了你，如果不是我把你拽到了北京，也许你们一家三口都会死于非命。这样的血案现在还少吗？这帮强盗连银行都能撬开，难道就撬不开小小的吴家吗？我觉得你的思维有问题，你不去谴责社会的腐败带来的混乱和贪婪，反而把他们造成的罪恶往自己身上揽。如果说你有罪的话，你只有包庇罪，你用善良之心掩盖了社会的罪恶之源，企图用自己的幸福去替千疮百孔的法制殉葬，痛苦使你失去了理智，你好糊涂！这不是我爱的水虹啊……"

周由的冷静中带着激情，激情中伴着愤怒。水虹还从没有见过周由如此义正词严的样子，不禁被他深深震慑，一时怔怔地说不出话来。

周由揽过水虹，把她放在自己的膝上，口气温和了一些，又说：

"水虹你真的以为在我们之间仅仅是爱吗？没有我们俩对艺术的共同创造，爱能有土壤吗？对我来说，它们像空气和水，缺一不可。中国真正的艺术家都不可能脱离政治，不是唯美唯艺的匠人，他们在绕开政治的艺术创作中，倾注了农村包围城市、艺术包围专制的自由反叛精神。在现代社会，在人们对信仰逐渐失望、摈弃之后，艺术便越来越取代了宗教的位置，成为人类最后一块精神净土了……"

水虹的眼里涌上了泪水。她紧紧抱住了周由，把头深深地埋在周由怀里。她感到了周由对专制腐败的强烈义愤，这种正义感对于一个有思想的艺术家来说是极其珍贵的。她理解周由说的意思。在周由的生活中，也许唯有她能真正懂得周由了。艺术所表现的人类精神比体制更深层更本质，体制改革还远远不能翻动传统心理的冻土层，若不是深入到这层冻土，东方现代化的幼树就扎不下自己的深根，稍遇寒流这棵幼树就会被冻死。而现代艺术和新的思想潮流，恰恰对东方民族积淀深厚、隐忍、宽宥已久的痼疾，具有颠覆性的作用。水虹觉得自己低估了周由，当她沉湎于家庭悲哀的时候，周由却伸出手将她托到另一个更高的层面来看待个人的不幸。她的心里充满了对周由的感激之情。

"可是……我还是放心不下阿霓啊……"水虹犹豫着说，"也许……也许我还是应该回苏州去一趟，看望老吴、阿霓和婆婆……我快去快回，你现在总不会再担心我一去不回了吧……"

周由沉吟了一会儿，点点头说："那你就自己决定吧。我不是不让你回苏州去，而是怕你在刚才那种心态下回去，不但帮不了老吴和阿霓，反倒给他们添乱……你若是回去，也算是代我去看看阿霓，你知道我多么想见到她，这可怜的小姑娘。她现在特别需要爱的支撑，你要打消她的负罪感，一定让她重新振作起来。"

当天夜里，周由陪着水虹到附近邮局去给老吴打了长途电话。水虹拿起电话便泣不成声，好一会儿，才总算断断续续向老吴讲清了她要回苏州去看望阿霓的意思。电话那一头沉默了好几秒钟，她急得喂喂喊了半天，才又重新听见老吴的声音。完全出乎她的意料，老吴用婉转的口气劝说她不必再兴师动众地回苏州来。他之所以迟迟不通知她，也是怕她再搅进这悲痛里。事情既已过去近两个月，她回来不回来，都已于事无补。她还是安心做自己的事情好了。

水虹说："可我实在不放心阿霓呀，她现在这种绝望伤心的样子怎么行？你还是应该让她画画，那是她的半条命啊……"话筒那端传来老吴冷冰冰的声音："她要是再画下去，可就连整条命都搭进去了。我看，阿霓的事，你就勿要操心了。我们刚刚设法让她平静下来，你一回来，她又要旧病复发了，弄不好还死活要跟你走，到时候你怎么办？求求你还是让我们全家清净几日吧……"

水虹被老吴这几句话，噎得愣在那里。她还想再说点什么，老吴好像已经把电话放下了，话筒里传出一声声急促的嘟嘟声。

回家的路上，水虹一路饮泣着，浑身无力地靠在周由肩上，深一脚浅一脚地走。她想不到老吴经历了这次惨重的打击，会变得如此不近人情。这不是老吴一贯的处事风格，他一定是被这一连串的痛苦折磨糊涂了。但老吴既然反对她回苏州，那么她擅自回去的话，定然得不到老吴的悉心配合。弄不好，真像他所说的，阿霓会死活要求跟妈妈离开那个家，那她可就骑虎难下了。

春天的晚风轻轻地拂起了水虹的鬓发，但水虹却觉得一阵阵冷战，寒意如锥子一般渗入了她的骨髓。

彻夜的噩梦，使水虹醒来时头痛欲裂。她无精打采地假寐着，生怕一翻身吵醒了周由。却感觉着周由的一只手暖暖地伸过来，轻轻揽住了她的颈项。

周由自言自语地说："嗳，我想起来，电话里你忘了告诉老吴，你同意放弃那份房产权，愿意把那幢小楼送给李家。你应该直接给李家写封信啊，宽慰宽慰他们。说实话，我也舍不得那房子，那是我们第一次见面和相爱的地方。不过没关系，等将来我们有了钱，也许可以把它再买回来的，你说对吧？"

见水虹不语，周由又说："我看，今天你莫不如再写封信给老吴，同他好好说说你想回苏州的理由，说不定老吴慢慢会想通的。"

水虹摇了摇头。昨晚的不眠之夜，她已想明白了老吴反对她回去的真正原因——如今处于各方面压力之下的阿霓，虽然看似循规蹈矩，然而心里必定很想离开那个牢笼般的宅院。而老吴如今只剩下了一个阿霓，那是他最后的寄托和希望，他绝不会允许水虹再把他唯一的爱夺走……

"我暂时是回不去苏州了。"水虹长叹了一声，披着睡衣坐起来，"我即使再思念阿霓，我也得为老吴想一想啊。周由你说得对，看来我还是不回去的好，无论什么样的痛苦，都让我们自己来承受好了。"

水虹开始趴在桌子上写信。一封一封，从早上一口气写到天黑，才精疲力竭地扔下笔，倒在周由怀里。

一个多星期以后，阿霓、老吴的母亲和李家阿伯，都通过老吴转来了给水虹的回信。

老吴在信上说，他的情绪已渐渐稳定，他为自己那天电话中的生硬态度感到抱歉。他已接受了水虹的意见，亲自到小巷去找邻居街坊们帮忙提供破案的线索，协助公安机关尽快查出凶犯，追回被盗的财物和周由的画，也好让阿霓减轻心理的负罪感。他在信上告诉水虹，白宏根对那帮打家劫舍的歹徒恨得咬牙切齿，他说幸亏水虹走了，否则她也可能遭此毒手。白老板已给公安分局捐款五万元做办案经费，一旦破案，他还要重奖有功的破案人员。现在破案工作正在进一步开展，迟早会让那些歹徒落入法网，为阿秀雪恨。他自己的生活已恢复正常，中断了两个月的清晨长跑正在开始进行。估计再过一段时间，就可以重上手术台了。就连医院里的病人家属们，也在自发地通过各种渠道协助破案，并联名要求院领导让他早日上岗，有的病人甚至自动承担了可能出现医疗事故的风险。这几日，家中电话不断，他家的不幸得到了社会的同情。他是以一位医术高超的大夫形象出现在社会和市民面前的，他感到自己并不孤独。他需要在紧张的手术台上忘记自己的痛苦，让自己重新站起来。他还劝水虹应该更加珍惜她已经得到的爱，因为爱的代价太大，她的爱应该为他们的事业增添附加值。

但他仍未提及水虹回苏州的事。水虹觉得自己的判断是对的，他的自尊不允许他接受水虹的怜悯，他必须也只能守住阿霓这最后一块绿洲了。

李家的来信也感谢水虹真心善意的慰问。李家已经在吴家兄弟的安慰和帮助下，度过了最痛苦的日子。他们也原谅了阿霓，李家的大儿子已经向阿霓道过歉了，吴李两家如同以前一样互相关照，时常走动，老吴也常邀请岳父母到吴家做客。房产的转让手续正在办理，他们感谢水虹的慷慨赠送，希望水虹不要忘记苏州，有空回来看看，大家都挂念着她的……

吴母的信上虽然只有寥寥数语，却再三恳求水虹回到吴家去主持家政，了却吴老临终前的遗愿，也好重新组成一个完整的家。并含蓄地对以前的事情向水虹表示了歉意，她一再说，她爱水虹，就像爱自己的女儿一样……水虹注意到信的左下角有老吴的一行附言，写着：老人家的话，姑妄听之，不必认真。

最后是阿霓的信。厚厚的几页，字迹潦草而凌乱，字里行间分明还留着斑斑泪痕。她的信像一座憋闷已久的火山，向妈妈倾诉了自己无穷的悔恨、痛苦、压抑和委屈。她说爸爸已经再也不许她动画笔，而且她自己也害怕色彩了。她说北京对于她已是那样遥远和迷茫，大哥哥的形象在她的记忆中也渐渐变得模糊不清。她说她正在努力补习文化课，她不可能再考美术学院附中了，她也不敢再给大哥哥写信了……她问妈妈什么时候回来，能不能把她接走，让她离开这个地方，但是她又怕爸爸会太伤心，所以她也不知道应该怎么办才好………

水虹捧着阿霓的信，看一遍哭一遍，心如刀割。她这个做母亲的，又有什么办法能拯救她的女儿呢？她的一侧是深爱的女儿，另一侧是深爱的周由，她哪一个都不忍放弃。现代人婚恋的重新组合，本是为了寻求幸福，但他们将面对组合过程中，子女的心理损伤这一永远无法解决的难题，并让无辜的孩子来为自己代付那沉重的利息。阿霓在信中虽然胡言乱语地责骂了寒假不来苏州的大哥哥，但水虹感到阿霓心的深处仍然在爱着她的大哥哥。只是她再也不能爱也不敢爱了。从感情上说，水虹并不赞成老吴让阿霓从此放弃学习绘画的做法，她为女儿将失去在艺术领域里一试身手的人生机遇而万分痛心。但理智的天平却迫使她选择老吴的"冰冻疗法"，他们必须让阿霓学会忘却，使她深受重创的神经暂时先舒缓平静下来，等她长大些，再让她自己来重新选择。

周由读着阿霓的信，好几次潸然泪下。他曾慷慨地对水虹说过，与其保留两个不幸的家庭，还不如重组一个成功的爱之家。但此刻他自己也对这一理论付诸实践的巨大代价，产生了惶惑和自责。他的脑子里甚至闪过了去苏州看望阿霓的念头。他独自闷坐，一杯接一杯地喝着辛辣的二锅头，只想一醉方休。

良久，周由把阿霓的信从水虹手里拿开，告诉她，他也要给阿霓写信，他不仅不会责怪她丢了他的画，还要鼓励她从人生的挫折中勇敢地爬起来。那些画就算是大哥哥替小阿霓交了学费，丢了的画可以再画，但一个人对艺术和美的虔诚，在任何困境下都是不能丢掉的……

周由说着扔开酒杯，就在桌前摊开稿纸写了起来。水虹捉住他的钢笔说："不是同你说过了吗，你写了也是白写，你的信，老吴是不会给阿霓看的啊。"

周由固执地夺回钢笔说："那我也要写，我要把心里的话说给她听，留着她将来再读，总有一天她会收到这封信的！"

水虹望着这些天忙前忙后，像照顾病人一样伺候着她的周由，心里一阵酸楚，溢满了怜爱。他瘦多了，苍白的面孔显得焦虑而憔悴，他的心理负担和精神压力也许比她更重。他的爱是一座独木桥，他的一生都行走在没有退路的独木桥上。如果她抽掉了这根圆木，他也许就将跌落深渊，再也爬不上来了。她在第一次到北京的时候，在他的画室里接过了他郑重交给她的爱与艺术的开关，那开关似乎只有打开的功能，却没有设置关闭的键钮。她无法关上它，把他重新推向黑暗。混沌的天地间，她的一边是女儿，另一边是周由，然而她面临的已不是情爱和母爱的矛盾，而是母爱和母爱的冲突——阿霓和周由都是她的孩子，失掉哪一个她都不能生活。激情艺术家无论活到什么年龄都仍然依恋母性，上帝赋予女人如此的责任和义务，那些激扬的女权呼唤显得多么空洞而又苍白啊。

水虹十几天来，如同经历了一次灵魂出窍的惊险漫游，重又回到相依为命的两人世界。她渐渐从这次意外横祸的打击中站了起来。在这个世界里，幸福的日子对她来说可能越来越少，也可能越来越多。但她还是宁愿守住爱的质量所给予她的时空密度，把一天当成两天三天来过⋯⋯

水虹把周由拉到自己身边，第一次为他宽衣解扣，伏在他身上亲吻着。但无论水虹怎样用美丽的身体去电击周由，两个人激情消退，就连"冲浪"都很勉强。周由伤痛未愈，像是失去了性别。无论他怎么努力，滑板总是一次次脱落，一次次失败，跌入冰冷的海水中⋯⋯

周由扶起水虹的头，疲惫地说："原谅我，没事的，只要你不离开我，我会好起来的。过几天，我还会把你冲到天上去的⋯⋯水虹，跟我说会儿话吧，我现在只想听你说话，就在我耳边说⋯⋯小声说，悄悄说⋯⋯"

水虹贴在周由身旁，轻轻地拍着他。她感到他的独木桥已经摇摇欲坠，要把他拉上来，养好伤，扶上桥，还需要一些时日。

25

这年从春到夏的日子里，老吴常常给水虹写信，告诉她阿霓和自己的一些情况，好让水虹放心。从他的信里，水虹看出老吴已慢慢恢复了平静，渐渐消除了事发当初对水虹的怨气，重新变得友好而豁达。水虹不知道究竟是老吴天生的免疫力起的作用，还是自己的诚恳感动了老吴。总之，水虹读着老吴的信，就像与一个多年的至交闲聊，彼此可以无话不谈。经历了河边惨案的重大变故，双方倒好像重又登上了同一条船，在人生的风雨中携手漂流。

老吴在信上告诉水虹，如今他除了阿霓就是工作，手术是他摆脱痛苦的唯一方式。他的手术越做越漂亮，连本市开发区、上海的外商都慕名而来。最近他已被提升为副院长，但他无心行政，仍然担任主刀，承接风险较大的手术。本市一家报社的记者写了关于他的报道，还被省报转载了，据说电视台也要拍他的专题片。新的成功和荣誉，病人的感激和尊崇，多少给他残缺的人生做了一些补偿。那些原先暗恋着他的女人和新的追求者，又合拢成新的包围圈，但他实在已不敢再让婚恋触碰他的隐痛。他工作之余唯一的乐趣就是辅导阿霓的学习，他常常坐在一边，看着柔和的灯光下阿霓俏丽的面容和身影，那是他极大的精神享受。阿霓越来越像她的妈妈，有时候，他竟然觉得水虹好像并没有离开这儿。

阿霓虽然还常常做噩梦，偶尔还会突然昏厥发病，但那是青春期精神受到损伤的暂时现象，只要调养得当，情绪稳定，过一段时间也许就会自然痊愈的。眼下，在他和奶奶的精心照顾下，阿霓的脸色已渐渐变得红润起来，身高和体重都有所增加，看上去像一个十六七岁的大姑娘了。走在街上，行人的回头率实在太高，还有好几个男生给她写条子，她都当着爸爸的面撕了。她的学习成绩虽然还不理想，期中考试全班第六名，但她自己有决心在毕业考试时，能考得更好些。阿霓已经同意报考普通高中了，还说要争取考上重点。她好像特别重视英语课，有一次偶然向奶奶透露，将来她要出国留学，到国外去上艺术院校，竟把奶奶吓得差点把她的英语课本藏起来。等老吴再拐弯抹角地问她，她只是避而不答。但她基本上已不摸画笔，常常一个人躲着写日记。老吴说，她只要不画画，写写日记也是无妨的。

他还在信上告诉水虹，她的那个老同学白宏根，对阿霓十分关心，星期天常常带着她和同学，到太湖边上的一家体育俱乐部去打网球，说是打网球对阿霓的身体恢复有好处，阿霓也似乎迷上了网球。有一次下大雨，阿霓放学回家时，在校门口泥泞的石子路上摔了一跤，白宏根马上出资为学校修了一条柏油路，和马路汽车站连接起来。遇到恶劣天气，他还会在阿霓放学之前，亲自开车到学校去接她，把车停在离校门稍远的地方，有时一等就是一两个小时。白宏根对阿霓可以说百依百顺，有求必应。自从他接过了保护阿霓的责任以后，阿霓再没有遇到流氓的骚扰。但老吴似乎对此有些担心，虽然目前他尚看不出白宏根这种类似长辈的关怀之后，是否还有更多更深的内容，但长此以往下去，事情总会发展，阿霓又将如何？他只好把这些一一如实告知水虹，请水虹斟酌。

水虹多少能理解白宏根的心思。她这位老同学还在她十四五岁的时候就爱上了她。那时他家境贫寒，学习成绩太差，水虹从不正眼看他，他自然也不敢向水虹表白。但她总感到他在暗中保护着她，有一次为了赶走一帮跟踪她的流氓，白宏根竟同对方打得头破血流，末了，只请求水虹用她的一块手绢为他包扎，她刚从口袋里掏出手绢，他就在水虹的手绢上狠狠亲了一口。水虹知道了他的心思，对他不远不近地保持着距离。他高中毕业后没有考上大学，早早下了海，想挣出一份令人羡慕的产业，好使水虹对他刮目相看。他从接手父母的小杂货店开始，摆地摊，搞承包，倒服装，办服装厂，辛辛苦苦，日积月累，十几年下来，干成了一个江南有名的丝绸服装私营公司的大老板。他追求水虹的韧性和耐性，和他在生意上百折不挠的风格是一样的。可惜他的教养和性格与水虹相距甚远，否则，水虹也很难抵御他锲而不舍长达近二十年的追求。然而，白老板最终却仍然没有得到水虹。那次老吴来北京时还曾和她提起，在她离开苏州以后，白老板着实下了一番功夫打听她的下落。老吴再三告诉他，水虹已经爱上了一位比他更有实力的人，他似乎才偃旗息鼓。而后销声匿迹了好长一段时间，直到吴家有难时，他才重新出现。

那么，如今他是否已将自己未曾实现的耿耿心意，移情于阿霓了呢？水虹不敢断定。也许是因为阿霓长得太像年轻时的水虹了，他只是在阿霓身上寄托自己那一份未了的情愫，以求一种心理的满足？或者说，他已经习惯了这种无望的追求，仰慕并接近她们，就成为他生活中不可缺少的一部分。人有时是多么奇怪啊，每个人走过尘世，都怀揣着自己难圆的心愿和幻梦，甚至不惜一切，到死也难丢弃。水虹觉得自己多少了解白宏根的为人，他对阿霓不至于有非分之想。她在回信中劝慰老吴不必太大惊小怪，作为母亲多年的老朋友，白老板关心阿霓也在情理之中。再说，阿霓也急需从以往的噩梦中解脱出来，她的眼界应该从一个小小的自我，扩展到广阔的社会生活里去。不要老是把阿霓关在家里，让她在白老板的护佑下多交一些朋友，对她的康复是有益的。老吴回信也同意了水虹的意见，他说，看来阿霓这一危机四伏的花季，多一份阳光和紫外线，也许能多一点对病毒和细菌的抵抗力。

随着天气一日日和暖，街上的榆叶梅和樱花一日日开得绚丽烂漫，水虹的心情也渐渐舒展。这是水虹离家以后的第一个春天，窗外袭人的花气，如一双柔软的手，抚平着她心头的伤痛。

南方的压力渐渐减弱，北方的狼便重显他自由激情的天性。白天他忘情而又静心作画，夜晚便拥抱着水虹，力图提高每一夜情爱的质量，同水虹一起在星空遨游，在情海冲浪。

周由炽热纯真的情爱，冲散着萦绕于水虹胸口上的精神重负。她被周由送给她的一个又一个惊喜，带回了热恋的狂潮之中。周由的兴奋和喜悦既出于他的本能，又源于他在艺术上探索的成功。高品位的爱和美给予他用不完的精力和奇绝的感受。水虹发现周由继去年夏秋对苏州的绘画轰炸之后，又进入了第二个创作高峰期。他像冲浪一样，全身心地跃向更高的艺术山峰，冲上天空，冲入地底，冲击着冻土层，冲刷着画坛的平庸和媚俗。一幅幅洋溢着现代自由精神、充满了艺术张力的大小画作，像高压井喷一样涌了出来。周由并不是天天都画水虹的人体，3月中旬暖气停了以后，房间里尚有阴冷的寒意，他舍不得让水虹挨冻，就暂时先让水虹去做自己的事情，他则把平时脑中记下来的一些感觉，构思成画面，再画成作品。他这一段时间的创作，色彩越来越嚣张，构图越来越怪诞，画面越来越简洁；他画了一组斑斓与阴暗的色彩混合相间的抽象画，画完后题名为《世纪末都市印象》，具有浓重的人世性和象征意味。

一直等到这组画都完成以后，他才把水虹捉过来，抱到画前让她欣赏。

水虹站在他的画前，似笑非笑的一言不发。

周由忐忑不安地问："快说说，你到底觉得怎么样啊？"

水虹说："我第一次发现，愤怒不但出诗人，还出色彩。愤怒的色彩格外漂亮，特别出效果。不过，你如果还想拿出去参加展览，最好把题目换了，换上无标题系列什么的……"

周由眯起眼看画，琢磨着水虹的话，恍然敲着自己的头顶，对水虹解释道：

"你看看这幅，这一幅，我自己给它起了个名，叫作《豪华太子港》，喏，阳光、沙滩、带刺的巨大仙人掌，肥厚的掌刺儿背后隐现着一所豪宅……后印象派风景，怎样？那个海湾原本就叫作太子港，那是地名，不要望文生义嘛，艺术作品当然会引起人们的联想或是遐想，如果通不过审查，那只能说明让仙人掌扎疼了，那我只好将它出口再转内销了，全世界哪儿都有太子港啊……"

水虹笑着捶了一下周由，说："我看你越来越油了，以后该把那周由的'由'字，改成三点水的油了。"

"画油画能不油吗，即使叫我周油，人家也一定认为是调色油的油，而不是油条油菜的那个油，你信不信？"周由开始和水虹耍贫嘴。

"那可不一定，没准是油田的那个油呢，如果是我，宁愿你是一块大油田，是一口高产油井，那油一冒出来，直接就喷到画面上去了，多省事……"两个人笑成一团。

水虹珍惜着和周由的每一天时间，她的写作计划也渐渐有了轮廓和框架。在绘画上，水虹是周由优美的人体模特和艺术灵感的泉眼；在写作上，周由又是水虹的艺术模特和思想的翅膀。水虹打算在写一些美术评论的同时，着手她一直想写的专著《爱与艺术》。重点探索艺术家的情爱和艺术创作，尤其是和美术创作的关系和相互作用，以及爱与艺术对人类、社会、精神的正面及负面的影响。这些日子，她请周由从图书馆、老师、朋友那里借来了她想看的一些书籍、画册和艺术理论著作，摘抄了大量卡片。水虹觉得在周由的这个"酒窖"和怀抱中写这部书，真是一件十分享受的事情。油香、酒香和周由男子汉的体香，是激起她写作欲望和冲动的酵母。水虹写累了，就会躺在周由怀里休息；周由画累了，就会悄悄走到她的身后，从背后环抱住水虹，靠在她柔软的身体上放松。他们一起做饭、洗衣，用餐时互相切磋又互相抬杠，休闲时相互顶嘴又相互嬉闹；两个人只是通过电视、报纸、信件与外界接触，周由对水虹说，这就是他一直不安装电话的原因。他们仿佛把工作室搬到了只有两名宇航员的太空舱内。这个太空舱不脱离地心的引力，但始终与地球、社会保持着井水不犯河水的关系，在距离中创造内心宇宙的奇特之美。

如果不是为了阿霓，水虹真想让月亮来主持她和周由的婚礼，并借它的清辉做一件月光婚纱，再剪一块黛墨的天空为周由裁一套黑礼服。在这个太空舱里，一首《婚礼进行曲》，他们即可环绕地球数周，一个长吻即可横越大半个中国。她觉得这个浅蓝色的球体，如果像欣赏油画一般拉开距离，它会变得更美些。距离可以逃避贪婪和残暴，隔绝烦恼和污染。如果要想彻底消除人类的争夺和仇恨，就必须依赖高度发达的科学，把越来越密集的人口从地球上分离出去，分散到无数条太空船上，分散到遥远的新行星和新空间去，分散到广阔的宇宙中去。只有当人类分散到彼此难得一见而恋恋不舍时，友情与和平才会重新滋生。原始部落在人口稀少、间距遥远的那个时候，部落社会的人们曾无比友好；后来当部落增多，相互边界交叉、资源分配紧缺时，人类的仇杀和争夺便接踵而至，人口的高密度集中带来了繁荣也带来了丑恶，沙漠草原居民的热情好客，得益于生存空间的疏离。难道人类美好与善良的美德，竟然出于如此简单的原因？

水虹越来越觉得，从人类幸福的角度看，距离美仍然是亟待开掘的有价值的富矿。她尤其钦佩美国太空总署的太空开发计划。她关注着报纸上一切关于寻找外星人，寻找人类可以居住的行星，探索人类在月球、火星上生存的新消息。爱与艺术再加上科学，人类是否再也没有理由绝望了呢？自从水虹拥有了周由送给她的那些可以一生珍藏的艺术作品之后，她对这些长命百岁的孩子们，有了一种由衷的未来意识和责任，她真舍不得让它们在未来的浩劫中毁灭。她的太空情结越来越深，看来人类解决生存空间唯一的出路是冲出地球，到太空中去寻找新大陆了。水虹对自己这部专著的精神内涵有了相当的信心和把握，对人类的未来也似乎窥视到了一丝微弱的光亮。

"周由，亲爱的，等一会儿再画吧，你听我给你念一段，快过来啊！"水虹经常隔着房间大声嚷嚷。

"水虹，你来帮我看看这幅画的色彩大效果……"

他们在爱上花费了太多的时间。但是爱又给他们节约了更多的时间。可能在一个人的情况下，用半年一年也打不通的思路障碍，经过一次爱的狂潮，就会别有洞天。他们常常被对方的新感觉、新发现、新创造激起新的兴奋，当两个人都确认这是一个新的突破时，又会忘乎所以地拥抱接吻畅饮欢笑。水虹变得喜欢睡懒觉了，她也不让周由早起。蒙眬中醒来时，两个人在晨曦中聊个没完，说累了，再睡个回笼觉。

有一次，水虹在梦中见到周由在和美国太空总署的官员签署一份协议，他准备把自己的一幅东方人体画，献给探寻外星人的太空船，让飞出太阳系的太空船，带着那幅画去会一会可能遇到的外星人。使水虹惊异的是，周由的画面上不是她一个人，而是一男一女两个人，那另一个人就是周由自己。画面上裸体的男女人形正在激情地冲浪，溅起了惊天的浪花……

两人醒来时，水虹把自己的梦境描绘给周由。她说这也许能让外星人了解人类，了解人类的爱与艺术，了解人类繁衍后代这种最美的行为艺术。他们是人类的使者，从此可以永远在太空中相爱、冲浪和漫游。即便有一天在中途爆炸焚毁，那也是人类社会迄今为止最昂贵、最激动人心的太空葬礼……

周由连连叫好，立即掀开被子披上衣服，抓过画簿，倚在床头就把水虹讲的画面迅速画了下来。然后又匆匆起身，对画面进行了再创造。他把两个人形优美的冲浪图，直接画在了巨大的银白色的太空船的外壁上，背景是黑沉沉的太空和涡旋状的星系——粉红色相拥相抱的双人体、银色发亮的船体、深黑色的宇宙天体，三体交叠，高悬于遥远的星空之中。

水虹穿着睡衣，一边梳头一边欣赏着周由的彩稿，笑得眼泪都出来了。

"我说周由，你这幅画要是上了画布，能允许参展吗？人家会说你打着宇宙太空的招牌，贩卖春宫图呢。现在连人体画都在控制之列，你倒好，竟然想把性爱场面送上大雅之堂，是不是异想天开啊？"

"那可不一定！"周由说，"假如我把我的建议、构思连同画稿，提交给国际太空总署，说不定人家能批准我到太空船上去画这幅人体壁画呢，如果太空船真的发射出去，东方的人体美可就飞向宇宙了。"

"那不是满城风雨，而是满球风雨了。"

"哈哈，那时候，我的这幅人体画非让人抢疯了不可，它飞上了太空，但复制品将誉满全球。"周由完全沉浸在自己的想象中，"那我们的冲浪可就真的冲到天上去了，让那些俗人目瞪口呆，你想想多么刺激。科学是艺术意外的新情人，它俩的结合必然冲垮邪教的专制！你说对吗？"

水虹笑弯了腰，说："可你别忘了，美国的经济也不景气，刚刚飞出了一条探索外星人的飞船，下一趟航班还不知什么时候起飞呢，你就等着吧！"

"那我们的想法总得试一试吧，作为建议稿，也是有价值的。人不能异想天开，怎么会有进步呢。没准将来中国的航天事业发展了，也会发射一条这样的太空飞船，我可以给航天部提个建议，管他批准不批准，我立此存照！"

水虹收敛了笑容说："到时候，你可就成了头号大流氓，我成了特级大荡妇，我们可从此没有安静日子过了。算啦，我的大幻想家，跟你说着玩，你还当真了，你还当真以为外星人就在天上等着你哪！"

周由停下了笔，叹了口气说："但这幅画的构思真绝！我还是想画，水虹，你看，我要是把冲浪的动作画得含蓄些，行不行呢？"

水虹摇摇头。

周由沮丧地望着画，又说："我还是不甘心，那我假如不画冲浪，画接吻总可以吧！"

"你就不怕外星人误会啊，以后一看到接吻，就以为地球人在制造后代呢……还是算了吧，到下个世纪再提交你的建议也不晚……"

水虹以一个长长的亲吻，勒紧了周由信马由缰、不着边际的思绪。诚然，思想可以任意驰骋，现实的空间却如此狭窄。

周由的画越积越多。水虹渐渐感到这个家实在有点太小了。除了原先存在仓库的一部分大型画，家里的四壁都已经挂满了，墙脚也叠起了好几幅大画。再画下去，屋子里连转身的余地都没有了。而人体画又不能去仓库作，更要紧的是，绘画时没有观察的距离，直接影响到作画的效果。水虹很想为周由买一套能做画室的大房子，但她又不能卖画筹钱。她想让老吴把她的钱寄来为周由买房，周由又死活不让，一提买房周由就一副势不两立的架势，真令她感到为难。她其实蛮喜欢这个温馨的小窝，这儿是她和周由第一次冲浪的海湾，是一个永远的纪念地。但艺术幻想的工作室，比一个情爱的酒窖重要得多。每天，水虹一边为周由当模特，一边写着自己的书，即使要为家务操心，她还是觉得轻松愉快。然而，一旦她开始谋划购房的资金时，她的笔头就迟钝，内心的天空也随之暗淡起来。

26

早晨周由推开窗户，只觉得扑来满眼的绿色。树叶和草地一夜间全绿疯了，叶片被昨夜的小雨洗得发亮，在透明的阳光下如片片金箔闪烁。

他回过头对水虹喊道："懒猫，快起来吧，你不是说了好几次想上街吗，今天就去，怎么样？"

"太好啦！"水虹一听，立即就从床上坐了起来。

两个人吃了简单的早餐，因记着上次骑车外出的遭遇，水虹再不敢大意，找出一条式样过时的薄呢套裙穿上，又认真梳理化妆了一番。除了改换肤色，特地把那两条秀眉画得粗重，还让周由也戴上了一副变色镜，两个人这才锁好了房门下楼。

天气真好，5月的北京，空气里浮荡着一种甜丝丝的春意，没有风，阳光暖暖的，酥绵而慵懒。靠着街边的槐树下，落了一地银白细碎的洋槐花，被风刮到人行道旁，一日日积蓄着，摞起一层干爽的花瓣，如海边沙滩上的泡沫，舒展着冲浪后的惬意和疲倦。高大的泡桐树更开得轰轰烈烈，一眼望去，整条街萦绕着一片淡紫色的云雾，飘来一阵阵若有若无的花香……

水虹一边走，一边在树下捡着泡桐树一朵朵硕大的落花。那花朵从树枝上旋转着坠落下来，她觉得自己能听见它砸向地面时，那一声沉重而痛苦的呻吟。她将它们一一捡拾着，挑了一朵最大的，别在周由的风衣纽扣上。那落花依旧新鲜而完整，只是颜色浅淡得像是褪了色一般……

两个人都不急着打的，在街边随意一路散步下去。春天的阳光下，周由一身艺术家的气质，显得格外精神帅气。

"周由，你的回头率也很高嘛，你看那姑娘还冲着你微笑呢，北京的小妞比南方姑娘大胆得多了啊。"

"那不叫大胆，那叫疯。"周由调侃着说，"你别看她们三天两头逛时装店，其实心里恨不得一丝不挂地参加沙龙舞会。我真想给她们设计一套全透明的纱裙，比三点式还性感。哦，有一次，两个十七八岁的时装模特找到我那个仓库画室，我刚问她们找谁，她们二话不说，就像脱大衣似的，把连衣裙哗啦褪到了脚跟，站在我面前说：周由我们早就认识你了，今天这人体模特是免费的，只要你送给我们一人一幅画就成。我吓了一大跳，只好同她们开玩笑说，要是一个人的话，我还可以考虑。她们却大笑我土老帽，说外头早就流行一对二男女混合三打了，不少大腕大款都败在了她们手下。"

"那你参赛了没有？"

"我说我可是超级大腕，能以一当十，你们再去找八个来，我才出场。两个小妞气呼呼套上连衣裙跑掉了，还在窗台上落下一小包乳胶制品。"

"想不到你还能坐怀不乱，我看不像。"

"怎么可能？我是那种人吗？跟你说实话吧，我是因为……因为前一天晚上，被另一个女人榨干了……"

"又是舒丽？"

"不是，那时舒丽刚走，我正在气头上。有个女人打电话约我去她家，说刚有朋友从美国带来一盘今年最红的故事片录像带，是过路片，让我赶紧去看。这个女人是个小有名气的演员，我跟她是在一次朋友家的派对上认识的，后来她请我给她画过一幅肖像，但也不算太熟。那天我去了以后，才知道她早已离婚了，一个人独住。你不知道，现在北京单身女人的卧室布置得有多浪漫多性感，室内的装饰物、床罩窗帘都柔软得像女人的裙子一样，半透不透，飘飘然像要扑过来似的。墙上画着巨大鲜红的嘴唇，或是裸体男女的局部放大照片，有时还会有从国外带回来的雕塑和玩具、仿制的性具原始图腾，房间里的床，低得快挨着地面了，不用迈就上去了，松松软软的好诱人，你还没觉得怎么着，人已经倒在里头了……就是高仓健进去也会头晕腿软的。你只要踏进她的卧室，恐怕就身不由己了……"

水虹笑道："你看录像怎么看到人家卧室里去了呢？"

"哎呀，她的电视机就放在卧室嘛。关了灯，屏幕上一会儿就跳出来一些性爱的镜头，当然绝不是三级片，我倒没什么，她已经赤条条抱住了我，就这么简单。事后想想，我好像倒是被她强暴了。"

"活该！"水虹温和地骂道，"不过你不觉得，现代的中国女人在性爱上从被动转向主动，恰恰是女性解放的一个重要标志吗？"

"那是。都市的独身男女由于互相喜爱，产生了自由的性关系，而不再需要通过勉强的婚姻来实现，这当然是富有生命力的生长点，我怎么能不努力赞助这种排除了金钱交易的情爱自由呢？所以……所以我只好慷慨解囊了。"

水虹没理会他的调侃，沉思着说："我觉得这不仅是情爱自由的一种现象，在这种状态下生活的男女，必然会产生另一种层次上的精神需求。"

"也许吧，"周由停下了脚步，等着出租车，"不过，第二天早上起来，她说她打算嫁给我，因为她已经爱上我了，而一旦产生了爱情，就必须用传统的方式来精心加以保管了……"

水虹正乐着，来了一辆"面的"，两人上了车，才发现还没商量好该上哪儿。水虹想了想说，那就先上美术馆吧，好多年没去那儿了。

一路上，水虹像个偶尔获准出狱观光的囚犯那样兴奋好奇。

"北京真大啊，比苏州大几十倍呢。"

"其中多一半，老家都是外地人，包括我在内。"

"城市还是大好啊。"

"好什么？"

"不容易碰见熟人啊。"

"那可没准。有时候一碰一大堆。"

"那也是大好。"

"大而无当，越来越往外扩张，得了城市鼓胀病了。"

"不，北京还是有一种大国都市的气派，大气，就连出租汽车司机，聊起天来，都愤世嫉俗的只谈国家大事。"

司机在前排哼了一声，说："那还不是被逼得没法。可不是吹，开车的谁心里不是明镜似的。咱除了警察还怕什么？车上车下什么样人没见过……"

车到美术馆，两个人下了车。水虹跟那司机说谢谢，司机向她挥挥手说了声再见。这再见也很让水虹感慨，她说在南方，司机是懒得同乘客废话的，挣钱第一要紧。

水虹和周由在美术馆转了一圈，几个展厅都空荡荡的，观众寥寥，墙上展出的只是一些花鸟和山水画，没有什么新意，两个人都没有太大兴趣，前后不到十五分钟，就走了出来。水虹感叹说，可惜国家级的美术馆，建筑竟如此陈旧，设备落后，让人感觉不到什么艺术气氛，难怪展出的画也平淡无奇了。

周由抓住她的手，一起穿过马路，往王府井方向走去。他记得水虹说过，除了逛商场，她很想看看北京的王府井老街现在变成什么样子了。

周由很有耐心地陪着水虹，在那条街上密密麻麻排列着的大店小店商场和精品屋里转了好一会儿，买了一些日用品和书籍。水虹还给阿霓买了两条春秋季穿的裙子，为老吴买了两条领带，为婆婆买了一双软底休闲鞋，说明天就打邮包给他们寄去。周由像个模范丈夫似的拎着大包小包，很满足地享受了一次家庭周末之乐。水虹嚷嚷说饿，周由抬头看看四周，说："前面就是烤鸭店，今天中午我请你吃烤鸭好不好？"

两个人进了饭店，找了个安静角落坐下。周由为水虹点了鸭胗、鸭膀和其他几个她爱吃的凉菜，要了啤酒，先吃起来。吃得差不多时，油亮焦脆的烤鸭和面酱、葱饼也都上来了，水虹兴致很高，对周由说，这白的饼、绿的葱、红的鸭子、栗色的酱，色彩真是丰富，其实，抹酱卷饼裹烤鸭片的过程，也可算是民间的一种行为艺术了。周由嘴里塞得满满，嗯嗯地点着头，只是顾不上说话。

正吃着，周由觉得自己肩上被人猛拍了一下，一个声音在他身后说："好小子，如今见你可真不容易啊！"

他回头，背后那人竟是很久不见的画商老赵，身着意大利名牌西服，戴一副金丝边眼镜，手指上还嵌着几只各种颜色和质料的戒指，一边嘿嘿笑着，一边自己拉开椅子，在他和水虹之间坐了下来。他的眼睛迅速地从水虹的脸上掠过，目光就像画商往日审视评估一幅画那般挑剔而锋利。

周由心里自认晦气，不巧碰上了这个家伙。老赵是画商中出名的"画虫子"，此人以倒卖字画起家，低价收购国内名家作品，转手高价卖给港商和老外。有时候，他收购画再卖出去，价钱可以翻上几倍甚至十几倍。周由不喜欢这个画商，又忽然想起那次老赵把一批画拿到外地参展，据说卖掉了他的三幅画，至今却还没有把钱付给他。

"周由，这半年多，你都猫哪儿去啦？"老赵拿出一盒"三五"烟，自己点上了抽着，"记着你不抽烟哪。说实在的，大哥我还怪想你的呢，朋友们也都惦念着你，是不是又搞上了哪个漂亮妞，金屋藏娇，醉生梦死呢？"他说着，那色眯眯的眼睛又扫了水虹一眼。

"我还能猫哪儿去，还不是画画卖苦力呗。"

周由耐着性子同他寒暄了一番，问了一些圈内朋友们的近况，想着与他谈那笔画款的事情，一时又记不起那几幅画的价格了。正犹豫着，老赵忽然一拍脑门，惊呼说："嗨，你瞧我这记性，那次卖画，到现在还没把钱给你呢……不过也不全怨我，老也见不着你的面，不知往哪儿给你送钱啊……"

　　周由沉着脸说："那就今儿吧，一把一利索，别再拖了。"

　　"成！"老赵痛快地应承着，从西服贴胸的口袋里，掏出一张长城卡，在周由面前晃了晃，"这就打车给你取去。可你……就得委屈在这儿等会儿了。要不……这么的吧，我在这儿有朋友，让他在楼上给开一间包房，你和这位小姐先上去喝点茶，等着我，我一会儿就回来和你结了，哥们儿说话算数，怎么样？来来来，跟我来……"

　　周由见水虹笑而不答，迟疑了一下，便挽起水虹，跟着老赵上了楼上的包间。老赵临走时，好像很不放心地又一次叮嘱说："你千万等我，我去去就来，立马就来……"

　　老赵走后，周由似乎听见他在楼梯拐角那儿打电话的声音。打完电话后，他才匆匆离开。

　　"这个人还蛮热心的嘛。"水虹喝着茶说。

　　周由用鼻子哼了一声，不知该怎么向水虹介绍这个老赵。除了倒画，老赵好像和黑道上的人还有来往。有一年，老赵那家公司的副经理，带着他的关系网跳了槽，没几天，就听说那人遇上车祸脑震荡，出院后快成傻子了。周由发现老赵今天热心得有些反常，以往，你若是向他清讨画款，无异与虎谋皮，他能拖则拖，能赖就赖，从来没有痛快的时候。周由心里有几分疑惑，又有些纳闷，不知那老赵打的是什么主意。看他那鬼鬼祟祟的样子，像是有点不对劲。他决定只等半个小时，过了时间不回来，他就和水虹开路。

酒店老板派人送上来一个托盘，有威士忌、啤酒、香槟和水果、小零食什么的。水虹把购买的东西归置了一下，靠在沙发上休息了一会儿，又走到窗口去，望着远处胡同里的风景。周由在屋子里踱来踱去，很是焦躁不安的样子。他忽然一把拉起水虹说："走，离开这儿，我知道是怎么回事了，快走！"

水虹不解地看着他，问道："告诉我，出什么事了？"

"唉，回家再和你说。也不是出什么事，是我忽然想起来，这个老赵，认识舒丽，弄不好，舒丽已经回北京了，他是去找舒丽了，我可不想再见到舒丽……"

话音未落，门已被用力推开，随着一阵浓郁的香水味，一个服装艳丽的年轻女人从门口一阵风似的飘进来，刚喊了一声周由，便扑过去一头扎进了周由怀里。那一股熟悉的气息直冲周由的脑门，他浑身一激灵，身子有些站不稳——怀里的这个女人，果然是他最怕见到的舒丽。

周由一时十分窘迫，推也不是，走也不是。两只手扳着舒丽的胳膊，费了好大劲，才算把她从自己身上分开，将她轻按在沙发上。

"丽丽……你怎么……回来了？"周由小心翼翼地抬起头来，"我……不知道你回来，我也是……也是刚出差回来……"

眼前的舒丽，似乎比两年前离开他的时候更年轻、更漂亮了。一袭华贵的玫瑰红职业女装，衬托出她窈窕而丰满的身材，卷烫的长发波浪一般披散着，被南国的阳光晒得微微黑红的肤色，发出瓷釉般的光泽。她的妆化得很浓，饱满的大嘴唇鲜红欲滴，浑身都洋溢着性感女人的气息。

周由回头看了一眼水虹，见她正笑吟吟地打量着舒丽，眼里有一种赏识的神态。他正不知该如何向舒丽介绍水虹，舒丽像是逮住了一只追捕已久的大狼，脱去了外套，又往他身边靠了靠，紧紧挨着他，抓住了他的手。她的薄绒衣下耸凸的乳峰咄咄逼人，几乎触到他的手臂。她盯住了他的眼睛，那目光热辣刺眼，脸上由于激动而容光焕发。

"周由，你为什么不理我？！就算我再对不起你，你也不能就这样跟我拜拜了呀！要不是老赵打电话给我，告诉我你在这儿，你还想一辈子躲着我呀。"她对屋角的水虹视而不见，一口气地说下去，"你别说话，先听我说。我去深圳干什么？还不是为了咱俩。这么多年，难道你还不了解我吗？你也太不现代了，就想让我守着你，可那时候，你的画老卖不了大价钱，这年月怎么过日子啊？你真是不知道，这两年，我在外头冒了多大的风险，才混得像个人样儿，这不，也活该咱俩有缘，回到北京第三天就碰上了你……"

说着，舒丽便搂住周由的脖子哭了起来。一边哭一边又说："……你的朋友说我的好多坏话，那不全是真的……我没那么邪乎，你要想知道，我全都会告诉你的。咱俩一开始不是就说好了吗，你一直都有别的女朋友，我当然也可以有别的男朋友啊……"

周由开始时还念着舒丽的旧情，不忍心让她太难堪，但听了后面的几句话，又勾起了这两年对她的怨恨。他挪了挪身子，离她远了一些，愤愤说：

"朋友是朋友，傍大款是傍大款，那是两回事。你有男朋友，我不会干涉，那是你的自由；但你傍钱，我就只好跟你拜拜了。你知道不知道圈子里的朋友是怎么说的？他们说我穷疯了，把自己最铁的情人放出去骗钱，我再穷，也不至于这么下三烂。你走就走吧，可还到处跟朋友们说这是为了我，就像咱俩真是串通好了合伙似的，变成了一个说不清道不明的事实。你那是为我好吗？反正现在说什么都没用了，你这会儿有了钱，自个儿去花吧，要是嫌傍大款有失身份，那就找一个帅哥来傍你吧。过去的事就别再提了，今儿也正好把话跟你说明白了……"

周由说着，起身就往外走，却让老赵给堵在了门口。

"别价别价，"老赵按住他，"有话好好说，着什么急走哇……哎，要我说，你这么新潮的一个画家，怎么还会在乎别人说你什么？现在谁不是被人骂得狗屎不如——你钱挣得多了，就说你心太黑，路子邪；钱挣少了，就说你整个儿一个窝囊废；你女人多了，说你早晚得艾滋病；你女人少了，说你不像个男人，准保有病。现在这年头，连好人都不愿意说自己是好人，省得让人骂成伪君子。周由，我看你是关在画室里，把自个儿画呆了。如今什么都是假的，假心假肝假乳房假处女膜，人活得是没劲，可是舒丽对你这份情，我看还确实是真货。你知道，看画，谁也蒙不了我；看人哪，我比看画还有准。这不，舒丽从深圳回来的第二天就找到我，跟我打听你，还满天下托了朋友去找你，舒丽这份真心，你上哪儿找去啊？要是我有这么个真心待我的漂亮妞，我立马就娶了她。"

老赵端起酒杯呷了口酒，根本不让周由插嘴，越说越来劲：

"周由，不是我说你，你好歹还是个硕士，这原始积累时期，还能在乎钱干净不干净？舒丽一开始挣那十几万，是跟辛老板打赌赢的；后来靠她自己炒股、炒楼花、做生意再翻番。当然辛老板也帮了她大忙。那人虽说心黑手辣，但对舒丽还真不错。有一回舒丽透支炒股，本利全亏光还赔了二十万，要不是辛老板帮着垫上，舒丽就惨了。后来辛老板又借钱给她翻本，手把手教她，给她通消息，这样赔赔赚赚，又挣回几十万，再去做别的生意，一个二十几岁的姑娘，挣到一百多万容易吗？叫我说，那不是舒丽傍辛老板，而是辛老板傍舒丽。人家为了她把婚都离了，要是舒丽真想傍大款，她还回来找你干什么？周由你小子真不仗义，舒丽可不是你想甩就甩的女人……"

"我和舒丽的事用不着你多嘴。"周由瞪了老赵一眼，"我也不是她想甩就甩、想要就要的男人。你们少来摆布我，我还就是看不上老想在我面前摆谱的人。你那画款到底取回来没有？咱俩这就清了，我好走人。"

老赵拉开公文包，掏出一沓钱递给周由，说："点点，一幅大的两千元，两幅小的加起来三千元，一共五千元，在我这儿存了一年多，再加一千元利息，总共六千块。不好意思啦，那是按原先说好的价交款，那会儿没想到你的画价会涨这么快，实在对不住了啊。"

周由接过钱，数也不数便交给了水虹。他不想再和老赵讨价还价，只想快些离开这儿。

坐在一旁的舒丽，仰脸一口气喝完了一杯啤酒，忽然狡黠地一笑，冲着周由说：

"就这么着走了？说到画，我倒想起来了，老赵欠你的画款你没忘了要，可你欠我的那两幅画呢？那年办画展，我帮你拉了赞助，你说好送给人家两幅画的，可我走得匆忙，没来得及拿走。这都多长时间了，那家公司还以为我诓他们呢，你说怎么办吧？过几天，我没准还同他们谈生意呢，你让我怎么见他们？"

周由想起来确是有这么回事，一时语塞。

"你还打算不打算给我呀？"舒丽的脸上还留着泪痕，但表情已变得欣悦明朗了许多。

"那画……我一直留着呢，当然是要给的。"

"那好，那我明天就去你那儿取。正好，咱俩还有许多话，得单独叙叙。"舒丽放下了酒杯，点上了一根细长的坤烟，瞄一眼水虹说，"这儿也真不是个谈话的地方。"

周由慌忙摆手说："你别去我那儿，我根本没在家住，你找不着我的，去了也是白跑。"

"那你说怎么办吧？"

"要不……要不……"

"要不你给我送去？"舒丽不由分说地截了他的话头，"我还住在老地方，电话号码没变，只是第一个数字前面加个8。"

"要不……就约在哪个饭店门口……"

"那可不行，你不来，画儿我也不要了，让人家公司去跟你打官司吧。"

周由沉默了一会儿，无奈地说："……也好……我送就我送吧。"

"你说，什么时间？不能再拖了啊。"舒丽紧钉着问。

周由很想征询水虹的意思，但又不敢看她，怕老赵和舒丽疑心。水虹早已被大家冷落在一边，她安静地坐在一边，倒显得很有耐心。周由想了想回答说："那就明天上午，早送早了。"

　　"可不许变卦啊！我等你！如果不来，你以后就别想有安生日子过了。"舒丽大笑，吐出一个圆圆的烟圈，像一道渐渐扩大的项圈，往周由头顶上飘过去。

　　老赵见状，赶紧给各位斟了酒，还特地走过去，给水虹也递了一杯，赔笑着说："来来来，喝喝喝，都是老朋友嘛……"他自己先喝了一口，点上烟，又说："周由，什么时候带我到你画室去看看啊？让我再挑几幅画，这一次，我准出大价钱。"

　　"我这一年没有画多少画，画了一些也尽送人了。送的多，卖的少……"

　　"听说去年秋季画展，你的画很轰动，那些画在哪儿？我都想要。"

　　"那些画，我都不卖。"

　　"为什么？"老赵失望地问。

　　"不卖就是不卖。那是我的探索作品，我还得参考着往下试验呢。"

　　舒丽诡秘地一笑说："呵，我知道，你不肯卖画，准是老毛病又犯了。我在深圳看到那次画展对你的评价，后来又听说你销声匿迹了，瞒谁也瞒不过我呀，有你最满意的作品，准是又有最满意的妞了吧？我说不定就是因为这才在深圳待不下去的吧，天知道我怎么就回来了。周由，你可得跟我说实话，你说过四十岁以前不成家的啊……"

周由迟疑着，真想爽性就把水虹介绍给他们，公开这一年的秘密算了。但他看到水虹在他们身后微微摇了摇头，又犹豫一会儿，说："无可奉告。"

水虹感到自己脸上像是有无数条小虫子在爬。老赵和舒丽小姐四只锐利的眼睛，像四把小刮刀，在不断地剥离褪刮着她脸上的妆。舒丽在一旁吐着烟，好像很想把自己脸上被刮松的细末残妆吹下来似的。老赵又笑嘻嘻地向水虹敬酒，水虹出于礼貌，只得端起杯子应酬着。她觉得老赵的目光盯住了自己的手。那是她身上唯一无遮无掩暴露出来的部分。

老赵朝舒丽眨了眨眼，啧啧有声呷了一口酒，慢条斯理地说："周由，我前些年，在云南倒腾过宝石和翡翠，亲眼看过'赌石'。也算得上是半个专门鉴赏玉石翡翠的行家了。你别看翡翠外面裹着一层破石头，我只要看上几眼水口，虽然只露一点点，我就能判断出那里面，是藏着一大块美玉，还是润度极高的翡翠。周由，你怕是有了比画更珍贵的无价之宝了吧？要不咱们今天就赌一把，咱们四个人现在就上赛特饭店的室内游泳池，去放松放松，那就原形毕露了，你看怎么样？"

周由面有愠色，把杯中的酒一口喝光，说："别瞎扯了，我下午还有事呢，失陪了，以后再聚吧。"

他拿起那些大包小包，和水虹一起匆匆走了出去。

舒丽追到楼梯口，这回倒没有再缠着他，只是在他身后喊道："明天见啊，别忘了！"

周由拦了一辆"夏利"，和水虹上了车。车往西城方向驶去，他这才长长地松了口气，背上像是出了一层冷汗，潮乎乎的发凉。

过了好一会儿，周由才缓过劲来，嘟哝着说：

"好了，这回我什么也不用说了，你都看见了。就是那么个舒丽。"

水虹望着窗外，默不作声。

周由又说："人家都说她特棒，是北京城里的名妞中数得着的一个，可我总觉得她好像缺点什么。幸亏她走了，如果她不去深圳，我这辈子也许就无缘遇见你了……"周由一只手搂住水虹，把脸贴在她的头发上，"明天我去见她，反正早晚得把我和她的事了断了。你不介意吧？"

水虹转过脸，把头靠在周由肩上，沉思着说：

"可是，周由，我觉得她并不完全像你说的那么糟，她很可爱，很坦率……可惜，她心里有很深的伤痛，但你并不理解她……"

27

第二天上午周由去给舒丽送画，一路上思来想去，约在了亚运村的一个咖啡屋，给舒丽打了一个电话。他说他临时有事，来不及去她家了，所以还是约舒丽到外面来见面，在这儿把画交给她。

他不想一个人到舒丽那儿去，他知道自己怕进舒丽的房间。但舒丽的口气很硬，她好像早就料到他会来这么一手，电话里的口气十分强硬："要送就痛痛快快直接送来，不送来，我就不要了，随你的便好了，反正是你欠着人家的。"说完话筒里就传来了嘟嘟的占线声。

周由抱着他那两幅刚从仓库里好不容易翻找出来的画，在街上愣了一会儿。只得再重新叫一辆小面，向舒丽的住处驶去。在这些事情上，男人总是拗不过女人的，尤其是舒丽这样的女人。

一路上，周由脑子里不断浮现出和舒丽第一次幽会的情形。

舒丽六七年前从一所艺术专科学校毕业以后，好像是因为分配的工作不满意，早早地辞了职，然后不断地跳槽，不知换了多少个职业，以至周由如今已再也想不起来舒丽当初学的是什么专业。她后来当过时装模特，演过电视剧里不起眼的配角，学过服装设计，去一个什么培训学校给人教过交谊舞，还当过几个月的公关小姐，最后跟老赵倒卖字画。周由早就听圈子里的朋友们谈起过这个叫舒丽的女孩，据说她的男朋友多得连名字都常常被她叫错，但谁也说不出她真正固定的男友。她是在老赵带她去周由宿舍看画时，才第一次认识周由的，他那时还是美术学院的研究生。起初她并没有引起他太多的注意，当时他正陷于许多漂亮的业余模特的重围之中，他又对自己的专业太投入，很少有时间有心思和女孩们厮混。舒丽有时给他打电话，他也是心不在焉地敷衍了事。很久以后舒丽才告诉他，她其实从第一次见他那天就喜欢上了他。

认识舒丽后的第一年暑假，有一天清晨，他的窗外响起一阵急促的汽车喇叭声，舒丽像一阵旋风一样刮进了他的宿舍，几乎把他从床上拽到了车上，她自己开着一辆据说是借来的旧吉普车，一路横冲直撞，他迷迷糊糊觉得自己像是被人绑架了，等清醒过来时，已经到了远郊外的十渡风景区。十渡那地方真令他耳目一新，蓝天深谷、峭岩陡壁，弯曲的河道两岸布满沙砾卵石，河水清澈透明，袭来一阵阵凉爽的水汽。周由顿时来了兴致，脱了鞋就想钻进水里去，舒丽说我们往上走走吧，上游人更少。他和舒丽手拉着手，沿着河滩走了很远，一直走到一片面对巨大绝壁的开阔地儿才停下来。四周一个人也没有，静得只听见他们彼此的喘息声。舒丽放下肩上的帆布背包，对周由粲然一笑说："你是画画的，女人体见得多了，我就不回避你啦。否则，到草丛里去换衣服，没准会碰到蛇的。"她一边说着，一边就三下五除二地把自己脱了个精光。

　　周由还是第一次在野外的阳光下见到裸体的女人。舒丽看来很懂得为自己选择位置和背景——她的身后是清澈的河水，深蓝色冷调子的大山绝壁，把舒丽那白亮得耀眼的体形轮廓线条，衬得格外清晰鲜明。周由被舒丽的人体牢牢地定在岸边，一动也不会动了。舒丽却不急着穿她的比基尼，而是从背包里拿出一只小型收录机，按下键钮，然后随着音乐，在阳光绚丽的河滩上跳起了单人舞。周由被如此激情放荡、优美撩人的现代舞惊呆了，他拍着脑门，叹息自己竟然没有发现原来舒丽除了俊俏的脸蛋，还有着丰满、健美的体形。最使他心荡神移的是，他还从来没有见过女人这样高耸的乳房，也没有见过乳房这样大幅度地跳跃和摆动，而且摇摆得极富韧性，跳跃得无拘无束。只有像舒丽这样青春初熟的女人，才会舞出如此烂漫无邪的金色阳光舞蹈。周围是苍山野岭，没有一件标明时代的东西，就连一根电线杆也没有。一股强大的回归感从周由胸中涌起——自然、原始、天性和本能，他几乎就是在这一刹那的时间里，被舒丽彻底征服了。收录机里传出的已不再是音乐，而是皮鼓、竹筒、金镲敲出的声音，以及西南少数民族野性的吼叫。周由也不由自主地合着竹鼓声，为舒丽击掌顿足，那样轻松自由而快乐的瞬间，在人的一生中都只可偶遇而不可再求。

后来有几个穿着北大T恤衫的大学生闻声而来，在一边静静观赏。舒丽仍忘情地舞蹈着，好像这儿不是中国，而是西方的裸体浴场，她拥有享受阳光、展示人体之美的绝对权利。一向自认为被自由艺术熏陶出来的周由，竟然没有勇气接受她舞蹈语言的邀请，去同她共舞。他看到大学生们一个个被舒丽惊得目瞪口呆，慌忙抄起自己宽大的衬衫，跑上前去把舒丽整个包裹起来。几个大学生鼓起掌来，有一个戴眼镜的男生，还走上前去朝着舒丽深深地鞠了一躬。

"对不起，你们走吧……"周由说着，又用身体挡住了他们的视线。三个大学生悻悻离去，还不时地回头张望。周由像个西班牙斗牛士一样，双手撑开衬衫，让舒丽穿衣服。舒丽磨磨蹭蹭地套着比基尼，一边舞兴未尽地抱怨说："你为什么不让我跳了？！让他们看好了，而且，你也应该和我一起跳嘛！"

"幸亏这是大学生，如果是流氓，可够我打一气的了。"周由说。

"给我系上后面的扣子。"舒丽指挥道。

周由费了好一会儿劲，才很不熟练地为她系上了扣子。舒丽穿好了黑色的比基尼，转过身来。她白亮的身体上，黑色的乳罩和黑三角，使她比全裸时更显得性感和诱人。鼓声、筒声、吼声还在震响，周由心里一阵发热，一把抱起舒丽冲进河里，水花四溅，碧波荡漾，他一直冲到河水完全浸漫了舒丽的身体，才在河心站住。此时，舒丽已经用双手勾住了周由的脖颈，两条结实的双腿也在水里环住了周由的腰胯，周由望着舒丽热烈的眼睛，猛地低下头，贴住了她饱满的嘴唇，忘情地亲吻起她来。他粗鲁地抚摩着她，摸向那个神秘的三角区。但是十渡的水太凉了，冷得像深井水，一会儿工夫，两个人都哆嗦起来。舒丽大喊："我偏偏没想到水会这么凉，要不，我就在这里要你了！"周由也喊道："走吧，马上回去，我也不能再等了！"两个人匆匆上岸，穿好衣服，舒丽开着那辆旧吉普车，把周由带进了自己的卧室。那个下午和晚上，两个人都尝到了狂潮巨澜一般性爱的欢乐。

周由和舒丽后来各自又和几个新的异性朋友，有过短暂的交往。他们两人的身边都不乏追求者，兴奋点很难长期集中在对方身上。但周由在遇到水虹之前，对他最有吸引力震撼最强的性爱，就是舒丽给他的。只是两个人时冷时热，时好时坏，谁也不急于把这种关系固定下来。但周由每次事业或情感失意的时候，都曾下过决心认准舒丽算了。有一段时间，他相当迷恋舒丽，到了一天也不能离开她的地步。然而，一旦与舒丽相处长了，周由又会莫名其妙地厌烦起她来。她的精神空间好像就只有那么一点大，一谈起钱来，周由就再也无法扭转她的话题，两人常常不欢而散。因此，周由在遇到另一些漂亮的才女进攻时，往往就会把舒丽冷落在一边。

其实周由心里很清楚，舒丽对他也不尽满意。她嫌他太爱幻想太不切实际，一头钻进艺术，外面翻天覆地都一无所知。他的画虽然有了名气，但卖得稀里哗啦。舒丽明明替他侃好了价，但买主只要由衷地夸赞那画，他很有可能会把画价降低一半。如果买主再与他在艺术上谈得投机，周由甚至会把画送给人家。把舒丽气得差点背过气去。所以，每当她受到商界、演艺界的那些强人、大腕诱惑时，她也会把周由晾在一边。但若是她看透了某腕的弱点，觉得对方不够称心如意而甩手离去，或是偶尔失宠失恋时，她又会主动找到周由，两人互诉衷肠，言归于好，在一夜之间，重新又热乎得如胶似漆。

他俩就这样时冷时热，时远时近，好好吵吵，吵吵好好，像一对分不开又过不长的小夫妻，如果周由没有遇到水虹，也许这次舒丽从南方回来，他就真的会用婚姻为他和舒丽的关系画上句号了。两个人彼此都开放自由，互相理解，互不约束，大概反倒是最不容易发生误会、不容易离异的夫妻了。

周由下了车，拎着画，寻找着舒丽住的那栋楼。两年不来，这地方令他觉得陌生，好像已经隔绝了一个世纪之久。他想，如果舒丽已经像他一样，找到了一个能够完全替代旧情人的伴侣，那该多好，那样他和她也就扯平了，而且彼此一定会成为最轻松的朋友。但此时周由的步履沉重，他不知用什么才能平衡舒丽的失落。这两幅画虽是他前几年的得意之作，但这两颗砝码的分量还是太轻了。他明明知道舒丽让他送画，只是与他约会的一个借口，可是当约会也无法补偿舒丽的时候，她将会如何呢？也许舒丽在本质上依然是自由的，她确实爱钱，但她最终却不会用她的自由去置换金钱。在她得到钱以后，她好像倒更自由了，自由得开着私家车、乘着飞机满世界乱跑。但愿如今她信奉的仍然是自由至上，而不是爱至上，那么她还不至于失落得一无所有……

舒丽的住处位于东城一条胡同里的外交部家属宿舍大院里。她自己住在父母住房补差的一套两居室的单元房里，她的父母住在院内的高知楼内。院子里老杨树环绕，绿影婆娑，异常清静。周由走上三层楼梯，伸手敲门的时候，发现门是虚掩的。

"进来！"门里舒丽的声音透着兴奋和焦急。"推门呀！"她又喊道。

周由想，他如果推门进去，舒丽一定会立即扑过来，紧紧抱住他，吻得他喘不过气来的。他在门边犹豫了几秒钟，说：

"我不进去了，画就放在门外。我在小区大门口等你，我们还是到外面去谈，二十分钟后你要是还不来，我就走人。"

周由说着就转身下楼。当他走到三层与二层的拐弯处时，他听见了门的响动，抬头一看，他顿时像被钉在了楼梯上——舒丽的房门大开，她全身赤裸地冲出门，站在楼梯的栏杆后面，又气又急又怒又恼地尖声大叫："你回来！你给我回来！"周由仰脸望去，发现舒丽健美性感的身体，又处于一个绝妙奇佳的位置上：她的身后是明亮温暖的室内光线，使她优美的体态，在温暖的逆光中呈现出一种酥软的感觉；而楼梯拐角的北窗口，又从下往上，在她微红的肌肤上投下了偏冷的柔光，把逆光中被模糊减弱的女人体之美，清晰又凄冷地显现出来。她张开的双臂和修长笔直的身体，构成了一个白色的十字架，像一位受难的少女，被钉在了门框上。门旁靠放着她的旧情人留给她最后的两幅油画。

舒丽站在那里一动不动，她的气恼渐渐消失，眼里第一次出现了绝望和恳求的泪光。周由心中的旧情被狠狠地触动了。他知道舒丽一向是个倔强的女人，她即便求人也从不落泪。而此刻她满含着泪水望着他，就像站在悬崖上同他挥泪诀别。多年的旧情毕竟不那么容易割断，周由不忍拔腿就走。他真想大声叫她回到屋里去，又怕惊动了两边的邻居，出来看见他们这幅无法解释的画面。

　　周由走不了，又上不去，一时进退两难。舒丽固执地站立着，泪水已滴落到她高耸的乳房上，顺着乳沟流淌下来。楼道里春天的穿堂风很硬，她已开始瑟瑟发抖。他想他如果再不上去，她就会冻病的，弄不好，邻居就要出来了。就她那个疯狂的样子，即便他硬下心跑下楼去，她也会不顾一切地直追下来的，就是追到大街上，她也敢。

　　周由不能再犹豫下去，他三步并作两步跨上梯阶，一把把舒丽推进屋里，回身撞上门，再把她抱到卧室的床上，用那床已经摊开的薄绒毯，把她全身包裹起来。他又开了大门去把那两幅画拿进门厅，他听见舒丽已经在打喷嚏。

　　"我冷了，快来焐焐我！"舒丽又打了一个喷嚏。

　　"你自己焐吧，我在外屋等你。"

　　"周由，你真没劲，我没别的意思，只求你现在焐焐我，我寒透了心了。"舒丽面色惨白，可怜兮兮地说。

　　如果在一年前，周由一定会马上赤身裸体地把她焐热烧烫的。但此刻他却完全没有这样的心情和兴致。他似乎觉得水虹就站在旁边看着他。他从未想到另一个女人对他会有那么大的约束力。他从暖瓶里倒了杯开水，递给了舒丽。

"喝点热水，暖暖身子吧，你……你这是何苦……"周由说。

"你……两年不见，你怎么成了这个样子啦？好像我会吃了你似的……"舒丽用被角擦着眼泪，噘起嘴委屈地说。

周由不敢看舒丽的眼睛。他低声说："丽丽，我是变了……丽丽，当初谁让你不听我的话，非要离开我的。你走了，所以来了另一个人，一个我从没有那么爱的女人，我已经不是原来的我了。"

"原来是这样，我的直觉果然灵验。"舒丽长长地出了口气，冷笑着说，"不过，就算有另一个人，你也犯不上这样对待我啊。"

她接过杯子喝了一口水，掀开毯子，开始慢吞吞穿上内衣，又套上了一件雪白的羊绒睡袍。然后起身洗了脸，冲了两杯热咖啡，端到客厅里。两个人面对面坐着，周由一言不发。舒丽搅动着杯中的小勺，轻轻一笑说：

"要不是念你刚才还有点旧情，我非得让你和你那另一个，都付出点代价不可……好了，假如不是军事机密，老实坦白吧，你那另一个，是不是就是我和老赵昨天见过的那位？"

"……是的。"

"她叫什么名字？"

"她……姓秦，你就叫她秦小姐好了。"

"真对不起，昨天我可真没眼力，怎么就没有发现，秦小姐原来那么出色，值得你如此丧魂落魄哪！"舒丽捋着头发，好像完全没有把这个秦小姐放在眼里。话题一转说："这样看来，咱俩的情分算是完了？以后，我就是一个商人，一个女老板，咱俩只谈生意，只讲互利，只有合作关系，不谈爱情！"

周由望着舒丽冰冷的目光，感到寒气逼人。原来那个热情奔放的情人，就这两年，真变成一个冷酷的商人了？

他说："话不要说得那么绝。如果只谈生意，我可以直接去找老赵和别的画商，何必受你的白眼。咱俩即使做不成夫妻，也不必像小市民那样反目为仇。我不信我们之间难道真的连一点友情都没有了，如果你和我是商业关系，那就拉倒吧，我还愁找不着一个像样的经纪人？"

"周由，你听着，我在商界艺术圈混了这么多年，再回头看你，觉得你早就被甩出主流社会了。你别看你的名气越来越大，画价也越涨越快，但你如果不懂经营，不懂销售和包装，你永远是个打工仔，为画商打工。你画得再好再多，没有一个能干又靠得住的经纪人，你创造的厚利，自己却只能分到个小头。你还想去找那老赵呢，你要是让他当你的经纪人，你往后连老婆都留不住。那三幅画，他只给了你六千元，其实他那年根本没卖，捂到今年才卖的，至少卖了六千美金。你那时没和他签合同，干吃哑巴亏。昨天你连价都不同他讲，真是跟秦小姐爱得昏了头了？"

"那家伙也太黑了。"周由愤愤骂道。

舒丽慢条斯理地喝了一小口咖啡，微眯着眼，一副精明商人的样子，继续说道："周由，你一点也不懂商务内幕，现在画商比画家还多，画家只好拼命地粗制滥造，有几个像你这样真玩儿艺术的。假冒伪劣产品把画坛弄得乌烟瘴气，美术市场一片混乱。有的画商弄到一幅好画，就让一批三流画家大量临摹，然后冒充原作，卖给老外、港商和国内附庸风雅的大款。画商都发了，但买主也学精了，画价暴跌，好画也不一定能卖出好价钱。像你这样有实力的画家还不至于那么惨，但画商想要坑你，办法多的是……"

茶几上的手提电话像鸟叫般响了起来，她抬起手一按键钮，把手机关闭了。

"你知道吗，老赵和一些港商有个计划，他们想在国内挑选一些有潜力有前途的青年画家，重点低价收购他们的画，等收得差不多了，就在拍卖市场上猛炒，出大价钱哄抬他们的画价，等炒热了，画价就几倍几十倍地上翻，然后再根据行情，或是高价收藏，或是高价转手。这需要花好几年时间。现在他们已经选定了画家的名单，其中当然有你。要不，老赵昨天怎么会给我通消息，想让我来钓你这条鱼呢。明白了吧？不过，他们现在还不会加火加油爆炒你，要等到把你的画垄断下来，才会动手。偏偏你现在不想卖画，那他们就会故意晾你，让你穷得非卖画不可了，才低价一网打尽。可你要是现在就卖呢，那亏得更大……"

舒丽这一番话，轰得周由头昏脑涨。他戚戚地问："那怎么办呢？我……我总得用钱啊，我其实挺缺钱……"

"说你不懂，真是不懂，你看，把你的报价都写在脑门上了。"

"我不是正等着你教我嘛。"

"我现在可不是你怀里的丽丽了，我是做买卖的，不能白白为你提供咨询，里头有好些商业机密呢。"

"丽丽，你真变了，可我是把你当成朋友的。"周由不由得伤感起来，"你说吧，你要收多少咨询费？"

舒丽大笑起来。"咨询费？你以为那是多少钱？不是我不想收，只可惜太少了，不值得我劳神。"她说着便站起身，走到周由身边坐下了，伸出胳膊搂住他，在他脸上唇上狠狠地亲吻起来。一边吻，一边喃喃自语说："我要挣的是大钱，我才不管你什么秦小姐懒小姐呢，你就是我的，你跑再远我也能把你拽回来。这几年，我不光在冒险赌股市，我还为你结识了许多香港画商、国内重要的画廊老板，把内幕和行情都摸了个透。我已经有一些自己的销售渠道和关系网了，还联系了在广东、海南举办个人画展的赞助商。我一切都准备好了这才回来，本想给你来个出其不意的……"

舒丽火热的亲吻，使得周由猝不及防。他想推开舒丽，无奈她把他箍得那么紧，推开她就得动真格的。舒丽根本不理会他，径自一口气说下去：

"你相信吗，我能在半年一年之内，让你红遍大陆港台和东南亚。我要联合几个拍卖市场上的大款朋友，花上十几万几十万来炒你的一幅画，有人买当然好，就是没人买，我就自己高价买下，等大报小报一宣传，你的画价和身价就炒上来了，那以后再卖出去，不仅能把投资收回来，还能赚上一大笔。别的画商没法跟我比，因为我有资本又拥有你的画。这件事谁也不让插手，我自己就可以独立操作。等我们赚了大钱，我给你买别墅建大画室，我再投资搞别的大项目，哈，这真叫作……叫作什么……珠联璧合了。周由，你根本不该找那个秦小姐，不管她多么让你动心，你现在缺的是一个精明的经纪人，如果娶我当老婆，你主内，我主外，开一家夫妻画廊，那实在是太棒了……可是，可是你真傻，把我的宏伟计划，还有我们的好日子全糟蹋了……"

周由听得心里热一阵凉一阵，如坠五里云雾。他拍拍舒丽的肩膀，把她黏着他的身子扳开，扶正了她的脸。刚想对她说点什么，她却又猛地伏在他的胸口上哭了起来。一时泪如泉涌，身子在他怀里抖个不停。她呜呜咽咽地说，她干吗非得爱上那些大款呢？大款算什么，他们几年前也都是穷光蛋。凭她的本事，她也完全可以成为大款的，她现在其实已经有两百多万了，两个人加起来，要不了几年就是超级大款了。她还说，她早就打算好了，外面的事全包在她一个人身上，这活他确实干不了，心不黑不行，而且还得有敢赔敢赚的胆子。以后他就关在画室里，安安心心地画画，晚上洗个热水澡回到床上，两个人都是干净的……

周由似听非听地愣怔着，一时不知对舒丽说些什么才好。他确实太需要一个精明可靠的经纪人了。画坛流行一句话：成也经纪，败也经纪。美术作品进入市场以后，画家没有得力的经纪人，就像缺胳膊少腿一样。经纪与绘画完全是水火不容、不能兼于一身的两件事。画家一旦自己搞经纪，会被大量繁杂的事务磨得失去绘画的才气；如果不要经纪，自己就会白白被人剥削，损失一大半辛苦的劳动所得。周由早就希望能够物色到一位能够长期合作的经纪人了，但自荐的人不少，真正懂画又可靠的人却不多。如果真的有一位精明的经纪人来做妻子，当然就两全其美了。但他不会让水虹去当经纪人的，她的才华用于此道太浪费了，再说他也不敢让她的美去冒险，不舍得让水虹去为他奔波辛劳。可是，若是他真的没有能力建造一个真正属于他和水虹自己的小窝，使他们以后的日子不再流浪漂泊寄人篱下，他又怎么对得起水虹？那种没着没落、无倚无托的情爱，在今天的世界上，真的是能够长久吗？

舒丽褪去了睡袍，露出圆浑而丰腴的肩膀，又抓过他的双手，把它们放在她高耸的胸脯上。她慢慢向他贴近，鲜红的嘴唇在他眼前晃动，一股熟悉的体味扑面而来。一年未见，舒丽已被南国温暖湿润的海风调养得更加诱人了。她全身散发着椰林、荔枝园和芒果的芳香，萦绕着一种热带女人的韵味和异国风情，此时如果把她抱上床去，他一定会得到旧枝新果的性爱新鲜快感。周由抱着舒丽，吮吸着她火烫的嘴唇，一时身不由己。他实在也舍不得这个迷人的旧情人，无论从感情上还是从利益上，放弃舒丽似乎都太可惜。阿霓刚走了几个月，又一种旧情纠葛缠绕了他。他想起自己抱着阿霓的时候，心里充满了有情无欲的纯真感；而怀里这个来自苹果园的夏娃，却使他体内时时拱动起肉欲的冲动，一阵阵大汗淋漓。

舒丽饥渴的嘴唇一直没有离开他的身体，她呻吟着，显然已对等待失去了耐心，她伸出手进一步抚摩周由，并去解周由的腰带。

周由体内涌动的热流，在那个瞬间突然如海潮一般退去。他轻轻推开了她。

"丽丽，你坐起来，我们好好说话。我必须让你知道我这一年的经历和变化，否则以后就没法相处了。"

"不嘛，我现在什么也不想听……你还是先给我下一场透雨吧，我都快要渴死啦……你就不能先救灾，后动员嘛……"

"丽丽！"周由面有愠色，按住了她的手，"你别惹我发火，你还是先听我讲完。你需要重新认识我，我可不想让你过后觉得受骗上当。"

舒丽睁大了眼睛望着周由,真好像不认识他了一般。她看到以往那个点火就着的周由,竟然能在全身膨胀的时候,猛然刹住情欲的闸门,这简直太不可思议了,太荒唐可笑了。她燃烧的身体迅速降温,脑子也渐渐冷却下来。这一时刻,舒丽忽然感到了自己的对手的强大。她像一个虚无的影子,若隐若现却又不可小视,占有了周由从身体到心灵的全部位置。那个叫秦小姐的人,莫非真是一颗天外飞来的克星吗?

舒丽忽觉心里空落落的发慌,浑身精疲力竭。她很不情愿地缩回手,几乎软软地瘫跌在周由怀里。

室内的日照已移东墙,两个人都不觉饿。舒丽的泪痕已干,默然无语。她恨自己太粗心也太自信了。昨天她虽然见过秦小姐一面,大致察觉了她身上那种与众不同的气质,也从这两天周由的异常举止中,感到了某种潜在的威胁,但她并没有在意,她以为那个女人和周由以往的女友一样,只要自己一出现,便能统统灭了她们,重新占领周由这块永属她的领地。但她在听完了周由这个长长的故事以后,她感到秦小姐对于自己,已远远不仅是个威胁了。舒丽好像面对着一份世界上最冷酷的死亡诊断报告书,宣判了她和周由六年情分的终结。

舒丽无力地靠着周由,眼前一片空虚又一片茫然。她全身的爱欲狂潮已被抽干,心中只剩下了求生的欲望。六年的青春岁月和爱的记忆,她用命挣来的财产,而当她回到他身边时,他却爱上了别人。舒丽知道周由还从未像这样疯狂地爱上一个女人,他以前所有的情友都不是他追求得来的，而是她们主动送给他的。一旦他孤注一掷地去渴求一个女人之爱时，舒丽就将永远地失去周由。她的眼前一片漆黑，她还能再把他重新夺回来吗？

周由默默地垂着头，回避着舒丽绝望的眼神。他感到了自己的残忍。他像抱着一只垂死的母鹿，尽管他很想救她，但他又不能去剜下一只大天鹅的心脏，来给她做异体脏器移植手术。他原以为她还有自己的情人，即便失去了他这个旧情人，她还可以退而求其次，或更上层楼。然而他完全没有想到，外表开放豁达的舒丽，内心深处却依然有一角封闭的港湾。她为他留下了一块神圣不可侵犯的土地，一旦它被撂荒抛废，她也就随之还原为一片芜杂蛮荒的原野了……他不知该怎样安慰他的最后一个老情友。他吻着舒丽，但她的嘴唇已经干涩，眼睛也失掉了光泽。

"丽丽，我还是你的老朋友，你年轻漂亮，有事业有才干，以后的日子还长，你得振作起来。"他不断地摇着她，用恳求的口气哄着，"你先好好休息几天，再好好想想。如果你愿意，过几天我带你去见见秦小姐，当然我还不知道她的意思，但我相信她会喜欢你的。只是希望你一定记住，我不能再和你恢复以前的关系了，我爱她，这是真的。"

舒丽终于抬起头，看着他的眼睛说：

"周由，我还是要谢谢你。谢谢你的诚实，告诉了我真情……我两年没在北京，原来的朋友嫁的嫁、走的走，好人变坏，坏人更坏，那些不是朋友而有求于我的人，一天到晚像苍蝇一样叮着我。朋友之间的真情越来越少了……在北京，我只有你这一个信得过的老朋友了……我只求你一件事——别不理我，啊？……我这个人，你别看一天咋咋呼呼的，其实……我的心里……常常觉得空荡荡的……"

周由轻轻握住她的手，在她额头上吻了一下，说：

"好吧，那我走了。我，我会经常给你打电话的。"

28

周由回到家，天已快黑了。餐桌上的饭菜已经摆好，一支透明的红蜡烛忽闪忽闪地亮着火苗，屋子里充溢着一种温馨的家庭气息。

他照例在水虹的面颊上贴了一下。

"舒丽的香水味，跟她的人一样性感。"水虹接过他的外套，挂在门口的衣钩上，"看样子，今天你是死里逃生啊。"

"差一点就烤全羊了。"周由勉强笑了笑。他希望尽量营造一种轻松幽默的气氛，免得给水虹带来过多的情感负担。

"我还以为你不回来吃饭了呢。"水虹打趣说，"我就像那些被冷落的妻子，要在灯下一直苦守到天亮了。"

"哪能呢。把画交给她，又谈了些别的事。两年不见，要说的话也挺多的。"周由淡淡说着，一边端起了碗。他觉得很饿，好像刚刚经历了一场恶战，浑身乏力，却没有一点食欲。

"周由，没人让你忏悔。我又不是神父。"水虹为他摈着菜，"我知道你心里不好受，旧情难断，这很正常。否则就太无情无义了。这年月，东西往往越新越假，弄得大家都开始怀旧，尤其是旧情人。你要是还不太累，就同我说说你的难处，看看我能不能帮帮你的忙。"

周由眼圈有些湿润。他的心沉沉的，舒丽瘫软在他身上的感觉还没有完全消退，他走了以后，舒丽这一夜将如何打发呢？她能不能坦然接受这个事实呢？从今往后，他和舒丽这种关系，将怎样处置？他匆匆吃了几口饭，一个人闷闷地在厨房里收拾了半天碗筷，心不在焉地将水溅了一地。好半天才重新走进客厅，坐在水虹身边，沉默了一会儿，开口说：

"水虹，你听我讲完以后再评判吧。我想先从一幅女人体画面讲起，那是今天上午我在舒丽家的楼梯口看到的，我一生也不会忘记的情景。我真想把它画下来，你如果看到这幅画，你就知道要想割断这种感情，对我和舒丽来说，会有多么困难……不过，我一定只有在你同意的情况下，才会这么做的，我决不愿意对你有一丝一毫的伤害……"

"你别说得这么复杂，我毕竟比你大几岁，在感情上总比你有些韧性。你就是伤了我，我也承受得了。你说吧。"水虹听着周由拐弯抹角的开场白，觉得事情大概有些麻烦了，她深深地吸了口气，好让自己尽量多一点心理准备。

周由把水虹抱在身边，细细地讲了这一天里发生的事情。在讲述的过程中，他好几次希望自己能避重就轻，以免引起水虹的不悦。在他多次与女友交往的经验中，他知道一个女人与另一个女人的关系，甚至比国与国的关系更重大更复杂，那其中有许多男人无法探明的陷阱，稍一不慎，就会让他们翻身落马。再说，他也并非天性坦诚之人，在与以前的女友相处时，他也常常玩一些小小的花招，以便更合理地分配他的时间。然而，望着水虹温和明澈的眼神，他却不能隐瞒哪怕一个小小的细节，他讲得笨嘴拙舌、磕磕巴巴，就像一个初试绘画的新手面对考官。他必须让水虹知道他和舒丽之间的一切，甚至还有可能会发生的一切，因为水虹对于他不是一粒露珠，而是意味着永远。

夜已深，周由在一天里对两个女人讲了两个女人的故事，他实在已经疲惫至极。讲到最后时，他好像除了嘴巴还在嗫动，大脑和身体都已经睡过去了。

"睡吧，我知道你太困了，明天再说吧……"水虹轻轻拍着他的后背说。他像是挣扎在一片黑色的泥淖里，慢慢地沉下去，沉下去……

周由发出了轻微的鼾声，但水虹却毫无睡意。她在黑暗中睁大了眼睛，陷入了久久的沉思……

夜半起风，嘭嘭敲击着楼道的窗棂，整座楼房都好像在风中摇撼。

那个女人就赤裸裸站在楼梯的拐角，向水虹发出悲哀的挑战。

尽管周由从认识水虹以后不久，就毫无保留地告诉了她自己和舒丽的往事；尽管这一年多来，舒丽这个挥之不去的情影，实际上始终存在于周由和水虹的生活之中，水虹对于舒丽早晚会重新出现，一直有一种女人特有的预感，但水虹仍然未能充分估计到，舒丽对周由的旧情，是如此疯狂和执着。而且在两年后的一天时间里，又迅猛地爆绽出蓬勃的情感新芽。虽然这段旧根和新枝还远未危及她和周由情感的大树，但它却实实在在地分走了他们根系附近的养料。那棵葱茏的大树似乎不再是一木独秀。水虹深深感到爱的根系已遇到了障碍和干扰。诚然，在阳光雨量充沛的热带雨林，大树和灌木可以共存共荣，相安无事。但也常有青藤攀缘大树，层层缠绕，枝枝相逼，最后像巨蟒一样把大树活活绞杀，然后把树干作为它的云梯、藤架和肥料。

水虹深知自己的魅力，深知周由对她的真情，所以她担心的并非是舒丽作为女人的诱惑。如果舒丽仅仅是一个普通的漂亮妞，她至多只能成为大树下低矮的灌木丛，水虹完全可以容忍她在树下生存，无须计较。但如今重返京都的舒丽，除了拥有美貌，还拥有商业的技能和关系，还有经纪人的手段。舒丽的强项恰恰是水虹的弱项，而这偏偏又是周由事业发展所迫切需要的运载火箭。于是舒丽的这一优势，就可能成为一种绞杀力极强的藤萝，被她缠上后便无法脱身。尤其在如今美术作品加速进入市场的态势下，舒丽的强项会越来越强，而自己的弱项会越来越弱。周由毕竟不能总跟她隐居在画室里，无穷无尽地幻想下去。他的艺术将必然遇到残酷的生存竞争，那时他会感到越来越需要舒丽，甚至依赖舒丽。舒丽的运筹和策划，最终会成为周由事业上不可缺少的一部分。这是个经纪人和商人的时代，他们主宰产品、市场、价格，甚至主宰爱情。难道她和周由这棵历尽艰辛生长起来的大树，到头来会被舒丽这株青藤不知不觉地勒死吗？一种恐惧的感觉悄悄袭来，水虹闷得透不过气。她无法抵御那些雄心勃勃的经纪人，她觉得自己的强项正在迅速减弱，在充满铜臭的空气中，氧化为一堆废铁……

她小心翼翼地翻了个身，轻轻抚摩着周由熟睡的身体。

周由从舒丽那里回来之后，内心流露的无法掩饰的烦闷和矛盾，使她感到了沉重：究竟是应该趁着它的新枝尚未长成绿藤时，及时伸展开自己繁茂的树冠，遮住阳光，把它闷死在萌芽状态呢，还是趁着它尚未发育成形，用自己地下发达的根系，把那段旧根狠狠地勒紧，使它枯竭而亡呢？或许，干脆就容忍它，善待它，与它共生共存，顺其自然，静候物竞天择的规律，任凭命运的裁决呢？

水虹茫然无措，她被自己的提问难住了。在她爱上周由以后的很长一段时间里，她的忧虑来自阿霓，但她还能以母爱平衡自己的感情，她不会出让自己的爱，却也决不愿为爱而伤害女儿。她好像一直在训练平衡木上的自由体操，居然至今没有失手落地。然而，女人的本能告诉她，对于另一个女人，她是绝不会退让的，周由是一道峡谷而不是桥梁，她和她只能隔岸相望。若是她后退，身后便是干涸的荒滩戈壁，是死亡沙漠，而舒丽，却会像一道滑索，在天堑上架起她的飞桥，从此取而代之……

水虹的骄傲和自信，第一次发生了动摇。她的感情并不脆弱，而现今世上的爱却太脆弱了。她主宰不了她和周由的爱，就连周由也主宰不了。地上的情爱最终还是难逃地狱之门，任何一种世俗的引力，都可能使它坠入黑暗的深渊。她本想成为世纪末最后一个情爱的守望者，可她却陷入中锋和后卫队员的重重围困，不见球旋只见黑压压的进攻手，如一群吞噬稻谷的蝗虫和鸦雀，驱之复来，散而又聚，她是如此孤立无援、势单力薄……

那么，难道她就不能成为一个攻球手吗？为什么她自己就不能反守为攻呢？水虹忽然兴奋地想。这个念头闪过，犹如黑暗的房间里透来一丝午夜微弱的月光。——如果她自己来扮演那个经纪人的角色呢？如果她成为周由的代理呢？如果她来帮着周由经营那些画呢？如果……她相信自己并不太笨，她要是真的想做，为什么就不能做得比舒丽更好呢？一旦水虹下海，凭着她多年积累的绘画艺术鉴赏力，也许她很快就可以另辟蹊径，独创一片天地的。那时京都的天空也将升起一道太湖霓虹，令人惊诧……

月光稍纵即逝，四周重又一片漆黑。

那一夜的月亮在哪里呢？阴晴圆缺，月亮却总是因着太阳而发光。

曾在苦恼中短暂地徘徊于海边的水虹，很快翻身上岸，否定了自己的想法。她一遍遍问着自己，究竟要做怎样的女人？一个女人的一生中，还有没有比情爱更重要更珍贵的东西呢？她在把自己的爱托付给周由的同时，是否把她的灵魂和事业也一起托付了出去？她在接受周由爱的当初，究竟是为情所惑、为爱所迷，还是由于周由的情爱，唤醒了她内心深处一种对艺术本质的追寻，期待着在一种新的生活中，实现自己更高的价值呢？

水虹细细回想着这一年多风波迭起的日子。她的那部《爱与艺术》的专著，已经陆续写下了八九万字，再有十几万字就可以完成。还有酝酿中的艺术史新论等，积累的资料和脑子里蓄满的思想，够她踏踏实实干上好多年的了。她有许多许多自己的事情要做，她对那每一本未来的著作都抱着强烈的兴趣和期待。那是她独立的、充

— 351 —

满个性的事业，难道她真的能够放弃这些自己喜欢的事情，去当那个从来对她没有一丁点儿诱惑的经纪人吗？

如果她像舒丽那样，原本就对经商有一种不可遏制的欲望，那也情有可原。

可她去下海，也许仅仅是为了周由，为了舒丽，为了占领周由和剔除舒丽。

遗憾的是，连舒丽都懂得，她不能靠周由喂给她的爱过日子，所以她选择了南下去自己学习打食。水虹见舒丽的第一面，心里就对舒丽有一股隐隐的好感，她喜欢舒丽那种独立的性格，舒丽不是月亮不是行星，舒丽是一颗天马行空、独往独来的恒星。而她水虹，却要靠阳光的反射来发光，靠地球的引力而生存，靠每天二十四小时寸步不离的守卫来巩固自己的地盘——那她不是等于尚未与舒丽交手，第一个回合就白白输给了舒丽。

她不能。

水虹感到心里一阵燥热。她悄悄坐了起来，走到窗口去，轻轻撩开了一角窗帘。

天空已出现了一层淡青的亮色，细细的月牙儿像一尊玉雕的拱桥，架在遥远的天边。风停云栖，唯有依稀几粒晨星，闪烁着微弱的光亮。

水虹觉得有一股汹涌的热流，在她心里奔涌。她不想被动地等待舒丽的进攻，像许多女人常犯的错误那样，整日提心吊胆地防范着假想敌的入侵，却不知道自己的缺口在哪里。与其让舒丽在日后虎视眈眈地觊觎着自己，把舒丽当成一个神出鬼没的阴影，或是一个声东击西的偷猎者，那她何不邀请舒丽走进他们的生活，坦坦荡荡地进行一场限时竞赛呢？

她脑子里出现了一个奇特的画面。她决定要按这个想法去试一试，为了自己，也为了她和周由的爱。也许这是一场惊险的赌博，很少会有女人愿意尝试如此冒险的试验，但她的赌资不是金钱，而是智慧，是女人的自我和自尊。那也许是一次平等而友好的较量，也许是一场费时耗力的拉力赛，但至少不会再有舒丽总像是躺在周由的另一侧那种感觉——她们之间终有输赢。

周由一直睡到临近中午才醒。那时水虹正走进卧室，打算叫他起来吃午饭。

周由睡眼蒙眬地向水虹伸出手说："来，过来，坐到我身边来……我就喜欢看你静静沉思的样子，一点浮躁都没有，美极了，我真想现在就画你……"

水虹吻着他，笑笑说：

"别老画我了，画我的那些人体，现在又不能拿出去展览，你昨天不是为我描述了一幅画面吗，那可是一幅有意思的作品……"

"什么画面？"

"睡一夜就忘啦？就是舒丽在楼梯口的那幅呀。"

周由捋着头发笑起来。"噢，我想起来了……不过，那只是说说罢了，哪能真的画呢？"他说着，终于清醒过来，急问，"你想让我画舒丽？嗳，这不是故意将我的军嘛……我懂了，你这是惩罚我呢，是不是？"

见水虹不答，他想想又说："昨天的事，不是已经过去了吗，舒丽已经答应我，以后我们只是朋友关系了……如果你不高兴我们做朋友，我、我马上可以和她完全断了来往的。水虹，这只要你说一句话，你的选择就是我的选择。"

水虹在他鼻尖上按了一下，说："一个男人和两个女人，按照惯例，当然只好由男人来选择了。可惜女人之间不能决斗，输的那一方，自然是不服气的。那就留有隐患，所以，让男人来仲裁，对于女人来说，不大公平。"

"哈，想不到秦水虹女士还是一位女权主义者呢。"

"这和女权主义没关系，我最不喜欢那些什么主义了。这其实只是我和舒丽之间的事情，我要自己来和她竞争。"水虹似乎随口说。

"别说得那么严重，你是在开玩笑吧，啊？"周由翻过身，把头枕在水虹的腿上，仰望着她说，"我不会让舒丽给我当经纪人的，我本来就对什么钱呀名呀的不感冒，我根本不想让他们把我炒成一个轰动全球的大师，那不是炒出来的。我宁愿当一个自由自在的小画家，跟你一起过一种普通艺术家的生活，只要有你就足够了……只是，你得跟着我再受几年苦，慢慢熬着，一时半会儿住不上漂亮宽敞的公寓，只要你受得了，我才不在乎呢……"

水虹低声却很坚决地说："这不是什么钱和房子的问题，而是相爱的双方，谁也没有权利让对方为自己牺牲。无论是感情还是事业，我可不喜欢'牺牲'这个词儿。"

"好，不牺牲。可不牺牲怎么办？你愿意让她把我们安静的生活搅个乱七八糟吗？"

"你又走极端了。在女人和男人的爱情公式里，不是情人就是敌人。可我想的……我想的是和舒丽成为朋友，真正的好朋友。"

周由一下子坐了起来，眼睛瞪得老大。他终于明白水虹不是在开玩笑，她的神态很严肃，话里有一种令人琢磨的意思。他担心地说："你和她做朋友？舒丽，舒丽她可不是一只温顺的小猫，而是一头漂亮凶猛的金钱豹。我都驾驭不了她，你还能驾驭她？弄不好，以后还会被她咬一口呢。她虽然很爱我，我们彼此都是青年时代最后剩下的老朋友了，但是她的爱很可怕。她带有强烈的支配欲，物欲情欲雄心眼光和社会关系都强。她的计划对我确实很有诱惑，但我过不了她给我安排的那种商业节奏一般的生活，我累了，我不想再疯狂地发酵一次，只想念我们两个人的太空蜜月旅游，想念隐居日子里的窖藏酒香，水虹，我现在需要安静，你就别让舒丽再来烦我了……"

"商业商业，你就只怕舒丽影响你，你为什么不想想，你也可以影响影响舒丽呢？"水虹有点生气的样子，口气却立即又变得缓和了，"说实话，如果不是因为我，舒丽回来了，她还是你的。我心里总有些过意不去。你对她即使没有了爱情，难道就连友情也不能给吗？这是不是太小家子气，太不现代了呢？一个绝望的女人，比带崽的金钱豹更凶猛，你真的忍心把一个自己曾经爱过的女人，逼到悬崖上去吗？"

周由嘟囔说："但这可不是闹着玩的，你要是引狼入室，我们的事业和这个小家的安宁，就会让她给搅黄了。"

水虹嫣然一笑说："我倒蛮想与狼共舞。世上的狼孩不少，可见狼也有它善良可爱的一面。我对舒丽确实很感兴趣，男的老板大款，我见过不少，但是像舒丽这么能干又漂亮的女人，我还从来没有接触过。我也认识几个中年女大款，事业干得红红火火，可惜缺乏女性的个人魅力。我研究爱与美，凡是与爱和美相关的事情，我都不会放过。就凭舒丽挣了钱还回来找你这一点，我觉得她这个人在内心深处，还有一种精神追求……"

周由揉着他的太阳穴说："女人的问题可真啰唆。你别忘了我的硕士学位刚读完没几年，你就想用博士后的题目考我，看来以后我的女友还是越少越省事了……"

"好了，不跟你逗乐了，还是先说说画吧。"水虹进洗手间拧了一块湿毛巾给周由擦脸，然后从桌上找出一份公文，递给周由，说，"你大概早就忘到脑后去了吧，这是今年几家美术刊物，联合国内一些有影响的画廊，征集优秀中青年画家作品，举办当代秋季油画大展的通知。再有两个月预展就开始了。人家组委会还在通知上特别写了几句话，希望你能参加。我想，你在家里憋了那么久，也该在画坛上露露面了，听听艺评家和社会的反应，也和你的同行们交流交流，再试试你作品的行情，对你一定大有好处的。"

周由愣愣地问："参展？我拿什么参展？"

"这几年你虽然搞了不少现代风格的作品，但你最拿手的，还是人体画。全国性规模的画展，已经有两年多没见你的人体作品了。"

"人体？可我最得意的那两幅人体画，那个叫作水虹的模特小姐说，她准备留到 21 世纪再参展。"

"不是还有一个现成的模特吗？"

"谁？"

"舒丽呀。你昨天晚上已经把构图都描绘出来了。"

"你又开玩笑了。那幅画面确实很美，很动人，但那是女裸体，你总不至于会让舒丽来当模特吧？"

"不，正是请舒丽来当模特。"

"你疯了？"

"是艺术让我疯狂，而不是你。"水虹笑道，"你描述的那个画面，昨夜始终在我眼前晃动。我觉得在那个女人体上，有许多让人深思的内容——个性、情爱、渴望、痛苦、追求……我还说不大清楚，但可以肯定这是一幅新颖奇特的画面，具有一种对人心灵的震慑力量……"

"你这一招，非把舒丽镇了不可，你把我都镇住了。"周由吃惊不小。随即兴奋得不行，搓搓着手掌，一副跃跃欲试的样子。

水虹柔声说："这幅画一定要画好，老情人的感觉里，沉淀了历史、时间，还有时代的空间感。我想你一定能画出新意来。真的，我闭上眼睛想着她伸开双臂呼唤的样子，那画面实在太有感染力了，跟所有的人体绘画都不同……"

"那……那我怎么跟她说呀？"周由又觉得为难起来。

"其实你不用先同她说画画的事。"水虹好像早已设好了伏兵，"你不是说要请她来见我吗？你可以先给她打个电话，约定来我们家做客的时间。我们先正式认识一下。到时候，如果大家感觉融洽，你再同她说，怎么样？"

"如果不融洽呢？"

"那就看你的运气了，听其自然吧。"

周由由衷地说："水虹，真没想到你那么厉害，舒丽哪是你的对手啊，她如果明白这点就好了。以后，还是让你做我的总策划吧。"

"我才懒得老管你的事呢。"水虹把他从床上拽起来，推到洗手间去，"快去刷牙，早饭和午饭吃到一块儿去了。我这个总策划就管这些琐事呀？以后，我得匀点儿给舒丽小姐去管了……"

水虹似乎还想说什么，却又把话头打住了。

29

周由在离家不远的一个汽车站等着舒丽。他顺便在车站附近的农贸市场，买了许多熟食和水果，又在副食店买了一些女士爱吃的蜜饯瓜子，把自行车筐装得满满登登。今天他是男主人，也是配角。他得为两位女士沏茶端水，做饭烧菜，让她们吃个够、谈个够。尽管舒丽在电话里接受他的邀请很痛快，几乎想也没想就答应了，但周由心里对这两个女人的见面，仍有些担心和疑虑。他不知道她们是否真能谈得拢。他们三人之间真的能建立起一种坦诚的朋友关系吗？水虹是不是有点异想天开了？不容插足的恋人和以往的旧情人成为朋友，那毕竟是男人或女人许多年来的梦想，到目前为止，他还从来没有在生活中见到过……

周由看看表，约定的时间已过了十分钟，舒丽还没有踪影。他忽然想起还有水虹吩咐的松花蛋忘了买，赶紧跨上车，又折回菜场去。

他前脚刚走，舒丽后脚就到了。她从出租车上下来，旁若无人地穿过候车的人群，站在一家商店门口的高台阶上，悠然自得地四下张望，寻找着周由。那一身时髦的裙衫，在匆匆来往的行人中，显得格外惹眼。

她知道自己迟到了。迟到的原因是她在出门的最后一分钟里，还没有决定今天该穿什么衣服。地板和床上扔满了裙子和上衣，她试了一次又一次，总是觉得不满意，不是鞋子的式样不配，就是首饰的颜色不合适。最后还是匆匆换上了一条橘黄色的薄呢超短裙，一件浅咖色的丝麻套衫，黑色长筒袜加长筒薄靴，再配上一串古怪的骨饰，又重新补了妆，才算出得门去。

她还从来没有如此为服装犯难。但今天这个日子绝无仅有。去和老情人的女朋友见面，恐怕第一重要的是，她必须在服饰上，让那个秦小姐耳目一新。

说实话，她才不在乎去见周由的女朋友呢。以前她见得多了，最后还不是一个个败在她的手下。她今天出场，多少也怀有一种示威的意思。

那天周由打来电话向她发出邀请，她兴奋又有些措手不及。周由走后的这些天，她几乎什么事都干不下去，一直在等待着周由的答复。尽管他那天的坦白令她寒心，他的疏远使她失望，但饱尝商战赌场的甜头和残酷风险的舒丽，已经具备了赢得起也输得起的心理素质。她相信自己很快就会从这次沉重打击中恢复过来的。只是她目前还不想轻易认输。她要静观变幻莫测的市场，只要持币不离股市，机遇总是有的。那么多年来，她虽然不乏追求者和男朋友，但周由却是她反复挑选、最令她倾心的优质蓝筹股。可惜如今它的庄家易人，实力过于雄厚。无论大盘怎样上蹿下跳，庄家都死捂着不肯抛出。她只好先从散户那里刮一点友谊股了。不过她仍然耐心地等待着抓一把情人股（她明白那原本稳操胜券的"妻后股"，如今可能永远也抢不到手了），如果它的庄家真是个开天目、通周天的奇女子，那她在占着一小部分情人股外，将心悦诚服地抛出全部旧股，再觅新股。即便她从此再物色不到自己的好股，她情愿单身贵族一辈子。

但不管怎样，她相信周由无法一下子拒她于千里之外，周由不会轻易拒绝她的计划。她必须用一切机会接近他，靠拢他，进入他的生活圈子。不过她没有想到周由这么快就会请她去他家。那个叫作秦小姐的女人，她到底是装糊涂还是太不糊涂呢？这么一想，舒丽自己也有点糊涂起来。无论如何，能把周由这匹北方的狼调教得像一条军犬的女人，绝非等闲之辈。舒丽提醒自己万万不可大意。

只是，她一时还想不好，应该把自己的心态调整到什么位置和角色上来。

正踟蹰着，就见周由从一辆飞驶的自行车上，跳落在她面前。她一看周由提着菜篮子的模样，就忍不住乐了。

"哟，大画家也亲自采购啊！这一篮子东西色彩可真鲜艳，红红绿绿的，让人一看就馋了。"她故意在那个馋字上用了重音，念得啧啧有声。

周由打岔说："可不是。今天我下厨房掌勺，给两位女士弄一桌餐饮行为艺术作品，怎么样？"

舒丽一下挽住了周由的胳膊。"我这是直销上门呢，你还是给我弄一床行为慰问慰问我吧，准保让你百吃不腻。"

周由有些尴尬，打量着她的服装，说："今天你好漂亮啊。不过，穿这么短的裙子，冷不冷啊？"

"短裙以便展示我的腿部魅力呀，我是来朝拜你的美神的嘛，可惜我的腿现在就已经发软了……"

她挽紧了周由，把头靠在他的肩上，笑着说："不敢搂我？就连边角料也不肯给一点儿？你以为今天买菜做饭，我就领你的情了？只是，你那些以前的女朋友们，要是看见你这么模范丈夫的样子，一准好心疼啊。"

"你别拿我开涮。你以前支使我的时候还少啊？那次你让我去给你买'舒而美'，人家服务小姐冲我直挤眼，一个劲跟我套磁……"

"唉，那段好日子再没有啦。"舒丽慢吞吞地走着，"我真希望这段路越长越好，我好久没跟你这样散步了。你看你拎着菜篮子，挽着我，多温馨的小家庭周末呀，你看路上的人都在看我们，好羡慕呢。要是没有'苏州事变'，我这次一见了你，就准保让你三天下不了床……"

"别老提上床上床的好不好？"周由挣开了她的胳膊，"你是个坏妞，我发现，我本来其实挺纯的，都是让你给拐搭坏的。"

"可你们男人不是都喜欢坏女人吗？现在我变好了，果然你就不喜欢我了不是？"

"丽丽，别这么说。这样你一辈子连一个真朋友都没有了。"

"你还真想让我做你的朋友？"舒丽的眉毛高高地挑起来，"你可真傻，现在的男人，还不是情人越多越好。搞艺术的人，就更不吝了。人家都在使劲开放搞活，你可好，反而倒退回去了，真没劲。"

"你说没劲就没劲了？我自己有劲就行。"

"哎呀……"舒丽在周由的手背上拍了一下，"怎么跟你说不明白……这么说吧，你那天走了以后，我想得挺多，这两天，我也总算是想明白了，我又不是非要和你结婚，其实当你的老婆也挺累的。我知道你和原来的女朋友都不来往了，她们还向我打听你呢。这样行不行？多了也够麻烦的，你就要我这一个情人吧，咱们不用天天在一起，几天约会一次就成，反正我那儿有现成的地儿，你上我这儿来，她也不会知道的。我会比以前对你更好，用不了一年，我就能让你的画展开到意大利去，或者随便什么地方，你挑吧。画价能比你现在翻上十几倍。往后我陪你出去开画展，我们天天形影不离，等回到北京，我就把你还给那个苏州小姐，这样的方式，多现代多带劲啊……"

"丽丽！"周由愀然作色，"你……这算什么话嘛……不是那么回事……只有婚姻生活不完美的夫妇，才会需要情人来作为补充。那天我不是已经跟你都讲清楚了嘛。"

舒丽噘着嘴嘟哝说："哼，那只是你的想法，我还有我的想法。你要是不答应，真把我逼得跟人跑了，你可别后悔……"

周由板着脸说道："待会儿到我家，你可不许这么胡说八道啊！"

舒丽默默走了一会儿，没话找话地问道："你是什么时候搬到这里来的？怎么找了个这么偏僻的地方？"

"就从你走了以后搬来的。房子不大，是借人家的，不能长住……"

舒丽眨着眼睛，定定地出了会儿神。

周由打开防盗门，水虹听见门的响动，便从门厅主动迎了上来。

"舒丽小姐，你好。你能来这儿，我真的很高兴。"水虹亲切地微笑着，向舒丽伸出了手。

舒丽也友好地笑了笑。但她仅仅只瞥了那个女人一眼，这几天来的情人梦，就被猛然惊碎了。

眼前这个秦小姐，完全不像前几天酒店楼上的那个女人了。好像周由在短短几天里，又换了一个女友——她纯净白皙的肌肤，发出半透明的柔亮光泽，黑的眉、红的唇，清清爽爽，脸上连一丝淡妆都没有，却散发着一种动人心魄的魅力；她身着浅米色碎花的丝绸休闲服，宽松飘逸，浑身上下没有任何装饰，显得一派天然。

舒丽像是被钉在那里了。几天来她所有的猜测和周由的激情描绘，全部变成了眼前这幅生动美丽的肖像，温和却又无情地向她逼视过来。她那双长期在星级饭店里培训出来、擅长鉴赏同性的眼睛告诉她，眼前的女人确实美得无与伦比而且非常耐看。那个瞬间里，舒丽的自我性别意识忽然发生了极度错乱，她觉得自己也几乎要爱上秦小姐了。她甚至产生了一种不是对这个女人，而是对周由的嫉妒。难怪周由变得如此邪行，如此不可理喻。此刻舒丽已站不稳自己的感觉立场了，她的脑中一片混沌……

"快请坐吧。"水虹招呼着她。

周由端了三杯绿茶来，对水虹说："你看你把丽丽弄得紧张了。我还从来没有看见舒丽小姐拘谨过呢。"又转身对舒丽说："你怎么不说话呀，你不说，我可要把你刚才的话告诉水虹了。"

"别别，"舒丽连忙摆手，"周由，我跟你是说着玩的，对秦小姐，我可不敢乱说……"

"没关系，我也是很随便的人，你就叫我水虹好了。"

"谢谢。"舒丽双手托着茶杯，一时还是觉得有些不自在。

"舒丽，咱们今天虽然是第一次正式见面，但是实际上，我们彼此早已都很了解了，是不是？"水虹微笑着说。

"那……周由对我的介绍，是现实主义还是抽象变形的呀？"

"那我也要问，周由对我的介绍，是不是有点神秘主义或是荒诞色彩啦？"

两人都笑起来。

水虹打量着舒丽说："你的衣服很好看。色彩的大效果很强烈，上衣配的首饰也恰到好处。"

"这颜色是不是太艳丽了？"舒丽低头看着自己，"我总是喜欢亮色，也喜欢名牌，否则就好像自己会消失在人堆里了，真没办法……"

"不，它很适合你。服装是有情绪的，你穿出了自己的个性。你的腿长，穿短裙有一种特别的魅力。"水虹赞道，"女人会不会穿衣服，有时就差那么一点点，名牌其实也看什么人穿……"

水虹关于服装的话题，使舒丽顿时觉得轻松了不少。平时有空，她最喜欢和女友们谈论服装了，那是一个永不干涸、始终沸腾的砂锅，几乎女人所有的闲话都可以放在里面煲炖。她好像已经从混乱的感觉中渐渐摆脱出来，似乎面前那个叫水虹的女人，好似一个多年不见的老朋友。

"来来，吃草莓吧，刚刚上市，新鲜着呢。"周由又端上来一大盆红艳艳的草莓，用冰激凌拌了，盛在三只小碗里，"要我说，丽丽可是个现代侠女，你今儿是来劫富呢，还是济贫？"

"我哪是什么侠女啊，我可是效益第一。我只对少数几个朋友讲情义不讲效益，但情义也需要感情回报的。周由，你现在是乐不思蜀了，还想得起我这个老朋友，恐怕就算是我走运了……"舒丽的语调伤感起来。

水虹把碗递给舒丽，说："以后你没事就常来玩，我在北京没有亲戚，就周由这么一个男朋友。但女人还得有女朋友，要不然生了气上哪儿出去？我蛮想听听你讲海南深圳的事情，也好向你学点商务经验，否则我的生活圈子就太窄了……"

"那你们为什么不经常去参加一些派对呢？"舒丽问。

"因为……"水虹似乎犹豫了一下。系着围裙的周由在厨房里探出头来，抢着回答说："我不让她抛头露面，我怕发生'北京事变'啊……"

"哎，对了，我已经订购了一辆'桑塔纳'，下个月就能到货。以后，我来接你们出去玩，远郊区好玩的地方可多呢。周由，其实你也该学学开车了，赶明儿考个本子，自己也买辆车……"

舒丽兴致勃勃地说着。她已经不再感到拘谨了。她对水虹越来越着迷，一边说一边细细欣赏着水虹。她的眉眼、她的肌肤、她随意披散的黑发，还有她言谈话语中散发出来的那种宁静柔和的神韵和气质，都让她隐隐地羡慕和钦佩，有一刹那，舒丽甚至产生了一种自惭形秽的感觉。她好像是在仰望着水虹，就像仰望着明星和导师。她最喜欢的是水虹那种自自然然的神态，一点都不装腔作势，不故作高深。舒丽见过不少所谓的才女，总有那么一种拒人千里之外的清高，叫人倒胃口。而水虹却平平淡淡地与她闲聊着，既不排斥她，也没有讨好她的意思，好像她们之间什么都没有发生过，只是相熟相知的老朋友。舒丽的心里渐渐被一种酸涩的不安感萦绕着，她有一点后悔来这里了。其实她最怕的就是这个样子的水虹。假如她一开口就跟自己来约法三章那一套，那她舒丽可就要让秦水虹下不了台了。可现在，挑战没有目标，逃避已经太晚，她算是服了这个水虹，一点儿没脾气。

舒丽开始在房间里走来走去，欣赏着墙上的新作，惊讶地叫道："哇，周由，原来你画了这么多好画呀，这回我可知道你的老底啦。你比两年前可是又上了两个档次了，什么时候拿出去参展啊？……可惜就是房子太小了点，你们怎么不想办法买个大点的房子呢？"

水虹说："这儿的画，还只是其中一部分，公司的大仓库里，还有他不少画，以后让周由带你去看看。"

舒丽点点头，转到了卧室的门口。

她的目光刚一接触到墙上那幅人体画，就像被雷电击中了一般，傻傻地愣在那里。她觉得自己看见的不是一幅画，而是一个栩栩如生的美神。不，是一个许多年以前，被周由狂热地爱着的自己。

"能不能……让我……进去看看呢？……"她结结巴巴地问。

"当然可以。"水虹笑着说，"进去吧，不过，到目前为止，还没有一个朋友见过这幅画，你知道，我们住在这里后，一直没有请他的朋友们来过。"

舒丽扶着墙，走进了卧室。她觉得自己简直要扑在那幅画上了——室内的三面墙，一幅是水雾迷蒙的江南水乡，另两幅就是水虹的人体画了。画上的水虹，微眯着她梦幻一般的眼睛，沉凝的目光越过了喧嚣的都市，追踪着无处不在的周由。她仿佛置身于云雾缭绕的天宫，飘游于美丽的仙境，超然于尘世之外……舒丽看着看着，泪水猛地涌上了眼眶。她不仅看到了水虹那已无法让人嫉妒的人体美，看到了她的陶醉和幸福，也看到了周由对水虹充满崇拜的爱。在美术市场出没多年，饱览精品的舒丽，还从来没有见过如此摄人心魄的人体作品。

舒丽呆呆地站着，眼前一片迷茫。那幅画的色彩用得十分凝重，笔触细腻，只是人体后面的背景，有一种虚无缥缈的荡逸感。但舒丽觉得整幅画面都已被水虹占满了，除了水虹之外再没有一丝缝隙，在那个如船似舟的小小空间里，再容不下另一个情人的位置……

她喃喃说："我算是白活了……你们才是真正的大富翁呢……"说着，她已是泪流满面。

水虹也不由得被深深触动了。此刻的舒丽，她身上那个女大款、女商人的影子忽然消失了，剩下的只是一个大女孩失恋的痛苦。金钱还是不能把一个女人心中的爱完全湮灭。爱情被金钱挤压得越来越稀少也越来越珍贵了。可惜爱是无法公平分配的，水虹觉得自己

— 367 —

的爱像是一块稀世钻石，这块钻石不能切割，一旦切割就碎成一堆一文不值的玻璃碴子了。那么能不能借给舒丽戴几天呢？水虹不敢。这样贵重的东西是不能出借的，世上还没有爱的保险公司。水虹真的有些怜悯舒丽了。面对舒丽悲泣的呜咽，任何安慰恐怕都是多余的，水虹为舒丽拿来毛巾和水，默默站在一边。

舒丽哭了很久，终于慢慢平息下来。她抬起头，断断续续说："……我还从来没有在一幅画前哭过……我实在是太冲动了。过去，我听说过中国的留学生，在法国卢浮宫的藏画前大哭，因为那些珍品太伟大了……我没想到在中国……自己也真的会被一幅画打动……"她的目光寻找着周由，眼睛里又一次溢出了泪花，"周由，我好后悔，你为什么就从来没有给我画过这样动人的人体画呢？可现在……我再也得不到了……"

周由把茶杯递给她，小心翼翼地说："不，只要你愿意，我任何时候都可以为你画的。我一直没有好好为你画过人体，连我自己都觉得遗憾……"

"你说的当真？"舒丽睁大了眼睛。

"是真的。"周由认真地说，"我想了很久了，我本应该为我们那么多年的情谊留下一点纪念。但过去是你没有时间，你从来不肯老老实实坐十天半个月，为我当模特……"

舒丽迫不及待地打断他说："可我现在有时间啦……你说吧，什么时候？"她从床沿上跳起来，拿着手包转身冲进了洗手间。等她从那儿出来的时候，腮红、唇膏和眼眉都已被精心修补过，脸上重又显得容光焕发了。

水虹请她在客厅坐下，为她换了一杯热咖啡。

周由说："那天从你那儿回来，我心里也是挺难过的。你在楼梯口喊我的情景，我怎么也忘不了。它好像在呼唤着现代人永不复返的爱情，里头有许多说不清楚的内容，让人去想、去琢磨，无论是男人还是女人，在这幅画面前，都会产生强烈的共鸣感的……我想，如果你不反对，我就请你当模特，画这样一幅人体作品……"

"我干吗要反对？这实在太棒了！"舒丽的眼里闪烁着欣悦的光亮。

周由又说："如果画得满意，我就把这幅画送给你。不过……我预计这幅画的效果会非常强烈，再说我已经很久没在画坛露面了，所以，在把它送给你之前，我想先让它参加今年的油画大展，你会同意吗？"

舒丽叫道："我知道那个展览，组委会的人也正在拉我去帮他们筹备呢。今天我本来就准备问你有没有作品拿去参展。没有你的作品，大家都会失望的。现在可太好了，真是两头不耽误。"

水虹温和地插话说："不过丽丽你也要想好了，这是你做模特的人体画，拿出去公开参展，不会给你带来麻烦吧？"

舒丽一个劲地摇头，连连说："我才不在乎呢，我要向所有的人宣布：我爱自由和钱，但我更需要爱！再说，让那么多人欣赏我的人体美，我好骄傲啊。你们说吧，什么时候开始？在哪儿？"

"这都由你来决定。"水虹说。

舒丽不假思索地说："就在我那儿吧？"

"……不行不行，你那儿太乱了，一天到晚有人找你。搬画架什么的也太麻烦了。"周由说。

"……那，那就在你们家好了？"舒丽改口说，"我可以打的来的，我保证按时工作……水虹，你不在意吧？你可千万别赶我走，我太想得到这幅画了啊。就后天吧，明天我把事情都安排好了，谁也别打扰我，咱们后天就开始……"

三个人都松了口气，周由很麻利地把酒菜端了上来，大家边吃边聊，气氛顿时又轻松活跃起来。舒丽的话最多，从股市说到房地产，又从画商说到赌徒。她感慨说，到底还是老朋友，互相信任着。周由难道没想过，他和她两年不见了，万一如今她已经是黑道上的人了怎么办？如今社会上玩的就是"杀熟"，就是最好的朋友，也得悠着点儿。她有一个十几年交情的女友，做生意亏了本，逼债的人排成了队。那女友被逼无奈，从她手里骗去了二十万，后来再也找不着这个人了。又说这次她为了回来找周由，下了狠心从股市上撤了下来，她一撤市，那几个大户朋友都以为她得到了北京的什么内部消息，也跟着她撤，刚撤完没几天，就遇上股市暴跌，点数跌掉了一大半，他们都侥幸避免了一次上千万的损失，前几天，他们给她打电话，还说应该给她奖金呢。

"来，举杯，说起这笔意外之财，我还得感谢周由哪！来来，我敬你们一杯！"舒丽开心地大笑，大口大口地喝着啤酒。

"这事跟我有什么关系？是你自己来找我的，又不是我让你回来的。你避免了损失那是你的运气好，我倒觉得自己还欠着你许多呢……"周由也仰脸一口气干了一大杯。

"这是命，反正没有你，我的生活也许完全是另一种样子了……

周由，别说欠不欠的了，你忘了，刚认识你那时候，我一心想自立，不愿意花父母的钱，连高档时装都买不起，还不是你为我买了第一套名牌，要不然我连社交场都迈不进去……我心里都记着呢。"舒丽一口气把杯中的酒又喝干了。

"丽丽的性格真是爽快，要不周由说你是个现代侠女呢。"水虹为舒丽斟酒，一边微笑着劝慰她说，"不过，丽丽你以后可别再去赌了，那风险太大，你不如找个合适的大公司任职，按你的能力，可以成为很出色的高级管理人才……"

"不不不，我不给别人打工，我要自己当老板……我现在决定把一半资金投到艺术市场上，另一半投到股市。我已经在北京开了户头，不过我不会天天泡股市的，一年只做一两次，低进高出，不低不进，不高不抛，我情场失意，赌场总该得意几回吧，来，喝……"舒丽一口气又灌下去一大杯啤酒，把空杯子举起来晃了晃，似乎微微有了些醉意。

水虹为舒丽夹着菜，心里有点担心舒丽这样豪饮下去，会不会真的喝醉了。她建议说还是听听音乐吧，舒丽连声说今天不要音乐，只要喝酒；水虹又提议说，那就跳舞吧，我们两个人轮流和周由跳，让周由今天也过把瘾。舒丽又摇头，说这房子太憋屈了，你们为什么不想办法换个大一点的房子，这不是跳舞而是蠕动。如果真想跳舞，改天上舞场去，她请客。

"还是喝酒吧，酒能让人忘记一切……"舒丽紧紧抓着酒杯的手，微微颤抖着，眼神迷离而凄婉，"我想……我想最好我们一起开个艺术公司，三个人合股，水虹当董事长，我当总经理，周由嘛，就当总工艺师好了……我们准保能赚大钱的，有了钱，可以给周由买一个大画室，让他痛痛快快地画……"

舒丽歪斜在沙发上，身子不由自主地往周由的肩膀上靠过去。她觉得头很沉，眼睛也睁不开了。她已不记得自己都说了些什么，在她疲倦而模糊的记忆中，只留下一种清晰的意识，那就是她不能失去周由。她的生活中不能没有周由——无论是作为情人还是朋友，她的情爱历史，却已无法重写。

30

周由给舒丽画的这幅 187 cm × 156 cm 的人体画，进行得很顺利。他在画过水虹的人体以后，再画其他的女人体，就觉得容易多了。才几天工夫，画布上人体动态色彩的大关系就出来了。

舒丽这个模特虽然不很专业，但很投入。她每天都花上大半天时间，来为周由摆出那个楼梯口的姿势——她站在高高的桌子上，张开双臂，向下绝望而又满含热望地看着周由，总是等周由催着她休息的时候，才肯短短地歇上一小会儿。周由不画胳膊的时候，让她把手臂放下来，免得太累了，她却宁愿举着，从没有觉得疲倦。现在她能体会到，为什么水虹会愿意长时间当他的人体模特了。在深爱着的人面前展示自己的人体，就像倾诉着自己爱的语言，那是一件多么欢悦和惬意的事情啊。她能想象出每当一天的工作结束后，周由和水虹两人的快乐和缠绵。有时，舒丽嫉妒得浑身发烧，真想把周由再紧紧抱在怀里，任凭他啃咬搓揉，重新感受他爱的冲击和虐待。她回想着当初与周由初恋的时光，回想那一个个离她而去，或是她离人家而去的男友，反反复复地思忖比较，却实在选不出一株可以让她落脚筑巢的大树。她想着想着，涌上一种绝望的感觉，徘徊不去……

有一次休息的时候，她裹着周由为她披上的大毛巾被，坐在地毯上同水虹闲聊。水虹告诉她说，爱的缠绵除了留下孩子，一般很难留下看得见的东西。但是艺术家却能把爱变成一件件艺术品，画家会把那些幸福欢乐和痛苦的感觉，变成实实在在、可视可见的画面，永久保存，永世珍藏。水虹说，周由给她画的那两幅人体，就是固化了他俩的情和爱，是蜜月情爱的拷贝。而这份拷贝又会给他们带来更深沉炽烈的情爱。那些画会不断刺激她的记忆，在人的记忆中，视觉印象是最牢固顽强的一种记忆，它甚至会在梦中清晰地再现。有时候，她和周由也会为了一些家务琐事闹别扭，但只要他们一坐在那两幅画前面，所有的烦恼都好像被那画中人驱散了。谁都不愿意在那么美的作品上，抹几笔不协调的色块……但她和周由之所以在目前还不愿意把这两幅画拿出去参展，并非不肯让别人与他们分享这种幸福，而是因为她和周由的关系至今没有公开，她不愿意苏州的女儿阿霓，为了她的人体作品再受刺激……

在后来几天饭后休息的空隙里，水虹断断续续给她讲了阿霓的故事。

那个故事很动人。舒丽的眼前出现了一个美丽的江南小姑娘，无邪无欲地爱着她的大哥哥，爱得那么纯真执着，想想都令人心疼。

但使舒丽更感动的，却是水虹对自己的坦诚和信任，她好像不是把自己当成对手，而是当成了助手。她能把这样的家庭秘密告诉自己，那么她舒丽还能揣着什么样的秘密计划去留给周由呢？

舒丽悻悻地回到自己模特的位置上去。她望着面前一心一意画画的周由，心里又爱又恨又气又恼。连阿霓这样情窦初开的女孩子，都懂得爱的神圣，至今痴迷不醒地爱着周由，她怎么就稀里糊涂地把周由给弄丢了呢？舒丽沮丧而又懊悔，转而又恨起了市场经济大潮。这一覆盖全国的狂潮，已不知冲散了多少对幸福的情侣。在现今的社会大市场上，性通货贬值得最迅速也最厉害，一个电话就可以把性伴侣呼到床上，可是爱却永远地退出了流通，比错币错票还难得遇到了。人们曾说爱情属于形而上，而今却变成了钱而上，情而下。性贬值也许意味着女人的贬值，女人要想得到货真价实的情爱，性的魅力已不是王牌，新的王牌究竟是什么呢？像水虹那样全身上上下下、里里外外都是王牌的女人，为了得到自己倾心的爱侣，不也是经历了从南到北那么艰难的一番周折吗。当贫穷的女人们不谈爱情或丢弃爱情的时候，爱情之火却开始在那些富裕的女人心中熊熊燃烧，这真可算得上是90年代的一大奇观了……

舒丽忽然觉得很累，一直站着的腿并不酸乏，而是她的心累，累得快要跳不动了。过去她拥有周由的时候，从来没有累的感觉。她和周由总是若即若离，谁也不担心失去对方，也不要求永远地占有对方。那时她不懂得"珍惜"这个字眼，也许是因为她从来没有遇到过真正的对手。难道女人选择爱人也像在商店购物，一旦有个柜台挤满了顾客，大家便趋之若鹜，争相竞购，即使明明是昨天刚刚放弃的物品，也会幡然悔悟，必得去与那另一个得手的女人争个高下？舒丽虽然自诩不俗，但她深知自己同样逃不脱女人的通病。当水虹和阿霓对周由的爱如日中天之时，她被这种痴情所激发所触动的酸楚感，开始在她心的深处萌动。她不想知道那究竟出于一种什么样的动机，抑或是嫉妒抑或是恼恨，还有自尊和争强好胜的本能？第一次和水虹见面那天，由于兴奋、由于好感、由于所有莫名其妙的原因带来的浓浓酒意，这些天已渐渐退去。舒丽越来越觉得自己那天是输给了水虹，而且输得那么轻易，就连打个平手的险情都没有出现一局。酒醒以后，令舒丽一连几天心里暗暗叫苦不迭。她不仅在和周由的会见中，永远失去了成为妻子的可能，接着又把情人的希望也输给了水虹，那一日的挑战变成了和谈，她输得实在有点忒惨，输得没有道理。在舒丽的历史上，这完全是一次偶然操作失误，她不甘心。

　　舒丽冲着周由嫣然一笑，努起鲜艳的嘴唇向周由做了一个飞吻。她不相信那个情感丰富的周由，如今真的变成了一个泥塑金身、无情无欲的圣者。她庆幸自己接受了这个人体模特的殊荣，使她还有许多日子每天和周由朝夕相处，她总有机会能扳回一局。即使得不到水虹享有的那种爱，她从周由那里拆借一点儿超出友谊的情，总不至于落空吧。

　　水虹很少到客厅来打扰周由作画。她大多数时间待在卧室里书桌旁做自己的事情，只是偶尔进来为他们倒水送茶。其实水虹很想能安安静静地坐在周由身边，看着周由画画。她还从来没有从周由这个角度，观察他画别的女人体呢。但她克制了自己的愿望，这是为了尊重舒丽。

这天，她为他们送去了一盘刚上市的樱桃，正想抽身离开。舒丽笑嘻嘻地叫住她说："水虹你别走，你老走开干什么？你不想看周由画我吗？"

既然舒丽主动发出邀请，水虹就在周由身边坐了下来。

她真喜欢看着周由专心画画的样子。他总是用10号笔调好一大堆颜色，时而大刀阔斧地在画布上纵横驰骋，时而又像绣花女似的，用2号小笔轻点轻勾，敛声屏气，全神贯注。稍不满意，就用刮刀小心翼翼地刮掉重画，直到自己看得顺眼为止。他作画时，好像眼前空无一人，他的面前只有画架画布画笔调色板和高高在上的模特。

这时的周由好像变成了另一个人，一个陌生人，一个背叛了她的负心汉子。他平时的那副潇洒劲和幽默感都消失了，此刻唯有画才是他真正的情人。他在跟它缠绵，跟它亲吻，在抚摩它的全身。有时水虹甚至觉得他是在激情地强暴它。他好像不是在调色，而是在调情；不是在作画，而是在做爱；把他心中的爱侣冷落在一旁。水虹觉得很有趣，自己好像是个隐身人，如此近的距离，周由居然可以对她视而不见。

渐渐地，水虹好像觉得周由不仅是在对他的画布倾注热情，他全身的热量，正慢慢地向着前面的模特飘移过去。周由已经开始在画舒丽的神态细部了，而进入了这个作画阶段，周由观察和注视舒丽眼睛的时间，就越来越多了。有时当他们四目相对时，舒丽就会变得眼泪汪汪，周由的眼睛也会湿润。他有时甚至会垂下笔，一言不发地久久望着舒丽，像是在回想他们以往热恋的日子，又像是被舒丽内心流露的幽怨所触动；有时他好像就要向舒丽伸出手去，抚摩她胸前那一对丰满而结实的乳房。他神情恍惚，目光迷离，画笔扫过她胴体上那几条优美的腹线时，他的笔触越来越犹豫，色彩越来越游移，有几次他甚至明显用错了颜色，慌着去刮，却又把刮刀拿倒了……

画面上已经出现了舒丽赤身裸体、不管不顾冲出房门的造型。虽然她微微前倾地站着，但是画面上的舒丽，却像是几乎要从摩天大厦的顶层追出来一样。那近于绝望的眼神和泪水，似乎脚下就是几百米深的水泥峡谷，即便粉身碎骨、血溅街墙也无所谓了。楼梯上的扶手和栏杆还没有画上去，这就更增加了即将从高空坠落的眩晕感。周由似乎准备虚掉楼梯的栏杆，只是用刮刀隐隐约约刮出一层栏杆的形状，这样就更增加了画面的险峻和不稳定感。水虹想起那天晚上周由向她讲述这幅画面的情形，他坦率地告诉水虹说，自己见到这画面时，确实被舒丽的真情感动了，他不忍心甩手而去。那么，如今他天天倾听着这爱的呼救，面对这虔诚得如同雕塑一般肃立的恳求，他能不动心、不动情吗？

水虹体谅周由的情感冲动，对他内心的波澜有一种难言的怜悯。

然而，水虹转头再看看舒丽，心里更充满了对舒丽的同情。

整整十几天来，舒丽每天就这样站着，像一尊超凡入化的塑像。水虹当模特时，用的是卧姿和半卧姿，躺靠在柔软的沙发上。而舒丽却是向前倾斜的站立造型，而且还得张开双臂。可能舒丽长这么大，还从没有耐心干过这样的苦差。谁也不会想到服此苦役的是一个百万富姐。然而她就是用这样的姿态，一动不动地诉说着她爱的语言，试着追回即将离她而去的情人。她向周由呼唤着，恳求他回到她的身边……

水虹在心里轻轻叹息着。在周由和舒丽相爱五年多的青春岁月中，有四年时间，舒丽都是在周由的怀里度过的。年轻时代的爱恋，就像孩童的记忆，最不容易忘却。何况重新归来的舒丽，已经越过了她和周由原先那道贫穷所设的障碍。如今这个唯独只缺真情的舒丽，不到万不得已，是不会轻易放弃周由的，对此水虹早有预感。这次作画，不仅使他们重温旧情，好像还能萌发新枝，但水虹宁可去冒这个风险，她知道回避没有尽头，而拦截更可能导致蓄洪毁坝。新蕾绽放后若是没有阳光，会自然萎谢，可它总有发芽的权利。水虹和周由的生命、情爱之途还很遥长，如果在爱的初期就经不起苛刻的审计，那么将来就更难承受爱的磨损和断裂了。

水虹很想再一次感受自己在周由心目中的分量，做一次新产品的疲劳试验。她要的不一定是专一和永恒的爱，而是情爱存在的质量。虽然水虹在爱情上是个于己于人都宽容的女人，她信奉顺其自然，因为真正的爱不需要强迫和克制，但水虹也不是被迫接受挑战的女人，所以她必须主动出击，从源头引流，开掘出一片更宽阔的河床。她要让舒丽最终心悦诚服地退出这条峡谷，去寻找自己的河道……

"嗨，你们休息休息吧，别太累了。"水虹站起来说，"我也该去准备午饭了。"

舒丽放下举得发酸发麻的胳膊，接过水虹递来的热毛巾，焐着脸和胸口。她低下头，寻找着凳子，好从桌上下来。

"周由，"水虹叫道，"还不快把丽丽抱下来。"

周由放下画笔，脱掉工作罩衣，擦了擦手，朝舒丽迎上去。平时舒丽在结束工作时，周由或水虹都上前扶她下桌，再为她披上毛巾睡衣。今天水虹却让周由把舒丽抱下来，使他和舒丽都吃了一惊。周由立即张开双臂，向舒丽叫道："嗨，你就跳下来吧，我接着！"舒丽从摩天大厦顶层快乐地跳下，觉得下面已不是终日不见阳光的钢筋水泥峡谷，而是她盼望已久的温暖的怀抱。周由稳稳地接住了浑身冰凉的舒丽，舒丽高擎了多日的双臂终于落到了实处，她紧紧勾住了周由的脖子，再也不想放开。

"你真像个小姑娘。"水虹笑着说，转身走进了厨房。

厨房的关门声未落，舒丽就狂吻起周由来。一边喃喃说："把我抱紧一点儿……"一股甜腻腻的女人气味袭来，唤起似曾相识的记忆，周由又有了那天在舒丽卧室的迷晕的感觉。他下意识地抱紧了她，吻着她的嘴唇，用手掌抚摩着她的脊背，又俯下身去吻她的颈项和胸乳……但是一阵迷乱之后，除了一些细微的生理反应以外，他依然心静如水，竟然没有更多的欲望，这连他自己都觉得失望。他仿佛被水虹置于一张强大的无处不在的情网之中，不可自拔，明明水虹给了他自由，可他自己却自由不起来，还莫名其妙地拒绝这种自由。他心中好像存在着一道防波堤似的心理障碍，这实在太有悖于他自由的天性了。难道他真的已经很难从水虹那里转移出、分解出一些爱来给舒丽了吗？他忽然对舒丽产生了一种怜爱和怜悯，觉得自己有点对不住她……

舒丽在一阵冲动的狂吻之后，也敏感到周由身体状态的反应，她气恼又伤心地推开了周由说："真没想到，你会变成这样……其实，其实你没必要这样的……你假如真的不爱我了，也总可以把你的友情和性爱给我吧。爱和性是一回事吗？你爱水虹，就把你的爱给她，我从你那儿只要一部分性，总不算过分吧？"

"对于你来说，友情加性，大概就等于爱了。"周由说。

"那有什么不好？多单纯啊。"舒丽开始匆匆地穿着衣服，又说，"我知道，在这儿，你有心理障碍，到我那儿去就不会这样了。不信你试试？"

"第一天不是……不是已经试过了吗？"

"那不算，分开太久，有陌生感，应该三局两胜制，这是起码常识。"

"心里试过就行了，何必真试呢？"

"哎哟，你的秦水虹情结这么顽固呀？我又不想破坏你和她的关系，她是她，我是我，这是两种不同的感情。比如说，没有画家就画一种画吧？花匠难道就种一种花吗？厨师也不会只做一道菜呀，你真没劲，两年不见，彻底古典啦？"

"我是个瘾君子，就认海洛因。"

"毒品还有鸦片大麻可卡因呢，什么冒牌瘾君子！"

"我说丽丽，你是不是干过推销员了？我要是老板，肯定高薪聘用你。"

"如今这世道，不会推销哪行。往后你看好了，不要说你那些好画，就是你扔在垃圾桶里的和扔在床底下长了毛的画，我都能把它们当作现代派新作推销出去。在市场上混了那么多年，我的本事大着呢……"

"看得出来。"

"不跟你耍贫嘴，我可不是两年前的丽丽了，包括床上运动，你试试就知道了，准保你试了一次还想再试下去……"

舒丽倚在周由怀里咯咯坏笑着。周由哭笑不得地拍了拍她的臀部。他觉得舒丽活像一个媚艳、狡猾、充满魅惑力的女妖，有一种神奇的法术，让你鬼迷心窍。但这又恰恰是令艺术家着迷的形象，使他欲罢不能。他的好奇心浮动起来，忽而有了一种真想试试的欲望。

"好吧，让我再想想……看情况……再说吧。不过我可有话在先，如果真的不行，从此以后你可别再缠我了。我这是说正经的，说到做到。"周由放开了舒丽，为她戴上项链，然后转身进了厨房。

这天的餐桌上，舒丽异常殷勤，几乎有点反客为主，主动给水虹盛饭添汤。

水虹笑着说："丽丽，你不必这样讨好我，我其实是真心喜欢你的，你明白吗？"

舒丽的一口菜差点噎在喉咙里，她点了点头。

"前几年有一首歌，好像叫作……对，就是《迟到》那一首，歌词的意思说，我没有得到你的爱，因为有一个人比我先到。是这样吧？可是，以前是你比我先到，后来呢，我又比你先到了，我们互相都迟到了一回，所以，事情就变得复杂起来。这些天，你每天都来给周由当模特，我知道你累。现在眼看就快画完了，今天时间还早，我只想问问你，往后的日子，咱们三个人怎么个相处法，大家都会轻松些呢？你难道真的愿意靠那一点点旧情，生活一辈子吗？"

舒丽想，水虹果然是先发制人了。今天她可不想再让水虹占了上风。

"水虹，我对你说实话吧，谁不想得到全部的爱呢？"舒丽坦然说，"我当然想和你竞争，甚至把你挤跑。但咱俩的实力和资本太悬殊了。要是盲目投入，弄不好我原来的一点市场占有率都得丢光。可是，让我再去开发一个没有竞争对手的新项目，我又不感兴趣。你一定同意我的看法，嫁一个自己不爱的男人，真不如不嫁。一个经济独立的女人，又不需要靠男人的钱包生活，何必急着嫁人呢？像我这样的脾气，嫁了也得离婚，还得分给人家一小半财产呢。所以我其实只有一条路可走，就是兼有情人身份的单身女人……"

水虹说："我知道，一般的单身，无论是男还是女，都可以同时拥有好几个情人。"

"那当然。"舒丽满不在乎地说，"可是我不行，我要是当不成我爱的那个人的情人，我这个单身贵族可就真的成了单身贵族了。性是不缺，但是爱就一点都没有了。所以我想来想去，还是索性明着挣一点儿爱吧。"

水虹笑着问她："怎么挣？"

"打工啊。帮他去做所有我能做的一切，炒画评画卖画，卖一个最好的价钱，我会以事实证明我真的爱他，直到他完全离不开我为止。"舒丽从砂锅里把一只清炖鸡翅掰下来，咬了一大口。

"你太想当然了。"水虹继续微笑着逼视舒丽，"如果我们根本不需要这些钱呢？再说，我也可以慢慢学着当经纪人的，一个优秀的画家毕竟不是靠经纪人，而是靠画的本身……"

"你当经纪人？"舒丽哈哈大笑起来，"那你得学到猴年马月……"

周由认真地插话说："水虹你可别打那个主意，那不是你干的活。"他看看水虹，又看看舒丽，把砂锅里的另一只鸡翅掰下来，放在了水虹碗里。

水虹说："舒丽，那你有没有想过，其实最简单的一个办法，我可以不让周由和你来往，你就什么也挣不着了。"

舒丽摆摆手说："水虹，你不会那么做的，你才不会呢，要不然你也不会请我来当模特了。你知道我爱着周由，他呢，也不能说一点儿不爱我吧，像你这样有知识有教养的女性，难道会不懂得？一个人的感情是属于自己的，那是周由的权利和自由，法律能约束婚姻，但不能约束情爱，正因为你太明白这个了，所以你才想让我的感情自生自灭，你好狡猾啊水虹，我心里明镜似的呢。"

水虹笑而不答。

周由说："怎么都不动筷子？吃啊吃啊，越说越复杂，我都快听不懂了。"

"怎么听不懂？"舒丽叫道，"我给你打个比方吧，喏，你呢，就像这只清炖全鸡，妻子和情人，就是鸡的两只翅膀，互相补充，假如缺了一侧，它就会拐着瘸着，身子再不能继续保持平衡。你那天说，只有婚姻需要补充的人，才会需要情人。可是你怎么知道自己不需要补充呢？每个人的身体里都缺少微量元素，不是补锌就是补碘还要补硒，反正补一补是没有坏处的，拒绝感情的人，就是讳疾忌医……"

水虹不禁被她的这一番奇谈怪论引得笑出了声。

"丽丽，你胡说些什么呀，要是一个人再多几个情人，那他就浑身长满了翅膀，成了怪物啦！"

舒丽自己也笑了起来。"我这是随便说的，不算不算。但我的意思是说，你虽然有这种力量不让周由爱我，但你没有权利剥夺我爱周由。生活中，实际上从来也没有多余的情人……"

"不，应该说，也许对于一方是多余，而对于另一方，却是全部的精神支柱了。"水虹面带笑容，却是针锋相对。

舒丽侧脸看看周由说："嗳，不要太敏感啊，情人和妾可不一样，从前的妾和现代的妾，都要靠男人养活，而情人，在经济上完全是独立的嘛。"

水虹放下了筷子，怔了一会儿。她忽然觉得舒丽提出了一个很重要的看法，水虹顾不得再和舒丽争辩，赞叹说：

"哎，你这个想法倒有点道理。以前人们总是认为，容忍情人岂不是和纳妾一样，倒回封建时代了吗？其实，西方的情人文化和中国传统的妾文化，恰恰有一个本质的区别，情人在经济上感情上，仍然是自由独立的；而妾，却不得不依附于男性的供养，是主仆关系，只有义务没有权利，不是相爱而是侍奉……"

"我说嘛。"舒丽得意地晃着头说，"情人是没法解雇的，就算强行中止情人关系，爱情依然存在。"

周由在一边苦笑着说："看来你们俩倒成了统一战线了。人说中国如今是阴盛阳衰，我看一点不错。今天的话题明明我是中心，结果我反倒成了被你们切割瓜分的清炖全鸡了。谁允许你们切割我的？你们都有权利，那我的权利呢？本来我应该拥有分配权，刀子却被你们两个抢去了，这怎么得了？！"

"除非我和水虹成了同性恋，你才有机会切割我们呢。"舒丽俏皮地说。

"现在还没到你执行权利的时候呢。"水虹对周由说，"我只不过是在让丽丽进行严格的论文答辩，最后再来仲裁我是否应当分权。"

"我真弄不明白，如今我们男人的命运，好像完全操纵在女人手里了……"周由叹道。

"那是因为以前你们已经习惯于操纵了。"水虹说。

"你会慢慢喜欢被女人操纵的，交替进行，互相就扯平啦。"舒丽话里有话地说。

"我倒要让你们看看，到底是谁操纵谁！"周由把那条鸡腿狠狠地掰下来。

三个人笑成了一团。"唉，丽丽，我很欣赏你这几年的行为，要不是我，你的计划本来是能够实现的，可惜这一切都太晚了……"水虹说。

舒丽在那天回家的路上，心情很好。她觉得水虹已经向自己做出了明显的让步。她的有关情人的"理论"已经打动了水虹，剩下的是从行动上征服周由了。只要水虹的防线有一角漏洞，周由就将溃不成军。

正是傍晚时分，街上车流如潮。黄的"面的"、红的"夏利"、贴满广告的大巴士、脏兮兮的小公共汽车，互相挤撞着、蠕动着，运送着城市的精华和垃圾。舒丽斜靠在出租汽车的前排座上，微眯着眼，悠悠点燃了一支"沙龙"，望着被红灯突然阻截的车流，嘴边掠过一丝从容的笑意。绿灯重又亮起，出租车靠右边急速拐弯，驶上了前方高大宽敞的立交桥。长虹般的桥身从令人窒息的闹市上空横空跨越，一旦进入三环路，一路上就将再也没有一个红灯能耽搁她的行程了。

31

这年夏末，由十几位中青年油画家的新作所组成的秋季油画大展，在 5 月画廊如期展出。

为了这次画展，舒丽提前印制了大量精美而昂贵的邀请函，请柬上不仅有周由的几幅主要作品的彩印，还有中英文的作者和作品介绍。她对周由说，印制请柬的费用来自一家赞助企业，但实际上却是她自己出资，然后把这些邀请函发往所有商界、新闻界和美术界的朋友们。舒丽还特地在香港美食城宴请了十几位在美术界颇为活跃的评论家和记者朋友，透露说画展上将有周由一幅重要的新作展出，并在艺术上有重大突破，但为了保持这幅作品的神秘感，所以没有印制在请柬上，而希望能在画展上引起各位的注意。周由的朋友们一见舒丽小姐重新出场，一个个都兴奋不已。说若是舒丽早些加盟，周由大概早就红透半个中国了。

虽然人体画已不像前几年那样能引起社会的轰动效应，但前来参观的人还是不少，其中还包括一些外国使馆、新闻机构的外交官、记者，以及港台的商人。有的为艺术，有的为收藏，还有的是权当休闲。开幕的那一日，狭长的画廊里人头攒动，一时很有些热闹的气氛。

舒丽早在前几天布展时，就已把这次参展作品的水平，摸得一清二楚。除了几幅有特色的少数民族人物肖像以外，大部分人体画，实在少有什么新的艺术创造，甚至连人体美都谈不上。雇用的人体模特成了人体静物，既无真情更无激情，画家也好像把模特当成了石膏像，画上的人一个个神情呆板麻木，甚至连臃肿肥胖、乳房下垂或是干瘪枯瘦的半老女人也混杂其间，令人大倒胃口。画展开幕后，舒丽从参观的人群中悄悄穿过，果不其然，在那几幅人体画前，她听见有几位年轻女子在愤愤议论说，这哪里是美展，简直成丑展了。还说，如今中国的人体艺术，早已不是伤风败俗的问题，而是丑化中国妇女的问题。她猜那几个人大概是什么妇女团体的，便冲着她们意味深长地一笑。

只有少数几幅人体画，受到了观众的注目。正如舒丽的判断，周由的那幅题为《情友》的油画女人体作品，从一开始便是展厅内人们议论的焦点。开幕式的那天上午，那幅画前始终站满了人，成为画展中观众最集中的一角。任何人似乎只需一眼瞥去，便被那画面奇特的构思牢牢攫住了视线。外行看热闹，内行看门道——普通观众被画面所呈现的那个情爱生活的一景所吸引，学院派画家对作品细腻的艺术技法感兴趣，而先锋派的年轻画家，又觉得那画面背后还有更多只可意会的内容。这一幅姿态特异、神态凄婉的女人体，一时使得许多人驻足流连，费心揣摩。

周由一直陪着水虹，戴着变色镜混在人群里，听着人们的议论。

"……嗳，那漂亮的模特要不是画家雇来的，没准就是画家的情人……"

"那女人肯定是在喊：'别走！'或者是喊：'回来！'……"

"你看那女人的眼睛里还含着眼泪呢，她是真爱那个甩了她的男人吧！"

"这算是传统还是现代呢？"

"又传统又现代呗……"

有一对年轻情侣，站在一边小声嘀咕：

"这画真棒，我都来回看三次了，今天让你也看看……你要是有钱，把它买下来就好了……"

"棒是棒，可我就算把老爸的餐馆卖了，恐怕也买不起……你不看看是谁画的，好多人都在打听那个画家的地址和电话呢……"

有一位学者模样的男子，在给周围的几个年轻人讲评：

"……过去中国的人体画，总是离不开画室和居室。虽然也有一些画家画了身处野外的女人体，但那些姿势都是摆出来的。在现实中，中国女人体走出房间的情形很少见。中国还没有裸体海滩浴场嘛。周由的这幅人体画创作，虽然背景是在楼梯过道里，但她身后的门已经打开，身体也已显露在自然光线下。我认为，这幅画的诞生，具有一种超前的象征意义，它说明中国的人体画，已开始向自由的境界迈出了关键的一步。周由敏感地抓住了这第一步，它标志着中国的人体画，将要走出封闭状态，我预言，下个世纪的中国人，也会有阳光下的自由人体的……

"……周由是一个不容易简单归类的画家，他哪一派都不是，但又吸取了各派的营养。他那些现代风格的作品，画面效果很漂亮，深受人们喜爱，但又耐人琢磨。他也画一些现代与传统、西方与东方艺术风格兼容的作品，比如这幅人体画，画上的人体并不完全写实，突出表现了他个人的情感，有点像梦中的印象，细节都删除了，只把感觉和印象保留下来，人体介于梦和非梦之间，传递出画家内心幻象般的心理感受。所以说，他最大的优点，就是不论他画什么风格的画，都充满了激情和真诚。我们常常担心的，不是青年画家艺技的欠缺和退步，而是他们激情和真诚的退步，很多有才华的青年画家，浮躁而急功近利，而周由的画总让人感到欣慰，他具有一个真诚的艺术家的资质……"

这时旁边有几位知识分子模样的中年妇女，争论的声音渐渐增大，有一位戴眼镜的女人高声发表意见说：

"……画家的艺术技巧越是高明，作品对女性的侮辱就越发容易被人忽略。你们看，在这幅画上，他把女性表现成男性的依附，这个女人竟这样恬不知耻地去祈求她的情人，难道女人除了裸体、色相以外，就再没有别的东西来留住她所爱的男人了吗？这幅画充分流露了周由对女人的怜悯和蔑视，也反映了在市场经济中，男人对女人的认识——即使那个画外的男人被呼唤回来，也是因为画中女人漂亮的脸蛋和肉体。周由虽然是个现代派画家，但是他的骨子里却是中国传统的大男子主义和夫权主义……"

一位胖胖的女人激动地附和说："对，这幅画歪曲了中国女性的地位，看起来，周由把女人放在一个高高在上的位置，但是实际上女人根本就没有地位。她还得向下乞求，向站在她下面的男人乞求。在这幅画上，女人其实只是一个高高在上的乞丐的象征，这是一种恶意的中伤……"

此番宏论在许多女性观众中引起共鸣，有更多的人向这幅画围拢过来。

"就是嘛，还追呢，爱走不走，走了更好，再找一个呗……"

"她光着身子其实倒也没什么，她是气的，气得忘了穿衣服……"

"……哼，要是我呀，我就把那些画扔下去，砸在那个男人身上……赶明儿，咱们去请一个女画家，就按我刚才说的样子，另外再画一幅，挂在这幅画的对面，看看中国女人喜欢哪一幅！"

"那就有热闹看了。"一位男人冷冷插话说，"一幅大男子主义，一幅大女权主义，画展成了打擂台了……"

一位自称是一家妇女报记者的女子，挤到人前，把录音话筒对着那个戴眼镜的妇女说："我想要报道中国女性对这幅画的评价和看法，因为可以从中引申出很多有意义的话题。我个人很喜欢这幅画，它确实很打动人。但你们认为它歪曲了今日女性的面貌，这意见也有一定道理，能不能请您进一步谈谈……"

"得了吧，"却有一位男子抢先开了腔，"我恰恰认为这个女人挺现代的，至少她敢于大胆表达自己的爱。当代中国女性还剩下多少爱呢？爱值多少钱一斤？如今鸡们满天飞，抓都抓不完，难道她们是古代女尸复活不成？她们也是现代女性，还不照样跪在钱爷爷脚下乞讨？"

又一个年轻男子帮腔说："再说，大男子主义有什么不好？你们女人不是成天抱怨阴盛阳衰，成天呼唤着真正的男子汉吗？就像周由这样的画家，要是多几个，中国才会雄风大振呢！"

"就是！就是！"许多小青年开始起哄，有的甚至吹起了口哨。

画廊展厅出现了多年未见的热闹场面。满面春风的舒丽不知从哪里钻了出来，对周由说："你俩真是形影不离呀，朋友们都在找你呢，水虹就交给我了，你快去和他们聊聊吧。"周由看看水虹，水虹轻轻推他一下，让他快去。

周由走开后，舒丽诡秘地一笑，在水虹耳边悄悄低语："看来，周由这幅画又要引起轩然大波了，哈，这正是我预想的效果。越有争议，那画越是抢手，画价也越高，你等着看吧……"

水虹说："他们要是认出你这个模特，你可就成超级明星了。"

"我还巴不得他们能有这么好的眼力呢，再给画展增加点儿花絮什么的……"舒丽低头看了看表，"可惜呀，只有周由有这样的能力处理好模特与艺术作品的关系，画框里的我，似我又非我，我变成了一个躯壳，任凭画上的灵魂在游走……"

"我真佩服你的勇气。"水虹说。

"实际上是你激我的。你既然敢请我当模特，我怎么能不接受呢？那些人其实都不明白，他们讨论得那么玄乎的题目，只不过出于一段被唤醒的旧情……"

舒丽又看了看表，贴着水虹的耳朵说："来，你跟我出来一下，有个人想认识你……"她不由分说牵着水虹的手，将她悄悄拽出了人群，一直拽到了画廊的尽头。

宽大的玻璃窗下，有一位高个儿的西方男子，朝她们迎上来。

舒丽向水虹介绍说，这是斯密思先生，他是美国柏克莱大学东方艺术研究中心的研究员，汉学家，正在中国讲学，也想把中国对东方艺术的研究成果介绍到西方去。她是在一次朋友的派对上认识斯密思先生的，向他谈起过水虹女士正在撰写的专著，他很感兴趣，今天正好有机会认识一下。

"啊，你太美了……"那位先生一见水虹，一双晶莹的蓝眼睛便再也没有离开过她的面孔。他的汉语发音挺准，只是好像不够流利。

水虹有点措手不及。虽然她出门前早已稍稍化了妆，还戴了眼镜，没想到这位洋博士还会这样对她说。她对舒丽这种根本不征求她意见、先斩后奏的做法有些不悦。但出于礼貌，仍是彬彬有礼地同斯密思先生握了手，彼此简单地交谈了几句。她说自己的书稿并没有写完，后半部分还只是一些思路，目前还谈不上是一部完整的作品，对斯密思先生不一定会有帮助……

"那我们可不可以……再见面？我很想看看你的书，其中一部分……"斯密思先生诚恳地请求说，"我对东方艺术实在是太入迷了……"

"没问题。"舒丽干脆地接茬说，"等过几天，我来安排吧。"

"一定？"

"一定。你就放心等我的电话吧。拜拜！"舒丽说着，旋风一般拉起水虹就走，好像还有许多更要紧的事情等着她去处理。

水虹莫名其妙地回到画廊。她怪舒丽事先也不同她商量一下。舒丽回答说："嗨，这又不是什么大不了的事情。学者互相交流嘛，干吗大惊小怪的。他若是对你的研究感兴趣，没准还报个计划，申请与你合作哩，再弄些美元来翻译你的作品，何乐而不为？他平时汉语讲得怪流利的，今天一见了你就结巴起来了，可见他对你特尊重，把你当成老师了呢……"

水虹偶尔回头，见斯密思先生虔诚的蓝眼睛，正穿过人群，远远地凝视着她。

一周以后，舒丽组织的舆论宣传攻势开始见效。几家报纸绘声绘色地报道了 5 月画廊这次画展的风波，还刊登了周由这幅《情友》的照片。

发生在画廊的争论和评介，很快成为一些报纸杂志的热门话题。各方人士见仁见智争论不休，前来观展的人一日日增多。令周由、水虹和舒丽始料不及的是，争论的重点早已离开艺术和绘画，而越来越偏向于妇女问题。人体艺术牵出了文化、经济、伦理以及两性世界未来等诸多线头，更引起了人们的好奇和关注。一些男士认为周由的社会观察力太惊人了，一幅画就高度概括了当代市场经济下，中国妇女的真正状况——表面上妇女地位很高，但她们还得靠肉体和色相去企求男性的恩赐。他们激情地赞扬说，这幅画的空间十分广阔，它对男士们产生了相当丰富的联想效应。这样漂亮、性感、大胆而又充满爱的女人体，为中国男人的情爱追求，提供了高品位的参照。

一些有见地的女性认为，这幅画倒是可以让当代女性清醒清醒，不要再被所谓"女强人"的局部现象所迷惑，而应该对女性做出全面的自我价值认定。她们说，在市场经济大潮下，女性确实越来越依赖化妆品、时装和虚情等"性武器"，来攻占日益缩小的职业阵地。但是要想真正改变周由那种对女性的偏激认识，必须引导当代女性更重视依靠知识和文化的武器。绘画的语言表达系统是尖锐的，又是模糊的，公正地说，周由的这幅画，为今日女性们留下了更多深刻无情的思考题……

周由不断接到各种高级艺术沙龙、酒店和商界老板的邀请，又被记者追逐跟踪，使他避之不及。他的公开活动场所，只好设在了舒丽的住处。但大多数时候，他更喜欢躲在自己家里闭门不出，让舒丽去替自己全权代理。舒丽似乎很乐意也很热衷于抛头露面，总是来者不拒。许多人纷纷邀请她出席酒会，争相目睹周由的模特兼经纪人的芳容。于是聪明漂亮的舒丽，不放过任何一个与名人大腕结交的机会，反过来倒成为一些画家导演们的追逐目标了。

舒丽在商界如鱼得水。她的风格一向是敢于冒险，大进大出、大赔大赚，在风险推进中赢得高额利润。但作为周由的经纪人，她却是小心翼翼，谨慎操作，力求每幅画都能体现出最高价值。连日来，她不仅被画商包围，也被大款们包围，许多人不仅想要周由的这幅人体，也想要周由的其他作品。周由惜售自己的作品在收藏界人所皆知，舒丽将周由这一特点发挥得淋漓尽致，更为他制造了一种神秘的色彩。不少人来请教舒丽，如何将炒股的技巧运用到炒画上来，舒丽说炒画和炒股没什么区别，首先也是个选股的眼力，一样得选准优质蓝筹股，画不好，等于股质不好，就会越炒越糊，最后被画套牢。她没有向朋友们透露的，却是她真正的绝活——她把周由多年来积累的所有作品，分成了三类。一类是非卖的自藏品，二类是待价而沽、留待升值的备用品，三类是现货出售品。即便是现货出售品，也不搞短期行为，不打倾销战，而是采取饥饿市场法，使他的画在市场上供不应求，以此确保他的画价稳步上升。

如此几周下来，那幅人体创作《情友》的画价，已被狠狠地炒了上去。一位香港的收藏家，已开价八万港元，没几天又被一位台商炒到十二万港元，舒丽仍未出手。画商估计此画的价格还会继续上升。果然，又有一位日籍华人，开价十六万人民币，并以日本一位著名收藏家的名义，邀请周由参加今年秋季在东京举办的东方艺术博览会。而舒丽却推辞说这幅画是一件珍贵的纪念品，还是坚持不卖。于是有的人只好退而求其次，请舒丽小姐忍痛割爱，将周由的其他作品让与大家共享。舒丽推托不过，终于答应把自己墙上的画摘下来救急，将她自己收藏的周由一部分作品出售，于是，价格都已大大超出了周由以前画价的好几倍。

一天，一位上了年纪的韩国商人，辗转托人找到舒丽，他再三请求购买这幅人体，并一再邀请周由和舒丽到王府饭店进餐。席间，老人涕泪纵横，他说这幅画使他想起了一个死去的女人。她是他一生中最难以忘记的女人。40年代他在韩国，由于日军占领，他不得不离家躲避，他临走的那天清晨，那个女人也是这样在楼梯口向他扑过来，求他别扔下她而去。当战争结束后，他再去找她，听说她已经病死了……那天他看见这幅画的时候，简直呆住了，因为她那个姿势和神态几乎都同画上的女人一模一样。他说自己的年纪大了，但这幅画又让他恢复了记忆。他在那幅画前整整站了两个上午，他觉得愧对的那个女人又重新复活了。所以，请周先生无论如何把这幅画卖给他，他要把她挂在卧室里，让她陪伴他度过生命最后一段日子……

周由被老人一番话深深打动，连连点头，几乎已经答应他了。舒丽却在一边直向他使眼色，又对老人说，这幅画周由先生已经送给她了，是她自己留作纪念的，一般不出售，她还得考虑考虑，明天再最后答复他。

舒丽知道自己遇到了大买主。只是周由在场，她不便大张旗鼓地同老人砍价。所以真正进入到生意的关键时刻，必须得离周由远点儿。她答应明天给老人打电话，最后到他的宾馆去和他单独拍板。

两天以后，舒丽以三点二万美金的价格，把画卖给了韩国那位老先生。当她把一张一点六万元的美金支票送去给周由和水虹时，周由和水虹都大大地吃了一惊。周由一脸戚戚地说："舒丽，你是不是太贪了点儿？我以前的画，最高才卖过七千美金，也不能呈几何级往上涨呀！"

舒丽往沙发上一倒，跷着腿说："这你就外行了不是？！你以前那是普通人体画，而这是人体创作，是真正的艺术精品。哼，我要不是看那老头挺真诚的，动了恻隐之心，还真舍不得卖呢。假如我再把这幅画捂一捂，过几个月，拿到拍卖会上，还能卖得高好多呢！再说，你现在那么火，画价当然要跟着往上涨啦……"

水虹递给她一罐饮料，问："丽丽，那幅画，你真舍得卖呀？要是我……恐怕真得留着自己看了……"

舒丽大笑："哪能呢，我这个人你还不知道，亏本的生意我从来不做。你看，这是合同书，上面有附加条件，给我留了后路——这一点六万美金，是他先付的一半定金，后一半画款，要等这幅画在国外展出后，再最后交付。我打算，等这次画展一结束，你把那幅画取回来，赶紧替我照着这幅画临摹一幅，必须一模一样。当然，把原件给买主，复件送给我。我卖一幅，留一幅，画归我，钱呢，全都归你们，怎么样？我的商业原则是互利互惠、公平合理，三家谁也不吃亏！"

"丽丽，"周由无可奈何地摇着头说，"你这个人，真是又可气又可爱，长处和短处像个双头连体婴儿，分都分不开，真拿你没办法……"

"我要的就是连体婴儿呢，那多刺激。"舒丽看了一眼水虹，话里有话地笑道。

过了些天，舒丽又来找周由，说最近由于他在画坛声誉的上升，那家过去曾经想买他画的东方霓虹集团，又一次通过老赵找到了她，坚持求购那幅巨型油画《江南霓虹》，并按高于原价的百分之三十付给现金。舒丽认为这个价格不错。绘画市场已热了两年，再热一段可能就要跌了。她建议周由还是把《江南霓虹》出手算了。再说他也不可能拥有那么大的一所房子，来陈列这幅巨画。而且，他总不会永远替人家打工，将来他如果辞去了公司的职务，自己单干的话，公司也不可能再让他在仓库里继续珍藏他的作品了。卖掉这幅画，可以趁热造势，进一步扩大知名度，产生广告效应。她可以在卖画的合同上，签订购者不得转让和转卖的条款，一旦他和水虹想念这幅画的时候，随时都可以到霓虹集团的公司总部大厅去观赏，岂不一举两得？！

周由为难地说："这幅画是为水虹画的，这件事得她来决定。"

水虹实在舍不得周由送给她的这幅大情书。但是他们的确没有空间来收藏和保存这件作品。油画如果得不到妥善的养护，万一受潮发霉，时间一长反而毁坏了一件珍贵的艺术品。水虹觉得舒丽的意见有些道理，舒丽有勇气卖掉自己作为模特的人体作品，她总不至于连舒丽都不及。但水虹在忍痛割爱之前，还是让周由照下了好几卷胶片的图像，把那幅画的全貌和局部，从各个角度摄影制作下来，还让舒丽为她和周由在画前留下了几幅合影。最后把全部照片装进一本大影集里收藏起来，才算同那道永恒的霓虹挥泪诀别。

舒丽全权处置了《江南霓虹》，扣除税金，共得三十二万元人民币。

在不到半年的时间里，舒丽小姐连续几次大手笔，很快把周由炒成了一个画坛瞩目的人物。舒丽本来就在京中画坛上小有名气，如今很快便成为画商圈子里的一个新大腕了。起初几个月，她驾驶着那辆白色的"桑塔纳"，后来很快换成了一辆黑色的"尼桑"，一身名牌服饰和昂贵的法国香水。整日穿梭于画家与客户、股市和黑市，还有健身房和游泳池之间。偶有兴致时，也会给几位名画家当一回人体模特，纯粹作为休息和娱乐。她重新装修了自己的房子，将所有的房间都有意改换成一种素淡雅致的颜色，还在门厅的一角特地布置了一个小小的酒吧。那酒吧原是专为周由而设置的，但周由却忙得很少有时间光顾她的小窝。后来她试着先后邀请过几位男友来"欣赏"她的卧室，可惜床上的感觉却像冒牌的劣酒，每次都觉得口味不对，令她十分扫兴。

但舒丽总算已经在商海中磨出了一点起码的韧性。她懂得欲速则不达，目前还不急于给自己定位。她有时觉得自己像一个双刃剑客，同时在周由和水虹这两个对手之间周旋。征服周由也许已是指日可待，她相信等到他越来越离不开自己，越来越依赖于她舒丽的时候，床上才会有真情的缠绵和缱绻。周由那种深爱水虹一般的狂热，才是她真心想要的东西。所以她必须将每一件事都干得漂亮而出色，她要让水虹输得心服口服，使水虹心甘情愿最终自己让出周由身边一侧的位置，那是秦水虹无法填补的一个空缺，唯有她舒丽才能围海造田。而一旦她收复了一角失地，她就有了扩充地盘的立足之处。毕竟，她要的不是门铃响起时女主人热情的笑声，而是一把能自由出入的钥匙。

看起来，舒丽那段日子过得优哉游哉的好不自在。一有闲暇，她常常主动邀请水虹，开车带她去京城几家著名的商城和服装专卖店购物，去一些高级俱乐部和大饭店的娱乐场所。但她很快发现水虹并不太喜欢，或者说很不喜欢这些高消费的时髦地方。她只是对打网球有些入迷。后来每逢遇到好天气，舒丽便开车带着周由和水虹到京郊的一些风景区去玩。几次玩下来，她自己也有点上瘾，她发现和水虹在一起，倒也能长不少见识，起码水虹能告诉她许多闻所未闻的历史故事，听得多了，自己也好像变得有学问起来。而且水虹也是个好玩伴，她一走进大自然，那个疯劲儿一点都不比她舒丽逊色。

32

初秋时节，空气中四处飘散着成熟瓜果香甜的气息。

水虹穿一袭黑色飘逸的连衣长裙，戴一顶镂空的红色女式宽边休闲帽，走进了京都饭店的大堂。前厅的光线略略昏暗，她只好摘下变色镜，环顾着左侧的咖啡座，寻找着舒丽。她比约定的时间早到了十分钟，看来舒丽不会来得那么早。于是水虹便往商务中心的长途直拨电话台走去。她特地来早一些，就是为了可以在这里往苏州给阿霓打个电话。

正是星期天的上午，阿霓一定还在睡懒觉呢。

当她和周由的生活渐渐趋于安定之后，她觉得自己越来越想念阿霓了。如果不是因为顾及老吴的情绪，她真想每个星期都和阿霓在电话里聊上个把钟头。从最近阿霓在电话中传来的笑声中，她感到阿霓脑子里那根原先绷紧的弦已稍稍放松，她的声音有了弹性和活力，身体和心情都已经明显好转。前两个星期，阿霓在电话中告诉她，她已经接到了高中的录取通知书，开学以后，她就是高一的学生了。爸爸还答应给她买一台微机，让她好好学习英语。暑假里白叔叔还带她到上海去观摩了一次时装博览会，她觉得南浦大桥真的很漂亮，远看就像一条飘在黄浦江上空的霓虹……阿霓每次都跟她说个没完，临到最后，就问她什么时候回苏州去看她，说她真想跟妈妈一起到外面的世界去闯荡。阿霓似乎一次比一次更迫切地追问着她究竟在什么地方打电话，是在广州、深圳、海口，还是香港，使水虹支支吾吾的觉得难堪。她爱女儿，但她的爱已失去了表达的方式。她既不能坦率地对阿霓说真话，又不能坦然地向阿霓继续她的谎言。这也是她虽然日夜思念着阿霓，却又无法经常给她打电话的原因。

幸福和痛苦常常像一对孪生姐妹，将在漫长的岁月里同生共处。水虹只能将这拌着蜂蜜的苦瓜吞咽，等待着时间慢慢将它们沉淀过滤了……

话筒那一端的铃声响了很久，迟迟没有人接。

水虹失望地放下了话筒，未等转身，帽子却无风自落，背后传来一阵舒丽开心的笑声。

"……好哇，偷偷躲在这里，跟谁说悄悄话呢？"

水虹一见舒丽，眼里掠过喜悦的神情，几天不见，还真的怪想她的。她接过舒丽手中的帽子，重新戴上了，又小心地将帽檐压低。"除了阿霓还有谁啊？可惜家里一个人没有……"水虹叹了口气。

"我说，你们家也该安一台长途直拨电话了吧，要不也太不方便了。"舒丽说，"比如说今天，斯密思先生刚才来电话说，他有点急事，要推迟半小时到，我又没法通知你，怕你等不到就溜了，只好赶过来先陪着你……"

水虹发现舒丽今天一身素洁的白裙，妆也化得很淡，显得格外清爽。舒丽的着装风格，好像也慢慢变得高雅起来。她摇摇头说："你是知道的，周由不喜欢电话，他最好谁都找不着他。"

两个人回到前厅，找了个僻静的角落坐下，各人要了一杯咖啡。

舒丽急急说："斯密思先生说，他已经等了那么久，再过几个星期，他就要回国了，所以他一定想约你见一面，谈谈你的那部书稿……我也是情面难却……"

水虹搅动着杯中的小勺说:"稿子我带来了。"

"他还对我说,他在中国半年多时间,直到那次画展,才发现中国的知识女性中,原来还真有像你这样美的女人……"

水虹微微一笑,说:"那天我就同他谈了几分钟,如果不是你事先主动向他介绍,他怎么会知道我?丽丽,你这个鬼灵精,你是不是把他夸奖你的话,都移植到我头上啦?"

"看你说的,怎么会呢。我看他是真的很崇拜你,见了一面就被你迷住了……嗳,周由这几天干吗呢?"舒丽笑着转移了话题。

"他在开始构思一组系列组画,这几天又弄得神魂颠倒的……"

舒丽打开坤包,取出一盒绿色的"圣罗兰"烟,自己点上了,说:"好啦,说点儿正经的,我一直在想,等再卖掉一些画,钱筹得差不多,你们也该买一套宽敞些的大房子了,对吧?"

水虹点头说:"我们现在住的房子,产权不归周由,从长远说,是得买一所房子。不过,我其实倒挺喜欢那个安静的地方的,房子小点儿,容易收拾,还省心呢。只是,周由现在正是创作的高峰期,他必须得有一间大画室,我看他在那小屋子里作画,真是挺受罪的,有时候恨不得跳到窗外去观察画面效果……"

"假如我帮你物色房子,你不会反对吧?"

"过日子我能将就,可画室没法将就。丽丽,这方面你比我行,就算是你帮周由的吧,我只好以后再谢你了……"

"咱俩还说什么谢不谢呢,要是别的女人,早就和我不共戴天了。"

水虹笑笑说："不过，丽丽，我也常盼着你早点遇上个好男人，痛快把自己嫁了，我也好早点收回港澳台的主权，保证我的领土完整啊。可你倒好，赖着不走了……"

"好男人？有吗？"舒丽的眉毛高高扬起来，"老的太迂，小的太黑，女人如今想找一个现成的好男人，除了组装法，再没有别的路好走了……"

"组装法？你又有什么妙论啦？前几天，我还同周由在讨论'组装'这个词儿呢，现代人组装家具、组装服装、组装家庭、组装市场，不过，我们倒没想到，原来还可以组装情人呢！"

"喏，要想给自己组装出一个像样的男人来，好的部件至少得从三个男人身上拆下来——品行部件、实利部件和性部件，它们中的精品不可能同时都集中在一个男人那儿，所以只好分而食之，再把它们想象综合成一个完整的男人。"

"那么爱的那一部分呢？"水虹问。

"不瞒你说，爱的那部分最难搞到了，他爱你，可你不爱他，还是等于没有。我这个人已经走上绝路了，偏不能被动地让人爱着，爱得麻木不仁的，我只想去爱，爱自己爱的人，所以我嘛……水虹，你知道，我只好天天都在琢磨着拆卸周由呢，没有周由这个爱的部件，我组装的男人就活不起来……"

水虹不由得被舒丽逗乐了。

"又想鼓吹分而治之是不是？你这个坏妞，我看你早晚得逼着人使用武力把你赶跑不可。"

"不是分而治之，是'小特区'。"舒丽笑着纠正说，"别生气呀，咱们先嘴上实践一下不行？你难道没听说过义务献血吗？抽出几百CC血，既可救人一命，又可以激活献血者的造血功能，其实对人一点儿不碍事的。水虹，你有那么辽阔的大陆，还在乎这一个小特区吗？租借港澳台，还能带来大陆经济繁荣哩，慢慢和平过渡，等我有一天发现了新大陆，我自然会把小特区归还你嘛，那时你再索回周由也不晚……"

"其实我倒宁可你彻底点……"水虹说，"一下子也就了断了。可你偏耗着，又是租赁又是拆借，看来我也只好奉陪下去了……"

舒丽故作神秘地说："其实你也未尝不能去拆借点儿好部件嘛，怎么样，我帮你，就算我回报你呀……暧，待会儿来的那位斯密思先生，他是美国哥伦比亚大学的博士，听说祖上还是英国贵族，他继承了好大一笔遗产呢。"

水虹笑着打断她说："丽丽，你是不是在算计我呀？要是让我发现了，我可饶不了你噢……"

"你放心，我只会算计钱，别的方面……我还担心你算计我呢……算啦，别开玩笑了，我是看你整天关在家里写啊写的，闷不闷啊？这种日子，我可连一天都过不了，在外面要耍男人多来劲呀。男人一见漂亮女人就晕，你尽可以拿他们开涮，给女人们出出恶气。大男子大男子，一没钱都是小男人。"舒丽跷起了修长结实的大腿，又给自己点了一支烟，压低了声音说，"前几天，有个新提拔的局长找我借钱，他挪用公款，再不补上就得坐牢了。那天他都快给我跪下了，我骂了他半天，他还一个劲儿给我赔笑脸。这小子过去完全是靠拍马送礼上台的，要不是以前他帮过我老爸，我真想让他尝尝蹲大狱的滋味。"

"那你借他钱了吗？"水虹担心地问。

"当然借他了。借了十万。我以后还用得着他，让他给我提供经济信息，介绍大客户呀……"

水虹说："你真不该管这事，弄不好，会把你也牵连进去的……"

"我要是坐了大狱，那你不正好收回领土主权了吗？"

"别胡说了丽丽，上个月你在股市一赔就是二十多万，现在又借出去那么多钱，你可千万别干违法的事情哦！"水虹轻轻拍着舒丽的手背，轻轻叹息了一声，"你万一真的遇到什么大麻烦，可一定不能瞒着我们，我和周由会豁出来帮你的，真的，丽丽，请你永远相信这一点，你若是需要钱，我们能想办法，实在不行，我就把我的那两幅人体画卖掉……"

"看你……你说哪儿去了……"舒丽长长的眼睫毛微微颤动了一下，"我没事的，我已经习惯了，其实，在生意场上，不敢折腾的人最不安全。那二十万算什么，这几天我整理杂物，意外发现我五年前低价收购了一幅稀罕的古画，经过鉴定，是真迹，一抛出去，那几十万不就回来啦！好了……以后我不对你说我的事了，隔行如隔山，倒让你为我担心……"舒丽的声音忽然喑咽了，眼睛一阵酸涩，感慨地对水虹说，"不过，你这样惦记我，有这份心思，我也就知足了，万一有什么事，你俩别忘了给我送点儿好吃的就行……"

水虹忽而闻到一阵花香，眼前一片灿烂。她抬起头，看见蓝眼睛的斯密思先生，正抱着一大束鲜花，恭恭敬敬地站在她们面前。

舒丽从座位上蹦了起来，立马破涕为笑，欢天喜地地往他怀里扑去，礼节性的亲吻啧啧有声。

三个人坐下来闲谈。斯密思先生一再对他的迟到表示了歉意。谈话很快进入正题，他向水虹提了几个有关中国画的美学问题，后来知道水虹来自苏州，便又向她请教吴越文化。水虹向他简单地介绍了太湖丝绸质地以及图案的特色，还给他讲解了丝绸文化的起源和形成。在整个谈话过程中，他始终目不转睛地望着水虹，蔚蓝色的眼睛总也无法从她的脸上移开。他面前的咖啡已经凉透，却连一口都没有顾上喝。最后他看了看表，转过头对舒丽说，他不知道自己能否有这个荣幸，他希望中午能请两位女士一起共进午餐。

水虹从随身的挎包里取出了一沓整齐的书稿复印件，对斯密思先生说，可惜她今天中午已经有另一个约会，不能奉陪了，也许以后还有机会。如果他对她的专著有兴趣的话，读完稿子以后，他们还可以继续交谈。

斯密思先生遗憾地耸了耸肩，摊开了双手。水虹匆匆穿过大堂晶亮的地面，感觉到身后有一双蓝汪汪的眼睛，一直在目送着她。

周由关紧了门窗，还是觉得外面的世界一直在发出喧嚣嘈杂的嗡嗡声响，令他心烦意乱。

连日来，他不断疯狂地作画，眼前经常出现一片片色彩跋扈、形状怪诞的碎片，又出现一个个亮丽旋转的物体；一会儿满脑子是洁白完美的人体，一会儿又是血淋淋的残肢断臂。他甚至发现自己和舒丽的头颅悬浮在空中热情接吻，而他们的肢体却四处游荡，在别处与别的肢体勾肩搭背。转眼间，头颅和肢体又各就各位，重新复原，漂泊在漫天漫地的瓦砾堆中……

周由常常觉得头晕目眩，眼花缭乱。最近一些天来，他已经厌倦了画展成功后所带来的一切应酬和虚荣，甚至极度厌恶人们的赞扬和崇拜。持续一年多宁静温馨的日子被这些琐事打断，更使他觉得烦躁。他一次次躲避着舒丽为他安排的酒会和各种派对，只希望静静地待在这小小的画室里，让水虹一个人看着他创作新画。

在他看来，他想象中的空中聚会和重组的过程多么宁静漫长，而现代生活打碎又组装的节奏，却是如此迅速和狂躁。世纪末的人们在舶来的文明碎片中，狂热地组装着新的希望和新的灾难；现代男女的组装欲求，被各种新的物质享受和刺激弄得异常亢奋。打碎——组装，再打碎——再组装，不断打碎——不断组装，不断喜新厌旧，不断推陈出新；不断打碎组装别人，又不断被别人打碎组装。周由的恐惧是他意识到自己也早已处于打碎和组装的命运旋涡之中。他打碎了舒丽完整的爱，打碎了水虹和老吴原先温馨的家庭，打碎了阿霓美丽的花季生活；又组装了他和水虹爱与艺术的天地，组装了和舒丽的友情关系，组装了艺术与经纪的配置……而水虹，也在打碎和组装中开始了她期待的另一种生活……

那么，他会不会再被别的什么力量重新打碎和组装呢？周由问自己。他开始为这种高效益高风险的组装，深深感到焦虑和恐惧了。无论是成功还是失败，组装都是残酷的，它像一只看不见的大手，冷冷地玩着杂耍——舒丽那些商界的朋友们，有的暴发、有的破产、有的下狱、有的重新上岸……周由常常被舒丽讲的那些关于组装的故事和理论吓得魂飞魄散；而舒丽，却好像生来就被组装的命运支配，她恰恰在这动荡、风险、焦灼、恐惧的现代市场中，信手采撷着自己需要的部件。但她似乎并不满意自己组装的结果，她时刻都在准备着迎接新的打碎和组装，选择着更佳的配置和重构。这也许意味着未来的天空中，将会飘浮着更多的碎片……那些日子，西方绘画中那些怪异恐怖分裂扭曲的画面，与都市的噪声一起涌入他的脑子，他感到房子的地板在不停地晃动，眼前的颜色在不断变幻，他的指尖充满了诉说的欲望，除了用绘画来表达他心中的爱，在他的生命中再没有其他的事情可做；除了绘画，也再没有别的什么能使他的沸腾的思想和心绪，得到暂时的安宁……

周由又进入了一个创作的高峰期。他先画了几幅抽象的现代画，有一幅题为《长廊》的小画，画面的结构十分古怪，色彩却非常恬静。而后他便一发不可收拾，以刹不住的疯狂、恐惧和焦虑，画了一组题为《组装》的系列现代作品，一共三幅。又是红、白、黑三色，惊心动魄，让人毛骨悚然。

第一幅，组装了象征成功的喜庆红色。展览会开幕式上的红地毯、剪彩的红绸子、挂在金奖杯上的红缎带、大赛获奖的红证书、酒店门前高高悬挂的红灯笼、新娘的红色婚纱、结婚戒指上的红宝石、庆宴的红色请柬、喜宴上的红葡萄酒、漂亮姑娘的红嘴唇、豪华公寓里的红玫瑰、堆成小山的红礼盒，还有漫天喷洒的红色焰火……深红浅红紫红桃红大红猩红，红上加红，红中叠红，红色上罩着红色，红光里映着红光；各种形状的红色几何图形，将所有的成功和喜庆组装成一片红彤彤的天地，犹如彩霞和落日覆盖的原野，将红色推移到纵深的远方……

然而，在这艳丽的红色中，还有另一种略暗偏冷的红色镶嵌其中。像是凝固了的鲜血和血浆的颜色——有他为了艺术所付出的心血，有水虹半透明的皮肤下隐隐可见的血管，有阿霓的淡红色的指甲，有老吴眼中的血丝，还有苏州小河边阿秀的鲜血……整个画面上类似焰火的红色花点，实际上却是一只只红眼睛，嫉妒而贪婪，像烧红的烙铁，像升空的信号弹，更像一只只血盆大口，散发着血腥的气息。于是人们乍一眼看上去的欢喜而热闹的红色，很快就变得模糊不清，而像一张刚刚剥下来的血淋淋的牛皮，令人觉得恐怖而恶心。画面上始终充斥着一种动荡不定的效果，色彩不断变幻转换、变形夸张，给人留下一种被命运玩于股掌之间的魔幻又诡秘的恐惧感……

第二幅，组装了爆破之后的炽白色。画面上所有的景物和人物都被一股强大的气流炸得失去了颜色，没有生命也没有血色。在一片烟尘迷蒙的白光中，物体断裂为零乱散装的部件，在空中丧失重力般旋转飘浮，像大气外层空间的太空垃圾，扑面而来呛人、窒息的白粉，让人透不过气……

第三幅，组装了荒诞而奇异的黑色。黑得像幽深的山洞和峡谷，隐隐闪现着黑得发亮的暗河。这是一张巨大的子宫 X 光底片，画面异常光滑，基调漆黑如墨。但可以影影绰绰看见青黑蓝黑紫黑灰黑各种对象的组合，有四肢健全的婴儿，有怪胎、葡萄胎、百足之虫和三头六臂的怪物，还有广岛大爆炸后的各种缺腿少臂的畸形儿，画面上充满了凶多吉少的残忍和绝望……

周由心惊肉跳地一口气画下去。他不知道在这巨大的黑暗皮囊里，哪一个是自己；而自己又将会被重新组合成一种什么东西。他被自己创造的画面和呼唤出来的魔鬼，弄得魂不守舍，昏天黑地。他又一次进入了癫狂的状态，整天挥笔疯画，喃喃自语，不吃不喝，抑或暴饮暴食。他不要任何人来打扰他，连舒丽也被拒之门外。而水虹只要离开他短短几分钟，他就会叫着她的名字，把她喊回身边；或是拿着画笔，跟着她跑进厨房或是卧室……

那些日子，水虹极力克制着自己的担忧，故作镇静地看着他画下去。起初她迟疑不决，不知道自己究竟是应该压抑他的艺术疯狂呢，还是顺其自然，任由他自由喷发。但她却不敢打断他的这种作画状态。她知道他一旦心里蓄满憋足了感觉，就像凶猛的山洪暴发一般，必得一气儿发泄痛快。深夜，水虹经常被周由痉挛的喊声吓醒，他总是说自己的头疼得像要裂开。水虹打开所有的灯，紧紧抱住他，像摇哄着婴儿似的，轻轻拍打他的后背，用自己温暖的身体去驱赶周由梦中的魔怪。在周由那种几近病态的作画状态中，水虹又一次感到周由对她的深入骨髓的爱和依恋。她在自己的专著中又增加了一节，试图述说和阐释艺术家的心理情感和作品的关系。爱可以使艺术家的画面产生明亮绚丽的色彩，但是失去爱的忧虑与恐惧，也会产生阴森恐怖的作品；唯有充满了创作活力的艺术家，才能将内心的感受与情绪，诉诸色块线条形状光泽的多种表现……

在水虹的精心照料下，周由的情绪渐渐稳定。发青发白的颜面也有了一点血色。深秋的一个傍晚，他终于完成了《组装》系列，扔掉画笔战栗地抱住了水虹，望着那些画一句话也说不出来。而后倒头大睡，一直睡到了第二天下午。后来有近两个星期时间，周由都不敢去看自己的画。他感到自己像是大病一场，又亲历了一次高空坠落般的恐惧。

水虹在周由略略平静以后，专门请舒丽来看了一次新画。舒丽也被这些新作震撼得目瞪口呆。水虹婉转地对舒丽说，这几幅组画系列，完全是非商业的艺术品，也许只有很少的人能够看懂。她希望能暂时封存这些画，对画界秘而不宣，等过个一年半载，再拿出去参展。她认为周由这组系列画所表现的感觉，就是再过半个世纪也不会过时。以后人们会越来越认识到命运组装的残酷和人的渺小无奈。这组系列画也将会进入许多人的梦魇。所以，它们标志着周由这一阶段对自己的突破和超越，应归入自藏品和非卖品之列。

舒丽默默站在那三幅系列组画前，好一会儿，目光迷离地对水虹说："这个周由，他的情绪一点规律都没有，我算是改变不了他了……"

33

那个冬季，舒丽放下了手头的商务，也放弃了一段有利可图的股市行情，整天驾着车到处看房，并与各色各样的"房虫子"打交道。有时听说一处条件适中的房子，就立即带着周由和水虹去看。但周由对房子的地点、环境和安全条件极为苛刻，看了几次都不满意。而水虹选择房子的标准，却又主要考虑周由的绘画条件，首先必须有一间可改作画室的大房间，才谈得上其他。两个人都在为对方着想，不是他否了，就是她还想再等等。舒丽认定只要有一个人觉得房子不理想，就宁缺毋滥，安居工程非同小可，最好一次到位，一劳永逸。她像一个大管家和总经理，操心又费力，四处奔波。有时连她自己都说不上来，她干吗要把周由和水虹的事情，当成自己的事情一样来做。

天气已渐渐转暖，在舒丽布置下去的关系网中，终于有信息反馈回来，有一处出售的私房，条件十分让人中意。这是她的一位男友的朋友在两年前买下的。但他在海外的父亲突然病故，他急着携全家移民海外继承遗产，准备用相对便宜的价格出手。房子的地点在城西城乡交界处，两排独门独户的小院一共六家，外表看起来像离休干部的宿舍，每家四房两厅，厨房和卫生间设备齐全。两面高而坚固的围墙紧挨着一所国防科研单位，围墙上还有铁丝网。虽有一墙一路之隔，但小院明显处于安全线之内，院门外不远处就有卫兵站岗，感觉上比较安全。院子不大，除了几棵花木，还能停下一辆小车。其余五家人都是以前的世家子弟或高级知识分子，周围环境十分整洁安静。

舒丽当下便以六十四万元拍板成交。她估计这是周由和水虹所能支付的最高限额的款项了。但这笔钱花得很值，其中暖气煤气水电电话一应俱全，房子几乎搬进去就可以住。她认为他们两人都会满意的。如果再不满意，她就自己要了这所房子，连车库都是现成的，可以作为一处增值回报较高的房产投资。

舒丽付下定金以后，才把周由和水虹接来看房。两个人果然都很满意。水虹尤其喜欢那个大客厅，将近三十平方米，开个天窗就能改装成一间标准的大画室。这也是周由梦寐以求的大画室，以后不知会有多少好画从这里创作出来。水虹对卧室和厨房也赞不绝口，卧室不大不小，窗口冲南，又处于小院最幽静的一角；厨房全套现代设备，炉具下方还带有现成的烤箱。就连洗手间也不用大改，天花板已用毛玻璃镶了防水隔层，柔和的灯光从洗手池顶端倾泻下来，有一种亲切的家庭气氛。这套房子从外面看起来并不起眼，但里面完全是一所高级公寓，舒适实用又不显得豪华，正合水虹的风格和心愿。小院里还有一棵大石榴树，刚刚爆出暗红的新芽，窗台下扔着几盆废弃的米兰和扶桑，只要稍加照料也许就能起死回生。水虹高兴极了，她被高楼架空了两年，如今又降落到可以种树养花的地面上来了。她觉得自己好像回到了江南小河边上那个美丽的小院，假如在院子里种上一丛竹子，就真的像一个南方的小院了……

唯一使水虹不满意的是壁纸的颜色，原先那种浅金色的图案看上去有些俗气。她提议把它们全部换成浅褐色的护墙板，最好是木纹的本色，连家具也用本色的木纹。她喜欢更接近大自然本身的颜色，就像住在森林中的木头房子里一样。三个人站在院子里，商量着新居的改造工程，最后决定：首先让周由自己设计，在大客厅里开一排加防盗网的天窗；再在房子西墙与院墙之间的空隙处，盖一溜坚固通风的库房，用来藏画；最后打理房间的墙壁和门窗。舒丽特别提醒周由和水虹，在民工装修队中，常常容易混入杀人越货的歹徒，所以必须等全部工程结束，包工队撤走以后，水虹和藏画才能正式搬过来，万万不可大意。这天，她又开车领着周由和水虹认了认附近的商店、邮局、车站和农贸市场，把他们两人送回家后，她就去托朋友找可靠的包工队了。

一个多月以后，办妥了过户手续，小院的工程如期开工。周由总算放下了手头的画笔，来和舒丽一同担任监工，亲自看守和指导。周由恨不得工程立马能完，好把水虹早日接到新家来。但舒丽却处处一丝不苟，反复叮嘱施工队必须保证工程质量，不怕延长时间。她又是买烟又是买酒，慰劳包工队的工人，唯恐他们偷工减料。周由心里着急，又不敢表露，只好服从舒丽的调遣，尽量唯命是从。这天上午，由于舒丽觉得螺丝的质量不够好，又打发周由骑车去买材料了。

从那次画展以后，将近大半年里，舒丽很少有机会这样长时间地和周由单独待在一起。如今抬头低头都能与周由耳鬓厮磨，整日的视线里都是周由的身影，舒丽在兴奋之余又有几分茫然，扑闪的目光时而喜悦时而又有些忧郁。一年多来，她为周由当模特、当经纪人、卖画展画、联系客户，打出了知名度和收入的新高潮，如今还替他物色好了房子，而且在购房和装修材料费上，少说也为他们节约了十几万。这一切都是她一手操办的，其中还不包括她所付出的那些不能被周由和水虹知道的交易代价。如果没有她，单凭周由挣钱的速度，是绝对赶不上房价上涨的速度的，他们可能再过几年也住不上这样舒适的房子。而一旦这房子装修完毕，周由和水虹就要搬进来，那时候，他们真的应该正式结婚了……

舒丽望着这一间间宽敞明亮的房间，不由得心情黯然，嘴里泛起一阵酸辣苦涩的味道，眼睛忽而模糊。她走进了画室隔壁的客房，抚摩着小屋的窗棂发呆。水虹说过要把这间客房布置成她的小卧室，以后她来这里玩儿，聊晚了，可以住在这个房间里，就像她的半个家一样。水虹这样柔声细语地说的时候，她差点没哭出声来——这一切本该是属于她的啊，她真想成为这个家的女主人。如果她没有把周由给弄丢的话，这儿本该是她最后停泊的港湾，她哪儿也不再去，不再冒险不再闯荡，就和周由厮守在这漂亮的大房子里，舒舒服服、轻轻松松地过一辈子，还要给他生一个聪明又可爱的孩子，男孩女孩都行……这一切本该由她来享受，然而，如今这一切却全归水虹了……

舒丽舒丽，到现在为止，你步步为营，却是节节败退。最使她无奈的是，水虹似乎从来没有把她当成对手，却越来越真诚地把她当成了一个知心朋友。舒丽的出色的经纪，是在周由的出色的绘画基础上施展的，可是如果没有水虹，周由是画不出那么棒的画来的，自己确实不是水虹的对手。她无法将周由从水虹怀里抢走，就连分享的可能也微乎其微。在舒丽二十八岁快乐的生命历程中，她又一次深深尝到了痛苦的滋味。然而，那最后一丝微茫的希望，究竟在哪里呢？

这些天来，在舒丽的白日梦里，经常出现水虹被劫持和失踪的场景。当然，这一切都与她毫无瓜葛，她还万分悲痛地和周由一起四处寻找水虹。但是即便水虹真的遇到不测，她就有可能取代水虹的位置吗？有时她幻想着出现一个比周由更强大的男人，把水虹夺走，也许周由在极度的悲伤中，只能回到她的怀抱里来寻求安慰了。可是假如周由因为失去水虹而发疯呢？他会不顾一切地去和那个男人决斗的，直到两个人同归于尽……那么，她最后的一线光明，大概是只能等待水虹衰老了，等水虹的美貌褪色，等周由移情别恋？可那得等到什么时候呢？心力交瘁之下，水虹没老，她舒丽倒有可能先老了……

舒丽对自己这段日子经常出现的白日梦，隐隐感到了不安。她真怕自己会在这种念头下干出可怕的蠢事。她觉得自己像是走到了天涯海角，前面已是山穷水尽。从周由最近绘画时癔症般的艺术狂热、艺术癫痫、艺术狂犬病的发作，以及对水虹那种几近病态的依恋和爱慕，她渐渐感到自己所渴慕的情人的位置，也许是可望而不可即了。周由对搬住大房子的热情，似乎都是为了水虹；而且他有了宽敞的新居和画室以后，他就不需要更多的钱了；虽然购房和装修用去了他几乎全部的收入，但是他可以继续出售的画还有不少，他已经在画坛和美术市场上成了气候，不会再有太多的后顾之忧了。况且，苏州那个老吴，已经把属于水虹的财产陆续折成现金寄来了北京。这样看来，她这个经纪人的作用，似乎即将可有可无。等房子装修好以后，这里就将是他们永远的蜜巢，那时候，他们还会需要她舒丽吗？

舒丽伏下身子，趴在空荡荡的房间里一只孤零零的床垫上，无声地抽泣起来。情爱这个魔鬼，难道真的就让她这个叱咤风云、驰骋商界的女人，被一个她真心爱恋的男子，折磨得如此一筹莫展吗？

舒丽伤心地哭着。她想起了水虹看着自己的时候，眼睛里那种亲切而信任的微笑。这次装修房子，自己和周由整天一起泡在这里，但水虹从来没有突然出现过，她似乎故意不来打扰他们，这多少使她感觉到水虹为人的宽厚和大气。她想万一水虹真的发生了什么意外，水虹也一定会在生命的最后一刻，请求周由让舒丽来代替自己的。舒丽忽然觉得自己有点对不起水虹，这一年多来，她从水虹那里得到的友情和爱，比从周由那里得到的还要更多一些。也许最糟也最要命的是，水虹居然不动声色地让自己喜欢上了她。这种女人之间的友爱或是友情，压抑了也钳制着她对周由的情欲。她似乎从不轻易相信别人，就连周由也不会完全相信，但她却不得不相信水虹。水虹看起来把自己裹得很严，从不像她这样信口开河，但水虹的心却是透明的，舒丽知道自己的直觉从未欺骗过她。是水虹透明的肌肤养育了她透明的内心呢，还是她透明的内心养育出了她透明的肌肤？即便她将来老了，皮肤干瘪起皱了，她的内心也依然会这样晶莹明净。任何和水虹生活过的男人和女人都无法不爱她。周由曾经对她说过，水虹到六十岁的时候，也一定仍然是他心目中最美的女人，她的眼睛和神韵、她的眸语和心灵，永远不受年龄的侵蚀，他会画她一辈子的。舒丽忽然明白自己真正的悲哀，不仅在于她面对的是一个让人无法嫉妒无法竞争的女人，而且就连她自己，竟也害怕失去水虹的友情。在那个绝望的瞬间里，她真的第一次开始比较起友情和情爱，究竟哪一个对于她更重要了……

舒丽擦干眼泪，悄无声息地回到正在装修的大客厅。周由已经回来了，正在给休息的民工分烟。他抬头看看她，说了一句："哦，我还以为你不在呢。"就转过身去，在一本速写夹上，继续埋头给一个民工画速写头像。那个民工长相很凶，瓦刀脸、高颧骨，很像电影中的匪徒。舒丽凑过去一看，那画上的头像一点都不像美术作品，倒像是公安局的画像专业人员的制图，像一幅悬赏捉拿通缉犯的图影。那头像画得逼真，连旁边的小工都说，有了这张画，他可不用照相了。舒丽心里不由得又气又乐，周由这家伙，脑子里的安全弦也绷得太紧了，他的心思除了绘画，恐怕已经全都放在水虹身上了。一个女人若能得到周由这样透心透骨的关心和宠爱，这个女人真是太幸福了。尤其是像周由这样一个浪漫的艺术家，当他真的爱上一个女人的时候，他的爱比父亲对独生女儿还要无微不至啊……舒丽愣愣地站着，泪水又一次漫了上来。她心里忽地涌上一阵柔曼的温情，又一阵猛烈的刺痛，心潮像被高原的阳光融化的雪水，汇成一股无可遏制的激流，突然冲出峡谷，跃上岩石，失控的洪流向河道两岸无边无际地漫延开去，再没有什么力量能阻挡它们……

舒丽的胸脯剧烈地起伏着，浑身的血液都涌上了头顶。她不能再等了，再等下去也许就再也没有机会了。哪怕是最后一次绝望的挣扎，她也不能放弃。她要再试一下自己的魅力。

"周由，该让他们干活啦！我这儿有事！你来一下！"她喊道。

周由合上画夹，招呼民工们到院子里去继续施工，然后洗了洗手，循着声音去找舒丽。只见舒丽从里面出来，随手关上了大客厅的门，插上了插销，然后轻轻拉着周由的手，把他领到了小卧室里。周由刚刚看清那房间的地板上，不知什么时候铺上了一只床垫，舒丽已经撞上了小卧室的房门，然后猛地勾住了周由的脖子，扑在他怀里，狂热地亲吻起他来。一边语无伦次地喃喃说"周由周由，亲亲我……我实在太想你了……你要我吧……"一边酥软地黏着周由，把周由转到床垫跟前，顺势倒在了床垫上，让周由的身体砸在了自己身上，又蹬掉了周由的鞋子，腾出一只手去解周由的腰带，贴着周由的脖颈，一股浓重的香水味和她身上的热气，紧紧缠绕了周由……

"……要我吧……你真的不想报答报答我吗？"舒丽开始呻吟起来。

"别……别这样……"周由一只手扳着她的胳膊，惊魂未定，脑门上已沁出了一层汗珠，"丽丽，你听我说……不能这样……我心里真不知……不知怎么感谢你才好，但我不能……"

"你还用谢我？……我本来就是你的……快来吧，我不能再等了……你把我饿了多少日子了……你真的忍心吗？……"

"这里……这里不行……"

"谁管那么多啊……外面听不见的……你不要去想水虹，你就想我……想想以前……你会喜欢我的……你答应过我愿意试一试的……"

"好丽丽，我是要好好回报你的，但是现在不行。"周由捉住了舒丽的手，只觉得一阵阵心跳神迷、头晕目眩。他躲开了舒丽咄咄逼人的目光，低声说："别生气，原谅我，我有心理障碍……我在这套新房子里的第一夜，应该是给水虹的，她是这儿的女主人，我想让她在这新房子里，有一个美好的开始……"

舒丽愠怒地拂开他的手，嚷嚷说："这又不是在你们的卧室，这是客房，我已经够照顾你的了，处处考虑你的情绪……可是你……

你心里真的就一点也没有我吗？"

"……我是说，也许……也许不该在这儿……"

舒丽带着哭腔说："我偏不带你走，我就是要在这里……你连这么一点愿望都不能满足我，太过分了，我这个情人当得也太没有自尊了……"

"严格说应该是朋友，丽丽，我们早就不是情人了……"周由咬着牙说。

"你说什么？"

周由正色道："丽丽，我不想跟你吵架，我对你是有感情的，若是再吵下去，我们的这点情分就算是完了……"

舒丽的一腔柔情和烈火，顿时像被一场冷雨浇灭，她跳了起来，冲着周由大喊："完就完，我是完了，我现在成了垃圾股，你就抛吧！"说着，猛地拉开门，冲了出去。等周由匆匆穿上鞋子追出去，只听见一阵汽车声响，舒丽已经开着车，横冲直撞地一溜烟上了马路。周由在后面喊了几声，车已开得没影。干活的民工以为是小两口吵架，探头探脑地嘻哈了一阵。

周由立即回到房间，按舒丽的手机号码，给她打电话。但他打了一遍又一遍，手机台总是报告说没有应答。他真担心在气头上的舒丽，野马一般地开着她的"尼桑"，弄不好真会出什么事。整整一个中午，他都在不停地给舒丽打电话。他心里渐渐升起一股愧疚的歉意，夹杂着一种遥远的温情，使他心烦意乱。他觉得自己刚才也许真的是太生硬了，他也许确实是对不起舒丽。可他又没法扔下这里的一摊杂事去把她找回来。他真想把她搂在怀里，柔声细语地请求她原谅……

　　周由在心急火燎中依然一遍遍打着电话，一直等到傍晚，眼看民工就要收工下班，忽听得门外一阵惊天动地的汽车喇叭声响，他冲出门去，见舒丽落下了车窗玻璃，没好气地对那些民工嚷嚷说："收拾收拾东西，都走吧！"

　　民工们陆续离开了，舒丽又对周由喊道："还愣着干什么?! 锁好门，快上车！"

　　周由上了车，一言不发。舒丽倒了车，急速往城里开去。从行车的路线周由看出来，舒丽没有像往日那样先送他回家，而是往她的那个小窝驶去。她默默开着车，晶莹的泪水从她苍白的面颊上小溪般流淌下来……

　　周由掏出纸巾替她擦着泪水，深深地叹了口气："……你这样太苦了，丽丽，还是找一个一心一意爱你的人吧……"

　　"爱我的人有的是，可我就要你！"她斩钉截铁地回答说，车子一个急拐弯，飞一般地闯过了一道红灯。

　　早晚要发生的事，终于在舒丽的卧室里完成了以后，周由大汗淋漓地躺在舒丽的床上，恍然明白自己如今已是愧对两个女人了。

　　在那个缠绵的过程中，周由确实尽了自己最大的努力。他已不忍再让舒丽伤心，他希望自己能在感情上给舒丽一点起码的补偿，至少让舒丽得到一次暂时的满足。她那丰腴而饱满的胴体重新显现在他面前时，他的身体很快被激发起来，那是一种熟悉的欲望，是一种旧梦重温的欢悦。昔日的柔情迅速征服了他，使他无从躲避无法拒绝。他突然变得粗暴而强悍，他深入了她的身体，像很久以前那样，剧烈地动作着，竭尽他的抚爱与攻击……然而，她柔软的身子在他的怀里却是如此的陌生而疏离，他觉得自己的感官与她的肌肤和肉体似乎隔着一层薄膜，他无法真正贴近她，无法接近以往的深度，无法到达那个曾令他销魂的境界。在她迷乱的呻吟中，他竭力给予着她渴望的快乐，但那好像太难了，他似乎只是在给予却没有得到。在一阵快速的冲刺之后，体内一种极度的失落无法控制地传递到他的全身，他浑身一阵痉挛，他的身体在尚未积聚他全部的快感之前，局部的释放已提前到来，就像未曾超越警戒线的山洪，已被开闸放水，耳边传来她一声声痛苦的喊叫和请求，然而他的身体已像一个爆破的气球，所有的热情和能量都化作了虚无的碎片……

她在他臂弯里静静地躺着，睁大着眼睛望着天花板，一言不发。

她一动不动，没有呼吸没有心跳，甚至没有眼泪，就像死过去一样。

她觉得自己真的已经死去，她的心已是一潭死水。

他那裸露的身体如一棵雪地上粗壮的白桦，雄健如昔，刚劲依旧，散发着她梦寐以求的男子气息。她将自己像一件祭品一般神圣地供奉于他，愿上天把她丢失的福祉重新归还。但他明明深入了她的身体，却好像什么都没有留下；他索取了她，却没有给予；他挺进他占领，却始终没有到达她身体最隐秘最神圣最快乐最忘我的那个巅峰。那个巅峰曾经存在过，如今却像冰雕像海市，消失得无影无踪。他把身体的那一部分给了她，却遗漏了或是藏起了他最珍贵的那颗心……他亲吻她拥抱她，他们彼此欢爱彼此愉悦，然而他和她的肌肤之间却隔着另一个女人的倩影。像一层细密的网，能滤过此网的只是友谊和性，而那颗心却被拦截了⋯⋯

一个女人和一个男人，或者说，是水虹和周由，他们在互相给予的同时互相得到——那才是相爱。

舒丽觉得很久以来，维系着她和周由之间的最后一根游丝，已无声地崩裂。她啜泣的灵魂离开了她的躯体，从窗子从楼道哀伤地飘了出去。

舒丽在那一日的那个瞬间里，似乎第一次明白了什么叫爱。

后来她抬起身子，用冰冷的嘴唇亲吻了一下周由的额头，低声说：

"谢谢你了⋯⋯不用说抱歉。我发现，'做爱'这个词儿确实挺没劲⋯⋯也许你说得对，还不如不试呢⋯⋯"她紧紧闭上了眼睛。

34

搬完家的当天晚上，周由和水虹送走了舒丽以后，严严实实关上了新居所有的门。

周由立即把水虹抱起来，在空荡荡的大画室里甩起圈子来。他越转越快，越转越猛，眼里的房屋四壁和天顶转成了一片雾气弥漫的苍穹。水虹用胳膊死死勾紧了周由的脖子，生怕被他一不小心像链球一样甩出窗外。她的心在剧烈地狂跳，脸色绯红，头晕目眩，但她觉得自己快乐极了。从少女时代起，她就盼望着这种旋转了。

她曾盼望父亲抱她旋转，盼老吴抱她旋转，但父亲太严肃，老吴又太古板，她几乎一次也没有实现过这个愿望。当她第一次踏进周由的仓库大画室时，她脑子里曾闪过这个念头，仅仅是一个闪念。后来住进了他的小屋子，空间又太狭窄，她也仍未如愿。今天，不，现在，他们总算有了自己的大画室，空空荡荡连画架都还没支上。周由果然不用她的眸语暗示，就让她像空中飞人一样飞腾旋转起来了。周由总是不会忘记在值得纪念的日子，给她带来惊喜。

在水虹少女的梦中，她一直把爱的幻想和这种旋转联在一起。她最初朦胧的情爱，也许就是被电影中的旋转镜头唤醒的。她搂着自己心爱的那个男子的脖颈，就像一根坚实的花茎，支撑着灿烂的花朵，让两个人紧吻的嘴唇作为花蕊，飘逸旋转的长裙长发作为花瓣，转成一朵绚丽多姿的忘忧花。二十多年来，她始终渴望着在她的生活中能够开放这样一朵不谢的鲜花。但她没有想到，这朵她差不多已经快要淡忘的小花，一个少女时代的梦幻，周由真的会给她补上。而且是在他们搬入新居后的第一夜，作为礼物献给她的。周由也许出于无意，而她内心的欣喜和欢悦，却像雨后的花苞，一下子蓬蓬勃勃地盛开怒放了……

她紧紧吻着周由，放松地伸直了双腿，让裙摆恣意飘荡。"记住，记住，要把这朵花儿画下来呀……"她晕晕乎乎地叫道。周由快活地答应着，一边向后倾斜着身子，捧托着她柔软的颈项和腰部，一圈一圈发疯般地旋转。水虹第一次发现，周由的舞蹈语言一点也不亚于他的绘画语言，她虽然已经被甩得大脑贫血无法思维，但她不用思维也知道，他的疯狂只属于她一个人。她真想让他永远这样地转下去，转得针插不进、水泼不进，让两个人爱得天旋地转，陷在玫瑰花瓣的海洋里，甩掉所有的忧愁与烦恼……

水虹晕得喘不过气来，五脏六腑猛烈地翻腾起来。她脸色苍白地大叫：

"快、快把我放下……"

周由完全不理会她，继续旋转着。

"嗳，放下我，我想吐，我好像怀孕了……"

周由惊得往后一倒，两个人跌坐在宽大的皮沙发里。水虹把头靠在周由肩上，只觉得自己像是颠簸在波涛起伏的海面上。

"什么？你怀孕……怀孕了？"周由兴奋得结结巴巴地问。

"我是说感觉嘛……逗你呢……"

周由为水虹端来茶水和痰盂，不停地给她揉胸拍背，过了好一会儿，她才觉得不晕了，嗔怪地看着周由说："你呀，差点儿把花瓣都转飞了……"

"我自己其实也有点恶心，但我实在停不下来了，收不住……"

水虹笑笑说："你这一通疯转，我好像一下子转回去二十年，快成小姑娘了……后来再转下去，我忽然有点害怕了，怕热恋以后的感觉一旦消失，就像落花满地，却没有果实……嗯，真的像怀孕，吐酸水吐苦水，但是什么也生不出来……"

"嗳，跟我说说，想要孩子吗？"

"还没结婚呢就想要孩子？指标呢？你再做几年梦吧！"

"你前些天说，等搬完家安顿好，你就回苏州去开结婚登记介绍信，水虹，这是真的吧？这一回，你可赖不掉啦！"

"再赖，我只好变成一条鱼溜走了，行吗？"水虹掩饰不住满心的喜悦，幸福地微笑着说，"我是该回苏州去一趟了，我太想阿霓了……老吴信上不是说，最近阿霓的精神好得多了，我想大概快能得到老吴批准，回去看她了……"

"什么时候我也能去看看她就好了……"周由顿时感伤起来。

客厅里的电话铃声冷不丁地响了起来。

周由和水虹似乎已经习惯了没有电话滋扰的生活，如今新居的电话一响，两个人都以为是门铃响，一时有些发蒙。铃声继续固执地响着，周由反应过来，对水虹说："肯定是舒丽打来的，只有她知道这个电话号码，你去接吧。"

水虹拿起电话，忙不迭地叫了一声"丽丽"，忽然觉得不对，话筒里传来了一个低沉的男子的声音，那声音似曾相识，却怎么也想不起来了。

"是水虹小姐吗？您好，我是斯密思……"

水虹心里突突一跳，不知为什么，脸竟有些无端地发热。

那位斯密思先生告诉她说，他已经读完了她的论著手稿，虽然他不能完全准确地理解她的意思，但他非常喜欢她书中那些关于东方文化的阐释。甚至，他更喜欢她本人……可惜他很快就要回国了，他希望在临走以前还能再见到她，和她单独约会，他记得上次水虹小姐已经接受了他的邀请，有机会就和他共进晚餐。他希望这一次她不要拒绝，因为他必须把她的书稿归还给她……

水虹拿着话筒，愣了几秒钟，一时真不知该对他说些什么。

话筒里的声音依然彬彬有礼："也许……我回国以后，会设法帮助你申请去美国访问的邀请，我们研究所每年都有世界各地学者交流的计划……"

水虹回答说："斯密思先生，我非常感谢您的好意，可惜，这几天我正在搬家，大概没有时间与您见面了，欢迎您下次再来北京。那部书稿，就麻烦您交给舒丽小姐，她会转交给我的……"

"真的不能见面了吗？我非常遗憾……"

"这一次不能，下次吧，下一次我将会邀请您到我家来做客，好吗？"

"我非常遗憾，你是我认识的最美丽的中国妇女，我一定要再次见到你。再见……"

话筒中的声音消失了，水虹的耳边仍在嗡嗡作响。这个舒丽，她干吗要把电话号码告诉这位斯密思先生呢？舒丽难道真的不明白，这种友好的骚扰也许只是油作用于水，却并不能拯救舒丽自己啊。

周由笑吟吟地走过来，用两只手抚摩着水虹的双肩，说：

"要是你也有那么一个男舒丽，我可受不了。"

"这么说，你并不是不想要舒丽，而是担心我同你等价交换啊？！"水虹转过身，捋着周由的头发，恍然大悟地笑着说，"看来，你们男人的嫉妒心，其实要比女人强得多。比如说，动物中一群母鹿，可以跟随一只强壮有力的雄鹿，但是雄鹿却绝对不允许另一位同性，来争夺它的众多配偶。所以，男女的遗传基因就不公平，假如我爱上了另一个男人，你跟他肯定不会像我和舒丽那样和平共处的，雄性荷尔蒙的排斥性太强……"

"那可不一定。"周由坏笑着，"你看，比如在蜜蜂和蚂蚁的世界里，雄性都是服服帖帖跟随和侍候女王的。而雌性蜂王也决不允许其他雌蜂来分享它的权力。雌蜂甚至会把可能成为它竞争对手的雌蜂幼虫蜇死，雌性更专制独裁，而雄鹿的排斥，顶多也只是把误入歧途的雄鹿顶跑就拉倒了……你看，一些没进化好的女人，品性有时还停留在昆虫阶段呢……"

水虹疑惑地问："那人到底是离兽类近些，还是离昆虫近些呢？你真把我搞糊涂了……"

"那就因人而异了。"周由故作高深地说，"反正我是一头北方的狼，逼急眼了，逮谁咬谁……"

"你真坏！"水虹笑起来，"在中国，像你这样的艺术疯子没几个，你正好处在疯人院的围墙外面，比你更疯的人，就只好送进围墙里面去治疗了。亲爱的，你得承认自己是有病的，只有我是你的医生。两年前，你到苏州去写生，表面上是去寻找美人，实际上是去找医生的。我给你治了两年，还没有彻底见好，但若是没有我，你也许从此就没治了。我相信我能治好你的病，你需要一段平静的日子，让自己的心完全沉静下来，不要一口气走到尽头。爱的极度幸福和极度恐惧，你都体验过了，而宁静中更有一种永恒的美感。你不仅是我的情人、丈夫，还是我的病人和大孩子，我怎么会离开你呢？这棵果树，是我们两个人一起栽培的，花朵和树叶只是辉煌在不同的季节，但它们成长在一棵母树上，永远无法分离……"

水虹用两只柔软的手，捧起周由的面孔，贪婪地亲吻吮吸着。

夜色晴朗。磨砂厚玻璃镶嵌的天窗越来越亮，呈现出一片晶莹的瓦蓝色。周由关掉了小灯，璀璨的星光像银河瀑布一样，倾泻到大画室的墙壁和地板上，画室静谧空旷。

水虹依然久久地躺在周由怀里，轻声说："如果一个人的心里没有爱，这样美丽的宁静，就会变成可怕的寂寞和孤独。搬到这所房子里来，我好像已经不习惯一个人了……"

周由拍着她的脊背说："你放心，我不会把你一个人留在家里的。再说，这儿的安全可比原来的地方强多了，连天窗都安装了防盗铁栏。丽丽在装修的时候，已经帮我和两边的邻居都联系好了，你看这个电警铃，串联着三家，一家有事，两家都会警觉，可以立即报警。客厅的那个，在茶几旁边；卧室的那个，就在床头；厨房的那个，在橱柜边上，位置都很隐蔽。你一按铃，歹徒听不到，可是两边的邻居能听到。外面还有两道防盗门，坏人很难闯进来的。连我都觉得，现代人好像都生活在笼子里，这大概就是今天的中产阶级的烦恼……"

水虹微微叹了口气说："丽丽想得真周到，她可给我们帮了大忙，我们该怎么谢她才好呢？我有点后悔今天她走得太早了，她一走，我心里空落落的，总是觉得难受。我不知道自己能为她做些什么，有时我倒希望她搬进来住，我也好有个伴儿。"

"她一来，你就甭想安静了。她的电话铃声可以从早响到晚。她这个人喜欢热闹，喜欢排场，喜欢众星捧月，她才不会搬到这么个冷冷清清的乡下地方来呢……"

"周末总可以吧，让她把她的男朋友也带来嘛。"

"她才不会带男朋友来呢，她只会把自己带来……再说，她要是真的带男朋友来，每个星期换一个新的，我们连名字都要叫错了。"

水虹笑笑说："那她自己怎么不会叫错呢？我倒担心她会把每个男朋友都叫成了周由……"

周由有点尴尬地说："那是。这一年多来，我有时会产生一种错觉，觉得她像是我的老婆，跟我开着夫妻店，成天指挥我干这干那。而你却是我的情人，躲在这蜜巢里卿卿我我，整个感觉都乱套了……"

"她本来就是你的事实老婆嘛，我要是将来当你的老婆，可比不上舒丽能干。也许那时你的感觉又会错位了。"

"对舒丽我真没办法，她明明不是我老婆，还没法跟她正式'离婚'；她又不跟我打翻，索性打翻也就利索了；她偏偏还要帮我张罗事业，弄得你离开她就背上过河拆桥的坏名声了。这种现代的老婆式朋友，叫人真不知该怎么对待她……"

"我想，断不了的老朋友，靠的就是真诚和友谊了。"水虹若有所思地说，"其实舒丽是没有过错的，她不想把自己的命运完全托付在一个男人身上，她想要自己奋斗，但她却又真心地爱着你。可是当她回来找你的时候，你已另有所爱，这真是当代女性一个无法解决的悖论。所以，我真的很为她难过和惋惜的……"

"世界上又不是只有我一个男人，她迟早会爱上别人的，时间终究会矫正一切谬误的……"周由说。

"不过，对丽丽的将来，我还是挺担心的。她的胆子太大，弄好了，折腾成一个千万亿万富翁也没准；弄不好，背上一身债务，一贫如洗都说不定。"水虹仍然忧虑地说，"单身女贵族现在都很潇洒，有一首流行歌曲说"我用青春赌明天"，赌博就有输有赢，明天是最难把握的。原来在苏州的时候，我有一个女朋友，自己住着一大套房子，生了病只能雇人来看护她。结果让一个小保姆下了安眠药，把家产席卷一空，自己就差点这么睡过去了。幸亏那几天我找她有事，连着打电话，觉得有问题，叫上老吴弄开她的门，把她送到医院总算抢救过来。单身女子的生活其实很寂寞很痛苦，尤其是她心里有另一个人，却又永远可望而不可求。所以我们还是应该多给丽丽一些爱护的，我给她留出一间房子，她任何时间都可以到这里来住。即便将来她老了穷了，总还有两个老朋友照顾她，你说对不对啊？"

"你真是太好了。"周由点了点头，吻着她的额头和眼睛，"其实有时我也只好这样来安慰自己，假如舒丽有一天真的破产了，我们一定会竭尽全力去帮助她，卖掉我们几十幅画去替她还债，好像只有这样，才能弥补和偿还她的友情了……"

水虹静静地靠在周由身上，茫然地看着陌生的新居，望着客厅四周那一扇扇敞开着的房门。她觉得自己还很不习惯这座有那么多扇门的大房子。她想念那间拥挤的、堆满挂满了油画的小屋，怀念和周由在那里度过最初的蜜月。新的生活即将开始，她就要成为这个家里真正的主妇了。未来还会发生些什么呢？她不知道。但她将穿行在这一扇扇厚重的门窗之间，日日将它们开启或是关闭。开启或关闭一个个新的故事。她有许多自己的事情要做，每一本书都将是她打开的一扇新的大门。闲暇的时候，她会长久地站在窗前，眺望着窗外的风景，那将是周由笔下的一幅幅新画，每一幅画上都将有她的眼睛……她还想把周由创作的所有绘画作品，布置成一个情爱画廊，把他一生中各个阶段经历的情和爱都用画笔展现出来。不过这大概是到她晚年才能实现的梦想了……

　　星光似水，汩汩地流泻在他们身上。又像旧时江南水缸中的一层明矾，把尘世的一切烦恼和污垢，都从上到下地沉淀过滤。周由和水虹静静地靠在一起，仿佛渐渐浮升到了寂静无声的太空，在无人之境享受着属于他们两个人的宁静和安谧。周由感到再没有一个女人能像水虹这样懂得宁静之美了。它像山顶上被云雾滋养出来的极品绿茶，那清香那甘醇，如丝丝细雨，悄然润物，只能意会却难以言传。而只有当两个人爱得再不需要语言的倾诉，甚至不需要爱抚的动作时，才能品尝出它无尽的回味。茶道在中国渐次衰落，也许正出于人心浮躁；而日本人的高速和紧张中，却有悠悠茶道作为调节。周由有时候觉得，水虹好像是上天赐予他的女神，专门降临人世来为他布施茶道，让他从疯狂的艺术起爆点，走向艺术归宿的宁静与平和。从连续爆炸般的疯狂中，逐渐回归到宗教般纯净的最高境界。

　　周由心里异常轻松，他轻轻梳理着水虹的头发，吻着她纤细的手指，心里充满了对水虹的感激之情。两年的热恋，他经过了不知多少次的痉挛和发作，又经过了一次次的发酵和窖藏，是水虹身上那种与生俱来的宁静天性，净化了他的愚狂，征服了他躁动不安的灵魂。虽然地球人想要最终摆脱纷争、仇杀和残酷的组装，还得靠高科技来开拓星际新大陆，但是在实现人类生存的大迁徙之前，人们只能依赖或仰仗内心的自我平衡，来抵御人欲物欲的煎熬。那么，如今有水虹与他携手同行，他的灵魂再不会无依无靠……

周由觉得自己的艺术将进入一个真正的虔诚期了。他向水虹讲述着自己这一刻的领悟和感受。但水虹却摇头说，过分地追求宁静又是一种极端，即便宗教艺术中也有《欢乐颂》和狂欢节。她希望他能达到一种高位回归，由激情走向宁静，再从宁静归于崇高。她说自己也许是他的心理砝码和限压阀；而他，则是她精心培育的一颗大芒果，也是她描摹不倦的漂亮的男模特……

"回归真诚和爱吗？"周由问。

"不，是一种永不满足的创造精神。"水虹回答。

周由的眼睛渐渐适应了室内的星光。他异常敏感的视觉和色彩感觉，使他觉得星光正在逐渐变得透明，将水虹柔软的手臂映照得真像冰肌雪肤。周由无数次凝望星光，但还从来没有在星光下欣赏过水虹美丽的身体。

他把水虹轻轻地推靠在沙发背上，一粒一粒地解开了她的衣扣。夜已深，从窗外飘来一阵阵金银花浓烈的馥郁。天穹中广袤的银河，在天窗的视线里倾洒开去，星系星云幽蓝的光辉直泻画室，画室仿佛变成了一条巨大的宇航船，穿越着闪烁无际的星团，使他们犹如承沐着柔滑凉爽的星光浴……

水虹裸露的身体展现在周由面前，他把她抱到了画室中央，让她完全沐浴在天窗下的银河星光下。周由后退了几步，睁大眼睛望着她——此时水虹洁白半透明的肌肤，笼罩在清澈澄净的星光之下。这是遥远星空的光芒，历经数亿万光年才到达地球，它也是周由和水虹的梦中之光。星光下，水虹胸前那一对乳房微微透明，隐隐发出蓝白色的荧光。她乌晶水润的眼睛好像变蓝了，像夏夜南极上空的天色。她粉嫩的乳头也由于蓝光的映衬，变成了润泽的淡紫色，像两粒半透明的冰玛瑙……

水虹冰清玉洁的身体好像失去了体温，像一块从遥远星系飞来的冰陨石，又像一座神女冰雕。她在宇宙星系中飞行了亿万光年，柔和的冰辉中透出神奇而永恒的美，美得那么久远而宁静，美得能够净化地球上一切的贪欲和丑恶。她似乎正在用最温情的冰冻疗法，治愈着周由疯狂得一触即发的艺术神经。周由好像忽然感到了神的启迪——难道宇宙之神定期降临给地球冰河和小冰河期，就是为了给地球降温，以免它发疯发狂，烧成一个没有生命的太阳吗？但是地球一定是宇宙之神最钟爱的孩子，它不忍把地球变成一个没有生命的冰球，而是热了给它冰河，冷了又给它阳光，给它北极和赤道，给它雪原和火山，从而创造出宇宙星空中最美的星球。而宇宙中其他那些星体，不是永远燃烧的恒星，就是像月球那样冰冷的死星，极端星体都是没有生命的荒漠，唯有这不冷不热、运行着中庸平和之道的地球，才拥有绿色和鲜花。周由望着水虹，心里那种时时烧灼他的疼痛感，悄悄地退隐而去……

忽然，眼前这座美丽的神女冰雕犹如被他赋予了生命，她缓缓欠起了身子，光着脚踩在地板上，抬起了双臂，轻轻地舞动起来，传递出一波一波柔美的韵律。他禁不住走上几步，环抱着她，慢慢地旋转起来。她的双腿旋离了地面，像树林间飘忽的雾，悠然荡漾；像冰河上的雪末，轻盈柔曼。水虹闭着眼睛偎依着周由的肩膀，两

个人如同一对白天鹅，在晶莹的水波上翩翩起舞

周由一圈一圈慢慢地转着，终于感到累了。他把水虹放在沙发上，然后跑到小卧室去，拖来厚厚的床垫，铺在天窗的星光下。又把水虹抱到床垫上，两个人在星光下赤裸裸地相拥相抱，无言地观赏着夜空中的星星。星空下的狂欢之后，空荡荡的画室里弥漫着长久的静谧。斗转星移，星光渐暗，水虹抱来了毯子和被单，和周由在新居的画室里相拥着睡去。心静灵静，还有长夜里静静的梦，像一幅幅无声的画面，组装成一道深远幽静的画廊……

35

周由那幅人体创作《情友》，在画坛和舆论界引起的争论，在当年冬季很快就波及苏州。然而由于老吴封锁了所有关于美术方面的消息，阿霓在很长一段时间里浑然不觉。但老吴毕竟不可能永远把阿霓藏在保险柜里，大半年以后，在阿霓年满十六岁的那个初夏，一个梅雨季节闷热的星期天上午，阿霓原来在少年宫美术小组的一个小画友，拿着一份旧港刊来找她，神秘兮兮地告诉她，这本刊物上有她的周由大哥哥的消息——上面不仅详细报道了那次画展的争论和评价，还用一页的版面，刊登了《情友》的彩色图片。

阿霓已经一年多没有听人说起周由这个名字了，甚至再也没有见到过大哥哥的画作。当她面对这个好不容易才淡忘的名字，她几乎发不出声音。她只是下意识地央求同学把这本刊物留下，并说愿

意用自己的豪华版时装杂志同她交换。那个同学刚一走，阿霓的眼泪便大滴大滴落在那个陌生的女人头像上。

阿霓麻痹已久的情感世界，就像受到一次强大的心脏电击，开始感到了剧烈的疼痛。爱心即刻起搏，记忆迅速复苏。她的面色苍白，嘴唇战栗，眼睛贪婪地搜索着画上的笔触中所传递的每一丝信息。经历过苦恋和单恋的阿霓，对这幅画面上的感情语言的理解和鉴赏能力，已远远超过了美术专业一般学生的水准，她完全看懂了画的内容，看懂了那个"情友"呼唤时心里的话语。阿霓忧伤的目光穿过画面上厚厚的墙壁，在楼道的另一端与周由重逢，在一种年代久远的油彩气息中与周由无言相视……她知道大哥哥一定会重新上楼去拥抱那个漂亮女人的，那个在报道中被人称为周由的女友兼经纪人的舒丽小姐。她全身裸露的体形真优美，她有那么丰满的乳房和结实的腿，腿上的膝盖骨一点都看不出来，好像都长到肉里去了。大哥哥一定会喜欢她的，如今她天天和大哥哥住在一起，和大哥哥跳舞，大哥哥早就把阿霓忘记了。阿霓若是和舒丽小姐站在一起，就像一枝尚未长成的瘦弱的花苞，歪斜在一朵盛开的鲜花脚下，令阿霓忽然第一次觉得自惭形秽……

刺得阿霓心里最痛的，就是那篇介绍舒丽小姐的附言。阿霓恍然明白，在她远离大哥哥的日子里，她所一千遍渴望和企盼的未来，已经被这位名叫舒丽的女人无情地霸占了。但阿霓无法归罪于这个舒丽小姐，甚至无法恨她。是她自己丢失了大哥哥。她不敢回想与大哥哥在北京那幸福却又带来了灾难的两天。自从阿秀妈妈死了以后，自从她把大哥哥的画全都丢了以后，大哥哥就不再给她写信了。

大哥哥本来就不让她去北京，就是那要命的两天，使她失去了一切，是她自己把所有的事情都弄乱了啊……

阿霓又一次发病了。夜里抱着那本刊物，哭醒了一遍又一遍，好几次从床上惊叫着坐起来，大声喊着妈妈。但是阿霓早已没有十四岁时候的勇气了，天亮时她浑身瘫软地昏昏睡去，在惊悸的睡梦中逃避着那位舒丽小姐。她低头看着自己的影子，如今她似乎只剩下了一种早熟却又麻木的美，在半空中上不着天下不着地地游荡。她想起爸爸曾经说过，世界上只有两种人最可悲，一种是贪婪得只剩下了钱的男人，另一种是贫乏得只剩下了美的女人。但有钱还可以存在银行里，而美却无处可以寄存，孤零零放在那里，不用也会一点点少下去，还会带来那么多的麻烦和恐惧。那个舒丽小姐一定不会是除了美就一无所有的女人，她到底是怎样让大哥哥喜欢上她的呢？

阿霓见到周由的画以后，哭了整整两天，没有去学校上课。自从阿秀死后，她的学习成绩一度降到中等，后来才慢慢勉强恢复到全班前十名的水平。她似乎比别的同学更用功，但总是觉得累得不行，精力总也集中不起来。现在她觉得自己连最后一点力气也没有了。爸爸已经发现了她手里的那本港刊，根本不听她的解释就把杂志没收了。爸爸什么都不说，但她觉得爸爸的眼睛明明白白地告诉她，那个"情友"就是周由的妻子，他们说不定连孩子都已经有了……阿霓觉得爸爸让她自己来领会这句话，比他说出这句话还要更残酷。

阿霓直愣愣地望着空空的墙壁，对爸爸说："……求求你再带我去一次北京吧，我想见到大哥哥，我要当面向大哥哥道歉……是我不好，弄丢了他那么多好画，我赔也赔不起，心里悔都悔死了……爸爸，你就带我去一次吧，这是最后一次了，我求你给我买一幅大哥哥的画，只要一幅，你要付给大哥哥很多很多钱，等我将来长大了挣了钱，我再把买画的钱还给你……好爸爸，你就答应我吧，我的房间里没有大哥哥的画，我又要生病了……我的头好痛，胸口里面好像有一个东西总是在动……爸爸，求求你了……"

老吴抱着女儿，只觉得自己心口也一阵阵绞痛。他完全没有料到，事情过去近两年了，阿霓还是没有真的忘记她的大哥哥。那个该死的大哥哥就像附在她身上的幽灵，谁也无法将他从阿霓心底彻底驱逐。老吴真正担心的是，如若那个恶魔般的幽灵在阿霓的床前始终徘徊不去，正处于青春期的阿霓，万一旧病复发，只会比先前越发加重，甚至很难治愈。他忧心忡忡地抚摩着女儿的头发说："……去北京当然是可以的，但是爸爸也不知道，周由肯不肯把画卖给我们呢。想买他画的人太多了，我们总不能天天坐在他家门口，等着他画出一张来吧……再说，再说，如果你和他真的见了面，你万一控制不住自己，又发病怎么办？"

阿霓眼泪汪汪地摇了摇头。

老吴又说："你不要怪大哥哥不等你，周由比你大十五岁，结婚是他的自由，谁也不能强迫的。你没有保护好他的画，他也没有怪你啊。阿霓，我想他也不是不喜欢你，而是你们之间，无论哪方面，都相差太大了，又离得那么远。我早就对你说过，早恋是很难有结果的。现在你还是先把情绪稳定下来，好好读书，你还只有十六岁，多想想将来的事情，给自己争取一个好的前途……"

阿霓委屈地蜷在爸爸怀里说："你说的那些我早都懂了，我只是想要大哥哥的画嘛，过去我有大哥哥的画的时候，我每天都那么开心，功课也是最好的。如果我能再有一幅大哥哥的画，我的身体一定会好起来的呀。"

"我看也许正相反，你有了周由的画，又会变得不冷静了……"

"爸爸，你怎么一点都不理解我！"阿霓叫道，"那我就让妈妈带我去，她早就说她要回苏州看望我了……"

老吴急出一头冷汗，厉声说："不要跟我提你妈妈，我可以写信不让她回来的。现在的坏人那么多，假如有人知道你有周由的画，又盯牢我们怎么办？我们家再也不能出事情了……"

阿霓望着两鬓斑白的爸爸，把嘴边的话咽了回去。她想起自从阿秀死了以后，爸爸连女朋友也没有一个，一年多来，下了班就守着她和奶奶，三个人相依为命。她可不敢顶撞爸爸，再惹爸爸生气了。她只好暂时把这个愿望藏在心底，她相信一定还会有别的机会。

第二天晚上，恰逢白老板开车来接她和爸爸去看戏。趁着爸爸走开去换衣服，阿霓便向白老板提出了这个请求。这一年多来，白老板是他们家的常客，几乎就像是他们家里的一个亲戚。星期天节假日，他常常开着车带他们父女或是阿霓的同学们，到常熟无锡宜兴湖州甚至更远的地方去玩。每年阿霓生日，他都会为她举办隆重的生日庆宴。每次他出国考察或是参加什么交易会订货会回来，也总是不会忘记给阿霓带回来漂亮的衣服裙子……自从妈妈走了以后，他好像就格外关心阿霓。阿霓好像也已经习惯了这种照料，有时不愿或不便对爸爸说的事情，就依赖白叔叔的帮助。阿霓对这位白叔叔，说不上喜欢，也说不上不喜欢。他看上去总是很年轻的样子，头发油亮亮，梳得一丝不苟，从头到脚都是名牌，那种慷慨潇洒的派头，时而倒也让阿霓心生几分敬意。

"白叔叔，你不是一直问我，今年的生日想要一件什么礼物吗？"阿霓狡黠地眯着眼睛说，"现在我已经想好了，我就想让你买一幅周由大哥哥的画送给我，好不好？你带我到北京去一趟，只要见到大哥哥，他会让我自己挑的……"

白老板显然感到了为难。也许再没别的要求比这个更使他感到不悦了。他略略一犹豫，很痛快地回答说："买画？这好办，不过何必到那么远的地方去买呢，我可以买一幅比周由更有名的画家的画送给你，除了周由，名家的画，随你挑，你想到上海的艺术拍卖会上去买也没问题……"

阿霓愀然作色，泪水一下子涌了上来。她说："不，哪个名家的画我也不要，我就要大哥哥的画，我要见他，你带我到北京去一趟……以后，以后，我一定听你的话，求求你了……"

老吴的声音从门外传来："阿霓，你怎么可以向白叔叔要东西！他生意上很忙，怎么有时间陪你到北京去，你不要再胡思乱想了。"

"我就是要见大哥哥！"阿霓一声尖叫，伏在白老板肩上，号啕大哭起来。

"阿霓，阿霓，你听我说……"白宏根慌了手脚，笨拙地伸出手去扶住她。一年多来，他用时间用金钱用男人全部的耐心，小心翼翼地呵护着这个水虹留下的影子，从不敢越雷池一步。然而当阿霓第一次伏在他身上哭泣时，他真有点不知所措了……

"好好好，我带你去，你先别哭了……"

"那你现在就去买飞机票……"

"等我把生意上的事情安排一下，总不能说走就走啊……"

阿霓将信将疑地抬起头来，一看见爸爸严厉的眼神，重又埋头抽泣起来。今晚的戏自然是看不成了，老吴和白老板使出浑身解数，做出各种许诺，几乎劝了阿霓一个晚上，企图让她打消那个念头，她却反反复复只有一句话：带她去北京买一幅大哥哥的画，她一定要再见大哥哥一面。

那天晚上阿霓失眠了。失眠造成的精神萎靡，使她不得不又开始请病假。她天天望着空荡荡的墙壁发呆。恍恍惚惚之中，那个早已离她远去的河边的小客厅，重又向她缓缓飘来。她一幅一幅地回忆着客厅墙上那些大哥哥的作品，细想着每一幅画上的色彩、局部和大关系；她常常久久地盯着空中那些游移不定的画框，想伸出手去把它们抓住，但它们总是与她擦肩而过，像风中的云朵一样，倏忽就改变了形状。只有在夜里白炽的灯光下，在她似睡非睡的梦魇中，她才能把那些所有的画带回自己的小屋，固定在四周的墙上。于是墙上到处挂满了大哥哥的画，画框就像大哥哥的一条条手臂，环绕着她，搂得她气都喘不过来。她亲吻着画面上那些芳香的油彩和颜料，那些色彩斑斓的画面渐渐流动起来，就像一条五彩的河流，在河心有一个五彩的漩涡，她在河水里挣扎着，被五彩的丝带勒紧，在漩涡里慢慢地沉下去，沉下去……

她总是这样似睡非睡，似醒非醒，天亮以后，头就疼得像要裂开……

老吴想把阿霓的小床，像上次那样挪到自己的房间，有爸爸陪着，也许夜里她能少做些噩梦。但这一次，被阿霓拒绝了，她坚持要自己一个人住。老吴在长夜难眠的惊恐中，常常披衣而起，踮脚走到阿霓的房门口，倾听着阿霓房间的动静。他听见她常常会无缘无故地说一些莫名其妙的话，断断续续，支离破碎。一会儿是大哥哥，一会儿是美术组；有时她会长时间地哭泣，喊她也喊不醒；有时她又会在梦中低声唱歌，那歌词模模糊糊的，只有歌的曲调，听起来像是那首《北方的狼》……

一年多来，老吴最怕的就是阿霓在受到外界刺激的情况下重新发病，如今他最担心的事情似乎已兵临城下。他为阿霓请来了全市最好的神经科医生，希望她起码能恢复安稳的睡眠；白老板则请来了一位祖传中医名家还有一位气功师，为阿霓发功治病；但阿霓却依然终日昏沉，醒来时便死死拉住爸爸或是白老板的手，让他们带她去北京买画……

束手无策的老吴，在极度的惊恐不安之下，终于下决心给水虹写了一封长信，详细介绍了这次阿霓发病的原因和病情。他请水虹赶紧用特快专递或是别的办法，给阿霓寄一幅周由的作品，除此以外，看来已没有更好的医生，能治疗阿霓的病了。信一发出，他又是几封加急电报追去，他想起水虹在上一封信上好像曾经提起他们正在搬家，假如新居能有个电话，他还能在电话里同水虹商量一下对策。做完这些后，他便赶紧安慰阿霓说，他正在设法同周由联系，只要周由没有出差在外，只要爸爸能找到周由，她一定会重新得到大哥哥的画的……

　　老吴说出这话时，发现自己又一次被迫对阿霓做出了让步。

　　那天，舒丽陪着水虹和周由，出席了一个朋友的个人画展。那个地方离周由的父母家不远，活动结束后，周由想起好久没有回父母家了，该回去看看并取回最近的邮件。舒丽便开着车把水虹拉到自己那个小窝，让周由取了信件后，到她那儿来接水虹，再把他们一起送回去。水虹和舒丽进了门，煮好咖啡，舒丽抱出一大堆最近新买的时装，和水虹在镜子前一件件不厌其烦地试穿着，却听门铃骤响，周由面色惨白、神情黯然地闯了进来，鼓鼓的公文包摔在桌上，信件哗地散落一地，手里紧紧抓着一封红边的快件和几封绿边的电报，一声不吭地递给了水虹。

　　水虹一眼看见快件信封上老吴的字迹，犹如触电一般，心里怦怦直跳，一种不祥的预感牢牢攫住了她。将近两年的时间里，她对于来自江南的信件，始终有一种神经质的过度敏感。她每天都渴望着女儿的消息，但又怕信中会带来她不愿意听到的事情。快件和电报都意味着有什么特别的事情发生——她忽然想起，最近由于搬家事忙，自己已经有十天左右没有给阿霓打电话了。一年多来，阿霓在最疼爱她的父亲和白叔叔的悉心照料下，渐渐养好了心里的伤痛，她的学业也正在恢复，等她再大一点，她就能对自己的未来做出明智的选择了。江南水乡的涟漪已慢慢平静了，水虹本想再过一两年，等阿霓有了成人的承受能力，她也许就可以把全部的事实真相告诉阿霓了。周由的父爱也许能减轻阿霓原来的痛苦……在她和周由的计划之中，再有半个月，她就该回苏州去看望阿霓了……

会有什么事呢？看看周由忧郁的脸色，水虹的手忽然颤抖起来……

这封长信的到来，立即将周由和水虹刚刚建立起来的宁静生活又一次打碎了——水虹万万没有想到，港刊港报居然会渗透到苏州小城；没有想到，一幅《情友》，会在阿霓心上掀起如此巨大的风暴；水虹更没有估计到，一年多来，在没有任何大哥哥的画和信息，在绝对断水断电的条件下，阿霓那颗执着的爱心，竟然还在顽强地、奄奄一息地跳动着……

水虹尝到了比上一次苏州小河血案更惨重更痛心的打击。如今她的痛苦已经打成了两个死结，一南一北两个情结，牢牢地套在她的颈项上，一个松不了，一个解不开。和周由两年多的情爱，她觉得自己再也无法离开周由了，周由是她灵魂的依托，而阿霓是她生命的组成部分。她不知道在生命和灵魂之间应当做出怎样的选择——阿霓的爱已病入膏肓，而周由的狂热，也同样病入骨髓。她用尽了自己全部的柔情和爱心，才总算在疯人院的门口拦阻了周由，但也许只要她稍稍一走神，他就有可能钻进那道画布做成的围墙里去。本来她打算等新居完全安顿好以后，就同周由正式登记结婚，那种温馨而安宁的家庭生活，一定会渐渐让周由回归平和。然而，就在这条坎坷之路通往坦途的拐角，阿霓的爱却又奇迹般地复活了。从老吴的信上看，阿霓似乎已经没有一年多前那么疯狂那么澎湃了，可怜的阿霓已经用尽了她全身的力气，只剩下最后一点微弱的余光了。但水虹觉得这种到了尽头的爱，也许恰恰是最可怕的。两年前，水虹就是被周由那种爱到了生命尽头的爱，所深深打动、彻底征服的。她担心自己和周由都会被这种少女的痴情感动，以致从此被母爱和父爱分隔在银河两岸，永世没有鹊桥……也许她真的应该马上回苏州去，回到阿霓和老吴身边去，重新去做一个贤妻良母，永远不再回来。也许她真的应该把阿霓交给周由，或者把周由还给舒丽，是她把这些关系都弄得乱七八糟，如果真有神灵能让一切恢复原有的秩序，她甘愿承受世上最严酷的惩罚……

　　水虹失去了一向矜持的举止，倒在舒丽的床上，睁大着眼睛望着天花板上的吊灯。那华丽而沉重的吊灯似乎是用一根女人的头发丝悬吊着的，精致易碎的玻璃灯罩，正对着底下坚硬的拼花地板……水虹过去只面临拯救两个人的艰难，然而，此刻她却必须面对三个人的痛苦。她到底该怎么办呢？……

　　周由的身子深深埋在长沙发上，紧紧抱着自己的脑袋，久久无言。他的眼前出现了两个黑暗的画面：一个是他向水虹发起秋季攻势之前，犹如坠入深渊峡谷般的黑暗；另一个则是组装着现代怪胎畸形儿的巨大黑色皮囊……而这个就连他也避之不及的黑暗世界，却正在向着那个可爱的阿霓步步逼近。他感到了内心一阵阵的绞痛和窒息。一年多来，那一粒有时让他的内心充满光亮的小小光斑，远远地发着垂死的光亮，一闪一闪的，间歇得越来越长，越来越微弱，即将被潮水般漫来的暗夜吞噬……周由心中唯一一次少男少女式的纯情无欲的爱又重新涌动起来。他恨不得马上抓起电话对阿霓说："阿霓小妹妹，大哥哥就要飞到苏州来看你了，给你带去好多好多画，比以前更多，多得可以把你小房间的墙壁都挂满……大哥哥再带你去爬山，把你扛在肩膀上，让你在山顶上大喊大叫……"那样，也许阿霓的病立即就会好起来的……

但是，尚未失控的理智告诉他，他根本不能去摸那个电话。如今他即使对阿霓有一丝丝关切和亲密的表示，都会在阿霓心里引发一场爱的暴风骤雨，将她心里好不容易才修筑的防线在瞬间冲垮，冲得土崩瓦解，从此漫无边际地泛滥肆虐。他将因怜惜她而毁坏她，因疼爱她而加倍地伤害她。也许她的病情会因他而暂时缓解，但当他离开以后呢？她单恋的苦痛会陷入更深的绝望……

周由苦于世上的情爱无法分割也无法分享。在他得到水虹的那一刻，他已永远地失去了阿霓。但水虹是他穿过了无数残忍的黑暗，才得到的爱的光明世界。他再也经受不起那样的折磨了，水虹是他的唯一也是他的全部，在他的一生中都似乎再不可能做出新的选择了。周由怔怔地望着天花板上的吊灯，那一颗颗晶莹的水晶玻璃坠物，像一尊冰陨石雕像的泪珠，伤心得冻凝成冰，滴落不下。她在寒冷的太空中飞行了数百亿光年，好不容易才来到他的身边。她似乎刚刚被狂热的爱融化出几滴幸福的热泪，转眼又变成了冰清玉洁的冷美人。如果他离开了她，她便会擦过地球，从此回到孤独寂寞的太空中去，再也不会回来了。那么他也将成为一座没有生命的冰雕，坠入万劫不复的黑暗世界……

周由的心痛得像被刀子划开了一道缺口，却找不到能缝合它的羊肠线。他跌跌撞撞地站起来，走到水虹身边，瑟瑟发抖地拉起了她冰冷的手，将它们贴在自己的脸颊上，两个人相对无言……

舒丽支着胳膊肘，默默坐在桌子旁边。她把老吴的长信读了一遍又一遍，一开始也被老吴信中描述的情景吓蒙了。那个她从未见过面的美丽的小阿霓，以这样一种疯狂而绝望的姿态，从老吴的信中活生生地跳了出来，勇敢地向周由和水虹，似乎也是向着她逼近。舒丽忽然觉得从那个模糊又清晰的阿霓姑娘身上，看到了自己的影子。她的心里渐渐被一种巨大而又深远的同情弥漫笼罩，她不禁为这个少女顽强而又不幸的爱所深深触动了。在这个不断组装又分离的世界，假货越打越假，即便在她和周由、水虹三个人的友情中，也可以挤出一些利益的假货来。但阿霓在十三岁到十六岁的花季里生长起来的朦胧之爱，就是让最精明最挑剔的商人来鉴别，也不会有人怀疑她的真诚和纯洁。谁能帮帮她呢？向她伸出一双成人的大手，拉着她越过人生最初的泥潭。舒丽抬起头望着眼前被忧伤击倒的周由和水虹，一直使她又爱又恨的情侣，心中五味俱全，思绪纷乱。水虹可以用她超凡脱俗的爱，来平衡周由的艺术疯狂，可以组装她和舒丽的友情，但她却无法平衡情爱和母爱的牵绊。舒丽一时神情恍惚，不知道自己在这多难多磨的情爱场中，究竟处于什么位置……

屋子里寂静、肃杀，三个人都面色苍白，忧心如焚……

忽然，电话铃声惊心动魄地响起来。

舒丽拿起了话筒。她听见从很远的地方传来一个少女微弱的声音。

"我找舒丽小姐……请你千万不要挂断电话……我，我在苏州打电话，我叫吴云霓，是周由大哥哥的小妹妹……你是舒丽小姐吗？我已经给你打过两次电话了，我想同你说几句话……"

舒丽急忙捂住话筒，对周由和水虹说："嗳，是阿霓！苏州！"

"快打开扩音，我好听她讲话。"水虹从床上猛地跳起来，和周由同时朝电话机冲过去。

"喂喂，你是舒丽小姐吗？"那个颤抖的声音略略提高了一点。

"我是舒丽。"舒丽急急回答。她深深地吸了口气，定了定神，说："噢，你是阿霓呀，你的大哥哥常常对我说起你呢，我第一次听到你的声音，你的普通话说得真好。我见过你的画像，你真美，告诉我，你好吗？"

"舒丽小姐，谢谢你。我打电话是因为……因为我看见大哥哥给你画的画了……大哥哥在你那儿吗？我想听听大哥哥的声音，我已经有一年半没有听见大哥哥的声音了……大哥哥，你为什么不给我写信，不给我打电话……是我不好。没有听你的话，把你的画都弄丢了……"

阿霓说着，话筒里传来了她呜呜的哭声。

水虹在一张纸上匆匆写道：告诉她，周由现在不在这儿。

"阿霓，阿霓你不要哭，听我说，你大哥哥不在这里，他外出写生去了，要过一段时间才能回来呢。阿霓，你有什么事，和我说好了，我会告诉他的……哦，你是怎么知道我的电话的？"

"我……我从杂志上看到你的名字，后来我给北京的美术家协会、美术杂志还有画廊打电话找你，正巧有一位叔叔认识你，就把你家的电话号码告诉我了……"

"阿霓，你真聪明，你的身体好吗，怎么没有去上学？"

"我请假了……我病了，头痛得要命，睡不着觉，医生总让我吃睡觉的药，我睡了好几天了，一醒来，头痛得像要裂开一样……我想见大哥哥，我要见他。"

"你要好好休息，大哥哥一回来，我就让他给你打电话……可是，我也不知道他什么时候回来，有时候他一走就走得好远的……"

"那你告诉他，让他到苏州来看我好不好？爸爸不让我到北京去。你一定要对他说，我想见他是因为我想当面向他道歉，那些画是强盗抢走的，不是……不是我弄丢的……不是我……"阿霓又哭起来。

"阿霓，这件事过去一年多了，大哥哥从来没有怪你，画丢了，还可以再画的……"

"不，大哥哥在心里怪我的，他不喜欢我了，所以不给我写信，也不给我打电话……"

"我知道大哥哥真的不怪你，但那时你病了，你爸爸怕你受刺激，就不希望你大哥哥再给你写信了……"

"后来我的病好了，大哥哥却把我忘了……在苏州的时候，大哥哥说过他会等我长大的……可是他回北京以后，有了你，就不喜欢我了……"

"阿霓，不是这么回事，这是两种不同的感情……你的大哥哥对我说过，你永远是他的苏州小妹妹，他会永远爱你的……"

"爱我？我不相信……舒丽小姐，你跟大哥哥结婚了吗？"

水虹急忙在纸上写下：快结婚了。

"阿霓，如果我和你大哥哥结婚了，你会恨大哥哥吗？会恨我吗？"

"我不恨大哥哥，我只恨我自己……我现在不画画了，是个坏孩子……可那时候，大哥哥对我最好了，天天给我画画，都怪我……我如果不去北京……阿秀妈妈和小弟弟就不会……啊……"

阿霓说着说着，似乎终于控制不住自己，大叫了一声，话筒里没有了声音。

"喂喂，阿霓，阿霓！"舒丽连声呼叫，还是没有回音。三个人急成一团，水虹挂断再打，但苏州吴宅却始终占线。看来家中无人，保姆定是让阿霓提前支使到什么地方去了，而阿霓，弄不好真的是晕倒在电话机旁了……

过了几十分钟再打，还是占线。舒丽接着又打，过了半个多小时，总算是打通了，是保姆接的。她说阿霓刚才不晓得为什么突然昏过去了，白老板刚刚来过，已经去请医生了，吴先生还在做手术没有下班。

舒丽放下电话，眼圈也红了，她轻轻叹息道："真没想到，阿霓会病成这个样子……她还太小，我们总得想个法子救救她呀！"

周由紧紧攥着水虹的手，嘴唇哆嗦着，呆呆的一句话说不出来。两眼直勾勾地望着窗户，不知想说什么。水虹问他什么，只是不答。看他青紫的面孔，也像是病了的样子，额头和手心都滚烫滚烫的。

舒丽麻利地泡了三碗"康师傅"，又简单弄了些凉菜，权充晚饭了。然后开车送他们回去。

回到自己家里，水虹赶紧又给老吴打电话。老吴问清了她新居的电话号码，让她等一等，为避开白老板和昏睡的阿霓，他得专门跑到外面去给水虹打长途直拨电话。电话总算来了，老吴说，阿霓已经处于精神分裂的边缘，他都快急死了，看来压制和回避都不是办法，必须彻底解决才行。但是就连他也拿不定主意，究竟是带阿霓到北京来见周由，还是马上把周由的画寄来苏州？或者让周由亲自来一趟？但周由一旦真的露面，阿霓的情绪也许越发亢奋，实在也让人担心。弄得不好，说不定一大一小两个艺术家一起送到医院里去了……

水虹对着话筒啜泣说："不要讲了，我想过了，我回去！我带着周由的画回去。我顾不得那么多了，保住阿霓是第一位的，明天一早我就乘头班飞机到上海，你派车子来接我好了！"未等老吴开口，她不由分说地放下了话筒。

然而，她刚刚拿出旅行箱开始收拾行装，周由便一把抱住了她。

"你要一个人走吗？"他声嘶力竭地叫喊着，"你要走，就连我一块儿带走。我要和你一起去苏州，我们两个人一起去看阿霓，我们干脆把阿霓接回到北京来吧……"

水虹俯下身，紧紧抱着周由，泪水溢出了眼眶。她想，男人是多么脆弱哦，而艺术在残酷的生活现实面前，更显得何等不堪一击。此刻老吴大概也正抱着昏迷的阿霓——这场历经两年多的苦恋，最先倒下的还是两个一大一小的艺术家。老吴当年的预言已一一应验。她胸中盘旋着一股股游蛇般的痉挛，一阵阵勒紧了她的脖子，令她透不过气来。艺术是个感情失控的行业，也许她不仅没有调理好周由的狂热，连自己也要失控了。她死死抓住了衣柜的把手，极力使自己站稳，但她却不知道该何去何从，如果她真的和周由一起去苏州，那么这个离经叛道的故事真的将无法收场了……

一直沉默不语的舒丽，忽然站了起来。她掰开周由拽着水虹的手，把他扶到沙发上坐下，然后打开了房间里所有的灯，好像要让周由和水虹从梦魇中清醒过来。又弯下腰关上了水虹的旅行箱，把它放回到壁橱里去，然后转身对他们两个人说：

"听着，你们俩，谁也不能去，去了更乱套。我想，去给阿霓送画的最合适的人，除了我以外，再没别人了！"

水虹和周由似乎好一会儿也没反应过来。

舒丽又重复了一遍："你们两个去看阿霓，谁去都解决不了问题。就让我去苏州吧。刚才我从电话中听出来，阿霓其实挺愿意和我对话的，她对我有嫉妒也有好奇。我如果以周由未婚妻的身份去见她，并且送给她周由的画，她的心情反而会平静下来。处于我这个特殊身份，我可以和她说许多心里话，只要她的神经放松下来，扩开一个口子，慢慢开导她，就有门儿了……"

水虹愣了一会儿，充满着泪水的眼睛睁得大大的，暗淡中闪过了一丝亮光。她好像打了一支强心针，突然振作起来，抓着舒丽的手说："你是对的……凭着女人的直觉，我觉得你去见阿霓，也许反而会有意想不到的奇效……阿霓这次发病，都是因为看了《情友》那幅画引起的，解铃还须系铃人，你和阿霓假如能推心置腹地谈谈，也许真能化解她心里郁积的苦恼……"

周由也像是服了一剂还魂汤，很快清醒过来。他倚着沙发，双手抱拳，给舒丽作了一个揖，嘶哑着嗓音说："好丽丽，真谢谢你了，现在只有你能救阿霓了，你若是让阿霓恢复过来，我真不知该怎么报答你好了……"

舒丽苦笑着说："算了吧，你甭跟我甜言蜜语的。我丑话说在前头，这事可不像卖画那么容易。我要是办好了，你们也甭谢我；要是办砸了，也别怨我，我只能尽力而为，搞一次善意的阴谋了……"

周由怔了一会儿，看着舒丽补了一句："嗳，丽丽……你最好别未婚妻未婚妻的，以后弄假成真啊……"

舒丽愠怒地说："又来了不是？！周由周由，你什么时候能像爱她们母女那样爱我啊？实话跟你们说吧，我去苏州看阿霓，不为你周由，也不为水虹，我是为了我自己，为了一个女人心里放不下又弄不明白的这点儿真情。我倒是觉得，我和阿霓的性格，有什么地方挺像，我和她是同病相怜，大概也只有我，最能理解她的苦处了……"

水虹说："阿霓会喜欢你的，真的，我相信……"

舒丽看了看表，立即打电话给民航的朋友，订了明天去上海的飞机票。在得到肯定的答复以后，又拨通了苏州吴家的电话，向老吴介绍了自己。她告诉老吴，水虹和周由听说阿霓的情况以后，心情极度忧郁，两个人都病倒了，只好委托她去给阿霓送画。她明天就到上海，请他派车到机场接她。不等老吴回答，她又请老吴叫阿霓来接电话。

阿霓在昏沉中听到舒丽小姐的名字，立即在床上挣扎着接过了移动的话筒。

"是阿霓吗？"

"是我呀，我是阿霓。"

"我是舒丽，我明天就到苏州来看你，我会给你带去一幅你大哥哥最近的作品，是一幅很漂亮的油画。"

"太好了，我真高兴。"阿霓兴奋地叫道，又气喘吁吁地问："大哥哥呢？他不来吗？"

"大哥哥在很远的地方画画。下午他正好给我来了一个电话，我把你的事情对他说了，他给你打了电话，但你正在昏睡，就没叫醒你，是他让我马上带着画到苏州去看你的，他还说，他永远爱他的苏州小妹妹，他马上要到沙漠里去了，那儿没法打电话，但以后他一定会到苏州去看你的……"

"我真想见见他……不，我也想见见你……"

"阿霓，我已经订好飞机票了，明天我们就能见面了。今天晚上你一定要睡个好觉，我想见到一个比画像上更美丽的阿霓。我还从来没有去过苏州呢，你能陪我去看看小桥，还有那些河里的小船吗……"

"当然啦，我有许多话想跟你说呢……"

"早点睡吧，明天见！"

"明天见……"

舒丽挂断电话，周由和水虹都长长地松了口气。

三个人连夜到仓库的藏画室去为阿霓选画。挑了好半天，才选中了一幅大小适中的风景画。画面上是一片绿色的草原，灿烂的落日将天空和草地涂抹上一层金红色的余晖，有一种魔术般的光色变幻的效果。这是周由前不久刚刚完成的一幅探索光色转换、带有印象派风格的作品，三个人都觉得阿霓会喜欢这种抒情而又斑斓的色彩，既不会刺激她，又不至于让她误解。周由自信地认为，这幅画悠远恬静的内涵，会使阿霓平静下来，从中体会到大哥哥想要对她说的话……

夜已深，舒丽才驾车回家。车子拐弯的时候，舒丽从反光镜中看到，周由挽着水虹，仍然站在路灯下，目送着她远去。在舒丽后来的记忆中，那就像电影中一个定格的镜头，再也无法重新剪辑了。而空无一人的大街，则像一道没有屋盖的长廊，两侧高耸的大厦犹如廊檐上不封顶的支柱，一扇扇关闭的门窗，悬浮于夜空中的霓虹灯下。那儿有没有为她开启的一扇门呢？她不知道。长廊似乎望不见尽头，她唯有一直朝前开去了……

36

老吴在虹桥机场出口处，举着一张写了名字的硬纸板，眼巴巴望着来自北京的乘客，一个个从面前经过。当那个身着淡黄色细格衬衣和牛仔背带裤的舒丽小姐，手里拎着一幅包装严实的大画框，落落大方地朝他走过来时，他觉得自己就像见到了一棵灵芝仙草一样，天上地下都亮堂起来。他甚至不明白周由身边为什么总有这么多美丽、富有、侠义的女性。爱与美似乎与金钱财富有相同的天性，都只愿意向少数寡头集中，而不愿意被均匀配置。老吴在昨晚的电话中，得知将由这位"情友"亲自来苏州送画以后，左思右想，想起"以毒攻毒"那句老话，觉得从医疗角度上讲，这位舒丽小姐也许是松弛和平复阿霓情伤的最佳人选。他如今寄希望于这个女人，能给阿霓带来好运，使阿霓的心思从以往的寡头那儿彻底分离出来。

他请舒丽上了一辆豪华型"奔驰"车，一清早白老板亲自驾车从苏州送老吴来上海，已在机场恭候多时。时近中午，舒丽说已在飞机上用过午餐，还是尽快赶去苏州为好，老吴就不再坚持先请舒丽吃饭了。

经过多年商海沉浮，已经磨炼得很有些儒商风度的白老板，见到来自大都市的舒丽小姐时，在她咄咄逼人的漂亮姿容下，也不禁感到了几分拘谨。他觉得大多数苏州小姐无论怎样包装，总还是脱不去小家子气，缺少的正是舒丽小姐的那种自信洒脱的举止与气质，恐怕只有水虹和阿霓才能超过她。他礼貌地和舒丽握了手，从她匆忙中投来的信任的一瞥中，他感到舒丽似乎早已清楚他和吴家复杂而亲近的关系。在开往苏州的高速公路上，他用不卑不亢的口吻对舒丽说："如果舒小姐有办法医好阿霓的病，能够让阿霓渡过这一关，老吴和我当重重谢你，你若是不嫌弃，我愿意将丝绸公司的股份割出一些礼让于你。请舒丽小姐笑纳……"

话音未落，舒丽大笑："我这辈子还是第一次碰到这么大方的老板呢，可见白老板对吴家的情义之深了。不过，在我开始治病之前，白老板能不能先将贵公司的情况介绍一下，我也好多一点动力啊。"

白老板毕恭毕敬地说："等你有时间，舒小姐可以参观一下我的公司，目前，鄙公司的企业文化形象，已经定位在东方威尼斯的格调上了……"

舒丽饶有兴致地问："不知白先生对东方威尼斯情调怎样理解？"

"这就是苏州水乡两千五百年文明史，养育出来的温柔细腻，加上威尼斯水城一千年浸润出来的明快和忧伤。"

"哦，蛮有味道啊，果然精彩。"舒丽赞叹说。

"过奖过奖，其实这是几年前，水虹，哦，就是阿霓的妈妈，顺口说的一句原话，为此，后来我还特地雇了一个高级艺术顾问，帮我熏陶艺术修养。水虹可惜走了，我一直想请一位画家，画一幅水虹的肖像，挂在我的办公室里，不过我想恐怕没有一个画家能画得出来她的神韵，她实际上才是真正的东方威尼斯……"

舒丽心里微微一动。她发现远在千里以外，水虹依然无处不在。

白宏根又说："幸好水虹还留下了一个女儿，阿霓的美丽不亚于她的妈妈，但她多了一点活泼和任性，少了几分温柔，大概是现代的东方威尼斯了。我几乎是看着她长大的，我已经送了她十六次生日蛋糕了……但是自从她家里出了那件事情以后，她心里一直在责备自己，越是敏感的人，精神压力越大，再加上还想着她的大哥哥周由，整个人都为情所困，越陷越深，看着就让人心痛，我和老吴都是不惜一切代价，只想让她先把身体恢复过来……好在阿秀那个案子听说已经有了一点眉目，如果真的破了案，阿霓的心理负担就会大大减轻了。"

老吴插话说："现在的独生子女太难管，我如今已经根本不指望阿霓将来能有什么出息了，只求她一生平安就好。她总不能跟我过一辈子，早晚还得嫁出去。这次你能来，我真得谢谢你，你好好劝劝她，让她不要再想着周由了，艺术对于一个普通人来说，实在是太奢侈了。我一生中所犯的最大的一个错误，大概就是让阿霓去学画画了……"

"那你们对阿霓今后的出路，有些什么考虑呢？"舒丽故意引开了话题。

老吴叹了口气说："假如阿霓没有这种病的话，我本想让她到国外去上大学，我在海外的亲戚都会帮忙的。但后来她病成这个样子，我哪里还会放心她走远呢。以她现在的学习成绩，大概很难考上重点大学了，她太聪明，又太任性，谁的话都听不进去，我就怕考大学功课一紧张，她的脑子吃不消。所以，她高中毕业以后，究竟做啥好，我们心里都没底，这次也蛮想听听你的意见……阿霓已经长成个大姑娘了，周围追她的人多得勿得了，漂亮的女孩从小就受诱惑，也诱惑别人，做家长的是防不胜防。两年前她若是不遇到周由，说不定也会遇到其他人的。我想来想去，如今身边的人当中，只有小白顶靠得住了……"

老吴眼里一片茫然。舒丽望着这个显得憔悴苍老的医生，心里也有几分怜悯。她忽然想起了自己当外交官的父母，如果当年他们不是长期待在国外，而把她一个人扔在北京，她能变成现在这么一个独立自由的女人吗？也许中国的父母总是把子女当成鱼缸里的金鱼来养，虽然妖娆美丽，却不能自食其力。

老吴自顾自地说下去："舒小姐，你也许勿晓得，这一年多来，小白确实帮了阿霓很多忙，给她请了最好的家教，凡事有求必应，光是捐给阿霓学校的赞助，加起来也有三十多万了。阿霓最感激他的一件事情，就是给阿秀家帮了一个大忙。喏，李家阿爸，也就是我的岳父，想要扩建他的餐馆，一时贷不到款，后来李家的大儿子，也就是阿霓的舅舅，找到了阿霓，要她向白老板求援。阿霓一直觉得自己愧对阿秀家的人，慌忙答应下来，然后缠着白老板为他们筹钱。小白二话没说，马上带着阿霓亲自上门，借给李家一笔四十万的低息贷款，我又给了老丈人几万，总算救了这个急。阿霓帮阿秀家做了这件事，心理负担也减轻了不少。如果不是小白像自家人一样关心阿霓，我又当爹又当娘还要上班做手术，一个人怎么照顾得过来啊？你不晓得，在阿霓见到周由给你画的那幅画之前，她的精神其实已经恢复得蛮好了，她很依赖小白的，还经常让白叔叔带着她和她的同学出去玩，尤其喜欢卡拉 OK 那些高消费的享受……"

舒丽向前排开车的白老板打趣说："看来你在阿霓和她的女同学身上，没少破费吧？"

"不多不多，就是送点小礼物，考完试，请她们到酒店吃饭 K 歌什么的，有时也请她们帮公司搞点推销，让她们挣几个零花钱……"白老板回答。

"你这一招蛮厉害的，你还真懂得迂回市场啊。"舒丽笑道，"看起来，你应该是阿霓的主治医师了？"

"不敢不敢……"白宏根连连摇头说，"你在商界的时间长了，你难道不晓得，就是签了合同，资金到位，事情也不一定会成功的。我在苏州还算是有实力的，但一出苏州，我就是一条小船，算不了一回事……再说……阿霓对我……我自己心里晓得，她对我，更多的是，是一种晚辈对长辈的感情，我呢，也就是喜欢她，当她亲妹妹一样的……承蒙老吴厚爱，把我当家里人相待，有这一点我就足够了，感情这种东西，毕竟不是做生意……"

舒丽微微一笑，心里渐渐有了底。如今市场上杀得天昏地暗，六亲不认，但在人心最隐秘的角落，多少还存有真情实意的一块绿地。她担心的倒是老吴的那种想法，如果由于阿霓目前的困境，急于希望白老板能填补她少女情怀的那块空白，那么也许又会为阿霓的未来伏下不幸的因素。阿霓应该永远是自由而独立的，就像她舒丽一样。好在白老板倒挺明智，在这个世界上，不求回报的感情大概是地球上最珍稀的宝石了。

　　舒丽回过头对老吴说："按你们介绍的情况来看，我觉得阿霓其实是个挺坚强的女孩，她的病情还不至于没救。这次周由不来还是对的，我想应该让阿霓换一个角度去想问题，让她从那个牛角尖里跳出来。"

　　"那舒小姐就留下多住几天吧。我们陪你多玩玩，苏州虽小，倒蛮有看头咯，你也顺便放放松，休息休息……"老吴说。舒丽从老吴的口气中听出来，老吴对她似乎还挺有好感的。

　　"看情况吧！"舒丽爽快地应道，"就是我在北京的事情太忙，大概要经常借用白先生的手提电话或是传真了，只要保证通信，我可以多待几天的。"

　　"那没问题。有什么要求，你随时同我联系。我们顺便还可以谈谈生意上的合作，全国各地的房地产都在落价，只有北京还一枝独秀，我一直希望我的丝绸生意能向北方发展。听老吴说，舒小姐很有眼光，精明强干，两年就成了百万富翁，你起步比我快，我很佩服的……如果舒小姐能够在北京帮我主持一家丝绸分公司，那我就太走运了。"白老板由衷地说着，用手指了指远处隐约的一座古塔，说是马上要进苏州城了。

车到吴家花园，阿霓的奶奶急盼盼地迎上来说："阿霓连午觉都不肯困，一心要见舒丽小姐，问了不晓得多少遍了。"

舒丽抬头打量吴家的庭院，满目绿树花径，果然清静素朴；赭色廊柱，配上木质落地长窗，另有一番清幽典雅的情调。她跟着老吴穿过青砖月形门，往二进院里阿霓的卧室走去，白老板拎着画跟随其后。刚刚拐进廊檐，只见前面一个粉红色睡衣的背影一晃，光着脚，迅速钻到门里去了。舒丽想，那莫非就是阿霓了？进了门，见那粉红色的人儿刚刚溜进毯子里去，气喘吁吁的，脸色苍白，唯有一双大眼睛，还在发出一种燃烧样的兴奋光泽。

芳香四溢、容光焕发的舒丽走上前去，轻轻搂住了阿霓。

"阿霓，你看我们这么快就见面了，昨天晚上睡得怎么样？"

阿霓睁大了眼睛望着舒丽，好一会儿，低声喃喃说："……哦，舒丽小姐，你真好看，我在那幅画里就认识你了……谢谢你来看我……"

舒丽也终于看清了周由梦幻中的美丽的阿霓。那个瞬间她感到自己似乎站在水虹的床边，面前是另一个变小了的水虹。她的心微微发颤——怪不得周由这样挂念他的苏州小妹妹，这么可爱的少女，就连女人都会动心的啊。阿霓确实不像一个十六岁的女孩，两年多的苦恋和苦难使她成熟多了。她的美虽不及水虹那么高雅含蓄，但她的青春光彩，却是水虹正在失去的。舒丽不禁被阿霓的美迷住了，幸亏她有水虹给她的心理准备，要不她也会自愧不如的。她拿起阿霓的胳膊放进毯子里，那雪白的手臂也比水虹更柔嫩亮泽，就像她从电视上见过的透明鲜活的太湖银鱼……

舒丽在见到阿霓的那个瞬间，就喜欢上了她。阿霓眼里那种疲倦和顽强的神色，更使她心生怜爱之情。但舒丽还是觉得周由选择水虹是对的，阿霓的性格、气质和周由太像了，如果这两个艺术疯子滚到一起去，那他们的生活和命运不知道会乱成什么样子呢。他俩都是情感和艺术的野马，大概都需要有一个稳健而平和的异性伴侣来驾驭他们。再说，如果当初周由选择了阿霓，那么也许自己就很难再接近周由了，阿霓会把周由缠得死死的，她肯定不是个温柔的女人，不会像水虹那么宽容大度的……

阿霓久久注视着舒丽的目光，从惊喜中掠过了一丝不易察觉的自傲。她终于见到了那幅画上的女人，她本人看起来比画上的女人更漂亮一些。但舒丽小姐虽然美，她的美还是需要化妆的，需要借描眉、腮红和眼影来补充。而自己呢，在她还没有出世的时候，妈妈就在肚子里把她一次性地打扮好了。比起这个舒丽小姐，阿霓觉得自己依然有许多优势，她一点儿也不觉得自卑。不过，阿霓还是很开心这个女人能来看她，至少她给自己带来了大哥哥的画。就算大哥哥爱上了舒丽，他也还是没有忘记她阿霓……

阿霓低头见到了纸盒包装的画框。她说："舒丽小姐，先让我看看画，好吧？"

舒丽立即解开了厚厚的包装纸，把画架在离床不远的一张靠背椅上。

"……啊，真好看！"阿霓叫道，"我有一年多没见到大哥哥的画了。"她从床上一跃而起，扑上去抱住了那幅画，亲吻着栗色的木质画框。一边贪婪地呼吸着画上的油彩气息，闭着眼睛闻了又闻，然后又让舒丽把画挪远，拉开距离，眯起了眼，细细品味着画面的色彩大效果；又睁大了眼睛，欣赏着画面的细部……

"这幅画的调子是玫瑰红的，但你也许能感觉出来，这其实是一片绿色的大草原。"舒丽在旁边轻轻解说着，"大哥哥在落日的红色里，让你感觉出绿色来，这很奇妙是不是？这也是他最近的作品中，很特殊的一幅……"

阿霓看着看着，泪水就顺着面颊流了下来。

"大哥哥，你的画总有那么多意思，总有好多好多想要告诉我的话……"她喃喃自语着，"画上的颜色为什么总是在变？你是找到了你的美丽的草原呢，还是正在寻找？……我看不懂你的画了……"

舒丽微笑着说："传说中美丽的草原，永远只活在传说之中。大哥哥说他再也找不到它了，只好想象着它，把它画出来。他希望你像这片神秘的草原那么宽阔，又那么宁静。你仔细看这幅画，眼前会出现晨曦和晚霞，星星和月亮远远地眨着眼睛，我们听不见它们的声音，但岁月和时间却在天空中运行着，那是一种永恒的自然美……大哥哥说，我们都需要用黑暗来养息身心，等待草原上的太阳重新升起……"

阿霓出神地望着画。眼前一片玫瑰金红，一片翡翠墨绿；一会儿鲜艳热烈，一会儿又深沉恬静。她发现这幅画关键的大效果，在于近处的一片绿草，是由两面色彩画出来的，向光那面是玫瑰红的，而草的阴影背光面，却是透明纯净的蓝绿色。玫瑰色光点布满了画面，光点中又闪烁着星星点点的翠绿，魔术一般变幻着的光点光斑和色块，像一粒粒旋转着的音乐符号，演奏着一首舒缓、优美的催眠曲……落日渐渐沉下去了，画面慢慢变暗，夜色降临了，在一片无垠的墨绿色的草原深处，她和大哥哥点燃了篝火，两个人紧紧靠在一起。大哥哥弹起了吉他，她低声地唱起了那首歌，那个传说中的美丽草原。月亮升起来了，四周是那么安静，那团篝火越烧越旺，把他们两个人都融化在玫瑰色的光晕里……她的心里渐渐平静下来，她觉得大哥哥正从那幅画中伸出手来，轻轻拍打着她的脊背，那幅画像一只摇篮，悠悠摇晃着她，她的头有些发沉，眼皮也微微合拢起来。

"阿霓，你要是瞌睡了，就困一歇好了。让舒丽小姐也歇一歇。"老吴说着，给她搭上毯子，和白老板走出了卧室。

"不，我不想睡觉。"阿霓支起了身子，"舒丽小姐，我想和你说话。"

"你喜欢这幅画吗？"舒丽问。

"喜欢。我知道大哥哥还想着我的。"

"周由总是和我说起小阿霓，说得我都有点嫉妒了。"舒丽摸着阿霓的头发说，"可惜，你就是太小啦……我像你那么大的时候，也痴迷地爱上过一个比我大十几岁的邻居，可是后来他告诉我，他对我只是一种父亲的感情，我真是伤心极了。很多年以后，当我再见到他的时候，我自己倒真的觉得他很像一个慈爱的父亲，你说有意思吧……"

阿霓怔着，冷不丁问道："你和大哥哥认识多少年了？"

"差不多有十年吧。他比我大三岁，感觉中，我好像和他一起长大的。"

"你爱他吗？"

"当然爱。他是我一生中真正爱过的唯一的男人。"

"一个女人一生中难道会爱许多次吗？"

"会的。在每个不同的年龄段，人对自己的了解是不一样的，她会爱上不同的男子，当她变成一个成熟的女人时，她才会知道自己到底要什么……"

"那……那大哥哥也爱你吗？"阿霓睁大着眼睛问。

舒丽愣了一下，心里突然掠过一阵针扎般的刺痛。她似乎没有想到阿霓会提这样的问题。那双明澈的眼睛逼视着她，追问着那个令她难堪的答案。舒丽既无法撒谎也无法说真话，慌乱中她差点以为自己这个冒牌的情人已被阿霓一眼识破。那是舒丽心里永远的疤痕，一个不可触及的痛处。那个时刻她忽然感到，她这个不远千里赶来为阿霓疗伤的"医生"，却原来和阿霓失恋失魂的处境，位于同一条水平线上。"他（她）爱你吗？"那是被男人和女人各自攥在手里的两只虎符，是情爱世界中心灵的通行证。若是他并不或已不再爱你，你便永不可能到达那个极乐园地——然而，精灵般的小阿霓，你何必要闯入这块危险的雷区呢？

阿霓淡淡一笑说："舒丽小姐，你不用不好意思，我知道大哥哥爱你的。你们就要结婚了……可是，难道相爱就一定非要结婚吗？像我爸爸和妈妈，结婚那么多年，假如遇到一个更爱的人，也会分手的……"

"是啊。"舒丽急急回答说，"爱并不是永远的。比如说，你现在爱着大哥哥，但是等你长大了，也许你会遇到比大哥哥更可爱的人，或者说，你发现还有比你更适合大哥哥的女人，你怎么办呢？婚姻就像一所房子，经常需要修理，实在修不好了，只好拆掉，或是搬走，再盖一座新的房子。我和你的大哥哥能在那房子里住多久，我也不知道……"

舒丽听见自己苍白无力的声音，在空荡荡的房间里回响。那声音听起来很不自信，甚至有些自欺欺人。她不知道自己这是怎么了，那双探询的眼睛似乎正直视她的内心，令她感觉到一种从未有过的虚弱和尴尬。

阿霓疲倦地靠在床头，视线依然停留在那幅画上，目光渐渐凝结。她明显地累了，她已没有那么多的精力，来分辨舒丽小姐对她说的每一句话。她已经有一年多没有见到大哥哥了，他在她脑子里的印象越来越模糊，就像这幅光色变幻不定的画面一样。她无法反驳舒丽小姐，她太小了，根本就没有获得参赛的资格，她当然不可能指望让大哥哥再等她了。她望着大哥哥的画，那绚丽的晚霞正在从容不迫地弥散，绿色中浮漾着红花的草原，像一个美丽的梦，正在召唤着她……"舒丽姐姐，我想睡一会儿，让我单独和大哥哥在一块……晚饭以后我再和你说话好吗？今天晚上你最好就陪着我睡，我有好多话想和你说呢……你让爸爸把这幅画，就挂在我床边的墙上……"她呢喃着，很快沉入了梦乡。

舒丽轻轻带上门，穿过走廊，来到客厅里。老吴和白老板都焦急地站了起来，询问着阿霓的情况。舒丽告诉他们，周由的那幅画效果很不错，也许比任何药都管用。阿霓对她也很亲近，非让她晚上陪着她睡，这样也好，她会慢慢开导阿霓的，但是阿霓确实病得不轻，不能性急，看来她是得在苏州多住些天了。说完这些舒丽便转身找电话，说要给周由打个长途，好让他放心。否则这一晚，他也睡不安稳的。

阿霓一觉睡到时近黄昏，才起来吃晚饭。她吃了一小碗米饭和许多菜，大家都说她很久没有这样的好胃口了。晚饭后老吴让她看会儿电视休息休息，她连连摇头，说要回房间去和舒丽姐姐聊天。舒丽早已注意到，从下午的谈话开始，阿霓已经把一开始对她"小姐"的称呼，改成"姐姐"了。于是舒丽姐姐和阿霓妹妹洗了澡，便早早地睡下了，两个人舒舒服服地躺在床上，在柔曼的音乐声中，舒丽给阿霓讲了许多周由早年学画的故事，讲画坛的残酷竞争和艺术家的拼搏。阿霓最感兴趣的还是她的大哥哥，时不时为周由卖画时的傻劲和那些丢三落四的毛病咯咯地乐个不停，或是向舒丽盘问个没完。舒丽讲着讲着，眼皮再也抬不起来，为了赶来苏州，她昨晚后半夜才睡，一早又赶往机场取票，实在是太困了，挣扎着说了一句"明天见"，自己就先睡了过去。

阿霓在昏暗的床灯下，轻轻拥着舒丽，靠拢着她丰满的身体，觉得好像有一股温柔的暖意向她传来。她透过舒丽身上淡淡的香水气味，突然闻到了舒丽头发里的油彩气息。她闭上眼睛，悄悄把脸贴近了舒丽，几乎把她的鼻子钻到舒丽厚密的发丛里。但油画的气味却又消失了，空气中仍然萦绕着那种好闻的香水味。她爬起来，赤着脚走到窗前，踮起脚尖，去闻墙上的那幅油画，用手指轻轻地触摸着画框。黑暗中她看不见画面上那灿烂而深沉的色彩，但她却能感觉到它的存在，就像大哥哥的微笑，从记忆的深处凸现出来。她慢慢后退到床上去，她听见舒丽姐姐均匀的呼吸声，就像湖边的波浪，在她身边起伏。舒丽身上一定有许多大哥哥的吻，大哥哥再也不属于她阿霓了。阿霓忽然感到了一阵极度的惊慌，她把头埋在毯子里，低声啜泣起来……

第二天，当阿霓醒来的时候，阳光正从窗户那边斜射过来，她睁开眼，发现舒丽正支着胳膊肘，笑眯眯地看着她。

"阿霓，你昨晚睡得好吗？你真是个睡美人，睡着的样子真美。你的头还痛不痛？"

阿霓晃了晃脑袋，觉得多日来折磨着她的头痛，真的好像减轻了许多。

"舒丽姐姐，你真好，你要是不来看我，我的头痛得都要爆炸了……你就多陪我几天好不好？今天天气那么好，我要陪你出去玩玩，白叔叔昨天说过，假如今天不下雨，我们就去游太湖。"

两个人洗漱后，走到餐厅里。老吴和白老板已等了好一会儿了。餐桌上的大花瓶里，插着一大丛红玫瑰，把整个房间都映得红彤彤的。

"白叔叔，你又给我买花啦，谢谢你啊。"阿霓冲着白老板嫣然一笑。

吃早饭的时候，吴家奶奶一直殷勤地给舒丽搛着各种苏州糕点，一边絮絮叨叨地夸赞着舒丽。说多亏了舒丽来看阿霓，又说苏州的女人若是遇到这样的事情，早就成了斗鸡眼。还是北京小姐气量大、心肠好、识大体，如今阿霓有了舒丽这样一个大阿姐，是她的福气……

用过早餐以后，白老板用手机给公司吩咐了几件事，便开车带着两位小姐去游太湖了。为此老吴也特地请了假，专为舒丽作陪。舒丽说，她其实倒是蛮想去看看苏州城里的水巷和小桥风光的，但老吴摇头说，如今苏州城里到处都在拆房子，他和阿霓的妈妈原来住的那条小巷，已经拆得面目全非了，不看也罢，看了倒伤心。苏州市民并不喜欢那些阴暗潮湿的古旧建筑，人人都盼着住现代化的单元楼房，苏州的东方威尼斯情调，将来大概只能保存在白老板的丝绸行业中了。舒丽将信将疑，既怕扫了大家的兴致，又怕触动阿霓受伤的神经，不再坚持，客随主便吧。

车到太湖边上，一艘包租的中型豪华游艇，已在游船码头等候。两个古装的少女立在船头恭迎，游艇的小桌上已摆满了瓜果、点心，还有几丛红玫瑰。白老板扶着舒丽和阿霓上了船，然后打发公司前来联络安排的雇员回去，他一个随员也不用。

船一开，阿霓便俨然一副女主人的姿态，处处维护照顾着舒丽，经常挑剔白老板，不是碧螺春茶沏得不对，就是忘了给她带望远镜，又忘了给舒丽拿草帽什么的。白老板好像已经习惯了阿霓的支使，总是毕恭毕敬的一副好脾气。他似乎从没有对阿霓有任何过分亲热的举止，但眼睛一时一刻也没有离开过阿霓。舒丽心想，人真是个奇怪的感情动物，一旦陷入感情的泥淖，就会像她一样不可自拔。既然她的同盟军比比皆是，这世界难道还会被利益的洪水吞噬殆尽吗？

初夏时节，沿湖的堤岸绿树葱茏，近岸的湖水绿得犹如一块柔润的美玉，湖面上烟波浩渺，云笼雾罩。船上的人纵有百般心事，也像是要融化在这温柔之乡中。舒丽还从未到过太湖，顿时欢喜得脱了鞋袜，坐在船舷上，把一双脚浸在了温凉的水里。她觉得自己那被北方的风沙磨砺得粗糙又豪爽的性情，在湖面蒸腾的氤氲里，正在变得柔软而细腻。她想起了周由的那幅《江南霓虹》，那幅画上所表现的太湖之美，似乎比眼前的湖光山色更慑人心魄。所以水虹对于周由来说，是一粒集千年日月精华而成的太湖珍珠，即便将她掷于水中，周由仍然会潜入湖底去将她寻找回来的。舒丽的神色暗淡下去，那个西施和范蠡泛舟湖上的美景，于她永远是一个不可企及的梦了……

阿霓似乎也沉浸在自己的遐想之中。她默默地反复叠着一条小小的纸船，一会儿是带篷的，一会儿又重新叠成不带篷的，手里的糖纸几乎揉得发皱，她才在小船的舱里压上几粒瓜子，把它轻轻放到水面上去，任它随波逐流，飘然远去，一直漂到看不见为止……

"阿霓，你的小船会从大运河里，一直漂到北京去的……"舒丽笑着说。

"……对，我就是让它去接大哥哥的，让他也到苏州来，我们一块儿到太湖里去，湖里有好多小岛，可以玩上好多天呢……大哥哥要是真的来了，我就让白叔叔包一条大船，我们就住在船上，在船上钓鱼，煮鱼汤喝……"

舒丽提醒她说："阿霓，这几年，白叔叔为你花费了那么多，他虽然是个大老板，但他的钱都是辛辛苦苦一点一滴挣出来的……"

阿霓漫不经心地回答说："租一条船算什么呀，白叔叔的丝绸公司里，还有我的股份呢！不信，你去问爸爸好了。"

"噢，倒是忘了告诉舒丽小姐，阿霓没生病以前，已经是小白的公司形象了，她一开始也是只当好玩，没想到，客户都像着了魔一样喜欢她。"老吴轻描淡写地说了一句。

白老板有些兴奋地插话说："我忘记给舒丽小姐带一本公司的宣传画册来了，那上面有好几张阿霓的相片，她穿起丝绸服装，比她现在这个样子还要漂亮。苏州丝绸好像只有苏州女人才能穿出味道来。阿霓身穿丝绸服装，无论是旗袍还是现代时装，都显得超然出众。我们公司总部大厅里四幅两米多高的大彩照，'春、夏、秋、冬'，都是请阿霓当模特拍的。那些来看样订货的外商，看得脚都挪不动了。阿霓对服装的面料色彩和款式，有一种独到的眼光，每次由她挑选的丝绸面料设计出来的服装，总是大受欢迎。每次设计师做出来的服装样品，我总是让阿霓来挑，我选中的，顶多有四分之一畅销，而阿霓选中的，一半以上都能畅销。阿霓已经为我们公司立了大功，争到了大量的国内外客户，公司董事会作为奖励，年终扩股时，专门分给她少量的股份，她是我公司的小股东了，将来真想让她当大股东，不过以后她若是能考上大学，我是绝不会让她屈才来搞服装的。但若是上不了大学，这倒也是一条出路，她有艺术天才，审美品位高，无论搞公关、设计、做模特，她都是一流的人才。我将来还想用她的名字，为她注册一个公司，专门生产阿霓牌高档丝绸服装。舒丽小姐，我蛮想听听你的意见……"

老吴在一边轻叹一口气说："好是好，不过吴家三代人都是名牌大学毕业，到了阿霓这一代，反倒接不上了……"

　　舒丽心直口快地反驳说："老吴，你这种观念也太陈旧了，我看，顶要紧的是，阿霓能够有机会施展自己的艺术才能，做她自己喜欢做的事情，她学过画，对色彩和形体感觉有一种天生的鉴赏力，如果往丝绸行业发展，说不定正是天高海阔呢，阿霓，你说对不对呀？"

　　阿霓揽住了舒丽的胳膊，笑道："舒丽姐姐，多亏了你这句话哩，否则爸爸总是不让白叔叔和我谈丝绸。白叔叔说过了，等我高考结束了，他带我去意大利看看真正的威尼斯水城呢……"

　　舒丽大咧咧地拍着老吴的肩膀说："老吴呀老吴，我知道了，原来你只想让阿霓当老板娘，不想让她当女老板，错了错了！假如你的想法能反过来，恐怕倒是太湖女神赐给阿霓的一剂良药呢！"

　　老吴愣了一愣，看着阿霓，恍然大悟地笑起来。

　　第三天晚上，白老板特地在依山傍湖的太湖宾馆，为舒丽设了一局纯正苏州风味的晚宴。晚饭后，又请舒丽和阿霓去跳舞。

　　白老板一会儿拥着舒丽，一会儿又拥着阿霓跳舞，他们娴熟优美的舞姿，吸引了舞厅所有的目光，立即有几位江南大款，频频给阿霓和舒丽献花，递送名片。舒丽那种京城一流的潇洒舞步，跳得其他的舞伴们都离开了舞池，退到旁边去欣赏。当华尔兹的音乐响起来时，老吴突然走上前去，彬彬有礼地向舒丽做了一个邀请的手势，两个人步入舞池后，周围男士们的眼睛都直了，老吴那种标准严格而带有几分绅士风度的舞姿，令阿霓也看花了眼，一次次为爸爸和舒丽鼓掌。灯光转暗，下一个舞曲，突然开始了激烈蓬勃的摇滚乐，乐曲震耳欲聋，节奏越来越疯狂，舞场中已似乎没有一个男士可以当舒丽的舞伴了。舒丽干脆一个人步入舞池，即兴独舞，像一个来自西班牙的职业舞蹈家，热情性感，旋转跳跃，在舞池中平地刮起了一场音响和形体的龙卷风。灯光忽明忽暗，舒丽在缤纷迷离的五彩光束中，变成了一个自由奔放的精灵。阿霓终于坐不住了，她也被舒丽疯狂忘我的激情所煽动，旋风一般卷入了舞池。她和舒丽手拉手、面对面跳着，兴奋而狂放，交叉又分开。她的头发像瀑布般散开去，舒丽的裙子像花瓣般战栗着，她和舒丽就像一个连环扣，让舞场中所有的人都随着她们旋转。——自己跳！阿霓，一个人跳！她听见舒丽在向她大声地喊。那个时刻，音乐像一阵热流，火辣辣地熨帖着她冰冷的心。阿霓重新伸开了手臂，扭动腰肢，她跳得好爽快好舒服，好久没有这样开心了。她旋转着舞蹈着，连她自己也没有察觉，她忽然舞出了白鹤展翅一般的姿势，就是很久以前自己对着镜子跳的那种鹤的舞蹈，就是大哥哥画上的那群白鹤。她时而是雌鹤，时而是雄鹤，忽而柔美，忽而刚健，它们交颈缠绕，遥相呼唤，但在每一段乐曲中，它们却又是各自独立的舞者，陶醉在自己成熟而优美的舞姿中……

舒丽在光怪陆离、闪烁不定的灯光中，注意到了阿霓美丽而即兴的舞蹈。她发现阿霓的舞姿中没有自怜自爱的顾盼，没有螺旋下坠的绝望，更没有忧戚的悲哀，她向上伸展的双臂充满了对于蓝天的渴望，似乎经过一年多的冬眠，她又重新开始飞翔了……舒丽心里一热，缤纷的舞池在眼底模糊成一片五彩的云团……

舞场的宾客中，有人开始认出了这位苏州服装界的小公主。男士们纷纷向她邀舞，她也来者不拒，倒把个白老板冷落在了一边。阿霓跳了一曲又一曲，好几次引得座上的舞友喝彩。直到曲终人散，已近深夜，余兴未尽的阿霓靠着老吴的肩膀走出舞场时，已是一派容光焕发，同舒丽前几天刚到苏州时见到的阿霓，判若两人。

回到家里，两个人精疲力竭地倒在床上，阿霓仍然毫无睡意，她为舒丽拿来一盘香蕉，剥开了塞在舒丽手里。自己换上了睡衣，又打开音响，把音乐拧到最低，在房间地板上幽灵般游弋，望着大哥哥的画，继续随意地舞动着……

"舒丽姐姐，将来等我长大了，我会同你竞争的。"阿霓忽然停下舞步，转过身，对着舒丽宣布说。

"竞争？你是说，你也想当女大款？"舒丽诧异地问。

"不，我要当大哥哥的情人。我不在乎你们结婚不结婚。"

舒丽从床上猛地坐了起来。那个瞬间她好像听见了自己以前的声音。

"好啊，我欢迎你和我竞争。"舒丽定了定神，慷慨地应允说，"不过，现代女孩应该遵守竞争规则，必须要有坚强的意志和独立的个性。你得赢得起，也要输得起，不能像以前那样，一输了，精神就垮下来。假如你接受这个竞争条件，我就欢迎你！"

"我接受！我保证！"阿霓伸出一只手指，和舒丽拉钩。

舒丽笑道："看来我会处于劣势的，因为你是朝阳工业，正在上升时期，没准你真的会把我打败的……"

"那你就应该输得起。"阿霓的脸上飞起了一层红晕。

"没问题，我能输得起，不过，我也会争取赢你！"舒丽把阿霓搂在身边，疼爱地抚摩着她的头发说，"你既然这么信任我，告诉了我你心里的秘密，我也要告诉你一个关于女人的秘密，你想听吗？"

"当然想。"

"你舒丽姐姐虽然爱着你的大哥哥，爱得那么久，那么深，但我真正相信的人，只有自己——自己的独立人格和独立的经济能力。我从不愿意依靠男人的财产去过好日子。我必须有自己的事业，所以我的感情永远是自由的。当然，运气好的女人，嫁一个好男人，有爱又有事业，人生就很美满了。但是大多数女人一辈子连其中的一样东西也得不到，能够得到其中一件，也许就是很幸运了。如果一开始就伸出手去同时抓两只大鸟，很可能连一只也抓不到。一个出色的女人，即使遇不上一个真正能使她爱的男人，她也仍然应该有她自己的生活，她爱一百次爱一千次，灵魂也依然自由……"

舒丽听见自己饱经沧桑的声音，在这栋古老的房屋中回荡。当她说完这番话的时候，她才惊讶地发现，尽管她在情爱海洋里，已是碰撞得遍体鳞伤、伤痕累累，但她的内心深处，却依然初衷不改。她明白自己原来并没有后悔爱过周由，也不会吝惜自己曾为他和水虹所做的一切。无论今后的日子里她是否还会继续爱他，她都已是一个不可救药的自我至上者。她忽然十分庆幸自己鬼使神差地来了苏州，苏州是一个码头，小船回到这里，又将从这里出港。令她始料不及的是，她在说服阿霓的同时，也似乎说服了自己。

"好阿霓，等你长大了，你一定会得到美好的爱情……记着，情人是一种无奈，那不是真正的选择，不是感情的全部啊……"

舒丽的声音哽咽了，心里一阵阵战栗，她放开了阿霓，扑倒在床上，猛烈地抽泣起来。她感觉到阿霓温热的手正轻轻抚摩着她的脊背。她已无法辨别，究竟她是阿霓的医生，还是阿霓在诊治着她内心深处的伤痛？

舒丽临走的前一天晚上，阿霓被同学邀请去参加一个生日派对，白老板也有应酬，打了电话来，说机票已经买好，明天亲自开车送她去上海。晚饭以后，老吴像在无意之中，忽然提议和舒丽到旧城的河边上去散步。舒丽欣然应允。

灯红酒绿的街市和林立的高楼工地旁边，影影绰绰地显露出水巷的石桥和房屋暗淡而模糊的影子，就像一幅年代久远的古画，正在被钢筋水泥扬起的尘土一点点掩埋。水虹曾那么深情地为她描述的昔日小城风情，已难以寻觅它的全貌。就像一道琳琅满目的艺术长廊，突然断裂在历史的十字路口。舒丽心里泛上一种淡淡的感伤和哀愁，脚步也不由得一慢再慢。

老吴咳了一声，说："这几天一直没有时间问你，周由和水虹过得好吗？"

舒丽笑笑说："好得让我嫉妒。他们好像总是在度蜜月，两个人简直都快失去自我了。如今搬进了新房子，以后就更开心了。"

"我想，我想，他们也该正式结婚了吧？"

"我也这么想。不过水虹坚持，她要等阿霓的病情完全稳定下来以后再说。爱是不在乎婚姻这种形式的……"

老吴低下头去，眼里一片失落。

舒丽说："我看你就不要再操心水虹的事了。等阿霓的精神再好一点，你也该考虑考虑自己的事情，再找一个合得来的女人，成个家吧。水虹也让我劝劝你，阿霓早晚会长大的，要有她自己的生活，那时候，你这个三进大宅院，不是显得太冷清了吗？"

老吴沉默不语。两个人默默走了一段，在一座石桥边上坐下来。

"你决定来苏州的那个晚上，水虹后来又给我打了电话，介绍了你的情况。"老吴迟疑地说，"我听了也蛮感动的，如今像你这样的女人，怕也是不多了……不过，你今后打算怎么办呢？恕我直言，你不觉得自己在他们的生活中，已经有点多余了吗？"

舒丽淡淡一笑，回答说："也许是有点多余了。不过，我尽管失去很多，我也得到了很多，好像……好像我可以没有周由的爱，但已经不能没有水虹的友情了……这真是奇怪……"

老吴忽然轻轻地捉住了舒丽的手，有些慌乱地说："那么，那么……如果我向你求婚，你会愿意吗？……这几天，我感到自己好像年轻了，你是那么一个充满活力的人，同你在一起，日子一定会过得非常轻松的……"

舒丽朗声大笑起来，却并没有把手从老吴的掌心抽走。

"这几天，你的话虽然不多，我也已经看出你对我的好意了。老吴，你是个好人，一个有教养有身份的好男人。但我，我这个人自由自在惯了，我不是你心目中的那种好女人，你会受不了我的。说实在的，你这个大宅院真让我动心，保存这么好的清代私家宅院，在北京恐怕连部长也住不上。水虹竟然会丢掉这个花园，真是可惜，也真让我佩服。但我仍然没有这个福气，来享受你们苏州甜蜜的好日子……"

"那我能不能成为你多余的情人呢？"老吴鼓起勇气望着她的眼

睛，仍然没有松手，"我还可以给你一些多余的房子呢！"

"哎呀老吴，我已经有了一个多余的情人，我们还是做个不多余的朋友吧。"舒丽调侃地回答说，"你的房子若是在北京，我也许还会考虑，这么不远万里的，恐怕也只有周由这样的疯子才会干得出来。再说，我若是真的嫁给你，我这个假冒的周由情人，不是就戳穿了吗？我还怎么向阿霓把这个谎话圆下去呀？！"

老吴不好意思地笑起来，想了想，又说："那个谎话早晚总是要戳穿的嘛，阿霓总有一天要和她的妈妈狭路相逢的。"

舒丽豁达地摆摆手说："嗨，等她长大了，真正懂了人世的情爱，她会明白那是因为水虹担心失去她，担心她承受不住，才不得不瞒着她的，她应该会原谅她妈妈的。也许到那时候，这种故事对于一个现代女孩来说，就不算怎么一回事了……"

老吴慢慢抽回了自己的手，百感交集地说："那我就再一次谢谢你来苏州了，阿霓对你真是佩服得不得了，你让她输得服气。就是水虹来了，也松不开这个死结。不过，舒丽小姐，我有你的电话号码，我已经见过周由是怎么轰炸水虹的了，我也是有所失必有所得啊……"

舒丽站了起来，笑吟吟地面对老吴说："你别忘了，水虹其实一开始就已经爱上了周由，周由才能得逞。而我，我的爱已经快消耗尽了。除非将来我破了产，栽大跟头，我才可能来投奔你。不过你也得小心我把你的大宅院一块儿输掉啊。"

老吴说："不管怎么样，以后春秋两季，你有空就到苏州来玩玩，住在我这里，很方便的，在阿霓翅膀长硬以前，还需要你带她飞一段，我相信你会把她的翅膀训练得和你一样硬的。阿霓也会盼你来的，你顺便也来看看我。我在苏州连一个能说心里话的朋友也没有，为了那个秘密，我都快闷死了……"

舒丽点点头，提醒老吴说明天还要上飞机，自己得回去收拾一下行李，待会儿等阿霓回来，她们肯定还有许多说不完的话。

两个人沿着河边昏暗的石子路往前走去。河水幽幽，发出瓷釉般冷峻的光泽。舒丽忽然想起水虹少女时代在水巷边度过的岁月，如今已是这道风光旖旎的长廊中，不复再现的风景了……长廊不断被开启着新的窗口，清风吹来，海潮涌去，唯有爱与美，仍是那可望而不可即的长廊尽头，一个虚幻而又真实的梦……

舒丽侧过头望着老吴，感慨地说："老吴，我真对不住你，如果三年以前，我不离开周由跑到深圳去，或者挣了钱赶紧回北京，我就不会给你们带来那么多麻烦了……"

老吴露出了苦笑的神情。

舒丽出神地望着前方，自言自语："虽然水虹和周由也有许多烦恼，但他俩生活得很充实。他们在如此浮躁的感情沙漠里掘出一股清泉，我必须要成全他们。"她忽然靠近了老吴，低声说："嗳，我想告诉你一个秘密，你可别对外人说啊。下一个世纪，人们会更加渴望精神生活。等我再挣到一些钱，我要在北京办一家与众不同的画廊，把周由这些年用一幅幅画写下的美好情书，长久地展出，为这个沉闷窒息的世界，建立一座爱的通道。你猜猜，我会给画廊起一个什么样的名字？"

老吴默默地摇了摇头。

舒丽等不到老吴的回答，名字已经自己蹦出口了——

"情——爱——画——廊！"

"情爱画廊？嗯嗯……"老吴迷茫地重复，喜忧参半。

"我要做'情爱画廊'的老板、经纪人、策展人……这个画廊的存在，将会提醒人们，无论你此生能否得到真爱，她都永远在你的心里……"

老吴恍然，脸上露出来了微笑："哦，这个想法蛮好，等画廊开张了，我会带阿霓去看……希望我和白总都愿意能成为画廊的赞助人！"

舒丽给了老吴一个大大的拥抱，差点把老吴吓了一跳。

舒丽回到吴家宅院，急急地对老吴说，她想给周由和水虹打个电话。

舒丽拨通了北京的电话。不知为什么，她觉得自己按号的手指是那么僵硬。她从话筒里听见了周由的声音，热泪忽地盈满了她的眼眶。她的嘴唇嚅动着，只吐出几个字，便再也说不下去了。

她对水虹说的最后的一句话是："我想你们了……"

1995 年 10 月

完稿于北京花园村①

---

① 《芙蓉》1996 年第 2 期、《锺山》1996 年第 2 期分别选载。

春风文艺出版社 1996 年版，西苑出版社 2001 年版，时代文艺出版社 2005 年版，作家出版社 2009 年版，江西教育出版社 2010 年版，当代中国出版社 2016 年版。

跋

2022 年，是我从事文学创作活动五十周年。

自 1996 年出版《张抗抗自选集》（五卷本）以后，二十多年过去，又有几百万字的新作，但我一直没有出版更为完整的文集。很多朋友表示不解。

出版文集，意味着对自己文学成果的一次庄重梳理：篇目的选定、文字的校勘……包括选择出版社，均需反复斟酌，需要投入大量时间。

事实上，从 2007—2017 年，我埋头写作那部百万字、三卷本的长篇小说，七易其稿。根本没有多余的精力来进入十卷本文集编选的浩大工程。

直到长篇在 2020 年最后一次改定后，我终于下决心来完成自己的夙愿。

感谢我的文友、老友们慷慨伸出援手，热情做出安排。

多年来，广西师大出版社出版的书籍为我喜爱、为我敬重，我把文集交给这家出版社，欣然而往，恰得其所。广西师大出版社严谨细致高水平的编辑工作，纠正了我旧作中的多处谬误，在此诚致谢意。

2021年12月启动该书，整整大半年，我在电脑上反复校勘文稿，希望把完美的样貌呈现给读者。

遗憾的是，那部耗尽我心血的长篇三卷本，未能收入这部文集。

该文集的三审三校接近尾声，已是酷暑时节。

就在2022年夏季，九十九岁高龄的父亲在杭州仙逝。

悲痛之余，谨以这部即将出版的文集，敬献给我亲爱的父母。是他们引导我和妹妹走上文学之路，与我分享每一部新作，在文学中陪伴我走过了大半生。

那一晚，工作结束后，我坐在二楼阳台上发呆，看星星。

蝉鸣渐歇，薄云稀疏。眼前的夜色中，忽而闪过一点荧绿透明的亮色，在我身边萦绕，迅速隐入浓密的树影，无声地跳跃旋转。

萤火虫！

它从花园的草丛里飞起来，飞到二楼阳台。我没有想到，小小的萤火虫能够飞得这么高。

我终于见到了久违的萤火虫。那一刻，我喜极而泣。

谢谢你，自带光源的萤火虫。

是萤火虫还是星星，照亮了浩瀚苍茫的夜空？

2022年8月3日